S0-BFD-831

La lista de Lisette

La lista de Lisette

Susan Vreeland

Traducción de
Iolanda Rabascall

Rocaeditorial

Título original: *Lisette's list*

© Susan Vreeland, 2014

Traducción publicada en acuerdo con Random House, una división de Random House LLC

Primera edición: mayo de 2015

© de la traducción: Iolanda Rabascall
© de esta edición: Roca Editorial de Libros, S. L.
Av. Marquès de l'Argentera 17, pral.
08003 Barcelona
info@rocaeditorial.com
www.rocaeditorial.com

Impreso por LIBERDÚPLEX, s.l.u.
Crta. BV-2249, km 7,4, Pol. Ind. Torrentfondo
Sant Llorenç d'Hortons (Barcelona)

ISBN: 978-84-9918-930-7
Depósito legal: B-9.526-2015
Código IBIC: FA

RE89307

A Jane von Mehren

En nuestra vida hay un solo color,
como en la paleta de un artista,
que ofrece el significado de la vida y el arte.
Es el color del amor.

MARC CHAGALL

LIBRO PRIMERO

Capítulo uno

Camino de Rosellón

1937

*H*abía viajeros que caminaban por la estación de tren de Aviñón, jóvenes repartidores que en sus deterioradas bicicletas llevaban niños, carros tirados por caballos, automovilistas que no paraban de tocar la bocina. André estaba allí en medio, de pie, comiendo tranquilamente una manzana de un tenderete de fruta. Mientras tanto, yo, tensa, daba vueltas alrededor de los bolsos de viaje, las maletas y las cajas que formaban nuestro equipaje. Allí estaba todo lo que nos habíamos podido llevar de nuestro piso en París, más las herramientas de trabajo de André y el sueño de mi vida sacrificado.

—¿Seguro que estamos en el lugar adecuado? —pregunté.

—Sí, Lisette.

André arrancó una hoja ancha de un platanero y la dejó en el suelo, sobre un adoquín. Me tocó la nariz con el dedo índice, señaló hacia la hoja y dijo:

—Aparcará justo aquí, en este adoquín. Ya lo verás. —Me estrujó la mano y añadió—: En el sur de Francia, las cosas pasan tal como han de pasar.

Pero, por lo visto, en el sur de Francia, los autobuses no eran tan puntuales como en París. Ni la luz tampoco era la misma. En el sur, la luz te quemaba la retina, se enredaba en los contornos, intensificaba los colores, inflamaba el ánimo. De otro modo, no habría sido capaz de reconocer la belleza en una simple plaza que no era París, pero ahí la tenía: una radiante acuarela de padres y abuelos sentados en un banco debajo del platanero, el reflejo azulado en sus camisas blancas de la luz tornasolada del cielo que se filtraba entre el follaje. Los hombres comían almendras de un cucurucho de papel, que circulaba de un extremo a otro del banco. Quizás estuvieran hablando de tiempos mejores.

Me aparté de André y di otra vuelta alrededor de nuestra modesta pila de pertenencias. Noté que él me seguía con la mirada.

—Míralos —murmuró—. Todos miembros de la Orden Honoraria de los Portadores de Boinas. —Se rio de su propia ocurrencia.

Al cabo de poco, un pequeño autobús cuadrado, una reliquia despintada, antaño de color naranja bajo su capa de óxido, frenó con un estridente petardeo. La rueda derecha delantera aplastó la hoja sobre el adoquín. André ladeó la cabeza y me dedicó una tierna sonrisa burlona.

Un achaparrado conductor bajó los peldaños con paso ligero, con las puntas de los dedos de los pies apuntando hacia fuera, tal como camina la gente rolliza para mantener el equilibrio. Saludó a André por su nombre, alzó su orondo brazo para darle una palmada en la espalda y le dijo que se alegraba de verlo.

—¿Qué tal está Pascal? —se interesó André.

—Por lo general, bien. Louise le lleva la comida, o come con nosotros.

El conductor inclinó la cabeza para saludarme con un exagerado ademán de cortesía.

—*Adieu, madame.* Soy Maurice, *un chevalier de Provence.* Un caballero de las carreteras. No me confunda con Maurice Chevalier, un caballero del escenario. —Le guiñó el ojo a André—. Tu esposa es más bella que Eleanor de Aquitania.

¡Menuda comparación! No pensaba dejarme agasajar con tales pamplinas. Además, ¿había dicho «*Adieu*»?

—*Bonjour, monsieur* —respondí apropiadamente.

Su atuendo me pareció divertido: un pañuelo rojo sobre la camiseta interior como única prenda que le cubría el torso y que dejaba ver su pecho peludo, una faja roja ceñida a la cintura y una boina negra en la cabeza (por cierto, una cabeza completamente redonda). Por debajo de sus axilas asomaba una mata de pelo negro y rizado. Sé que no debería haberme fijado en tal detalle, pero no puedo remediarlo. Es una manía que se me había pegado de la hermana Marie Pierre, que siempre se fijaba en todo.

Maurice apoyó una mano en su pecho carnoso.

—Me dedico al transporte de damas alteradas. *Enchanté, madame.*

Desconsolada, miré a André. Justo en ese momento, estaba muy alterada; echaba de menos la vida que habíamos dejado atrás, en París.

—*Vite! Vite! Vite!* —El conductor ensartó nuestro equipaje con apenas tres movimientos certeros y nos instó a movernos rápido, rápido, rápido.

—Partiremos dentro de dos minutos.

Acto seguido, desapareció de la vista.

—Con un «*vite*» habría bastado, ¿no crees?

André esbozó una mueca mordaz y dijo:

—La gente en la Provenza habla «con arrojo». También vive «con arrojo». En especial, Maurice. —Empezó a cargar las maletas y las cajas—. Es un buen amigo. Lo conozco desde que era niño, cuando Pascal me llevaba a Rosellón.

—¿Por qué lleva esa faja roja?

—Es un *taillole*. Significa que es oriundo de la zona, un patriota de la Provenza.

Esperamos diez minutos. Un par de tipos se acomodaron en los asientos del fondo del autobús. Uno de ellos no tardó en roncar «con arrojo».

Nuestro autoproclamado *chevalier* apareció por fin.

—Lo siento, pero es que me he encontrado a un amigo.

Se disculpó, gesticulando con cada músculo de su cabeza redonda, incluso con sus amplias fosas nasales, y culminó con una sonrisa inocente, como si el hecho de haber encontrado a un amigo justificara sin más el retraso. Hinchó las ruedas con una mancha manual —me fijé en que lo hacía con arrojo— y puso el vehículo en marcha. El motor opuso resistencia unos instantes; arrancó a sacudidas, en dirección a las murallas. Atravesó el arco de piedra y se adentró en la campiña francesa.

La carretera a Rosellón discurre entre dos sistemas montañosos, los montes de la zona de Vaucluse al norte, y los del Luberon al sur. Yo mantenía la nariz pegada a la ventana. Era la primera vez que visitaba el sur de Francia.

15

—¡Para un momento! —ordenó André.

El autobús frenó con un ruidoso petardeo. André se apeó de un salto a la vera de la carretera, arrancó unos tallos de lavanda, subió de nuevo al autobús y me ofreció el ramillete.

—Como bienvenida a la Provenza. Siento mucho que todavía no estén en su máximo esplendor. ¡Ya verás en julio!

Un dulce gesto, tan dulce como la fragancia de las flores.

—¿Queda lejos Rosellón? —le pregunté al conductor cuando nos pusimos de nuevo en marcha.

—Cuarenta y cinco preciosos kilómetros, *madame*.

—Mira, creo que son campos de fresas —apuntó André—. Te encantan las fresas.

—Y melones —añadió Maurice en un tono nasal—. Los mejores melones de Francia maduran aquí, en los valles de Vaucluse. Y espárragos, lechuga, zanahorias, col, apio, alcachofas...

—Ya, entiendo —le interrumpí.

Pero él no era de los que se callan cuando se les da la razón.

—Espinacas, guisantes, remolacha. Y, a más altitud, nuestros famosos campos frutales, viñedos y olivares.

Maurice pronunció cada sílaba alargando las eses finales, lo que confería a las palabras un matiz ampuloso y lleno de vitalidad, lejos de la elegante delicadeza propia del acento parisino.

—Albaricoques, ya verás, también te encantarán —añadió André—. Estás entrando en el Jardín del Edén.

—Si veo una serpiente, te advierto que me monto en el siguiente tren de vuelta a París.

Tenía que admitir que los frutales en flor emanaban una fragancia celestial. En las vides ya asomaban los pámpanos, con pequeñas hojas de color verde pálido; las amapolas rojas engalanaban el borde de la carretera, y el sol prometía unas notas de calidez, tan esperada después del gélido invierno en París.

Pero vivir allí hasta quién sabía cuándo... La verdad, tenía mis dudas. La idea de renunciar a la posibilidad de entrar de aprendiza en la galería Laforgue, una oportunidad única en la vida de una veinteañera sin formación académica, me había llenado inevitablemente de resentimiento. Cuando André tomó lo que parecía la decisión impulsiva de abandonar París para ir a vivir a un pueblecito remoto solo porque su abuelo, con una salud maltrecha, le había pedido que le hiciera compañía, pensé que me iba a dar un patatús. Me parecía inconcebible que fuera capaz de abandonar con tanta facilidad su puesto de oficial en el gremio de *encadreurs*, la asociación de enmarcadores artesanos, una prestigiosa posición para un hombre de veintitrés años.

Llorando, fui a ver a la hermana Marie Pierre a las Hijas de la Caridad de San Vicente de Paúl, el orfanato donde me había criado, y clamé que era un egoísta, pero la monja no mostró ni un ápice de compasión.

—No juzgues, Lisette. En vez de recelar, acepta el cambio como algo positivo —argumentó.

Consecuentemente, allí estaba yo, aguantando sacudidas sobre el terreno escabroso en medio de nubes de polvo, en aquel deteriorado autobús, desesperada por no estar en París, la ciudad donde había nacido, mi centro de felicidad, mi vida.

Con el firme propósito de seguir el consejo de la hermana Marie Pierre e intentar ver la situación de la forma más favorable posible, albergué una esperanza:

—Dígame, *monsieur*, ¿hay alguna galería de arte en Rosellón?

—¿Una qué? —preguntó, soltando un chillido.

—Un lugar donde vendan pinturas originales.

Maurice soltó una risotada.

—*Non, madame*. Es un pueblo pequeño.

Su risa me hirió profundamente. Mi obsesión por el arte no era una cuestión casual ni reciente. Incluso de pequeña, aquel anhelo suponía una atracción irresistible cada vez que entraba a hurtadillas en la capilla de las Hijas de la Caridad de San Vicente de Paúl para admirar el cuadro *Virgen con el Niño*. ¿Cómo un ser humano, no un dios, podía recrear la realidad de una forma tan precisa? ¿Cómo el penetrante azul de la capa de la Virgen y el rojo intenso de su vestido conseguían ponerme en contacto —a mí, una joven huérfana sin un miserable céntimo— con un mundo elegante y noble? ¿Cómo una belleza así podía remover algo en lo más profundo de mí, ese algo que debía de ser eso que la hermana Marie Pierre denominaba «alma»? Esas preguntas me desconcertaban.

André me zarandeó el brazo y señaló hacia un conjunto de geranios rojos que rebosaban de una jardinera colgada en la ventana de una casa de piedra.

—No te preocupes. Te gustará vivir aquí, *ma petite*.

¿Por los geranios?

—*Certainement*, le encantará —gorjeó Maurice detrás del volante—. Eso sí, cuando se haya acostumbrado a *les quatre vérités*.

¿Las cuatro verdades?

—¿A qué se refiere, *monsieur*?

—Justo en estos instantes es testigo de tres: las montañas, el agua y el sol.

Maurice apartó el brazo del volante para señalar sin precisión el paisaje, haciendo alarde de su capacidad de conducir, escuchar, hablar y gesticular a la vez. Probablemente, una habilidad que salía de aquello de vivir con arrojo.

—¿Y la cuarta, *monsieur*?

—No se puede ver; sin embargo, su huella está en todas partes.

—Un acertijo. Me está poniendo a prueba con un acertijo.

—No, *madame*. Le estoy diciendo la verdad. ¿O no, André?

Me di la vuelta hacia André, que ladeó la cabeza hacia la ventana y dijo:

—Piensa y mira. Mira y piensa.

Analicé el paisaje en busca de alguna señal.

—¿Tiene relación con esos muros de piedra?

Solo eran restos de muros, pilas de piedras planas que formaban barreras de casi un metro de grosor, algunas con pequeños nichos horadados para —supuse— guarecer la figura de algún santo, pese a que no había visto ninguno.

—No, *madame*. Esos muros se erigieron en la Edad Media para contener la peste.

—No es un pensamiento muy reconfortante, *monsieur*. Ni tampoco ese ruido incesante. ¿Tiene problemas con los frenos?

—No, *madame*. Lo que oye es el canto de las cigarras, que, cuando sube la temperatura, emiten una estridente llamada de apareamiento.

Por lo visto, un ruido al que debería acostumbrarme.

Los imponentes cipreses se alzaban en ringlera en el flanco norte de los campos de cultivo. Sus sombras afiladas se cernían sobre nosotros como lánguidos dedos grises de una miríada de brujas.

Miré de lado a lado y caí en la cuenta de otra peculiaridad.

—¿Por qué las casas que hay a la derecha no tienen ventanas que den a la carretera, y en cambio las de la izquierda sí?

—Ahora empezamos a entendernos. Fíjate en que todas tienen ventanas en tres costados, excepto en la cara norte.

Pero ¿por qué? ¿Acaso el sol brillaba con demasiada intensidad a través de las ventanas que daban al norte? No. La luz que provenía del sur iluminaba solo la mitad de la casa. La otra mitad quedaba sombría, a oscuras.

Cuando le pedí a André que me diera una pista, me dijo que me fijara en los tejados. Estaban cubiertos con tejas de terracota alargadas, alomadas y superpuestas. En los extremos situados más al norte, vi que habían puesto piedras planas.

—¡El viento! —grité.

El tipo que roncaba al fondo del autobús se despertó de golpe.

—El mistral —entonó Maurice con una voz profunda—. Seco pero frío. ¡Ah, el mistral! Un viento fiero, *madame*. En invierno ruge tres días seguidos. A veces seis. A veces nueve.

—No la engañes. También ruge en otoño y en primavera.

—¡Eso significa casi todo el año! —me lamenté.

Maurice explicó que la montaña más alta en la vertiente norte era la más baja del sur de los Alpes. El mistral arrasaba el sur de Siberia para luego pasar por las brechas de los Alpes hasta el Mont Ventoux, el gigante de Provenza, y entonces llegaba a Rosellón.

—Así pues, ¿su nombre real es «monte ventoso»?

—Sí. Fíjese en la forma de los olivos, que se doblan hacia el sur.

Pasamos por delante de varios campos de cultivo en pleno rendimiento.

—Y el resto de los árboles frutales también se inclinan hacia el sur —remarqué.

Siempre cabía la posibilidad de permanecer confinada en casa durante tres días, ¿no? Pero ¿nueve? Pese a mi buena intención de comportarme como una esposa sumisa, las razones por las que no me gustaba aquel sitio se podían resumir en una breve lista:

1. Viento frío durante nueve días seguidos.

19

2. La mitad de la casa siempre a oscuras.
3. No era París.

Los dos individuos que viajaban en la parte trasera del autobús se apearon en el pueblo de Coustellet. Poco después, llegamos al final de la carretera asfaltada. Una anciana que estaba de pie junto al camino, delante de una casa, alzó los brazos y los agitó con impaciencia.

—¡Ah, mi primera dama alterada! —Maurice detuvo el autobús y bajó los peldaños con vitalidad para ayudar a subir a la mujer—. *Adieu, madame.*

—*Non, non*, Maurice. No quiero subir —precisó ella—. Solo quiero que le lleves este pato a *madame* Pottier en Imberts. Te estará esperando junto al olivo.

—¿Qué pato?

—Bueno, primero tendrás que atraparlo —aclaró la anciana.

El corral estaba protegido por una alambrera, así que Maurice tuvo que ponerse en cuclillas y anadear detrás del animal. Hizo lo que pudo por evitar las zonas de barro y los salpicones de excrementos de pato. Mantenía sus fornidos brazos extendidos, las piernas rechonchas totalmente abiertas y los talones juntos como un payaso de circo. Con la cara encendida, agitando la boina para asustar y acorralar al pato en un rincón, se puso a canturrear:

—Ven con papá, ven con papá.

André se apeó del autobús de un brinco para ayudarle. Con el apoyo de André, que le cerró el paso al pato ante cualquier posibilidad de escape, Maurice se abalanzó sobre el palmípedo, que empezó a graznar con desespero hasta que, sin dejar de retorcerse, logró escapar de su atacante, solo para ir a parar directamente a las manos de André.

La granjera lo inmovilizó con habilidad: le pegó las alas al cuerpo y luego le ató las patas con un cordel. André metió al perplejo pato dentro del autobús, donde el pobre cayó rodando. André lo enderezó y dijo:

—Disfruta del trayecto. El paisaje es espectacular.

Maurice ató el otro cabo del cordel a la pata de un asiento, le dio unos suaves golpes en la cabeza con el dedo índice al animal y le espetó:

—Irás directo a la cazuela, así que acepta tu destino como un hombre.

El pato graznó.

—Se ha sentido insultado —comenté.

Maurice corrigió sus palabras.

—Esto…, quería decir como un pato.

Un poco más abajo de la carretera, una mujer de cierta edad que llevaba un delantal y un pañuelo blanco nos hizo señas.

—Ahí está la segunda dama alterada —murmuró André.

Maurice volvió a detener el autobús y abrió la puerta.

—*Adieu, madame.* A su servicio. —Le entregó el pato a través de la puerta abierta.

Ella lo agarró con ambas manos.

—Este chico se convertirá en *pâté de canard* dentro de pocos días. Ya te guardaré un poco. ¿Tu mujer aún quiere las plumas?

—Sí, para rellenar un cojín. *Adieu, madame.*

Y el autobús reanudó la marcha con un vigoroso traqueteo.

—¿Por qué saluda a la gente con un «*adieu*» en vez de con un «*bonjour*»? —quise saber.

Él se encogió de hombros.

—Piense en «*à Dieu*», *madame.* Es la forma provenzal de desear a alguien que vaya con Dios, lo mismo cuando la persona llega que cuando se va.

Una respuesta satisfactoria, aunque sospechaba que había otras formas de saludar en provenzal que suscitaban menos confusión.

Nos detuvimos para dejar pasar a una chica que atravesaba la carretera, cimbreando una vara de sauce para guiar a media docena de cabras. Poco después, volvimos a pararnos por culpa de un anciano que estaba apilando ramas cortadas en un carro tirado por un burro, una escena lo bastante pintoresca como para formar parte de un cuadro.

El autobús empezó a ascender por una pendiente con curvas interminables que sorteaban las terrazas pobladas de frutales. Maurice dijo que eran perales. Aquello me recordó de nuevo el cuadro de la Virgen en la capilla del orfanato. Una pera dorada descansaba en una barandilla en un primer plano. Pregunté a la hermana Marie Pierre un sinfín de veces por qué estaba esa pera allí, pero ella nunca me contestó. Lo único que me decía era que amara a la Virgen María porque, de ese modo, no echaría en falta a la madre que apenas había conocido. Su respuesta jamás me satisfizo. Cuando fui mayor, reconocí que la Virgen estaba inmersa en sus propios pensamientos, sin prestar atención al niño que sostenía en brazos, algo que podría estar más relacionado con el abandono por parte de mi madre biológica que con la intención que el artista había querido expresar.

Solo era una copia de un cuadro que había pintado un italiano llamado Giovanni Bellini, lo que aún le aportaba más exotismo. En la capilla solo había ese cuadro. En aquella época, con uno me bastaba.

La voz de Maurice, que no dejaba de renegar mientras cambiaba de marcha, me sacó de mi ensimismamiento. Cuando llegó a un pueblecito situado en la cima de un cerro, coronado por un castillo y una iglesia, pisó el freno.

—¿Rosellón?

—Gordes —corrigió él—. Tengo un encargo pendiente aquí.

Eché un vistazo a mi alrededor, dentro del autobús.

—¿Qué encargo?

—*Pastis*. Del vaso a mi garganta. El primer *apéritif* del día. Vamos, la iniciaré en esta sana costumbre, *madame*.

Subimos un largo y desigual trecho de escalones de piedra que conducían hasta un café en la plaza. Maurice saludó a la gente que conocía con más *adieus* y pidió un vaso de *pastis* para cada uno de nosotros. En los vasos altos y estrechos solo había un par de centímetros de un líquido claro, una decepción hasta que Maurice vertió agua en su vaso, lo que provocó que la mezcla se enturbiara.

André preparó mi bebida y la suya.

—¡Ah! —murmuró—. ¡Uno de los placeres del sur! ¡Cómo lo echaba de menos!

—*Santé!* —Maurice alzó el vaso y tomó un sorbo; acto seguido, se secó el bigote recortado y los pelitos blancos de la perilla, que, curiosamente, no hacían juego con sus pobladas cejas negras.

—Me gusta el aroma. —Tomé un sorbo, luego otro; después, un trago.

André enarcó las cejas y me preguntó:

—¿Te gusta la mezcla de anís y otras hierbas?

—Sí.

—Cuidado, Lise —me previno—. Este brebaje puede tumbarte. Añade más agua si te sientes… —Dibujó un círculo con un dedo.

—Para ajustarlo a su tolerancia al alcohol y a la temperatura —apuntó Maurice—. Una verdadera bebida provenzal.

—Y usted es un verdadero *chevalier* provenzal, *monsieur*. Pero dígame su apellido.

—Chevet, *madame*. —Puso la mano con la palma mirando hacia abajo, aproximadamente a un metro del suelo—. *Un petit chevalier* —dijo al tiempo que se reía de su propia ocurrencia.

De vuelta al autobús, mientras descendíamos por el largo tramo de escalones de piedra, me invadió un agradable mareo.

—Agárrala bien, André. Estos peldaños pueden ser muy traidores.

—Lo sé. No pienso soltarla.

—Tu abuelo Pascal se enfadaría mucho conmigo si la dejara en Rosellón con un esguince en el tobillo. Cuando mis amigos se enteren de que he llevado a una *parisienne* a vivir a Rosellón… *Oh là là!* Estarán tan orgullosos… Aunque me pregunto si una *parisienne* puede llegar a sentirse *roussillonnais*.

¿Acaso alguna *parisienne* desearía serlo?

—Eso depende de hasta qué punto la ames —señaló André al mismo tiempo que subíamos al autobús.

—¿Yo? ¡Yo ya la amo! —declaró Maurice.

—Es usted muy galante, *monsieur*. ¿Su pueblo está cerca de aquí? —me interesé.

—Justo después de una bajada y de otra cuesta. Cuando vea una hoz clavada en un poste de madera, habremos llegado.

El traqueteo había sido constante durante el último kilómetro. De repente, me fijé en un grupo de extrañas casas de piedra en forma de colmenas.

—Espero que eso de ahí no sea Rosellón —comenté entre risitas—. ¿Verdad que no?

—No, *madame*. Solo es un poblado de chozos de piedra que aquí, en la Provenza, llamamos *bories*. Hay muchos esparcidos por todo el departamento de Vaucluse. Unos dicen que los más antiguos datan de mil años antes de Jesucristo; según otros, tienen dos mil años de antigüedad. Dado que estos se conservan mejor que la mayoría, pensamos que son más recientes.

Al cabo, vi la hoz que sobresalía, incrustada en un poste de madera, como una coma gigante.

—¿Por qué está ahí clavada?

—A la espera de su dueño, que la dejó hace unos años.

—Una hoz muy paciente. Más paciente que yo.

Eso no era del todo cierto. El sentimiento que me invadía no era de impaciencia, sino de angustia. Lo único que vería serían palurdos desplumando patos en las ferias locales. Me di la vuelta hacia André.

—¿Cómo sobreviviremos en un pueblo en el que no hay ni una galería de arte?

—Puedo dedicarme a otros menesteres.

—No me refería a sobrevivir en ese sentido.

—Pero, Lise, ¡vivirás en una galería! ¡Arropada por los siete cuadros de Pascal!

Jamás los había visto. Pascal había abandonado París y había regresado a Rosellón antes de que yo conociera a André. Lo único que había oído eran historias sobre él. ¿Serían esas pinturas tan extraordinarias como para compensar la imposibilidad de trabajar algún día en una galería de arte en París? Podía notar cómo ese sueño se desmoronaba hasta quedar reducido al tamaño de la grieta de una casa en aquel pueblo: LOS COJINES RELLENOS DE PLUMAS DE PATO Y EL PATÉ DE LISETTE.

Y mientras yo permanecía recluida en aquel pueblo remoto, cuidando a un anciano al que ni siquiera conocía, *monsieur* Laforgue adiestraría a otro como ayudante.

André se quedó callado de repente. Parecía inquieto. Le puse la mano en la rodilla.

—Pascal me hizo un tren de madera cuando era pequeño —murmuró—. Aprendí a contar con aquel tren. A medida que él tallaba un vagón nuevo, me enseñaba otro número. Cincelaba los números en los vagones. Seguro que se acordará de ese tren; tiene una memoria increíble.

—Es una anécdota muy bonita.

Tras un rato en silencio, dijo:

—Solo espero que no haya perdido la vitalidad.

Le agarré la mano.

—Yo también lo espero, amor mío.

Pronto divisé a lo lejos un pueblo tal y como el que André había descrito: en tonos ocres —coral, rosa y salmón—, enclavado en lo alto de una montaña y flanqueado por un pinar de un verde intenso. Todas las casas, pintadas con armoniosos colores cálidos, se escalonaban hasta la cumbre como una pirámide de bloques, como si estuvieran habitadas por hadas madrinas, enanitos y otros seres mágicos. En la parte inferior, en los mismos colores, unos imponentes barrancos y unos pináculos en forma de dedos artríticos le servían de base, lo que le confería una imagen fantasmagórica, como un reino fantástico sacado de un cuento infantil.

—*Voilà, madame!* —anunció Maurice—. Ahí lo tiene: la villa de Rosellón, reina de la *commune de Roussillon, canton de Gordes, arrondissement d'Apt, département du Vaucluse, région de Provence, nation de France.*

Todo ello expresado con el orgullo de un patriota. Su energía me sedujo.

—Sin lugar a dudas, Pascal eligió un lugar de difícil acceso. —Reí divertida.

—A trescientos metros de altitud —indicó Maurice—. Pascal no lo eligió. Había nacido aquí, como yo. Quién habría imaginado que, cuando agarramos los picos de nuestros padres y bajamos a trabajar a la mina de ocre, él acabaría convirtiéndose en un *amateur* del arte, un amante devoto de las pinturas, y que traería de vuelta una colección, ¡nada menos que desde París! —Sacudió la cabeza con asombro—. El bueno de Pascal. No obstante, por más cosas fascinantes que él haya visto en París, todavía puedo hacerle morder el polvo en la pista de petanca.

André rio.

—Él dice lo mismo de ti.

En cuanto a la lista de lo que me gustaba de Rosellón, de momento solo estaba segura de dos cosas: Maurice y el *pastis*.

—Ah, sí, mi querida *madame*. Supongo que existe otra verdad, aparte de *les quatre vérités*: el amor. Sufrimos, nos lamentamos, refunfuñamos, pero amamos, de una forma más violenta que los rugidos del mistral. Ya lo verá.

Capítulo 2

Un pueblo, un hombre

1937

Maurice aparcó el autobús en la parte baja del pueblo, a la sombra de unos árboles en una plaza que él llamó plaza Pasquier, al lado de un barranco. Insistió en que fuéramos a dar un paseo para que me familiarizara con Rosellón, y dijo que ya nos llevaría más tarde el equipaje a casa.

Mientras ascendíamos por la cuesta de la calle principal —¿o acaso era la única calle del pueblo?—, tuve que entrecerrar los ojos por la intensa luminosidad de los rayos del sol, que rebotaba en los edificios. Pasamos por delante de una humilde oficina de correos, una *boulangerie* de la que emergía el cálido aroma a pan recién horneado, una diminuta *épicerie* que ofrecía una pequeña cantidad de verduras y hortalizas, y una *boucherie*, en cuya ventana colgaban una paleta de cordero cubierta de moscas y un ternero abierto en canal con una rosa roja plantada con picardía en el ano. Un herrero martilleaba con brío una pieza de metal sobre el yunque en su taller a la vista, encajonado entre un par de casas. Contuve la respiración hasta que las hube dejado atrás, esperando que André no anunciara que una de esas casas era la de Pascal.

Un poco más arriba, había una plaza, con una placa que la identificaba como la plaza del ayuntamiento. Me fijé en el imponente edificio de piedra y estuco, en cuya fachada sobresalía la palabra «MAIRIE». Varias personas ocupaban la terraza del café contiguo. Cerca de allí —*grâce à Dieu!*—, una peluquería. Justo delante, un grifo goteaba sobre una enorme pila de piedra en forma de concha, engastada en la pared de un edificio. ¿Era allí donde la peluquera lavaba el cabello a sus clientes? Llegamos al campanario, situado al lado de un impresionante arco gótico de piedra color miel.

De allí partían dos calles. Nos adentramos en una zona residencial. Lo que acabábamos de dejar atrás era, por lo visto, el centro del pueblo.

André tomó el camino más al norte.

—Estamos en la calle de la Porte Heureuse.

Calle de la Puerta Feliz.

—Qué nombre más divertido —remarqué, aunque temía que mi voz revelara lo contrario.

Un abanico de casas finamente estucadas en los tonos ocres de la luminosa arcilla del municipio, con las contraventanas y los marcos de las ventanas pintados de un intenso color azul, acicalados con vistosas adelfas color rubí, se desplegó ante mí, como si se tratara de un cuadro de Van Gogh. En todas, la puerta principal daba a la calle. Algunas fachadas estaban cubiertas por hojas de parra o hiedra. Me fijé en el marco de una puerta, engalanado con judías verdes. ¡Qué conveniente! De la mata a la olla en cuestión de segundos.

La casa de Pascal era un edificio de dos plantas con el estuco agrietado de color ocre rosado. No había ninguna ventana a la vista. Al parecer, aquella era la fachada norte. Una parra sin apenas hojas se encaramaba por el marco de la puerta, y una jardinera rodeada de un fleco de malas hierbas contenía una planta de lavanda marchita. La puerta no estaba cerrada con llave. Entramos, y André llamó a Pascal en voz alta.

No obtuvo respuesta.

Me vi rodeada de cuadros. Sin poder contenerme, lancé un silbido de asombro.

En la pared opuesta a la puerta, entre dos ventanas, había uno de una construcción sencilla en un entorno rural. A mi espalda, en la pared sin ventanas, cuatro paisajes dispuestos en fila. A la izquierda, una escena campestre de campos de cultivo, con un puente y una montaña a lo lejos; en otro, una joven caminaba con una cabra por un sendero amarillo; otro mostraba un paisaje otoñal de árboles con hojas pardas frente a un grupo de casas; por último, en el extremo más a la derecha, había pintada una pila de peñascos, altos y cuadrados, frente a una mon-

27

taña. Desconcertante. A la derecha de las escaleras, un bodegón, y a la izquierda —*mon Dieu!*—, ¡cabezas sin cuerpo! Con narices aplanadas hacia el costado, trazos oscuros alrededor de los ojos y una rendija negra por boca. Me provocó un escalofrío.

—¿Qué es esto? —chillé.

—¿Pascal? —llamó André.

—Ese cuadro parece que lo haya pintado un niño enfadado.

Solo vi la pintura unos instantes, porque André me arrastró hacia las escaleras para subir al piso superior mientras seguía llamando a Pascal.

Las dos habitaciones estaban vacías, aunque parecía que alguien había dormido en una de las camas.

—¿Dónde estará? —pregunté.

Esperaba encontrarlo gimoteando, acurrucado bajo el edredón.

André enfiló hacia el piso inferior, hacia la puerta, en busca de Pascal. Yo lo retuve.

—Tengo que hacer pis.

André se puso pálido.

—No hay cuarto de baño.

—¿Cómo que no hay cuarto de baño? ¿Y dónde se supone que he de hacer mis necesidades?

—Ya compraremos un orinal bonito para nuestra habitación —propuso, esbozando una tensa mueca—. Los excrementos se tiran por el barranco. O puedes usar un lavabo público. Hay uno bajando a la izquierda, en la plaza del ayuntamiento, después de la fuente en forma de concha, junto a la pista de petanca.

—¿Y pretendes que viva así? ¡No me lo habías dicho!

En ese momento sí que era una dama alterada. Estuve a punto de salir corriendo cuesta abajo, con André pisándome los talones al trote, sin poder contener la exasperación ante aquello. Aislada en un pueblo que quedaba a un día y medio de viaje de París; encerrada durante nueve días seguidos, una prisionera en mi propia casa mientras el viento usurpaba mi libertad, campando a sus anchas y arrasándolo todo por doquier hasta no dejar nada en pie; vivir en un lugar tan atrasado que decían «adiós» en lugar de «hola»; renunciar a salir de compras y a mirar escaparates, a ir de cabaret en cabaret, a visitar galerías de arte; quedarme anticuada en cuanto a la moda, huérfana de cultura, hambrienta de arte; tener que posponer mi sueño, aniquilar mi ambición, marchitar mi alma. Y, por si todas aquellas circunstancias no bastaran, verme obligada a anunciar mis funciones corporales privadas corriendo como una bala cuesta abajo antes de ser víctima de una vergonzosa catástrofe en público, llegar a un lavabo público convenientemente situado —para hombres, seguro— junto a la pista de petanca: «*Adieu, messieurs*, no me prestéis atención, solo voy a hacer pis».

Desde la calle, la fachada de los lavabos públicos parecía bastante cuidada, con su pared estucada de color ocre orina, pero en el interior solo encontré un agujero en el suelo de cemento y una viga pelada a la altura de las rodillas sobre la que se suponía que tenía que colgar mi trasero. ¡Hasta en el orfanato de las Hijas de la Caridad teníamos lavabos de porcelana con asientos ovalados de madera y una cisterna adosada a la pared para la descarga de agua!

Cuando salí y me topé de frente con los espectadores de la pista de petanca, tuve que hacer un gran esfuerzo para esgrimir una afable sonrisa a modo de saludo. Después dediqué a André una mirada que expresaba inequívocamente la imposibilidad de soportar la situación.

—¡Oh, André! —Fue lo único que acerté a balbucear.

—Te construiré un retrete. No te preocupes.

André se volvió hacia la pista de petanca, donde un hombre empuñaba una bola metálica, dispuesto a lanzarla.

—¡Pascal! —gritó.

—*Ah, quelle surprise! Adieu! Adieu!* —exclamó un individuo cuya camisa y cuyos pantalones arrugados hacían juego con su piel marchita.

Al verme, se dio una palmada en la frente sobre una deslustrada gorra amarillenta de gamuza con el estrecho borde remangado; la llevaba encajada en el cráneo como si se tratara de una segunda piel.

Abrió los brazos de par en par.

—¡Así que esta es la famosa Lisette! ¡André, deberías estar avergonzado! ¡Es mucho más bonita de lo que me habías dicho!

Pascal me besó en las mejillas tres veces, una más que la costumbre en París. Su bigote desaliñado me arañó la piel.

Cuando se acercó a André para repetir los besos, este lo agarró por los hombros y lo zarandeó con visible enojo.

—¿Se puede saber qué diantre haces aquí? ¿Estás loco? ¡Deberías estar en la cama!

—¡No sabía cuándo llegarías! ¡O si vendrías! ¡Ah, pero qué contento estoy de verte!

—¡Jugando a la petanca! Me escribes diciéndome que te estás muriendo; me suplicas que vengamos y que nos encarguemos de ti en tus últimos días, así que hacemos las maletas, le decimos a nuestro casero que dejamos el piso, abandono mi puesto en el gremio y mi floreciente carrera con nueve conocidos pintores como clientes, saco a la fuerza a mi esposa de París para llevarla a un pueblo remoto que ella sabe que no le gustará, y todo eso porque tú me has dicho que te estás muriendo. ¡Y te encontramos jugando a la petanca!

—¡Oh, por favor, André, no te enfades! —Unió las palmas delante del pecho y las sacudió como haría un mendigo.

—¿Y cómo quieres que reaccione?

—Anhelaba tanto tenerte aquí, conmigo…

Pascal pronunció las palabras con voz lastimera y puso una cara de pena que casi daba risa, excepto por el hecho de que la situación no me parecía cómica en absoluto. Habíamos cometido un grave error: habíamos echado por la borda nuestro futuro solo por el antojo de un anciano. El gremio no volvería a ofrecerle su puesto a André, ya lo habían reemplazado con otra persona. Y lo mismo pasaba con mi tan anhelado puesto de aprendiza en una galería de arte. Si Pascal no estaba a punto de vomitar, yo sí.

—Además, ¿cómo esperas que un anciano como yo pueda cargar con la leña en invierno? ¿Es que acaso quieres que me muera congelado?

—Mira, estoy a punto de dar media vuelta y volver por donde he venido. Lisette estaría encantada.

—*Non, non, non*. Estoy enfermo. Solo juego a la petanca un día sí y un día no.

—¿Así que solo estás enfermo de vez en cuando? —explotó André, con el tono de voz duro y acusador.

—Algunos días solo me siento *un peu fatigué*, un poco cansado. En cambio, hay días que estoy *fatigué*. Entonces guardo cama. En mis peores días, estoy *bien fatigué* y… asustado. —Cruzó los brazos sobre el pecho y hundió los hombros—. ¿Habrías preferido encontrarme en uno de esos días? Así me sentía cuando te escribí. Hoy estoy… —Alzó el dedo índice y el pulgar, y los mantuvo separados unos centímetros— *un peu fatigué.*

—Así que descansa un día sí y un día no —apunté yo.

—¿Lo ves? Ella me comprende. No juego a la petanca cuando estoy *fatigué.* Pero a veces, después de un día de descanso, me levanto de la cama y juego solo un partido, máximo dos.

—Nos has engañado, *grandpère.*

—Por favor, te lo suplico, no te enfades conmigo. —Bajó la cabeza, con la frente abatida por el peso del arrepentimiento—. Es horrible para un anciano ver que su nieto se enfada con él.

A pesar de mi propia frustración, me mostré de acuerdo con tal alegato. André y Pascal eran los dos únicos miembros de su familia que seguían con vida. Pascal había perdido a su esposa dos años antes de que yo conociera a André, y la madre de esta había fallecido al dar a luz. El único hijo de Pascal, Jules, había muerto en la Gran Guerra, cuando André tenía seis años. Así pues, se habían saltado una generación. Eso había provocado que entre los dos hombres naciera un vínculo muy especial. Pascal y su esposa habían criado a André en París, y Pascal le había enseñado su oficio. Pese a que yo no conocía al anciano, y aunque estaba muy enfadada, detestaba ver que André lo regañaba de ese modo.

Un jugador espigado y delgado como un fideo, con un formidable bigote, se nos acercó.

—Perdón, Pascal, pero es tu turno.

—¡Espera un momento, Aimé! ¡Es mi nieto! ¡Ha venido desde París para vivir conmigo! —Se volvió hacia André, y el otro hombre se apartó—. Ya hablaremos esta noche, ¿de acuerdo? —Alargó ambas manos hacia mí, con los dedos entrelazados, y dijo—: Después de tan largo viaje, tienes un aspecto tan fresco como una rosa, Lisette. Aquí serás feliz, te lo prometo.

—¡Pascal! —lo apremió Raoul, que llevaba el típico sombrero de paja de granjero.

31

—He de acabar el partido —se excusó Pascal con una leve inclinación de cabeza—. ¡Solo una ronda más y habremos terminado!

Enfiló con paso presto hacia la pista de tierra, con una sorprendente vitalidad.

—Lo siento, Lisette. No me lo esperaba. —André cruzó los brazos, cerró una mano en un puño y se golpeó la barbilla con suavidad.

A pesar de la frustración que lo embargaba, observó atentamente el partido. Pascal y sus compañeros, Aimé y Raoul, el granjero, rodearon el campo de juego, estudiando la posición de once —las conté— bolas metálicas y una pequeña bola de madera.

—*Alors*, ¿arrimo o tiro?

—Cada equipo intenta acercar sus bolas al boliche, que es la pequeña bola de madera, más que el equipo contrario —me explicó André—. Arrimar significa lanzar una bola directamente hacia el boliche. Tirar significa lanzar una bola hacia otra bola del otro equipo para alejarla del boliche. O puedes lanzar hacia el boliche y alejarlo de una bola del otro equipo, o acercarlo más a una bola de tu equipo.

—Al tiro —dijo Pascal—. Segurísimo.

—¡Pero qué dices! —gritó el granjero—. ¡Está demasiado lejos!

Acto seguido, jugadores y espectadores se enzarzaron en una acalorada discusión sobre el lanzamiento más apropiado. Unos cuantos abogaban por arrimar, otros por lanzar al tiro, y alegaban diversas razones, como los guijarros en medio de la pista, la pendiente del campo, la mala puntería de Pascal, la fuerza o la debilidad de su brazo, o su falta de equilibrio. Otros recurrían a insultos. Aimé, su compañero de equipo, simuló que lanzaba una bola: alargó el brazo hacia delante y luego lo arqueó elegantemente por encima de la cabeza, para mostrar el recorrido de la bola en el aire; a continuación, le aconsejó una jugada mientras señalaba una línea imaginaria a lo largo del suelo y hasta el boliche. Todos gritaban con arrojo, al tiempo que convenían en que no había una forma inequívoca de asegurar el tiro. Sin duda, todos lo estaban pasando bien.

Raoul apartó un par de guijarros con la bota, lo que provocó una reacción airada por parte de unos cuantos, que gritaron: «¡Eh! ¡Eso va contra las normas!». El otro equipo se apresuró a colocar de nuevo los guijarros donde estaban, y retomaron la acalorada discusión.

—¡Olvidaos de las piedras! —espetó Pascal—. ¡Vamos! ¡Que lanzo al tiro!

—*Bon Dieu* —me susurró André al oído en tono de disgusto—. Está intentando presumir delante de ti, para que lo perdonemos.

¡Qué tierno! Un anciano intentando impresionarme con su habilidad.

—Dile que arrime, Aimé —propuso un miembro del equipo contrario—. Ya sabes que tiene miedo de lanzar al tiro.

—Pero ¿qué dices? —refunfuñó Pascal. Se mordió el bigote con los amarillentos dientes inferiores—. De acuerdo. Lo haré a vuestra manera: arrimaré.

—Una jugada más segura —me comentó André—. Aunque ha conseguido que todos crean que estaba dispuesto a arriesgarse lanzando al tiro. No es más que estrategia, bravuconería y ganas de hacer teatro.

Todos guardaron silencio. Yo contuve el aliento al tiempo que deseaba que el anciano ganara el punto. Sus rodillas crujieron cuando se inclinó hacia delante para prepararse para lanzar. La bola aterrizó justo en el lugar que Aimé había indicado, rodó hacia el boliche, pero chocó contra una piedra y se desvió hacia la izquierda, hasta que se detuvo casi un metro más allá del objetivo. Me sentí traicionada por una piedra.

El otro equipo había ganado el partido y el torneo. Nadie saltó de alegría, ni nadie se dedicó a analizar la jugada. Curiosamente, el otro equipo y los espectadores enfilaron hacia el bar en silencio.

—Debería haberla lanzado tal como quería —refunfuñó Pascal.

—No nos eches la culpa —saltó Aimé a la defensiva—. Si hubieras lanzado al tiro, seguro que no le habrías dado.

—¿Ah, sí? ¡Coloca las bolas de nuevo en la posición que estaban! —propuso Pascal—. ¡Me juego un paquete de cigarrillos a que puedo hacerlo!

La procesión al completo se detuvo en seco y regresó a la pista.

Aimé colocó la bola en la posición que había ocupado la de Raoul, y el granjero puso el boliche donde estaba. Pascal lanzó alto; su brazo permaneció elegantemente suspendido en el aire mucho rato después de lanzar la bola. Esta rodó como un planeta plateado y aterrizó como un meteorito, apartó la bola de Aimé con un golpe seco y se detuvo justo al lado del boliche, tal como el anciano había anunciado.

—¿Lo veis? ¡Qué os había dicho! —exclamó exultante.

Nadie respondió ni le dio una palmadita en la espalda a modo de felicitación; no se oyó ni un solo vítor ni ningún otro ruido por parte de los allí reunidos, salvo mis aplausos emocionados.

Solo Aimé, sin alterar la voz, dijo: «Formidable, amigo».

De pronto, en un arrebato de orgullo, grité:

—¡Bravo, Pascal!

—¡Bah! Solo ha sido un lanzamiento —murmuró él con ojos de corderito—. *Eh bien, ma minette douce*, por fin estás aquí.

Pascal estaba procurando hacer las paces llamándome «dulce gatita». Me ofreció el brazo y los dos iniciamos el ascenso por la cuesta, hacia su casa. Cuando se apoyó en mi hombro, noté que su respiración era entrecortada.

Capítulo tres

El París que conocíamos

1937

—*C*uando todo esto se acabe, iremos a ver el Mediterráneo —susurró André con la cara pegada a la almohada, aquella primera noche en Rosellón.

Pero ¿de momento qué? ¿Tenía que desear que Pascal muriera pronto para que pudiéramos irnos de vacaciones y después retomar nuestra vida perfecta en París? ¡Qué pensamiento más atroz! Hundí la cara en el pecho de André para que él no pudiera leer aquel horrendo pensamiento en mi rostro.

—No me cuesta nada imaginarlo —susurré—. Tan vasto, con un agua tan clara, bañando mis pies, y tan oscura a lo lejos. El lustroso azul tan exótico como el cuello del pavo real en el Jardin des Plantes.

Seguro que él adivinó mis pensamientos: que en aquel pueblucho no había ningún jardín público, ni teatro de ópera, ni cabarés, ni jazz en La Coupole, ni Folies Bergère, ni orquestas de baile como la de Ray Ventura, ni cine, ni músicos ambulantes, ni espectáculos de marionetas, ni grandes almacenes, ni esculturas, y ni una sola galería de arte. Me iba a pudrir de aburrimiento.

—La luz de la luna que se cuela a través de la ventana le da a tu piel un brillo perlado. —André estaba intentando por todos los medios aplacar mi desesperación—. Mi Lise. *Fleur-de-lis de la mer*, con el pelo mojado pegado a dos pezones que son como dos perlas glaseadas. Eso eres tú: una ninfa acuática, una belleza de pelo oscuro, una Cleopatra, una sirena griega. Me cantarás, y yo te adoraré para siempre.

Me sentía adorada de forma suprema, y yo lo adoré. Pero cuando él se quedó dormido, y el pueblo cayó sumido en un absoluto silencio, salvo por el ulular ocasional de algún búho, pensé en lo que estaríamos haciendo si todavía viviéramos en París.

Deambularíamos entre las sombras de la noche por el muelle, debajo de la Conciergerie en la isla de la Cité, entre parejas de enamorados amándose con tiernos susurros bajo la luz amarilla de una farola. O recorreríamos uno de nuestros bulevares favoritos y subiríamos hasta Montmartre, para gozar de la panorámica de los tejados de la ciudad desde el Sagrado Corazón.

Una vez, antes de que fuéramos novios, antes de que ni siquiera nos hubiéramos cogido de la mano, André me invitó a montar en el carrusel de la plaza Abbesses, en la vertiente sur de Montmartre. Después, me sacó de la plataforma en volandas y giró conmigo hasta que me sentí tan mareada que tuve que aferrarme a él. Su sonrisa socarrona revelaba que lo había planeado. Más tarde, tomamos el funicular hasta la plaza Tertre, en pleno corazón de Montmartre, donde los artistas vendían pequeños cuadros a los turistas y donde siempre sonaba la música de algún acordeón. Con galantería, André pagó a un hombre para que recortara mi silueta en una lámina de color negro y la pegara sobre otra blanca. «Un tesoro que merece ser encuadrado en mi marco más selecto», declaró André.

En particular, adoraba las visitas a galerías de arte los sábados por la mañana para ver el efecto de los nuevos cuadros en los marcos tallados por André. Él se sentía tan orgulloso como yo, cuando distinguíamos uno. Al enriquecer más unos cuadros que ya de por sí eran admirables, André contribuía al apasionante mundo del arte en París, y yo, su esposa, me deleitaba en la belleza que él creaba.

Los domingos solíamos ir al Bois de Boulogne, donde alquilábamos una barca de remos para conmemorar cierta tarde de domingo del verano de 1935. Aquel día, habíamos estado remando en el lago superior, y por casualidad mencioné que aquel parque había sido coto de caza de los reyes. André objetó y dijo que era un lugar de paseo para reinas.

—Eres la reina de mi corazón. *Lise, la reine de mon coeur*

—pronunció con voz líquida mientras remaba despacio—. ¿Quieres ser mi reina para siempre?

—Sí —contesté—. Sí, quiero. Sí.

No lo consideré una propuesta de matrimonio formal, solo un flirteo, pero André reaccionó con celeridad y me dijo que me amaba justo cuando estábamos a punto de llegar a la isla de la Cité, se me declaró en el Pont Neuf, y a finales de aquel mismo año nos casamos bajo la bóveda de la iglesia de San Vicente de Paúl, en la casa de las Hijas de la Caridad, a pesar de que él habría sido más feliz solo con una ceremonia civil a cargo de un magistrado. Yo tenía dieciocho años y estaba enamorada.

Él era un romántico empedernido, como yo, lo cual quedaba claro en nuestros paseos. La primera vez que pasamos por delante de una *confiserie* y olí el aroma a peladillas, tironeé de su manga para que se detuviera y admiráramos juntos las figuritas de mazapán de vivos colores presentadas en filas uniformes. Manzanas menudas y verdes, con una línea roja; fresas con puntitos negros; melocotones con la piel caramelizada que pasaban del amarillo dorado al naranja, y del naranja al rosa profundo en el tallo. Verdaderas obras de arte en miniatura. André acababa de vender un marco muy caro tallado con imbricados arabescos, así que intentó averiguar qué figurita me gustaba más, para comprármela. Sugirió la cereza, pero yo elegí un melocotón, solo para fastidiarlo, y me reí porque me había burlado de él. André me llamó: «Lise, mi precioso melocotón. Lise, la fresa de mi corazón. Lise, el suculento melón de mi vida. Lise de los ojos lavanda. Lise con la piel de ruboroso marfil. Lise, mi único y verdadero amor, mi vida». Al oír cómo me decía todas esas cosas tan extravagantes mientras caminábamos cogidos de la mano, me sentí como si fuera la chica más afortunada de París.

Eso era lo que uno hacía en París. Caminar, observar, posar para los desconocidos que te observaban, fingir que no oías sus conversaciones… Un espectáculo de color y risas. Y, pese a tanto caminar y observar, podía oír las palabras de la hermana Marie Pierre el día que abandoné el orfanato: «Espero que encuentres belleza a lo largo del camino, y que me la describas con imágenes y palabras».

Mordisqueando la figurita de mazapán, caminamos hasta

37

que nos dolieron los pies, entonces nos detuvimos en una *pâtis-serie*, tomamos un *café crème* y compartimos una palmera. Por todo París, los amantes compartían los pasteles a bocados, igual que nosotros.

A menudo quedábamos con Maxime Legrand, un buen amigo de André que era marchante de arte y que le había suge-rido a su jefe, *monsieur* Laforgue, que considerara la posibilidad de contratarme de aprendiza en la galería que llevaba su nom-bre. Cuando André y Maxime se veían, se comportaban con una exuberancia infantil: gesticulaban con los brazos abiertos en amplios arcos; Maxime subía las escaleras de dos en dos; André, con sus piernas interminables, lo hacía de tres en tres. Uno se nutría de la espontaneidad del otro; saludaban a las ancianas con una reverencia a la vez que las adulaban con palabras lison-jeras, bailaban en plena calle con niñas pequeñas y cantaban *Louise* o *Valentine*, de Maurice Chevalier, mientras las mamás reían encantadas.

En verano, los tres solíamos sentarnos en la terraza del café de la Rotonde para ver a la gente pasar. André y Maxime lleva-ban *canotiers*, y Maxime lucía un clavel blanco en el ojal, pan-talones de rayas y polainas blancas. Pero en invierno quedába-mos en la Closerie Lilas, donde el ambiente era cálido y los pintores de Montparnasse acudían a tomar un café mientras conversaban animadamente sobre sus cuadros.

Una tarde, Maxime se presentó muy sonriente, arrebujado en su abrigo con cuello de castor. Transpiraba una infinidad de encanto, sí, «infinitud», una palabra que había aprendido de la hermana Marie Pierre, a quien le encantaba enseñarme pala-bras, y a mí me gustaba sorprender a André y a Maxime con ellas, así que aquel día dije: «Estoy experimentando una infini-tud de euforia con tu presencia», y luego reí como una colegiala por el tono pomposo de mi frase. Al oír el ruido que hacían los camareros mientras apilaban tazas y platos, dije: «Escuchad la infinitud de ese clamor». La hermana Marie Pierre también me había enseñado a describir las cosas por otro nombre, por lo que les dije que el coro de voces que cantaba en Notre Dame era «una hermandad de serafines», y los dos se mostraron encanta-dos con mi vanilocuencia.

Maxime saludó con discreción, con un gesto leve de la cabeza, a un pintor que estaba sentado a una mesa apartada y susurró: «Fernand Léger». Después de asegurarse de que nadie podía oírnos, explicó que un acaudalado marchante estaba tasando los cuadros de Léger en la galería Laforgue, y que, como protegido de *monsieur* Laforgue, estaba aprendiendo cómo ensalzar un determinado trazo de luz, o un poderoso trazo en diagonal, unificador, o una composición creativa. Maxime soltaba comentarios superficiales acerca de artistas emergentes, y acerca de quién estaba comprando qué, y sobre cuánto había pagado el comprador, y sobre cómo una pintura en particular, recién llegada del estudio de un artista, aunque fuera unos centímetros más pequeña, podía ser más exquisita en un sinfín de aspectos, una compra muy superior a un lienzo de mayor tamaño. Yo absorbía las historias y las anécdotas como una gatita hambrienta.

—¿Por qué nunca vienes acompañado de alguna amiga? —me interesé.

—Porque me vería obligado a no prestarle atención en tu presencia. Mi devoción por ti es un millón de veces superior.

Eché los hombros hacia atrás, apreté el abdomen y solté una carcajada ante su ingenioso comentario, desechándolo de inmediato como si se tratara de la hoja caída de un árbol. Con todo, durante un rato, estuve ansiosa de escuchar más frases aduladoras, a la espera de una mirada de complicidad que indicara que hablaba en serio. En cierto modo, creo que aquella conversación trivial complacía a André tanto como a mí.

—Qué bien que André te lleve lejos de París —dijo Maxime la última vez que quedamos los tres, antes de nuestra partida—. Te habría dado la tabarra tirándote los tejos hasta llegar a un punto peligroso.

No me cabía la menor duda de que Maxime solo bromeaba a medias.

Pero yo pertenecía a André. Desde el primer momento en que lo vi, fui suya. Nos conocimos en el bulevar Saint-Germain, en la calle Seine, un día que yo regresaba a casa corriendo después de comprar un remedio a base de hierbas para la hermana Marie Pierre en una herboristería. Estaba empapada por la lluvia, y él me cubrió con su paraguas. Contemplé su perfil de soslayo, con miradas furtivas; la esbeltez de su cuello, la mandíbula angulosa y los ojos castaño oscuro, cuyos misterios no podía descifrar, aunque averigüé su nombre: André Honoré Roux. Recorrimos juntos un buen trecho, y cuando él tuvo que tomar la calle Saint-Pères y yo seguir recto por la calle Bac, sujetó el mango del paraguas con ambas manos y, con un aire despreocupado dijo: «*Enchanté, mademoiselle*», dobló la esquina y desapareció.

Al día siguiente, inicié mi búsqueda de aquel desconocido por las calles de Saint-Germain-des-Prés.

Capítulo cuatro

La negociación de Pascal

1937, 1874

$\mathcal{A}$ la mañana siguiente de nuestra llegada, André y yo nos despertamos con el canto de los gallos. Era la primera vez en mi vida que oía el estridente quiquiriquí. Por lo visto, los gallos de Rosellón también cantaban con arrojo. Dejamos a Pascal roncando al ritmo del canto de los gallos y del abrumador zumbido de las cigarras, un zumbido más áspero que un gorjeo, enloquecedor en su incesante repetición.

André echó un vistazo a una calle aledaña.

—Una serrería. Qué bien. Necesitaré madera para construir los caballetes y un tablero contrachapado para la mesa de trabajo.

Lo miré con reticencia. ¿Quién iba a comprar un marco en un pueblo en el que no había ni una sola galería de arte?

En la *boulangerie*, la dueña, una mujer de mediana edad que se presentó a sí misma como Odette, lucía una margarita blanca en el pelo y una marca de belleza personal: un lunar en la mejilla derecha pintado con un lápiz de ojos, una práctica que hacía cinco años que había pasado de moda en París.

—Así que Pascal os ha convencido para que vengáis. Esta debe de ser...

—Lisette. Mi encantadora, adorable, inteligente, vivaz...

—Para, André. Harás que me sonroje.

—Esposa.

Odette me miró de arriba abajo y matizó:

—Su esposa parisina. —Acto seguido, se volvió hacia la cocina y gritó—: ¡René, ven a ver a la mujer de André!

Genial. ¿Qué era yo? ¿Un maniquí de unos grandes almacenes?

Con las mejillas y las manos empolvadas de harina, el panadero asomó la cabeza, nos saludó y desapareció.

Como gesto de bienvenida, Odette se negó a cobrarnos las dos *baguettes* que habíamos pedido, algo impensable en París.

En casa, encontramos a Pascal sentado junto a la mesa en la estancia principal, que hacía las veces de comedor, sala de estar y cocina, con los codos apoyados en el hule en una postura de desespero. Volvió a disculparse y, por enésima vez, dijo que se sentía enormemente feliz de que estuviéramos allí, con él.

André se limitó a contestar con un «Lo sabemos» antes de ir a la serrería.

Busqué un lugar donde sentarme y caí en la cuenta de que allí no había ninguna butaca, solo un desvencijado sofá con un sencillo armazón de madera, un banco sin respaldo arrimado a una pared y cuatro sillas con listones de madera horizontales por respaldo. Me llevaría bastante tiempo confeccionar cojines, si tenía que esperar a que Maurice atrapara a todos los patos de las granjas en la región y los desplumara.

—Durante todos estos años que has vivido aquí, ¿nadie te ha sugerido que pongas cojines en las sillas? —pregunté.

Él sacudió la cabeza con abatimiento.

—A nosotros, los *roussillonnais*, no nos preocupa mucho la comodidad de las posaderas.

—¿Adónde va la gente a comprar? —pregunté para desviar la atención de mi impertinencia.

—Los sábados hay un gran mercado en Apt, una ciudad a once kilómetros de aquí, y también tenemos el mercado del pueblo, los jueves, pero es más pequeño.

Señaló hacia el mueble de madera de pino arrimado a la pared cerca de la pila, sobre la que había una cañería pelada, sin grifo. El mueble disponía de una rejilla ornamental a modo de ventilación y de dos puertas finamente talladas.

—Es un *panetière*, para el pan, uno de los artículos tradicionales artesanos de la Provenza. Mi tío y yo lo hicimos para mi madre. Recuerdo que ella dijo: «*Poésie bien provençale*», que supuse que significaba «poesía en la madera», un gran cumplido. Yo debía de tener quince años por entonces, pero me sentí como un hombre, con ese trabajo. He hecho más.

—Es precioso. —Abrí las puertas y guardé la segunda *baguette*.

—También hicimos el mueble que hay detrás. Es un *pétrin*, para amasar pan.

Acaricié la madera rugosa, ajada por los años de uso como tabla de cortar. ¿Cuánto tardaría Pascal en darse cuenta de que yo jamás usaría ese mueble para amasar pan, si había una panadería en el pueblo?

—Espero que te guste vivir entre mis cuadros.

—Seguro que sí.

Me desplacé de un cuadro al siguiente. Estaban colgados en fila, en la pared situada al norte. Me detuve delante de cada uno, como si estuviera en una galería de arte. Maxime tan solo me había dado nociones básicas sobre cómo admirar una pintura, pero yo me había sentido desbordada por todos los conceptos que tenía que aprender. Sin embargo, plantada frente a un enorme paisaje de campos de cultivo con una montaña a lo lejos, auné el coraje para preguntar:

—¿Cézanne?

Pascal sonrió y asintió con la cabeza.

Me envanecí. Frente a una escena campestre, pintada en suaves tonos, con una joven vestida de azul y una cabra, aventuré:

—¿Monet?

—Pissarro —me corrigió él.

Me sentí ignorante.

Ante un grupo de casas con tejados rojos que emergía entre algunos árboles de aspecto otoñal, conjeturé:

—O Monet, o Sisley, o Pissarro otra vez.

—Pissarro.

De pie delante del siguiente, pensé que no tenía ni idea de quién podía haber pintado unas losas planas. Al final, tuve que preguntar quién había sido.

—Cézanne. Es una cantera.

Junto a la escalera, había un bodegón de fruta.

—¡Vaya! Este lo podría haber pintado cualquier artista. ¿Manet?

Pascal meneó la cabeza.

—¿Gauguin?

Volvió a negar.

—¿Fantin-Latour? —Me sentí orgullosa de mencionar a un artista no tan conocido.

—No.

—¿Renoir?

—*Non encore.*

—Entonces deber de ser Cézanne.

—¡Sí, señora! No podría ser de nadie más.

—Pero ese cuadro horroroso… ¿Quién pintaría unas caras sin cuerpos?

Pascal se encogió de hombros y alzó el brazo para indicarme que me acercara a él. Con voz quejumbrosa preguntó:

—¿Quieres saber la verdadera razón por la que escribí esa carta desesperada a André?

—Sí, por supuesto que quiero.

—Antes de morir, mientras todavía tenga capacidad para recordar, quiero contároslo todo a ti y a André acerca de estos cuadros y sobre los hombres que los pintaron. Me da miedo perder facultades y olvidar, si espero un poco más. —Hizo una pausa antes de añadir—: Todo. Quiero que comprendáis su importancia, para que los apreciéis tanto como yo. En estos cuadros se utilizaron los ocres de las minas del pueblo.

—¿Tú eras minero? ¿Con Maurice?

—Sí, cuando era joven y ágil.

—Pues ayer me pareció que conservas una gran agilidad, por la forma de inclinarte para lanzar la bola.

—Lo que más me cuesta es levantarme de la cama. He perdido fuerzas. En aquella época sí que era fuerte; bajaba a la mina al alba y trabajaba hasta que caía la noche, privado de la luz del sol, con la humedad que me calaba los huesos, tosiendo sin parar. ¿Qué clase de vida era esa? Pedí que me enviaran a la sección donde se secaba el ocre, lavando el mineral tal como había hecho de niño. ¡Solo tenía catorce años, Lisette! El capataz no quiso ni oír mi propuesta. Tuve que seguir trabajando en la mina hasta que él me reubicó en los hornos de la fábrica. No era una alternativa mejor. Respirábamos polvo, y quedábamos rebozados con polvo de ocre hasta tal punto que se nos introducía en los poros. De vuelta a casa con nuestras fiambreras, parecíamos los pináculos de los promontorios de ocre. No podía aceptar haber nacido para eso.

—¿Cómo conseguiste dejarlo?

—Era joven y osado, con mil y una ideas. Me jacté de que podía doblar las ventas de nuestros pigmentos en París si visitaba tiendas especializadas en bellas artes. Tenía esa descabellada noción de que los proveedores preferirían comprar los pigmentos directamente a un verdadero *roussillonnais* que había extraído el mineral con el pico y la pala. —Pascal soltó una carcajada—. Seguí dándole la lata al capataz hasta que al final transigió. Me dijo que era tan pesado como una mosca cojonera. —Tras una breve pausa, continuó—: No tardé en averiguar qué suministradores de color todavía vendían pigmentos en polvo, que los artistas mezclaban con la pintura, y qué comerciantes vendían solo óleo en tubos. Julien Tanguy vendía los dos.

—Pero ¿cómo te convertiste en enmarcador?

—Eso sucedió en la tienda de Julien. Un tipo encantador, y muy divertido. Bajito y rechoncho, con un ojo más grande que el otro. Me gustaba porque también era de provincias, como yo, de la Bretaña, y llevaba un sombrero de paja como un granjero. Además, valoraba su faceta de activista. Había sido comunero, y había sido encarcelado por ello. Los artistas lo adoraban; le llamaban «Père Tanguy», porque metía disimuladamente tubos de pintura en las mochilas de aquellos artistas pobres que él consideraba que tenían talento, cuando su esposa, que siempre estaba al acecho, no se daba cuenta. Julien colgaba los cuadros de esos pintores en las paredes de su tienda para intentar venderlos. Ya está muerto, claro, pero el establecimiento no ha cambiado de nombre.

—Lo recuerdo. En la calle Clauzel, con la fachada pintada de un azul intenso.

—Una vez, cuando entré en su tienda, la campanilla sobre la puerta sonó como de costumbre, con esa nota alegre que daba la bienvenida, pero en el interior el espectáculo era desolador: un hombre ya entrado en años, con barba y ataviado con un traje negro desgastado, lloraba en silencio, con el rostro embargado de tristeza. Le estaba contando a Tanguy que él y su esposa

45

acababan de enterrar a su hija más pequeña. Se llamaba Jeanne, igual que mi madre. Es sorprendente que uno pueda recordar esos detalles.

—¿Cuántos años tenías?

Pascal se rascó la calva de la coronilla, redonda como la tonsura de un monje.

—Tendría que escribir esos detalles. ¡Hay tantas cosas que quiero contarte! Debió de suceder en 1874 o 1875; no recuerdo con exactitud el año de la primera exposición impresionista, así que yo debía de tener unos veintidós años. ¡Qué maravilla, ser joven y en París!

Por unos momentos, Pascal se quedó absorto en sus pensamientos. Pensé que había terminado, así que me puse de pie para lavar los platos. De repente, él alzó la mano para indicarme que volviera a sentarme.

—Nunca olvidaré cómo le temblaban las manos entrelazadas a aquel pintor; tal era su angustia. El pobre farfulló: «¡Qué desgracia tan grande! ¡Justo antes de nuestra primera gran exposición! Necesito marcos. No puedo colgar los cuadros de mis amigos sin enmarcarlos, los echaría a perder».

Por el suave tono de su voz, adiviné que Pascal estaba reviviendo la escena. Acto seguido, me contó cómo le llamó la atención un cuadro apoyado en una vitrina de la tienda de Julien.

—Es ese de ahí.

Pascal desvió la vista hacia una pintura que compartía pared con otras tres, con unas casitas rurales, un huerto, una joven con una cabra que subía por un sendero en curva hacia un promontorio.

—De repente, caí en la cuenta: ¡el sendero era del mismo color ocre amarillo que yo había extraído de la mina! ¡Figúrate! ¡El mismo tinte que estaba vendiendo como pigmento, y allí estaba, en un cuadro! Me sentí súbitamente importante, de un modo como nunca antes había experimentado, y sentí que Rosellón también era importante. Había excavado un producto de la tierra, y ese mineral había sido usado para crear algo bello. Yo formaba parte de un proceso creativo. ¿Me entiendes?

—Sí —contesté, mostrando un respeto absoluto.

—¿Ves cómo el cuadro expresa la luz, que rebota contra las casas de color ocre y suaviza todos los contornos? Es la misma luz tamizada de aquí, del sur. Imprime una sensación de temblor a los objetos.

Con ojos tiernos, examinó el cuadro colgado en la pared. Yo hice lo mismo, y comprendí a qué se refería. La luz del sol resplandecía henchida de vida.

—Pero el pintor de la barba gris tenía un problema; dijo que debía pagar el entierro de su hija. ¿Quién pagaría al rabino, al cantor y a los enterradores? Recuerdo que al pobre le temblaba la voz. Lo que hay que ver, Lisette, ¡un anciano como yo recordando una vivencia tan triste!

—Tienes buena memoria.

Un rabino y un cantor. Había visto judíos en el barrio de Marais, cuando salían de una enorme sinagoga en la calle Pavée. Me había fijado en los flecos de los mantos que los hombres llevaban colgados y que asomaban por debajo de los abrigos, y los había oído hablar bajo el ala ancha de sus sombreros negros en lo que debía de ser yidis o hebreo, pero jamás había conocido a un judío en persona. Me acordé de las mujeres, con sus vestidos largos de manga también larga; de cómo les había sonreído, mientras me lamentaba en silencio por no saber ninguna palabra cordial que ellas pudieran comprender.

Pascal continuó:

—En aquel preciso instante, mi corazón se partió por aquel hombre que había pintado un cuadro con una sustancia extraída de una tierra tan cercana a nuestro pueblo. Pensaba que el corazón de *madame* Tanguy también se ablandaría, pero ella se escudaba de aquella pena parapetada detrás del periódico que sostenía entre las manos.

»Le dije que quería ayudar. El pintor enarcó una ceja y me preguntó si era enmarcador. Contesté que estaba familiarizado con la madera y que había hecho *panetières*, así que podía aprender a armar marcos. Él hundió la cabeza y se lamentó: «¡Ya! ¡En una docena de años! Eso es lo que se tarda en ser admitido en el gremio de enmarcadores. Yo necesito cinco marcos para la semana que viene». Le pregunté si se contentaría con un marco sencillo, sin tallar, y él no contestó. Le pregunté a Julien si sabía dónde podía comprar molduras y quién podía prestarme herramientas. Detrás del periódico, *madame* Tanguy objetó: «Ningún enmarcador prestará sus herramientas a un advenedizo que no pertenece al gremio». Le repliqué: «Entonces pidamos una herramienta a cinco personas diferentes».

Me sorprendía la forma en que Pascal refería los hechos, cómo se emocionaba con el relato.

—El pintor alzó la cabeza y dijo: «Yo tengo un martillo». «Pues entonces, cuatro personas; dígales que necesita las herramientas para reparar una silla», concluí. *Madame* Tanguy bajó el periódico y mencionó el nombre de una viuda que quizá todavía conservaba la caja de herramientas y una sierra de su esposo. Le pregunté a Julien si podría usar el callejón de detrás de la tienda. El pintor asintió enérgicamente con la cabeza, pero Julien dijo que no, que nadie debía verme, así que se ofreció a despejar un espacio en la trastienda para que yo pudiera trabajar.

»Le pregunté a Julien si tenía pegamento y *madame* Tanguy espetó: «*Bien sûr*. ¡Claro que tenemos pegamento! ¿En qué clase de tienda te crees que estás, jovencito?». Arrugó el periódico y señaló un tarro sobre el mostrador al tiempo que decía: «Sesenta y cinco céntimos. Por adelantado. Ni uno menos». Con un gesto brusco, deposité las monedas en la palma de su mano abierta, y ella las guardó en un cajón que cerró con un golpe seco.

—¿De verdad sucedió todo lo que me estás contando? —me interesé.

—De verdad, Lisette. Todo es verdad, lo juro. Al pintor se le iluminaron los ojos y me dijo que le bastaba con un marco ancho de color blanco. *Madame* Tanguy agarró un tarro de yeso blanco de una estantería; dio un golpe en el mostrador y espetó: «Un franco y cuarenta céntimos». Conté las monedas.

Boquiabierta, miré a Pascal.

—¿Cómo puedes recordar lo que dijo cada uno? ¿O esos precios?

—Cuando algo te cambia la vida, Lisette, recuerdas hasta el mínimo detalle. Ya lo verás.

—¿Qué pasó?

—Cada día, el pintor se dejaba caer por la tienda y examinaba el progreso de mi trabajo. Aprendí a cortar la madera con precisión y a encolar los cantos tal como mi tío y yo habíamos hecho con los *panetières*. Al final de la segunda semana, tenía

48

cuatro marcos, sencillos pero aceptables. Encuadré los cuatro lienzos. Él los llamó *El huerto, Una mañana de junio, El jardín en Pontoise* y... no recuerdo el nombre del cuarto. ¡Se emocionó, Lisette! Tenía lágrimas en los ojos. Cuatro marcos sencillos, y él estaba emocionado.

—Pues a mí me parece increíble que puedas recitar sus nombres de memoria.

—Me dijo: «El blanco resalta los colores, pero yo había dejado aquí cinco cuadros. ¿Dónde está el quinto? ¿El de Louveciennes?». Le contesté con timidez que *madame* Tanguy lo tenía detrás del mostrador; ella puso las manos en jarras y arguyó: «Una negociación. Considero que cuatro marcos hechos sin cargo y con un plazo de entrega tan corto merecen este pequeño cuadro a cambio». El pintor vaciló y clavó los ojos en la pintura. Al cabo de un rato, se volvió hacia mí y dijo con resolución: «Sí, estoy de acuerdo, jovencito». Después me tendió la mano, y así fue como me convertí en enmarcador, coleccionista y amigo, todo en ese preciso momento.

—¿Y él era Pissarro?

—¡En carne y hueso! Camille Pissarro.

Aplaudí emocionada por segunda vez desde que habíamos llegado al pueblo. Frente a aquel relato, ¿qué otra cosa podía hacer?

Capítulo cinco

Pascal, Pissarro, Pontoise y el propósito

1937, 1875

*T*ras varias semanas en Rosellón, André fue a ver a Maurice para preguntarle si conocía alguna tienda de marcos en Aviñón. Pascal salió al patio donde yo estaba desgranando guisantes a la sombra del alero del tejado y se sentó a mi lado, al tiempo que agitaba un trozo de papel.

—Ya casi es hora de jugar a la petanca —dije.

—Sí, pero esto primero. Anoche dormí fatal porque tenía miedo de olvidar algún detalle.

—¿Sobre qué?

—¡Sobre Pissarro, claro! Me invitó a ir a verlo a Pontoise en el sabbat judío. Allí era donde vivía cuando no estaba en París, con otros pintores. Recuerdo que decía: «En el sabbat, Julie siempre me recuerda que no debo pintar, y dado que todos los colores del arcoíris están en sus ojos, no se lo puedo negar. A veces, sin embargo, si siento que me abrasa la llama que llevo dentro, lo hago, aunque siempre me disculpo con un beso».

—Qué confesión más bonita.

—Su casa estaba en la ladera de una colina cerca de un riachuelo en el barrio de Hermitage. Él llevaba puesto un gorro de fieltro manchado, de ala ancha, y unos pantalones arrugados embutidos dentro de unas botas altas cubiertas por una capa de barro.

Contemplé los pantalones que llevaba Pascal, también arrugados.

—¿Tan arrugados como los de los hombres en Rosellón? —cuestioné.

—¡No me interrumpas, Lisette! Lo siento, pero es que harás que me olvide de algún detalle.

Aspiró hondo y prosiguió:

—Así que ese día me acogió con los brazos abiertos, me invitó a pasar, me presentó a su esposa y a sus hijos, que estaban la mar de ocupados haciendo ruido. No obstante, en medio del barullo, Camille mostraba una expresión de plena satisfacción. Tenía una sorprendente capacidad para zafarse de la tristeza.

—¿Qué quieres decir? ¿Cómo?

—¡Por favor, no me interrumpas! La primera exposición de su grupo fue un fracaso, y perdieron todo lo que habían invertido. Solo vendió un cuadro a un precio irrisorio. La prensa los fulminó. Pensé que tiraría la toalla, pero no. Estaba trabajando con una desbordante energía, preparando la segunda exposición, como alentado por la sed de un gran éxito.

—¿Le llevaste un marco?

—Así es, siguiendo las indicaciones de una nota que Pissarro había enviado a Julien. Entre los pedidos de pigmentos de varios clientes, me las apañé para armar media docena de marcos en un año, con hojas cinceladas en las molduras o arabescos en las esquinas. Había aprendido la técnica de forma autodidacta para que me resultara más fácil trabajar la madera: tallar curvas no muy pronunciadas, labrar una muesca superficial con una gubia en U, evitar las ranuras demasiado profundas con una gubia en V aplicando una suave presión hacia abajo y luego hacia delante, en lugar de picar con el mazo. Le llevé mi última creación, la más compleja, con arabescos por todo el marco.

Pascal esbozó una sonrisa con aire ausente.

—¿Y sabes qué? Que lo admiró, sí, Lisette, y dijo que había hecho grandes progresos en poco tiempo. ¡Figúrate lo que eso supuso para mí!

Yo lo comprendía, y vi a Pascal bajo un nuevo prisma; vi la humildad de aquel hombre que me habría encantado tener por padre.

—Así que Camille va y me dice, sin un ápice de amargura, como si fuera la situación más normal entre los pintores: «No tengo ni un céntimo, pero elige un cuadro de esta fila y quédatelo a modo de pago». ¡Figúrate, Lisette! ¡Me permitió elegir!

51

Salió al patio y me dejó solo para que pudiera contemplar los cuadros sin prisa. Sembradores, labradores, carros de heno, hacinas de paja, barcazas en el río Oise, la colina con los campos de cultivo junto al Hermitage, la plaza mayor del pueblo en un día de mercado… Elegir suponía una verdadera agonía.

—Ya lo supongo —convine.

Había intentado plantearme mentalmente esas cuestiones para que, cuando regresáramos a París, fuera capaz de elegir un cuadro de Pissarro en una galería, pero temía que mi memoria no fuera tan buena como la de Pascal.

—Más tarde, aquel hombretón de larga barba desaliñada rio como un crío tímido y me pidió mi opinión. Necesitaba oír elogios de alguien que no perteneciera a su grupo de pintores. «Los queridos indeseados», los llamaba.

»Yo le pregunté: «¿De qué vale el elogio de un minero de ocre?». Él contestó: «¿De un vendedor de pigmentos con buen ojo para el color? Vale mucho». Nunca lo olvidaré; solo me jactaba de tener buen ojo para los diecisiete tonos que obteníamos del ocre. Creo que le dije que sus colores estaban en armonía y que sus pequeñas pinceladas, que de cerca no significaban nada, adoptaban la forma del objeto real si se observaba la pintura como un todo desde cierta distancia. Me sentía como un botarate, mientras hablaba. Lo único que deseaba era admirar más cuadros. Él permanecía como una estatua de madera, a la espera de más comentarios por mi parte. Notaba cómo sufría, esperando, así que dije algo como: «¿Sabes el cuadro que me regalaste, el del sendero de color ocre? Con él soy consciente de la gama de ocres que se pueden apreciar en todos los cuadros, lo que me provoca una sensación de estar haciendo algo bueno, con la venta de esos pigmentos. Además, reconozco el mundo que pintas; no solo es hermoso, sino que es real: un homenaje a la campiña francesa, a la luz». Mi exposición pareció gustarle. Yo quería complacerlo, Lisette.

—Estoy segura de que lo lograste.

—Estaba abrumado, rodeado por tantos cuadros, y se lo dije. Él resopló y me confió que una vez había tenido quinientos. Cuando regresó a Louveciennes después de la guerra francoprusiana, descubrió que los soldados prusianos habían estado viviendo en su casa. Habían usado los marcos como lumbre y habían utilizado los lienzos como alfombrillas, disponiéndolas en hilera en el jardín para no ensuciarse las botas. ¡Figúrate! ¡En invierno metían los caballos dentro de casa y dormían en el piso superior! Usaban su estudio como matadero de ovejas, y las pinturas como delantales. Camille tuvo que raspar la gruesa capa de estiércol y de sangre seca que cubría numerosos cuadros. ¡El trabajo de veinte años! Solo fue capaz de salvar cuarenta lienzos. ¡Salvajes! —tronó encendido de ira.

Yo reculé y se me cayó un guisante al suelo.

—¿El cuadro de la joven con la cabra? —pregunté—. ¿Dijiste que lo había pintado en Louveciennes?

Pascal asintió.

—Entonces, es uno de los cuarenta.

La cruda realidad de que ese cuadro había sobrevivido por los pelos le confirió más valor a mis ojos. De repente, tuve más ganas de estar en París para poder indagar acerca de los otros lienzos que Pissarro pintó en Louveciennes.

Pascal, antes de continuar, se quedó unos momentos pensativo.

—Camille permanecía allí, de pie. Ese hombretón escuchaba mi palabrería, necesitaba la opinión de un pobre trabajador que no sabía de nada excepto de aquello que amaba. ¿Comprendes, Lisette? Él era heroico por el simple hecho de mostrarme toda su atención, inmensamente heroico. Durante muchos años, docenas de mujeres exhibieron los lienzos de sus cuadros saqueados como delantales mientras hacían la colada en el Sena.

—¡Qué imagen más pintoresca! Todas alineadas en la orilla, luciendo sus pinturas.

—¡No lo entiendes! ¡Fue un crimen contra la humanidad! ¡Le habían robado los cuadros! Y lo miraban con suspicacia cuando regresó a Louveciennes porque había pasado la guerra franco-prusiana en Inglaterra, pintando cuadros alejado del peligro.

«Quizá esas mujeres habían perdido a sus hijos o esposos en la guerra», pensé, si bien aquella justificación no me satisfizo. Solo podía imaginar el día en que tendría la oportunidad de contar esa anécdota a los acaudalados visitantes de alguna galería de arte en París. Quería que ellos fueran capaces de

53

sentir el ultraje y el dolor que Pascal y yo sentíamos. En aquel momento, empecé a discernir el propósito de mi estancia en Rosellón.

Terminé de desgranar los guisantes y me puse de pie para llevar el cuenco a la cocina.

—¡Siéntate, aún hay más cosas que quiero contarte!

No le di importancia a la brusquedad de su tono. Era su forma de expresar con qué fervor deseaba que alguien escuchara su historia.

—¿Aún hay más?

—Sí, Camille me habló de un gran pintor que siempre animaba al resto del grupo. Se llamaba Frédéric Bazille. Lo describió como un idealista muy testarudo. No lo aceptaron en el ejército porque se negó a afeitarse la barba, así que se alistó en el Regimiento de Infantería de los Zuavos, que no ponían trabas a llevar barba. Lucharon en las contiendas más sangrientas. Murió en Beaune-la-Rolande, una batalla irrelevante. Camille comentó: «Lloramos la pérdida de un hombre tan bueno, así que ¿qué sentido tiene llorar la pérdida de una pintura sobre tela?».

Me embargó un sentimiento de tristeza con solo pensar en los magníficos cuadros perdidos, los de Pissarro y los de ese otro pintor llamado Bazille. Quizá Pascal había conseguido un cuadro de Bazille y yo podría admirarlo; quizá lo tenía colgado junto al resto de su colección.

—Camille me llevó al jardín para admirar la vista desde su casa. Lo que me dijo fue importante, así que anoté sus palabras.

Pascal leyó despacio, directamente del papel que sostenía entre las manos, otorgando el debido espacio a cada pensamiento:

Cuando un hombre encuentra un lugar que ama, puede soportar lo indecible. Pontoise ha sido creado especialmente para mí. Los campos de cultivo distribuidos de forma aleatoria, combinados con tramos silvestres; los huertos que han dado sus peras a generaciones; el rico olor de su tierra; los molinos de viento; las norias de agua; las chimeneas; las casas de piedra dispuestas en fila; incluso los tejados manchados de excrementos de pájaro. Todo lo que aquí veo me llena de emoción. Pertenezco a este lugar tanto como el riachuelo junto a mi casa que desemboca en el Oise y después en el Sena para morir en el mar. Aquí todo está conectado. Ese riachuelo sació la sed de los romanos, incluso de los celtas antes que ellos. Cuando pinto, todo lo que veo en torno a mí forma parte de mi ser. Hay un cuadro esperándome en cada recoveco de estas tierras. ¿Acaso el ser humano no siente la imperiosa necesidad de hallar un lugar en el mundo que le aporte aquello que ansía para honrarlo ofreciendo a cambio algo de valor?

Dejó de hablar y dobló el papel. Yo quería decirle que estaba de acuerdo con Pissarro; pero no pensaba en Rosellón, sino en París. Sabía que, si expresaba aquella emoción en voz alta, podría herir los sentimientos de Pascal.

—Así que quiero dar algo a cambio a Rosellón —anunció en un tono más animado.

Asentí con la cabeza para darle a entender que lo comprendía. No compartía su amor por Rosellón; sin embargo, podía aceptar el principio.

—Y ahora te contaré cuál fue el regalo que me dio Camille, un regalo perfecto. De vuelta a su estudio, eché otro vistazo a unos cuadros en los que aparecían unas enormes fábricas con varias chimeneas que dominaban toda la llanura directamente al otro lado del Hermitage, el barrio en Pontoise donde él vivió después de dejar Louveciennes. Aquellas pinturas no evocaban en mí ningún sentimiento de nostalgia. Camille sacó un pequeño cuadro del fondo de una pila y me pidió la opinión. «Es la fábrica de pinturas Arneuil en Pontoise», aclaró. ¡Entonces la reconocí! ¡Yo había estado allí, vendiendo pigmentos de ocre! «¡Este es el cuadro que quiero!», exclamé. Entremos en casa, Lisette; quiero enseñártelo.

Pascal le había concedido a aquella pintura un lugar especial entre las dos ventanas orientadas al sur. Se quedó fascinado frente a él. Durante un rato, tuve la impresión de que no estábamos en casa: él estaba allí, delante de la fábrica.

«Anodino» fue lo único que se me ocurrió, una palabra que me había enseñado la hermana Marie Pierre. El cuadro mostraba un edificio de varias plantas con tejado a dos aguas que sobresalía entre las casas aledañas, asentado en una ladera. La piedra de color amarillo cremoso de la chimenea y de la fábrica captaba la luz y confería a toda la escena un efecto de sutileza. Eso era todo lo que yo veía en él.

—Me gusta el color del edificio.

—*Jaune vapeur*, lo llamamos. Dentro de ese edificio, docenas de trabajadores encorvados sobre las mesas dispuestas en largas filas convertían la materia prima, es decir, los pigmentos, en pintura, y llenaban los tubos que Tanguy vendía a Pissarro, Cézanne, Van Gogh, Gauguin y otros artistas. Los tintes que elaborábamos en los hornos de Usine Mathieu, nuestra fábrica justo aquí, en Rosellón, así como aquellos elaborados a partir de otras sustancias. Raíces rojas de la rubia, una planta que se cultiva aquí, en Vaucluse, savia de árboles turcos, polvo de piedras azules de Siberia y de las riberas de Afganistán, sangre seca de escarabajos de América del Sur que se alimentan de los cactus... Todos los colores del mundo en su proceso para convertirse en pinturas. ¡Yo vi esos colores!

Pascal soltó un suspiro, sin apartar la vista del cuadro.

—¿Ves a ese hombre, el más alto, justo delante de la fábrica? A veces imagino que soy yo, hablando con el agente que comprará los pigmentos. —Bajó la barbilla, como un poco avergonzado de revelar tal pensamiento.

En ese preciso instante, comprendí por qué Pascal había elegido precisamente aquel cuadro. Pese a no contener ningún motivo extraordinario, la imagen le hablaba del propósito, de su participación en el mundo artístico, del vínculo entre la mina y la obra de arte y, por consiguiente, merecía estar colgado solo, separado del resto de los cuadros.

Eché un vistazo a las siete pinturas que había en la estancia. ¿Había alguna que me hablara de mi propósito? Aunque, de hecho, ¿cuál era mi propósito? Tenía que ser algo más interesante que desgranar guisantes. De momento, sabía que aquel día, y los días que le seguirían, mi propósito era asimilar todas las historias que Pascal me contara, para poder impresionar a *monsieur* Laforgue cuando regresara a París. Aparte de esto, no tenía más cosas claras.

—Algún día, Lisette, el mundo amará el *jaune vapeur* de ese edificio.

—Pero ese pintor, *monsieur* Pissarro, ya es famoso ahora, *n'est-ce pas?*

—Ya de anciano, sus cuadros se vendían bien, y a precios elevados. Yo no habría podido comprar uno en esa época. Camille disponía de un enmarcador del gremio que le tallaba intricados marcos y los cubría con verdadero pan de oro. Estaba en otra órbita, en un mundo diferente de lo que yo podía hacer o negociar.

—Así que atesoras estos cuadros aún con más motivo, ¿no?

—¡No, Lisette! —rugió—. No por su valor económico. Ya los valoraba el día que los adquirí, por lo que significaban para mí.

—Ah.

—Incluso hoy se me hincha el corazón cada vez que contemplo esa fábrica. Cada minero que conocí, cada dolor de espalda, cada día que ninguno de ellos veía el sol, cada sensación de asfixia al respirar, y cada lengua rebozada con polvo de ocre (Maurice, Aimé Bonhomme, mi padre y yo, arqueando los picos al compás durante todo el día), todo eso está reflejado en este cuadro. Y también en el cuadro de la joven con la cabra que sube por el sendero de color ocre. La historia de Rosellón está en este del Hermitage en Pontoise, con los tejados de terracota. Esas tejas rojo-anaranjadas están pintadas con pigmentos de Rosellón. Y el suelo rojo y la hilera de arbustos que parece arder en llamas, eso es ocre rojo de Rosellón. Quizá no signifique nada para ti, pero si hubieras vivido toda la vida aquí y hubieras visto a esos mineros llegar a sus casas exhaustos y llenos de cochambre, sí que sería importante para ti.

Pensé que Pascal había terminado de hablar por aquel día hasta que lo oí murmurar:

—*Los tejados rojos, rincón de un pueblo en invierno.* —Después—: *Le Verger, Côtes Saint-Denis à Pontoise.* —Como si no bastara con un solo título—. Seis tejados, *ocre rouge.* Cinco chimeneas, *jaune nankin clair.* Seis campos en la ladera posterior, *vert foncé,* un verde tan intenso y oscuro que seguro que corresponde a un campo de espinacas; *ocre de Ru,* pálido, como el trigo; *ocre rouge; vert de chou,* el verde claro de la col; tierra color arcilla, y *vert Véronèse,* ese verde oliva tan insípido.

Buscó un trozo de papel, se sentó frente al pequeño escritorio y anotó los colores.

—¿Por qué son tan importantes los nombres de los colores? —me interesé.

—Porque Dios los concibió, y nosotros excavamos la roca de la mina para extraer los ocres que los conformaban. Porque hay algo sagrado en el color. Es el rey del arte. —Su voz estalló, colmada de exasperación—. Porque no quiero olvidarlos cuando…, cuando continúe con mi relato.

Permanecimos callados unos instantes, hasta que le pregunté:

—¿Cuántos marcos le entregaste a cambio de *Los tejados rojos*?

Él hundió la cabeza despacio, hasta clavar la vista en su regazo.

—No importa el número.

El esfuerzo que había hecho para que yo comprendiera sus sentimientos lo había dejado exhausto. Se puso de pie y se agarró a la barandilla para subir las escaleras hacia su habitación.

Pero yo empezaba a comprender, por lo menos, algo. Recordaba cuán importante era el color para la hermana Marie Pierre. Una vez, me envió a la plaza de la Concordia por un recado, y cuando regresé me preguntó de qué color eran las ranuras de los jeroglíficos grabados en el obelisco egipcio.

—No lo sé. ¿Gris?

—No digas simplemente «gris». Gris no es un color. Los impresionistas nunca hablarían así.

La hermana Marie Pierre hizo un gesto con el brazo para indicarme que fuera de nuevo a la plaza.

Cogí el abrigo de mala gana y fui a la plaza por segunda vez. Cuando regresé, le informé: «Gris verdoso en la cara sur, gris amarillento en la cara oeste, gris violeta en la cara norte, y gris azulado en la cara este». Ella se mostró encantada, pero recuerdo la satisfacción por haber incluido la palabra «gris» en cada color.

André atravesó el umbral con las comisuras de los labios caídas y con una expresión de desánimo en los ojos.

—¿Qué? ¿No hay ninguna tienda de marcos en Aviñón?

—No conoce ninguna. Quizá podría encontrar trabajo de

restaurador de muebles de madera. —Resopló desmoralizado—. He ido a la oficina de correos.

Alzó la mano para enseñarme un sobre, aunque no parecía dispuesto a entregármelo.

—¿De quién podría ser? ¡De Maxime!

André ya lo había abierto. Le arrebaté el sobre, me salté el saludo y leí:

Espero que estéis bien, disfrutando de las cálidas temperaturas del sur. Desde que os marchasteis he estado muy deprimido, hasta que a principios de esta semana vendí un cuadro en la galería Laforgue. Era de un arlequín bailando con el semblante triste, de André Derain. *Monsieur* Laforgue había estado fuera unos días, y cuando le conté las nuevas, se entusiasmó. Se entusiasmó tanto que —siento decíroslo— contrató a una mujer de aprendiza para atender al público en la galería. Eso volvió a sumirme en la depresión. Para celebrar la venta, me llevó al teatro de los Campos Elíseos a ver bailar a Josephine Baker solo ataviada con una falda confeccionada con plátanos, pero después de ver el número teatral por segunda vez, pensé que ya no me parecía tan gracioso. Estoy seguro de que era por culpa de mi estado anímico. Creía que *monsieur* Laforgue esperaría a que volvieras a París, Lisette, antes de contratar a nadie. Bueno, quizá la nueva aprendiza no dure mucho; es altiva, autoritaria y obstinada, aunque he de admitir que tiene buen ojo. Lo siento muchísimo, Lisette.

Espero que Pascal se recupere rápido y que volváis pronto.

Vuestro amigo,
MAXIME

André me estrechó entre sus brazos.
—Yo también lo siento.

Capítulo seis

El regalo de André

1937

*D*urante bastantes días, oí cómo André aserraba, martilleaba y lijaba en el patio, sin tregua, hasta el anochecer. Me había dicho que ni se me ocurriera salir a curiosear; incluso había cerrado los postigos para que no fisgoneara por las ventanas orientadas al sur. Aun así, el embriagador aroma a pino recién cortado me ofrecía una pista de lo que se traía entre manos, y no se trataba precisamente de un marco para un cuadro.

Pascal todavía se sentía algo avergonzado por los problemas que nos había ocasionado. De todos modos, no podía ocultar su orgullo al ver la enorme capacidad de recursos que tenía su nieto.

—André te quiere mucho —me comentó Pascal.

—Lo sé.

Nunca, en ningún momento, me había dado motivos para dudar de su amor.

—Los dos queremos que seas feliz aquí.

—Eso también lo sé.

Coloqué un plato lleno de albaricoques y melocotones en la mesa delante de Pascal, pero me sentí empujada a ofrecerle algo más.

—Cuando tenía diecisiete años y todavía vivía con las Hijas de la Caridad de San Vicente de Paúl, una monja me encontró un trabajo en una elegante *pâtisserie*. En mi primer día, me sentía inmensamente feliz, aprendiendo los nombres de los pastelitos y oliendo a almendras, vainilla y canela. Pero aquella mañana ella me dio un par de consejos que jamás olvidaré: «Estés donde estés, el lugar donde te halles en cualquier momento es tierra sagrada. Ama con todas tus fuerzas, ama sin límite, sin fin, y encontrarás la bondad en el amor».

—Una mujer inteligente. Camille habría estado de acuerdo.

Transcurrida una semana, André nos invitó a salir al patio. Allí, junto al barranco, había lo que ya suponía, aunque no lo había dicho en voz alta para no aguarle la fiesta a André, que quería sorprenderme: una caseta con tejado a dos aguas. La puerta, que daba a la hondonada, tenía una ventana y contraventanas, como una cabaña. André retrocedió unos pasos, sin poder ocultar su orgullo, y con un gesto de la mano me invitó a abrir la puerta. En el interior, pegada a las paredes laterales, vi una larga banqueta con la superficie totalmente pulida, situada a la altura de las rodillas, y un retrete de madera barnizado, con un acabado liso, perfectamente pulido y con los cantos ensamblados. Y cuadrado.

—Lo siento. No he podido darle forma ovalada.

—¡Es precioso! ¡Es como un marco!

—¡Bien hecho! —lo felicitó Pascal.

André había colgado una ramita de lavanda seca en la viga del techo para la inauguración. Qué marido más atento.

—Vamos, entra —me apremió André—. Solo finge que has de ir al lavabo.

Atravesé el umbral. Del techo caían lágrimas de resina pegajosa del pino recién aserrado, mis lágrimas de gratitud solidificadas. Entonces miré hacia abajo. El agujero que André había cavado no era muy profundo.

André cerró la puerta y dijo:

—Date la vuelta y siéntate.

Él abrió las contraventanas. Frente a mí se extendía uno de los valles de Vaucluse, nuestro departamento en la Provenza, seccionado por canales, carreteras sin asfaltar bordeadas de cipreses, el fértil Jardín del Edén de Francia. Las laderas de las colinas me saludaban tapizadas de viñedos y plantaciones de árboles frutales, y el valle estaba salpicado de huertos y campos de lavanda. A lo lejos, las montañas de Luberon. Una panorámica espectacular.

61

—Es como un cuadro enmarcado.

Salí al exterior.

—Pero ¿qué he de hacer con...?

—Enterrarlo. O cavaré una zanja, y usaremos un cubo para echar agua y que lo arrastre todo hasta el barranco.

—Eso es lo que hacemos nosotros, los *roussillonnais* —admitió Pascal.

¿Y los *roussillonnais* salen al retrete que tienen en el patio mientras ruge esa cosa monstruosa llamada mistral, o cuando llueve? ¿O por la noche? No era perfecto. La vida allí nunca sería perfecta, pero André había hecho lo que había podido, y yo le amaba por eso.

—Falta un detalle.

Riendo como un niño travieso, André desapareció tras la caseta y reapareció con una tabla cuadrada un poquito más grande que el asiento del retrete, pulida y barnizada, con el borde ribeteado, y las esquinas ensambladas de la misma forma que hacía con sus marcos. Le dio la vuelta y la depositó sobre el asiento.

—*Voilà!* ¡La tapa del retrete!

—¡Grabada! —exclamé yo.

—Con una flor de Lis en relieve, para mi Lise.

—¡Oh, André! ¡Qué idea más genial! ¡Te ha quedado preciosa!

Me eché a reír.

—Jamás pensé que diría que estoy enamorada de un retrete, pero de este sí. ¡Me encanta!

—Nadie más en Rosellón tiene un lavabo en el patio tan *haut bourgeois* como el nuestro —se jactó Pascal—. ¡No te faltaría el trabajo, si te dedicaras a fabricarlos!

—¡Ah! ¡Qué bajo han caído los poderosos! —exclamé teatralmente—. De hacer marcos para los pintores de París a enmarcar posaderas rústicas.

Le dediqué a André una mirada de conmiseración.

—¡Vamos a la *épicerie* antes de que cierre! ¡Quiero comprar un nuevo rollo de papel higiénico!

Los tres nos pusimos en marcha. Con qué seguridad saqué pecho frente al mostrador, cuando pedí con orgullo: «Un rollo de papel higiénico, de los gruesos, *s'il vous plaît*». Qué sensación más divertida, al ver que el tendero se preguntaba por qué nos reíamos los tres con cara de diablillos. Al cabo de un momento, solté: «Es para nuestro elegante cuarto de baño exterior».

—¡Ah! *Oui! Certainement!* —Señaló hacia una estantería llena de rollos de papel higiénico, agarró un par y me los enseñó para que los inspeccionara, como si se tratara de obras de arte.

Salimos de la tienda sin poder dejar de reír.

Al pasar por delante del café, de camino a casa, propuse:

—¡Celebrémoslo con un *pastis*! Quizá Maurice esté dentro.

Empujé a André hacia la puerta. Pascal parecía alarmado. Aparté la cortina de cuentas y asomé la nariz. Allí no había mesitas de mármol redondas, con la base y las patas de hierro forjado como las de los cafés en París, sino solo unas mesas rústicas de madera, cuadradas. No había ningún espejo detrás de la barra, y aunque el local estaba lleno, no vi ni a una sola mujer. Pero había música: en la radio, la voz profunda de Suzy Solidor entonaba un tango, el sonido de París.

—Lisette, será mejor que no entremos —sugirió Pascal.

En la barra había varios hombres, en silencio. Otros se hallaban sentados en las mesas, charlando animadamente mientras bebían el vino rosado producido en el pueblo o el lechoso *pastis* en vasos altos y estrechos. De repente, me di cuenta de que todos se habían quedado callados y que nos miraban con cara de pocos amigos. André me tironeó de la manga y yo retrocedí hasta salir del local.

De camino a casa, Pascal se volvió hacia mí y dijo:

—Solo hombres. Las mujeres no van al café.

—¿Nunca?

—En contadas ocasiones, con sus maridos, cuando *monsieur* Voisin pasa una película, o por la tarde, para rellenar una botella de vino para la cena.

—¿Es por ley?

—Por tradición.

—¡Pero eso es un atraso, es una medida primitiva! —grité en el tono más indignado que pude. Toda mi euforia inicial se desvaneció.

André parecía muy afligido.

—Lo siento, Lisette. Así funcionan las cosas aquí.

63

Capítulo siete

La lista de Pascal

1937, 1885

$\mathcal{M}$e desperté rascándome el tobillo con rabia. Me acababa de picar una araña.

—No te rasques; aún será peor —murmuró André.

Al cabo de cinco minutos, me había incorporado en la cama y volvía a rascarme. Sacudí las sábanas y el edredón en un intento de encontrar al culpable y pulverizarlo como venganza, pero no tuve suerte. La bestia negra era taimada y viviría para atacar de nuevo.

Era lunes, así que André se iba en el autobús de Maurice para recorrer Aviñón otra vez en busca de algún trabajo de restauración de muebles de madera tallada que pudiera realizar en casa. Iba todas las semanas durante el verano, salvo algunos lunes lluviosos, convencido de que encontraría alguna cosa.

Pascal se había pasado el día anterior acostado, sin levantarse de la cama, pero bajó al comedor cuando oyó la voz de Maurice, que gritaba: «*Adieu, mes chers amis!*».

Abrí la puerta con alegría.

—*Adieu, Maurice!*

Reí divertida, sorprendida del extraño saludo que yo misma acababa de pronunciar.

—Entra. André quiere enseñarte algo —gorjeó Pascal.

—¿Le gusta nuestro pueblo, *madame*?

—Es muy pintoresco.

—*Oui. C'est la Provence profonde.*

Volví a reír, divertida. Maurice había adaptado la expresión *la France profonde*, con la que solía hacer referencia a la zona rural del centro de Francia como el alma de la nación, a su propia provincia. Rosellón era el alma y el centro.

Los tres salieron al patio. Yo los seguí. No quería perderme la exuberante mueca de Maurice, cuando enarcaba las cejas.

—*Merveilleux!* —exclamó.

Pascal le empujó suavemente.

—Echa un vistazo dentro.

—*Oh là là!* ¡Menudo lujo en Rosellón! ¡Y con ventana incluida! ¡Una habitación con vistas! Y el símbolo de Francia.

—Con el símbolo de mi Lise —aclaró André.

—¡Provenza tendrá la última palabra, y no París! ¡Veréis la procesión de gente que vendrá a ver esta maravilla! Pero mi esposa… *Non, non, non!* —Sacudió la cabeza, las manos y las quijadas—. ¡Que no se entere Louise!

Con la gente tan chismosa del pueblo, tarde o temprano se enteraría.

Maurice alzó su regordete dedo índice y dijo:

—En cuanto a mí, debo bautizarlo, *non?* El trayecto a Aviñón es largo. Je, je. Tal como decimos en la Provenza, *madame*: voy a cambiarle el agua a las aceitunas. —Haciendo gala de una gran agilidad, se metió dentro de la caseta y cerró la puerta—. *Quel trône!* ¡Digno de un rey!

Pascal soltó una carcajada.

—¡Un trono, lo ha llamado trono, André! El papa de Aviñón habría estado celoso.

Cuando Maurice abrió la puerta, soltó un prolongado «Aaaahhhh» de satisfacción.

Sin dejar de reír, Maurice y André bajaron la cuesta en dirección a la parada del autobús, silbando orgullosos.

Yo me embarqué en una limpieza a fondo de la casa, para acabar con los nidos o escondites de criaturas maléficas. Recogí excrementos de ratones y arenilla del último ataque del mistral. Llevé cubos de agua desde la fuente de la plaza del ayuntamiento y me puse a fregar con brío las baldosas rojas del suelo. A cuatro patas, en la cara inferior de la mesa para amasar, descubrí la telaraña de una viuda negra y el saquito blanco que contenía sus huevos. Furiosa, perseguí a esa pequeña cosa fea y malvada por el suelo hasta que la aplasté, pensando en la malvada mujer con buen ojo que había usurpado mi puesto en la galería Laforgue.

Me puse de pie con ademán victorioso y encontré a Pascal escribiendo lo que parecía una lista con anotaciones. Con el ceño fruncido en actitud concentrada, siguió enfrascado en la labor durante una hora, usando las dos caras de una segunda hoja, mientras yo seguía fregando el suelo de la estancia. Cuando terminó, se recostó en la silla y dejó caer los brazos a los lados, exhausto. ¿Él, exhausto? ¿Y yo qué?

—Hoy te hablaré de Paul Cézanne.

—Quizá más tarde. —Escurrí el trapo, que despidió un chorro de agua sucia gris.

—¡Pero ha de ser ahora, mientras tengo las ideas frescas! —El papel tembló en su mano—. Por favor, Lisette, siéntate y escucha.

—Puedo escucharte mientras limpio.

—¡Tienes que estar quieta para que pueda evocar los recuerdos sin distracciones! Eso es lo único que me queda: recuerdos. Algún día entenderás lo que quiero decir.

Me rendí, aunque la verdad era que tenía ganas de sentarme un rato. ¡Qué pena que el sofá no fuera más cómodo!

—Conocí a Paul Cézanne en la tienda de Julien Tanguy. Julien estaba convencido de que Cézanne introduciría alguna técnica novedosa en el arte. Su tienda era el único lugar en París que exponía los cuadros de Cézanne. Me dijo que este necesitaba que lo animaran porque dudaba de sí mismo. Recuerdo que *madame* Tanguy comentó algo desagradable como: «Y con razón».

Pascal se volvió y achicó los ojos para admirar el bodegón de Cézanne. Me acerqué a la pared y arrimé una silla a la de Pascal. El cuadro había dejado una marca rectangular de suciedad en la pared donde había estado colgado. De hecho, toda la pared a lo largo de las escaleras, antaño encalada, había adoptado un tono amarillento, manchada por el tabaco y el humo de la chimenea. Probablemente, Pascal lo habría definido como ocre amarillo pálido, pero para mí era un tono deslustrado y deprimente. Era una verdadera pena colgar un cuadro tan bonito en una pared tan sucia. Tendría que limpiar toda la superficie. Dado que todavía estaba de pie, hundí el trapo en un cubo lleno de agua limpia con jabón y lo alcé hacia la pared.

Entre tanto, Pascal seguía hablando.

—Cézanne entró en la tienda ataviado con una capa; debajo llevaba precisamente este cuadro. Obsérvalo con atención. Admira esas bonitas manzanas en esa compotera de porcelana blanca, y las naranjas que resbalan en el plato inclinado, y esa pera solitaria encima de la mesa.

Cuando dijo «pera solitaria», dejé de fregar y visualicé la pera del cuadro *Virgen con el Niño* en la capilla de San Vicente de Paúl. Estaba justo debajo de los dedos regordetes del bebé, que parecían granitos de maíz puestos en fila. La piel dorada de la pera ofrecía un bello contraste con la capa de la Virgen, que era de un intenso color azul; pensé que era extraordinario que el ser humano pudiera recordar detalles con tanta precisión de algo que había sucedido tanto tiempo atrás.

Pascal alzó la vista del papel.

—Ese mantel estampado azul es un *indienne*, fabricado aquí, en la Provenza, con algodón que crece en estos campos y que luego se tiñe con índigo. Aquí todo el mundo tiene un frasco verde glaseado para guardar aceitunas como ese. Los fabrican en Aubagne, al este de Marsella. Pero fue el *compotier*, el gran cuenco montado sobre un pedestal, lo que me llenó de emoción hasta el punto de llorar en la tienda de Tanguy. ¿Me escuchas, Lisette?

—Sí —asentí, con la mente todavía en la capilla—. ¿Por qué te hizo llorar?

—Mi madre tenía una compotera como esa, que había comprado en un viaje inusitado a Marsella. Estaba orgullosa de esa pieza porque era más refinada que las rústicas vasijas de terracota de Aubagne, llamadas *terres vernissées*, que solo tenían la parte de arriba glaseada. La llenaba con fruta de temporada. Un día, cuando yo era pequeño, choqué contra la mesa y la compotera se rompió en mil pedazos. Mi madre nunca volvió a comprar otra.

—Lo siento —dije mientras por mi brazo alzado corrían reguerillos de agua del trapo—. Háblame de tu primer encuentro con Cézanne.

—¡Ah, Cézanne! ¡Bendito pintor!

Pascal consultó sus notas para retomar el hilo de la historia que había empezado a contarme.

—Cuando Julien nos presentó, Cézanne no levantó la cabeza para mirarme. Solo dijo en un fuerte acento provenzal: «No te ofrezco la mano porque hace una semana que no me la lavo», pero cuando contesté: «*Eh, bieng*» en el mismo marcado acento provenzal y le tendí la mano, él alzó la barbilla y me la estrechó.

»Entonces, Julien contempló el cuadro y exclamó: «*Magnifique!*». Su esposa decidió intervenir: «No, no es tan *magnifique*; una pera no puede sostenerse recta en ese ángulo. Es ridículo. Y las manzanas y las naranjas no maduran a la vez. ¡Si ni siquiera se cultivan naranjas en Francia!». *Madame* Tanguy agitó el brazo en actitud despectiva y concluyó: «Además, no podrían mantenerse en equilibrio sin caer de ese plato inclinado». «No le hagas caso», la cortó Julien. «Deja el cuadro aquí para que pueda admirarlo hasta que alguien lo compre». Pero *Madame* Tanguy espetó: «Claro, y tú esperarás que nadie lo haga. Mientras tanto, él no nos pagará lo que nos debe».

»Julien estaba como hipnotizado y murmuró: «Esas manzanas son tan suaves que querría acariciar una». Entonces Cézanne exclamó: «*Non!* ¿Qué crees que quiero oír, que es una manzana real, que quieres sostenerla en la mano y darle un mordisco, o que es bonita porque su gama de colores, desde el verde al amarillo y al rojo, hace que sea única, en esa pirámide de manzanas?». Yo no pude contenerme y solté: «Quiero darle un mordisco, porque es real».

»Cézanne sacudió la cabeza y protestó: «*Non*. Un cuadro es para admirarlo, no para describirlo. Observa con los ojos, y no con la mente». «¿Y si lo veo con la mente? Esa pintura significa más para mí que cualquier manzana. Significa mi madre y la compotera que rompí, y significa Provenza, el *indienne*, y la *terre vernissée* verde. Los colores de las manzanas y de las naranjas significan Rosellón, mi pueblo, donde trabajaba de minero y extraía esos ocres», repliqué.

»Cézanne me miró fijamente y contestó: «*Eh, bieng*. Veo que entiendes de colores. Queda por ver si entiendes de formas». Sin poderme contener, solté: «Quiero comprarlo». Él replicó: «*Non*. Vas demasiado rápido. Has de estudiarlo hasta que te olvides de tu madre y de su *compotier*, hasta que veas la pintura como una elipse. El borde en primer plano es más recto, y el del fondo es más arqueado. ¿Puedes apreciarlo? Es contrario a la visión en perspectiva, pero le aporta carácter».

»*Madame* Tanguy le recriminó: «¡Estás loco, Paul! ¡No le des lecciones! ¡Véndelo ahora mismo y paga lo que nos debes!». Cézanne no le prestó atención y se dirigió a Julien: «De momento déjalo colgado en la tienda, para que tu amigo pueda pasar por aquí y admirarlo de cuando en cuando. Yo volveré dentro de un mes. Si has aprendido algo y todavía quieres comprarlo, entonces…». «¡Lo querré! Pero solo puedo pagar con marcos. ¿Necesitas marcos?», lo atajé yo. «¿Marcos? ¡Un pintor siempre necesita marcos!», respondió él.

Pascal se cuadró de hombros como si hubiera acabado con el relato.

—Qué historia más entrañable —suspiré yo.

—No he terminado. —Me hizo un gesto con la mano para que me sentara.

—¡Espera! ¡Solo necesito un minuto! —repliqué.

Enfilé hacia el patio para coger la escalera de mano, preguntándome si lo que Pascal acababa de contarme era solo un delirio senil, una experiencia real, o algo a medio camino entre una cosa y la otra.

Irritado porque no disponía de toda mi atención, Pascal alzó la voz cuando regresé a su lado.

—La siguiente vez que vi a Paul Cézanne, le dije que el cuadro me transmitía la sensación de que las manzanas y las naranjas conocían sus posiciones respectivas, que convivían sin tensión, cada una ladeada a su manera, como los guijarros en el río Calavon cuando está seco, y que sus colores eran todos amigos: trazos rojos en las manzanas amarillas, trazos amarillos en las manzanas verdes, el verde pálido de los pámpanos en las vides, y el naranja de los peñascos de Rosellón.

»Cézanne me corrigió: «No pienses en viñedos ni en peñascos. Observa las pinceladas paralelas inclinadas. Fíjate en que cada fruta muestra sus colores paso a paso». Yo observé la pintura con atención y sugerí: «¿A trazos?». Mi comentario lo satisfizo, porque concluyó: «Sí, si quieres llamarlos trazos…», así que me dio el cuadro a cambio de ocho marcos grandes. *Madame* Tanguy me vendió dos botes de pintura dorada para que los marcos tuvieran el mismo aspecto que los caros, decorados con verdadero pan de oro. Lo cierto es que me cobró el doble por la pintura porque también me hizo pagarle por enseñarme cómo debía aplicarla. Al final, todos estábamos felices, excepto Julien, que puso cara de pena cuando me llevé el cuadro. Y así fue como empezó mi segunda amistad con un artista.

—Es una historia muy bonita.

—¿Bonita? ¿Es todo lo que se te ocurre, que es bonita? ¡Figúrate lo que suponía estar en su presencia! Un hombre que pintaba para vivir, y que vivía para pintar. Para él, los dos conceptos se fundían en uno. Solo pensaba en pintar, era su pasión. No pasaba ni un minuto del día que no respondiera al mundo como pintor. Estaba obsesionado, y eso lo distanciaba de la vida normal. Se quejaba de ser un incomprendido; sin embargo, decía que su progreso le reportaba por lo menos cierto consuelo respecto al hecho de ser incomprendido por una panda de necios.

Retomé la labor de fregar la pared, consciente de que yo no vivía para fregar. ¿O sí?

Al final del día, cansada y sin aliento, volví a colgar el bodegón en la pared blanca y limpia. Resaltaba mucho más; los colores eran más vivos, los reflejos resplandecían. Pascal se puso de pie para admirar el resultado, satisfecho con el cambio. A continuación, dio media vuelta para examinar con tristeza las otras paredes manchadas. Señaló las paredes con desánimo.

—Sí, las limpiaré, pero otro día.

Saqué los cubos al patio. Mientras echaba el agua sucia por el barranco, un pensamiento se materializó súbitamente en mi mente. Algún día, quizá, podría realizar la misma labor para *monsieur* Laforgue: podría limpiar las paredes de su galería. La aprendiza malvada sería demasiado altiva para hacerlo. Incluso podría limpiar las paredes de otras galerías de arte. Todos los cuadros destacarían más, y yo sería la artífice del cambio, del mismo modo que un enmarcador embellece los cuadros. ¡Podría tener clientes galeristas por todo París! ¡Incluso el Louvre! Y el Louvre tiene kilómetros de paredes, y también suelos. Podría estudiar las pinturas mientras limpiaba. Hice chocar los cubos de limpieza con entusiasmo.

Escribiría a Maxime. Escribiría a *monsieur* Laforgue. ¡Escribiría al Louvre!

Capítulo ocho

El tirón de orejas de Cézanne

1937, 1897

*A*ndré había regresado de Aviñón con tablones de madera y un encargo de dos marcos de parte de una tienda de antigüedades que vendía mapas romanos de Provenza. Empezó a trabajar inmediatamente. Pascal pasó la mañana escribiendo en su pequeño escritorio. De vez en cuando, ejercía presión con el puño en la frente como si quisiera estrujar algún recuerdo. La actitud de absoluta concentración de los dos me brindó el tiempo que necesitaba para escribir al Louvre.

Tenía que meditar muy bien lo que iba a decir: que quería trabajar en el museo limpiando paredes y suelos para embellecer más los cuadros, que quería sacar el polvo de los marcos y de las esculturas, que no me importaba si el trabajo era de poca categoría, que solo deseaba estar rodeada de arte. Tenía la impresión de que Pascal no se estaba muriendo, y que pronto regresaríamos a París, así que escribí que todavía no estaba disponible para empezar, pero que pasaría por el museo a presentarme en persona el mismo día que regresara a París.

Es probable que mi carta sonara ingenua, pero me salía del corazón. Antes de darme tiempo a cambiar de opinión, fui a la oficina de correos y la envié. Si el Louvre me rechazaba, escribiría a *monsieur* Laforgue. Cuando él viera mi predisposición al sacrificio, me daría un trato de favor por delante de la estirada *madame* Esnob. Algún día.

De vuelta a casa, en el patio, observé a André mientras practicaba con unos dibujos de hojas de acanto sobre el tablero contrachapado que había colocado encima de dos caballetes.

—Pascal me ha contado por qué te envió esa carta desesperada. Lo hizo para contarnos sus vivencias con los grandes artistas que ha conocido a lo largo de su vida antes de que pierda
la lucidez —expliqué.

—No, para contártelas a ti. Yo ya sé esas historias. Déjalo
hablar, es un anciano.

—Eso es lo que hago. Sus anécdotas me fascinan.

André se quedó un momento en silencio mientras garaba-
teaba unas medidas y decidía cuántas hojas pondría a cada
lado.

—Ten paciencia con él. Su amor por esas pinturas es muy
profundo. Son su vida. Los cuadros y yo, y ahora tú. Cuesta
mucho dejar que tu vida se disuelva y que tu amor pierda todo
valor. Él quiere vivir, demostrar que su vida ha valido la pena,
que Rosellón valía la pena, y que todavía vale la pena.

—Sí, empiezo a entenderlo.

André alojó el lápiz detrás de la oreja.

—Esos cuadros serán nuestros algún día. Es conveniente
que te familiarices con ellos.

—Es lo que quiero. Y también aprender acerca de otros
cuadros.

Sabía que no era conveniente distraerlo mientras estaba tomando medidas y colocando la moldura en la caja de ingletes.
Con mucho cuidado, insertó la sierra y la retiró, marcando el
corte.

Cuando sacó la pieza, dije:

—Hoy he escrito una carta al Louvre.

Él me miró perplejo.

—¿Te has fijado en cómo luce ahora el bodegón de Pascal,
después de limpiar la pared donde está colgado? Pienso limpiar
todas las paredes, para que todos sus cuadros destaquen más.
Quiero hacer lo mismo en el Louvre. —Sabía que lo siguiente
que diría sonaría un tanto ridículo, pero tenía que decírselo—.
Por eso les he escrito una carta, para pedirles trabajo de limpia-
dora de paredes.

—¡Lisette! ¿Piensas dejarnos a Pascal y a mí para conver-
tirte en mujer de la limpieza?

—Ahora no. Algún día, cuando volvamos a París.

—¡Qué ingenua eres, amor mío!

André dejó la pieza de la moldura y me estrechó entre sus brazos.

—¿Por qué crees que Pascal está tan obsesionado en contarme sus experiencias con los pintores? —contraataqué—. Es porque para él significa mucho sentirse partícipe del mundo del arte. Yo también deseo lo mismo.

—¡Pero no como mujer de la limpieza!

—¿Y cómo, si no? No puedo pintar. No puedo ir a la universidad. No estoy cualificada, no tengo dinero. Pero lo que sí que puedo hacer es limpiar marcos o fregar las paredes del Louvre.

—No apuntes tan bajo. Una asistenta en una galería de arte, algún día, quizá no en la galería Laforgue. Pero… no, de ninguna manera. Rompe esa carta. O dámela; deja que la queme. —André me besó en la frente—. Tenemos que ser pacientes, Lise. Nos apoyaremos el uno en el otro para tener paciencia.

—Ya la he enviado —anuncié con la cara pegada a su pecho.

Él me agarró por los hombros y me apartó para mirarme a los ojos.

—¿De verdad?

Asentí.

—Pues ve corriendo a la oficina de correos y recupérala. Dile a la empleada que ha sido un error. —Las comisuras de sus labios se curvaron levemente hacia arriba—. Quiero leer lo que mi humilde esposa ha escrito. Luego quemaré la carta. Y ahora ve.

Obedecí sumisa, pero perdí un poco de tiempo en la panadería, charlando con Odette. Ella sabía todo lo que pasaba en el pueblo, y también compartía recetas con las amas de casa, preparaba remedios medicinales con hierbas, e incluso asistía a las parturientas. Me gustaba su forma de ser, tan sencilla, tan simple, y su actitud de proteger y ayudar a todo el mundo.

Entre Odette y su hija, Sandrine, la oficinista en correos, no se les escapaba ningún detalle de lo que pasaba en Rosellón. Sandrine anunció con buen ánimo:

—¡Cómo lo siento! Acaban de recoger la saca de correo, así que tu carta ya va de camino a París. —Lo dijo con la mano extendida sobre el corazón—. ¡Qué interesante que tengas contacto con el Louvre!

73

A continuación, me entregó una carta y comentó:

—El conductor me ha entregado esto para vosotros.

Era de Maxime. Volví a casa corriendo para leérsela a André en voz alta. Quizá *monsieur* Laforgue había echado a esa mujer.

19 de septiembre de 1937

Queridos André y Lisette:

¡Por fin! ¡Mi madre y yo hemos conseguido entradas para la Exposición Universal! Entre una gran afluencia de gente de todas las naciones, hemos contemplado la arquitectura y escultura pomposa y propagandística de las dictaduras: Alemania y la Unión Soviética, una frente a la otra, un gruñido transformado en piedra. Al verlo, mamá se ha aferrado a mi brazo y se ha estremecido.

En el pabellón español exhiben treinta obras de Picasso. Al verlas, he pensado que el estudio de las cabezas femeninas de tu abuelo podría ser de Picasso. ¡Cuida bien ese cuadro! ¡Algún día podría valer una fortuna! Su obra más monumental y angustiosa expuesta es un mural que ocupa la parte central del pabellón: el *Guernica*, una maraña cubista de cuerpos retorcidos en posturas afligidas y un caballo que grita. Toda la escena caótica conmemora al pueblo vasco destrozado por los bombardeos alemanes en abril. La pintura ha sido criticada indebidamente por la prensa como el sueño de un loco. ¡Qué gran error! Os aseguro que no puedo quitármela de la cabeza.

Mamá y yo nos hemos sentido más cómodos en el pabellón finlandés, rodeados de árboles y construido íntegramente con madera, con techos ondulantes y paredes curvas. ¡Tú habrías apreciado esa obra de artesanía, André! Al anochecer, han iluminado la torre Eiffel y las riberas del Sena de forma espectacular, como si estuvieran confeccionados con diamantes. ¡Cómo me gustaría que lo hubierais visto!

Os echo de menos a los dos, y quiero que volváis pronto a París.

Vuestro buen amigo,
MAXIME

La carta me llevó de la aprensión más profunda a una visión de absoluto esplendor.

—Ningún comentario sobre *monsieur* Laforgue —apunté.

Υ

Al día siguiente, mientras André trabajaba en el patio, le pedí a Pascal que me contara más anécdotas de Paul Cézanne. Él se mostró encantado con mi petición y sacó las notas que había escrito.

—No te he contado nada acerca de mi visita a su pueblo natal, Aix-en-Provence, al sur de aquí. Julien y yo no lo habíamos visto desde que me había entregado el paisaje que él había pintado, así que decidí ir a verlo para que Julien se quedara tranquilo. Pregunté por él en algunas galerías, en tiendas especializadas en bellas artes, en los cafés a lo largo de Cours Mirabeau, la sombreada avenida principal bordeada de mansiones. Tienes que convencer a André para que te lleve a Aix-en-Provence.

—Me dirá que ha de trabajar. Díselo tú.

—Me detuve atraído por una partida de petanca, y pregunté a los jugadores si lo conocían. Todos me miraron extrañados; nadie había oído hablar de él. —¡Uno de los pintores más importantes de Francia!—. ¿Acaso no tenía amigos en su pueblo natal?

»Al final fui al ayuntamiento. En el registro local encontré una dirección, y así fue como di con Cézanne. Se movía con dificultad, con la espalda encorvada bajo un sombrero deformado, con aspecto de mendigo. Llevaba un zurrón colgado a la espalda del que asomaba una botella verde y su sobredimensionada caja de pinturas. También cargaba con un caballete y un cuadro. Tenía la cara quemada por el sol y la barba manchada de pintura. Me reconoció. ¡Figúrate!

Pascal agarró las notas del escritorio y las consultó.

—Eso es todo lo que recuerdo, pero faltan datos. Veamos… Le dije que había ido a verlo por si necesitaba más marcos, pero sobre todo porque quería ver sus cuadros. Él me miró sorprendido y murmuró: «¿Mis cuadros? ¡Pero si solo soy un principiante!».

»Le dije que no se menospreciara de ese modo, que yo había estado en tres magníficas exposiciones donde exhibían sus obras, y que quería ver sus cuadros para inmortalizarlos. Él contestó: «No vale la pena inmortalizar cuadros. En vez de eso, admira la naturaleza. Todos los días cambia, se regenera. Piensa en su pintor; es imposible captar esa frescura. ¡Pero que conste que lo intentamos! Fíjate en ese espacio entre el árbol y nosotros: el aire, la atmósfera. Puedes sentirla, olerla, incluso palparla. Pero ¿cómo diantre pintas la atmósfera? Es una mezcla de aire y agua, luz y sombra, en constante cambio. He de perseguirla. Con ese árbol es más fácil. Es sólido; un cilindro, y la copa, media esfera. La carretera, un trapecio. Ese arbusto, un cono. ¿Lo ves? Las sombras de lo divino crean esas formas. Pero, cuidado, después de todo, el arte es una religión».

»Yo aventuré: «¿Algo parecido al alma?», y él contestó: «Se podría definir así. Digamos que es una creación que parte del alma. Tu forma de apreciar algo es a partir del alma. Aprecias esas vibraciones de luz en tonos rojos y amarillos, también en azules. No puedes sentir el aire sin la tonalidad azul. Si vives en la gracia de Dios, deberías ser capaz de expresarlo. Yo todavía estoy en ello; nunca satisfecho. Me temo que no viviré lo bastante como para pintar con confianza. ¿Sabes lo que se siente cuando te llaman impostor? El tormento nunca desaparece, y la vida parece aterradora».

»Abrumado, balbuceé: «¿Impostor? ¡Eso nunca! ¡Eres un gran maestro!». Cézanne se volvió hacia mí en el umbral de la puerta. Me observó con los ojos húmedos y pesarosos. «¿De verdad?», me preguntó. Dejó pasar un momento, como si estuviera sopesando si le hablaba en serio o no, y entonces me invitó a pasar.

»El interior de la vieja casa destartalada era sombrío. En el estudio, el techo y las ventanas altos conferían a la estancia un aspecto de estufa barriguda. Vi una estantería con *compotiers* blancos como el que tenía mi madre, botellas de vino con fundas de paja, un candelabro, jarras grises, cántaros, y el *toupin* verde glaseado que aparece en mi cuadro.

—¿Qué es un *toupin*?

—Un frasco para guardar aceitunas. Él lo llamaba «cerámica moral». Cézanne pensaba que, al pintarlo, rendía tributo a los artículos artesanales de Provenza. Decía que un lienzo y un bloque de mármol eran productos de lujo, pero que el artesano que aporta un toque artístico a una sencilla pieza de cerámica o a una cesta, o a un *panetière*, o a utensilios de madera, o a muebles de pino, aproxima el arte a la gente. Acuérdate de esa imagen, Lisette, la próxima vez que te sientes en ese banco de madera de pino arrimado a la pared.

—O en el retrete que me ha construido André.

—Me habló del poeta Frédéric Mistral, fundador del movimiento llamado Félibrige para promover y honrar las tradiciones, la cultura y la lengua provenzal, y me dio una copia de *Cartas desde mi molino*, de Alphonse Daudet, un provenzal de los pies a la cabeza. Deberías leerlo.

»Cézanne no podía estarse quieto ni un segundo. Uno tras otro, fue sacando paisajes sin enmarcar que había pintado cerca de Aix, todos ellos con los mismos motivos: viñedos, campos frutales y campos de trigo pintados con ocre pálido *de Ru*, alternando con rectángulos verdes, a menudo con la montaña Sainte-Victoire de fondo, que apuntaba hacia el cielo como una pirámide. Él la llamaba: «Mi risco de los mil retos, la reina de las montañas». Decía que sus raíces eran más profundas que la civilización. Incluso la llamaba su monte Sinaí.

»También me enseñó pinturas de *pigeonniers*, los palomares en forma de torre redonda.

Pascal consultó sus notas.

—Cézanne me dijo: «¡Mira! ¡Fíjate bien! Este *pigeonnier* es la esencia de la Provenza: hombre y naturaleza en armonía. Los marchantes de París no lo entienden. Me insultan. ¿Por qué no habría de pintar aquello que es importante aquí? Los excrementos de paloma se usan como fertilizante. Me critican por pintar tales cosas, pero las manzanas, las peras, las uvas y otras frutas deliciosas, incluso el vino provenzal, vienen de la mierda de las palomas. ¿A quién no le gusta un buen *salmis*, con todos sus jugos y una buena mezcla de las hierbas de la campiña en un delicioso ragú de pichón, eh? Los *pigeonniers* son mucho más importantes en la Provenza que los decrépitos castillos. Y los *cabanons* también».

»Me enseñó unos cuadros de casas de piedra, sencillas y angostas, con una habitación apilada sobre la otra. Las habrás visto aisladas, en medio de campos y pastizales. Los granjeros y los pastores las usan de cuando en cuando. Cézanne se lamentaba: «¿Quién nos devolverá nuestros *cabanons* cuando las grandes explotaciones agrícolas se instalen en esta zona y los derriben para plantar otro par de filas de manzanos?».

77

»Tenía miedo de que acabara por darle un ataque de ira, así que intenté calmarlo. «*Eh, bieng*, tú píntalos para que no desaparezcan». «Es lo mínimo que puedo hacer», replicó. «Frédéric Mistral puede componer un poema sobre las cigarras; Daudet puede escribir una historia de su molino; yo puedo pintar *cabanons*, *pigeonniers* y *toupins*. Quiero que la muerte me sorprenda pintándolos. Quiero morir pintando, ¿me comprendes? No hago nada más que trabajar, pero no veo la evidencia, la *réalisation*. Voy a misa, voy a las vísperas, pero no lo veo».

»Su voz adoptó un acento triste. Empezó a sacar cuadros de bloques de piedra de color ocre y paredes cortadas en líneas rectas de una cantera, uno tras otro. Me explicó: «Esta es la cantera Bibémus. La pinté desde el piso superior de un *cabanon* que había alquilado. Si no hubiera estado justo allí, en medio del campo, no habría podido obtener esta vista. Pero a los marchantes no les gustan las canteras. No son bonitas como las escenas de comidas campestres de los impresionistas. No comprenden su importancia». Yo contraataqué: «Pero Julien Tanguy sí que lo comprende». «Es el único. Julien comprende lo que hago: pintar la estructura de la tierra manipulada por el hombre que, sin embargo, aún conserva la armonía».

»Entonces le pregunté cuántos marcos debería hacer para intercambiarlos por el cuadro de la cantera con la montaña Sainte-Victoire al fondo.

Pascal contempló la pintura sin pestañear, con el pecho henchido de emoción, como si fuera un cantero tomándose un descanso tras horas de usar el pico y la pala. Quizás estaba extrayendo del cuadro la sustancia de su alma. Envidié esa actitud de ser capaz de hallar un cuadro que pudiera expresar la propia alma.

—Piensa en la vergüenza que debió sentir, Lisette. Ese pueblo situado justo a los pies de su estudio no sabía nada acerca de su batalla personal diaria, trabajando frenéticamente, agotado por el esfuerzo de honrar la Provenza. ¡Ni siquiera sabían que él estaba allí! ¡Un paisano como ellos! Tengo muchas cosas más que contarte acerca de él, pero me siento *fatigué*. Mañana. ¿Puedes esperar hasta mañana?

—Sí, por supuesto.

Me pidió que el sábado le preparara *daube*. Su voz era suplicante, casi como la de un niño a punto de romper a llorar. Tuve que preguntarle qué era el *daube*.

—Un plato típico provenzal: un estofado de carne de ternera cocido a fuego lento con vino tinto. Lleva peladura de naranja, tomate y zanahorias, y esas cebollas pequeñas y redondas. Añade un poco de romero. A Cézanne también le gustaba comer ese plato los sábados.

Al cabo de unos momentos, Pascal entornó los ojos y hundió la cabeza en el pecho. No tardó en roncar apaciblemente. Al ritmo suave de su cansancio, salí al patio, donde André estaba afilando su gran gubia en V.

—No me arrepiento de haber venido a Rosellón —dije con suavidad—. Tu abuelo me está regalando algo que no podría obtener en ningún otro sitio. Sus recuerdos de dos grandes artistas.

—¿Así que empiezas a sentirte privilegiada? —preguntó André.

—Lo soy. Si los tres viviéramos en París, yo estaría trabajando, y en nuestro tiempo libre siempre habría algo que hacer. Pero aquí, en este pueblo tranquilo con sus tardes libres de cualquier actividad, tengo tiempo para sentarme y escuchar.

André dejó las herramientas sobre la tabla y me estrechó entre los brazos durante un momento que me pareció eterno, antes de susurrar:

—Así que ahora ya sabemos por qué hemos venido a Rosellón.

79

Capítulo nueve

Una buena vida

1938-39

*H*abía sido un invierno muy templado, con solo dos mistrales. Si eso era todo lo terrible que podían llegar a ser, no hacía falta que me preocupara, y después de marzo, el mes de los contrastes, disfruté de los primeros signos de la primavera, ya a la vuelta de la esquina, y del profundo aroma a tomillo en la ladera justo debajo de nuestro patio.

Pascal entró en casa una tarde de abril con el hombro caído del brazo que sostenía el saco de bolas de petanca y la barbilla alzada. Resollaba de forma alarmante, como si le faltara el aire.

—Hoy ha sido el peor día de mi vida —refunfuñó.

—Oh, *non, non, non*. No digas eso. Estoy segura de que… —empecé a decir.

—¡Digo lo que me da la gana!

Empezó a subir las escaleras hacia su habitación. Se aferró a la barandilla unos momentos, con el pecho subiendo y bajando de forma agitada. Entonces, con cuidado, dejó el saco de bolas de petanca en el segundo peldaño y dio media vuelta. Enfiló hacia el comedor, se hundió en una silla y limpió el hule con el brazo como si barriera una mala experiencia.

Me senté a su lado.

—¿Por qué no me cuentas lo que ha pasado?

Pascal alzó la cabeza despacio y me miró.

—El color de tus mejillas es como un melocotón de Cézanne.

Apoyé la mano en su brazo.

—¿Para qué es ese ajo? —me interesé.

—Para el *daube*.

—Hoy no toca. Es un plato de principios de invierno. Espera hasta noviembre.

—De acuerdo, pero aún falta mucho.

Oculté la cara para que no pudiera leer mis pensamientos, solo por prevención. En lugar de eso, debería haberme dado cuenta de que la queja de Pascal revelaba sus ganas de vivir.

Clavó la vista en sus manos temblorosas.

—Ni una sola bola de petanca. No podía disparar ni apuntar hacia donde quería. Me han llamado de todo, incluso Aimé. Me he inclinado para apuntar y me han fallado las rodillas. Me he dado de bruces, y Aimé me ha tenido que ayudar a ponerme en pie.

En esa época, Pascal solo iba a jugar a la petanca una vez por semana. Aunque se sintiera *fatigué* —un estado más grave que el *peu fatigué*, pero todavía no *très fatigué*—, no era suficiente como para que no saliera de casa. Avergonzado, humillado, quizás incluso temeroso, se cubrió la cara con ambas manos, como si el mundo entero se hubiera cebado en él sin piedad.

—¿Y no te ha pasado nada positivo durante el resto del día?

Pascal se quedó pensativo unos instantes.

—Solo una cosa. Aimé ha dejado de humillarme después de ayudarme a levantarme del suelo.

Aquella reacción infantil en las postrimerías de su vida me provocó una cálida sensación maternal.

—Lo persiguieron. ¿Te lo había contado?

—¿Han perseguido a Aimé?

—Persiguieron a Cézanne. Un grupo le lanzó piedras, y también a sus cuadros. Le llamaron imbécil y otros insultos peores.

—No es posible.

—¿Cómo lo sabes? Tú no estabas allí. Yo lo vi.

Mientras yo machacaba los dientes de ajo, dejé que Pascal descargara su furia. Utilizaría tomates, cebollas y aceitunas verdes en lugar de peladura de naranja y anchoas, y vino blanco en vez de vino tinto, y lo llamaría *boeuf à l'arlésienne*, en lugar de *daube*.

—¡Qué hombre tan noble! —murmuró Pascal—. Dedicó su vida al arte, ¿y qué obtuvo a cambio? Desprecio, insatisfacción, agotamiento.

Unos puntitos luminosos aparecieron en sus pestañas húmedas; después, unas grandes lágrimas redondas rodaron por sus mejillas. Fui al umbral de la puerta que daba al patio e hice una señal a André para que entrara. Se sacudió el serrín de la ropa, observó a Pascal y se sentó junto a su abuelo. Apoyó la cabeza en el hombro de Pascal y le recordó cómo, cierta vez, él, Pascal, le había construido una barquita de madera y la había equipado con un pañuelo a modo de vela y un cordel, para que André pudiera arrastrarla y hacerla navegar en el estanque del palacio de Luxemburgo en París.

—Lo recuerdo. —Pascal resopló, con la respiración entrecortada—. Todavía ibas con pantalones cortos. Te caíste, te pelaste la rodilla y soltaste el cordel. Tuve que meterme en el estanque, con ropa y todo, para recuperar la barca.

—Sí, con tus pantalones de domingo.

—¡Qué vida más cruel! —Un suspiro se escapó de lo más profundo de su ser—. Regresé a Rosellón porque quería sentirme joven de nuevo, con mis buenos amigos, y ahora me siento viejo. ¿Cómo es posible, André?

Contuve la respiración, esperando, cuestionándome, mientras André buscaba las palabras. Al final respondió:

—Así es la vida.

La primavera y el verano de 1938 dieron paso al otoño, la estación en que se acortaban los días, cuando las cigarras dejaban de entonar su cantinela de apareamiento, ponían los huevos bajo tierra y morían. Los granjeros dejaban los campos en barbecho. Los higos negros desaparecían de los tenderetes en los mercados, reemplazados por los higos de Marsella, a los que Pascal llamaba «las pelotas del papa», y reía como un niño travieso ante mi expresión consternada.

Tres días consecutivos de lluvias enviaron a Pascal y a André al café más temprano que de costumbre, donde renegaron a destajo mientras tomaban el *apéritif*. Volvieron a casa hablando de temas de hombres, como de la caza del jabalí en los montes de Vaucluse, mientras mis apreciaciones femeninas sobre los pétalos quedaban medio año relegadas.

Había días molestos, días pesados, días turbulentos. Los hábitos de Pascal empezaban a irritarme. Sorbía su *grand café* y se enjugaba con él la boca antes de tragárselo, y dejaba el tazón de nuevo sobre la mesa con un golpe brusco, salpicando y manchando el hule. La comida se le quedaba colgando del bigote. Era desagradable limpiarle la boca, así que le ofrecí recortarle el bigote. Él reaccionó con un arrebato infantil y rompió a llorar. Mi intención no había sido ponerlo en evidencia.

Pascal no paraba de carraspear y de usar la muletilla: «Escúchame, Lisette», y entonces me exigía que dejara cualquier cosa que tenía entre manos, incluso cuando lo que me quería contar era insignificante.

Por lo visto, superó la humillación, porque reanudó sus visitas al campo de petanca, aunque sospecho que solo iba como observador. Me fijé en que *monsieur* Voisin, el dueño de la cafetería, había colocado una silla con brazos junto al banco de los jugadores para que Pascal pudiera ponerse de pie sin ayuda de nadie. Tras la primera señal de un cambio de tiempo, más frío, insistí para que saliera con el abrigo de invierno. Él armó un gran revuelo: dijo que lo abrigaba demasiado, como si fuera san Jorge en su misión de salir a matar al dragón, pero al final cedió.

Una vez fue al café para jugar a la *belote* y regresó a casa rezongando, colgado del brazo de un individuo que no reconocí. André le dio la bienvenida como si fuera de la familia y me lo presentó como Bernard Blanc, el alguacil del municipio, cuyo territorio abarcaba el pueblo y las granjas, los campos de frutales y los pastizales vecinos. André le invitó a pasar.

—He encontrado a Pascal tambaleándose en la plaza del ayuntamiento, así que he pensado que sería mejor que lo llevara de vuelta a casa —nos contó el hombre.

—Muchas gracias. Todo un detalle por tu parte —contestó André.

Irritado, y quizás incluso avergonzado, Pascal se zafó de la garra del alguacil, se derrumbó sobre una silla y dijo:

—Pues ya que estás aquí, jovencito, echa un vistazo a los cuadros.

Él accedió. Admiró las obras, una tras otra. Era tan alto que tenía que ladear la cabeza para verlas. No dijo nada mientras André y Pascal lo observaban con interés.

—Bonita colección. ¿Son de pintores conocidos?

—¡Más que conocidos! ¡Famosísimos! —bramó Pascal—. ¡Pissarro y Cézanne!

El alguacil asintió con la cabeza, como si reconociera los nombres, aunque tuve la impresión de que no era así. Trascurridos unos minutos, André lo acompañó a la puerta y se despidió de él al tiempo que volvía a agradecerle la atención.

André y Maurice trasladaron la cama de Pascal al piso inferior porque se quejaba de que le dolían las nalgas cuando se sentaba en las duras sillas de madera. Yo me angustiaba al ver que se pasaba casi todo el día durmiendo, con una respiración pesada y grave, como unos guijarros vertidos en un frasco, con la boca abierta, la cabeza ladeada y la baba que le oscurecía la camisa. André siempre estaba, o trabajando en el patio, o en Aviñón. Si yo faltaba, ¿quién se aseguraría de que Pascal se alimentaría debidamente? ¿Quién lo bañaría y lo afeitaría, le frotaría los pies, le pondría paños fríos en la frente cuando tuviera fiebre? ¿Quién se sentaría con él y lo escucharía con una infinita paciencia? Mi presencia en aquella casa estaba más que justificada. En esos momentos, era tierra sagrada.

Una vez, Pascal puso a prueba su equilibrio y cruzó la estancia bamboleándose, hacia mí.

—No regresaréis a París antes de que…

—No, Pascal. Nos quedaremos contigo.

—Serás otra vez feliz, en la capital.

—Ya soy feliz aquí, contigo.

—¿Cuántos años tengo?

—¿En qué año naciste?

—En 1852.

—Entonces tienes ochenta y seis años.

—¡Ochenta y seis! —exclamó—. ¿Quién habría imaginado que viviría tanto tiempo?

—Y que todavía serías tan guapo.

—¿Cuántos años tienes?

—Veintidós. Veintidós en noviembre.

—Quiero pedirte algo, *minette*.

—Lo que quieras.

Su rostro se tiñó de timidez y me acarició la mejilla.

—¿Puedes llamarme «papá»?

—Sí, papá. No me importa llamarte papá.

Pronuncié la palabra con suavidad. Me sonaba extraña y a la vez correcta. No recordaba haberla pronunciado nunca antes, desde luego no se la había dicho al padre fantasma que me abandonó en el orfanato como si fuera un saco de trigo y que luego se marchó a un país lejano y murió allí, con mi madre.

Supimos que había llegado el invierno cuando el silencio de la campiña se vio alterado por los disparos sordos de las escopetas de los cazadores y los estridentes ladridos de los perros. El olor a madera quemada en las viñas y el aroma de las aceitunas prensadas se elevaba hasta nuestra colina. En el musgo de la fuente del pueblo se formaron cristales de hielo, un indicio de que nos esperaba un invierno más duro que el año anterior. Más mistrales. Esta vez más fríos.

Pascal normalmente se sentía cómodo con las ventanas abiertas en invierno, pero ahora se quejaba de que hacía tanto frío en la casa como lo recordaba en la mina. Se quedaba dormido respirando aire frío y se despertaba tosiendo; con gran dificultad me explicaba a través de sus labios amoratados de frío que la mina se le había caído encima. Contradecirlo provocaría que se enfadara o que se sintiera ridiculizado.

—¡Eso es terrible! *Grâce à Dieu* que has sobrevivido —contestaba yo, permitiéndole disfrutar de su momento imaginario de triunfo ante la muerte.

El anciano cayó en un estado de ensoñación. Nombraba los tintes elaborados con los ocres de Usine Mathieu, la fábrica en los confines de Rosellón.

—*Rouge pompéi, fleur de guesde, cuir de Russie.* Los vendía todos en París. *Jaune nankin, prune de monsieur, désir amoureux.*

Yo le decía que me encantaba oír esos nombres.

—Maurice era mucho más joven, así que tuvo que esperar unos años hasta que tuvo edad para trabajar. Ya que podía usar el pico tanto con la mano derecha como con la izquierda, le asignaron el puesto de abrir la vía, como un capitán, cavando en el punto más alejado de nuestra galería. El resto de nosotros cincelábamos, escarbábamos y extraíamos el mineral de las paredes. Quince metros de altura, tenían esos túneles. Construíamos unos arcos perfectos, así que no necesitaban soportes de madera, y si observabas una galería desde arriba, cada arco parecía más pequeño que el que estaba más cerca. Parecía una catedral, Lisette, y nosotros la habíamos construido. Incluso la vida de un minero vale la pena, si sabes reconocer la belleza bajo tierra.

—Entonces la mina era una muestra de tu trabajo —puntualicé.

Él asintió, satisfecho con mi comentario.

—Había murciélagos allí abajo. Nos daban unos sustos de muerte cuando pasaban volando, rozándonos las cabezas. —Rio divertido con aquel recuerdo, pero su sonrisa apenas duró un segundo. Su expresión se oscureció—. Ahora están cerrando las minas. Y no me digas que no. No se ven tantos hombres de vuelta a casa con la ropa cubierta de ocre. Eso no puede ser bueno.

Una mañana, Pascal dio un golpe seco cuando dejó el tazón de café sobre la mesa y se incorporó con premura.

—Me voy a las canteras de ocre. A esta hora, los colores brillan de una forma espectacular.

—No, papá. Los barrancos son demasiado peligrosos.

—¡No me digas lo que he de hacer! ¡Y no me sigas!

Rompí a llorar.

—Eres demasiado sensible —me reprochó antes de cerrar la puerta de un portazo.

André estaba en Aviñón, restaurando la imponente mesa minuciosamente labrada del comedor del palacio papal, y regresaría con las dos primeras de las veinticuatro sillas talladas, para restaurarlas en casa. Era un encargo importante. Se había marchado en el autobús de Maurice, pero no volvería hasta el día siguiente. Me sentía angustiada ante la impulsiva majadería de Pascal, así que me arrebujé en mi abrigo y salí tras él.

Podía estar en cualquier lugar: en el café, en la pista de petanca, en la *boulangerie*, hablando con Odette y René, que a menudo le daban una rebanada de pan de aceitunas todavía caliente. Bajé la cuesta corriendo y asomé la nariz en los locales donde supuse que podía estar. Las canteras se hallaban un poco más lejos de la parte baja del pueblo, en la zona de los escarpados desfiladeros de color ocre. Primero subí la pendiente, pasé por delante del cementerio hacia los promontorios, luego descendí y me adentré en aquel terreno desconocido. Comprendí por qué él quería ir allí a esa hora temprana de la mañana: las montañas brillaban con destellos de ocre dorado, naranja y el rojo de la paprika. Si Pascal se alejaba demasiado, no conseguiría dar con él, y probablemente a él le costaría mucho subir de nuevo hasta el pueblo.

Resbalé en algunos puntos todavía mojados por la lluvia reciente, y me manché los zapatos con barro naranja. Asustada, grité su nombre. Pascal había desaparecido. Necesitaría la ayuda del alguacil Blanc. Regresé al pueblo para preguntar por él en el ayuntamiento.

Al pasar por delante del cementerio, tuve una corazonada y eché un vistazo a través de las adelfas, luego atravesé la puerta de hierro pegada a un alto y solitario ciprés, que proyectaba una sombra gris, como una mortaja, sobre la tumba más próxima. El viento azotaba las copas de los pinos y sacudía las hojas en el campo de olivos más allá de las tumbas. Todo *roussillonnais* sabía el lugar donde descansarían sus restos. Al lado de una adelfa cimbreada por el viento, descollaba la cripta de la familia Roux, iluminada por los rayos de sol. Pascal se inclinaba hacia delante, con las palmas apoyadas en la losa. Respiraba con dificultad.

Me acerqué despacio. Sus zapatos no estaban cubiertos ni de polvo de ocre ni de barro naranja. O bien se había acobardado ante la idea de bajar por los riscos escarpados, o bien había cambiado de idea.

—No deberías haberme seguido —murmuró al notar mi presencia, sin apartar la vista de la tumba—. Pero sabía que lo harías.

—Estaba preocupada, papá. No tengo fuerza para ayudarte a levantarte, si te caes.

—No lo puedes controlar todo, Lisette. Has de dejar que las cosas sucedan.

87

Pascal dio unas palmadas a la losa y rio.

—No estaré en esta caja. Prefiero seguir a Cézanne allí donde él esté, y llevar su caballete, sus lienzos y pinturas, para que pueda pintar sin trabas la inmensidad del cielo. Tan vasto, tan infinito que resulta imposible armar un marco para esa obra. Al otro lado hay unos colores preciosos que no podemos imaginar desde este lado. Eso era lo que decía Cézanne. ¡Oh, qué días más felices nos esperan!

El estado *fatigué* dio paso al *très fatigué*, y costaba mucho sacar a Pascal de la cama para que saliera al retrete del patio. Al final, hacía sus necesidades en un orinal, tumbado, con mi ayuda.

—Te agradezco tus muestras de amor, propias de una hija. Eso hará que el final sea más llevadero. —Soltó un suspiro entrecortado—. Pero aún tengo muchas historias que contarte. En particular, sobre Cézanne. ¿Puedes traerme mis notas?

Cuando se las llevé, dijo en el acento provenzal que usaba cuando hablaba de Cézanne:

—*Eh, bieng.* No te he contado la anécdota del cuadro llamado *Los jugadores de cartas.* Dos *provençaux* que juegan una partida de *belote* en una pequeña mesa con una botella de vino en medio. Quizá la botella era el premio para el ganador. A mí me gustaba ese juego, pero nunca tenía suerte a la hora de sacar las cartas correctas de la pila; no, no era un buen jugador.

Maurice llegó en ese momento para traernos miel de sus colmenas.

—Con esto te sentirás mejor. Mis abejas son descendientes de las que revolotean por el romero en el jardín del palacio papal, en Aviñón.

—¡Ah, benditas abejas! ¡Figúrate! —exclamó Pascal.

Maurice arrimó una silla a la cama para jugar una partida de *belote.* Empezaron a bromear en un tono sosegado, sin estridencias, sobre quién ganaría y quién había vencido en la última partida.

—¿Te lo había contado alguna vez? Yo posé para uno de los jugadores de cartas de Cézanne, el del sombrero con las alas dobladas hacia arriba, como el mío.

Pascal me buscó la mano mientras yo depositaba un cuenco con almendras sobre la cama; me fijé en que el morado que se había hecho un mes antes en la mano había adoptado un tono amarillo verdoso. Me agarró la muñeca con fuerza.

—Me crees, ¿verdad que me crees?

—Sí, papá.

—Eres una buena mujer, Lisette.

Pascal no se quejaba cuando sentía náuseas o dolor. Simplemente decía: «Tráeme el tercer Pissarro» o «Quiero ver el bodegón», y yo sabía que deseaba perderse en un cuadro. Sospechaba que su estudio absorto, su búsqueda de cierto aspecto en cada pintura que no había detectado antes, le permitía olvidarse de las molestias. Yo tenía que sostener el cuadro delante de él, con marco y todo, a los pies de la cama, mientras él se inclinaba hacia la escena hasta que le dolían los brazos.

Cuando sostuve *Los tejados rojos*, de Pissarro, el cuadro más grande, Pascal murmuró:

—¡Qué árboles frutales más bellos! ¿Sabías que esos grumos de pintura que sobresalen del lienzo captan la luz en sus bordes superiores y crean pequeñas sombras debajo de ellos? No se trata de un accidente, Lisette. ¡Eso es ser un genio!

Incluso en aquel estado, Pascal me estaba dando lecciones para que me fijara en los detalles. Pero, además, se estaba despidiendo de cada uno de los cuadros.

Tras una larga reflexión, comentó:

—Con Pissarro siempre he buscado una historia en sus pinturas. La joven con la cabra, ¿adónde iba? ¿Por qué estaba sola? Pero con Cézanne no había ninguna historia en sus escenas o en la fruta. Las manzanas y las naranjas eran importantes por sí mismas. Tuve que aprender a observarlas como el resultado de la forma de ver del pintor. Me obligué a no plantearme cuál de los jugadores de cartas ganaría la partida. Con el acto que estaban realizando bastaba.

Nervioso, se agitó en la cama, en un intento frustrado de levantarse sin ayuda.

—Si pudiera postrarme en señal de adoración, lo haría. Arrodíllate por mí, Lisette. Llama a André.

89

Salí al patio.

—Será mejor que vengas.

Cuando André entró, Pascal dijo:

—Arrodillaos delante de la fruta de Cézanne. Os diré las palabras que tenéis que pronunciar.

André y yo nos miramos el uno al otro, perplejos ante tal exigencia. Él se arrodilló. Yo me arrodillé. Él me cogió la mano.

—Muy bien. Ahora repetid: «Amaremos, de todo corazón, estos cuadros tal y como nos amamos el uno al otro».

La expresión de André demostraba que estaba sorprendido por la ceremonia de Pascal, por ese voto tan innecesario. Pese a ello, para complacer a su abuelo, empezó a recitar, y yo me uní:

—Amaremos, de todo corazón…

La cara cetrina de papá brilló de alegría.

—Perfecto. Ya son vuestros. Hélène estaría feliz si lo supiera. —Tras unos momentos, agregó—: Quizá lo esté.

Incapaz de hablar, André le dio un beso en la calva.

—Solo te pido una cosa, André. ¿Repararás los reclinatorios de la iglesia antes de regresar a París? Hélène suele clavarse astillas cuando se arrodilla.

—¿Quién es Hélène? —gesticulé con los labios, pensando que debía tratarse de su difunta esposa.

André se limitó a contestar en actitud solemne:

—Sí, lo prometo.

Regresó al patio. A través de la ventana, vi que, durante un rato, André no cogió el mazo ni el cincel, ni siquiera un lápiz.

Después de una hora melancólica, Pascal murmuró:

—Hoy he fallado, Lisette. Es una tarea que debería haber puesto en el primer lugar de mi lista. Hoy no te he ofrecido ninguna muestra de cariño; solo he amado los cuadros y mis recuerdos. Te he dado órdenes y nada más. Lo siento.

—No pasa nada, papá. Ya sé que me quieres. Cuéntame más cosas sobre Cézanne.

—¿Te he dicho que volví a Aix otra vez? Había ahorrado un poco de dinero por una vez en la vida, y quería comprar un cuadro pagando como era debido, de forma legítima, con francos. Quería ayudar a Cézanne. Sabía cuál sería: *Los jugadores de cartas*. Pensaba pedirle que me revelara el ingrediente básico para que un cuadro sea genial.

»Cuando llegué, no quedaba ni una sola pintura. El ama de llaves estaba limpiando el espacio vacío. Me dijo que había llegado demasiado tarde, que hacía dos semanas que Cézanne había muerto. Por lo visto, estaba pintando de nuevo la montaña Sainte-Victoire cuando lo pilló un chaparrón. Se desplomó en la carretera; lo encontró el conductor del camión de la lavandería. Murió al cabo de una semana.

Pascal sacudió la cabeza con pesar.

—Le pregunté al ama de llaves adónde había ido a parar el cuadro de *Los jugadores de cartas,* y ella me contestó que al marchante Vollard, como todos los demás.

Papá alargó un brazo enjuto hacia mí y movió los dedos, buscando los míos.

—Aquí tienes una lección fundamental, Lisette: haz siempre lo más importante primero.

Aquella noche, mientras Pascal me observaba desde la cama medio adormilado, y André estaba en el café para tomar un *apéritif* con otros hombres, la quietud en la casa invitaba a reflexionar. Tomé una de las hojas del papel rugoso que utilizaba André y escribí en la parte superior: «Lista de votos y promesas de Lisette».

¿Qué era importante para mí?

1. Amar a Pascal como si fuera mi padre.
2. Ir a París y encontrar *Los jugadores de cartas,* de Cézanne.
3. Hacer algo bueno por un pintor.
4. Averiguar los ingredientes para que un cuadro sea genial.

Alcé la vista hacia la pintura de Pissarro y me fijé en el tono azulado del vestido de la joven, tan bonito, junto a la cabra blanca.

5. Confeccionarme un vestido azul, del color del Mediterráneo en una soleada mañana de verano.

Después de aquel día, nos instalamos en un periodo de

desapacible espera. André y yo nos abrazábamos con más fuerza por la noche. Una vez le pregunté:

—¿Cuáles son los ingredientes para que una persona goce de una buena vida?

—Amor y coraje.

Yo sabía que sentía mucho amor y que era correspondida en la misma medida, pero ¿tenía coraje? ¿El hecho de ser testigo del declive de la vida de Pascal era una forma de desarrollar coraje frente a algo que todavía estaba por llegar?

En *Le Petit Provençal*, el periódico de la localidad, se palpaba la creciente tensión. Las tropas alemanas habían invadido Checoslovaquia. No se lo dijimos a Pascal, pero probablemente él lo leyó en algún periódico. Todas las cartas de Maxime informaban sobre acciones contra el arte degenerado. Tampoco le decíamos nada a Pascal al respecto. En una carta, Maxime escribió:

> Mis estimadísimos amigos:
>
> Solo tengo unos minutos para escribiros. No sé si os habrá llegado la noticia en el sur, pero en el Louvre están guardando las obras de arte en cajas selladas para esconderlas. Las galerías se van vaciando una a una. Yo me he ofrecido voluntario para embalar las obras. Estos grandes espacios desiertos, sin mis viejos amigos colgados en las paredes que ocupaban, son fríos, deprimentes. Trabajamos sin tregua; estamos agotados y abatidos. Nuestras voces resecas resuenan en las paredes vacías. Solo dormimos unas tres horas por noche. Esta será la única oportunidad en mi vida de pasar una noche en el Louvre. Muy pronto habrá más letreros de «No pasar» que pinturas.
>
> Hace un año, la exposición Entartete Kunst, en la que se buscaba ridiculizar deliberadamente el arte degenerado, fue solo el principio. Hace poco, los voluntarios nos hemos enterado de que han confiscado dieciséis mil pinturas contemporáneas de museos alemanes para subastarlas en Lucerna. Temo por Francia.
>
> He de ponerme a embalar de nuevo. Los camiones de la Comédie-Française están esperando como si fueran oscuras fauces a engullir las cajas que cargamos. Cuidaos mucho.
>
> MAXIME

Fuese cual fuese el monstruo que acechaba en el horizonte, André esperaba que no sacara las garras hasta que Pascal ya no estuviera en este mundo. Él sabía que el ejército alemán había entrado en Austria y que había invadido el país la primavera anterior, y eso lo había sumido en un profundo pesimismo. A partir de ese momento, no le mencionamos nada que pasara allende los confines de Rosellón. Era mejor que falleciera en paz.

Una mañana de mayo de 1939, cuando hacía dos años que conocía y quería a Pascal, André y yo nos sentamos a cada lado de la cama mientras el anciano hacía enormes esfuerzos por articular alguna palabra.

—Dadle mis bolas de petanca a Maurice. Recordadle que hubo un tiempo en que le hacía morder el polvo. —Su boca se torció en una leve sonrisa. Tras una larga pausa, murmuró—: Una buena vida. Cuidaos mutuamente, y dejad que las pinturas cuiden de vosotros.

Pareció que el tiempo se detenía por unos momentos, mientras el triste canto de la alondra se extendía por la habitación. Con serenidad, en una paz perfecta entre el pasado y el futuro, que se mezclaban en un presente eterno, Pascal añadió:

—Pero creo que unos cuantos se quedarán para siempre aquí conmigo, en Rosellón.

A continuación, con un suspiro suave, satisfecho, se adentró en la morada de los muertos.

LIBRO SEGUNDO

Capítulo diez

La carta de Maxime

1939

¡*U*n día fuera del pueblo! Con más monedas en la mochila de tela que las que llevaba en el bolsillo los días de mercado en Rosellón. Me acerqué a la plaza Pasquier, donde la gente subía al autobús de Maurice Chevet para realizar el corto trayecto hasta el mercado del sábado en Apt, la localidad más importante de la región. Detrás del pintoresco autobús, Maurice enganchó una plataforma para transportar piezas del motor, latas de aceite, muebles, conejos enjaulados y cualquier cosa que una persona quisiera llevar.

Hacía tiempo que guardábamos luto por Pascal, y André pensó que me animaría pasar un día sola, fuera del pueblo. Le habían pagado por la restauración de la imponente mesa labrada del comedor del palacio papal, y seguía enfrascado en la restauración de las veinticuatro sillas a juego, un proyecto lucrativo que nos mantenía atados a Rosellón. Por primera vez desde que habíamos llegado al pueblo, él no se sentía presionado por la escasez de dinero, y yo me moría de ganas de perder el pueblo de vista durante unas horas.

Cuando Maurice me vio en la plaza, me saludó con el entusiasmo de alguien a quien hace mucho tiempo que no ves.

—*Adieu*, Lisette! ¿Vas a comprar *pastis*?

—¡Se equivoca, *monsieur*!

—Entonces, ¿un nuevo vestido para la señora? ¿Unas alpargatas?

—Un mantel de algodón.

Quería reemplazar el viejo hule descolorido de la mesa del comedor, agrietado por los cantos.

—*Eh, bieng*. ¡Un mantel provenzal! Te aconsejo que mires bien en todas las paradas antes de comprar.

En el autobús, Aimé Bonhomme, el compañero de petanca de Pascal y secretario del ayuntamiento, apartó el bombín del asiento a su lado y me hizo una señal para que me sentara. Yo acepté la invitación. Aimé y el alcalde Pinatel, que estaba sentado detrás de él, me comentaron con una sonrisa socarrona que iban a Apt por negocios oficiales, pero era sábado, así que no los creí. Supuse que les apetecía salir de Rosellón por un día. En cambio, sí que era probable que *messieurs* Cachin y Voisin fueran al mercado para proveerse de productos para la tienda y la cafetería.

—Vamos a comprar tapones de corcho —gorjeó Mimi, la hija pequeña de Mélanie Vernet, la esposa del viticultor—. ¡Muchos tapones!

El autobús traqueteaba sobre la sinuosa carretera, balanceándose en exceso en las curvas. Todo el mundo apretaba instintivamente un freno imaginario con el pie. Con voces agitadas, algunos pasajeros especulaban acerca de si Hitler se detendría en Polonia o si Francia sería la siguiente en caer. Para cambiar de tema, le pregunté a *monsieur* Bonhomme desde cuándo existía el mercado semanal en Apt.

—Oh, no mucho. Unos ochocientos años.

—¿Me toma el pelo, *monsieur*?

—¡Oh, no, *madame*! Los romanos construyeron las arcadas donde montan los tenderetes. Los cruzados se aprovisionaban en Apt. Los señores feudales, los encargados de las compras para los condes provenzales, los subordinados papales cuando Aviñón era el centro de la iglesia, todos iban a Apt a comprar, a negociar o, simplemente, a socializar.

Dejamos atrás los campos de cultivo que bordeaban el río Calavon, prácticamente seco, y campos de judías verdes emparradas. Un pueblo abandonado en lo alto de una colina tenía una réplica en la base de la montaña, como si lo hubieran trasladado intacto.

Todos los residentes de Apt y de los pueblos cercanos parecían estar en la calle: pequeños burgueses vestidos con traje y zapatos de cuero, obreros con monos de trabajo de color azul, y mujeres con floreados vestidos de algodón. Mélanie, que tenía unos pocos años más que yo, se colocó junto a mí y me pidió que no me apartara de su lado. Descubrí su habilidad a la hora de abrirse paso entre la multitud a base de codazos, hasta que por fin lograba colocarse en primera línea en los tenderetes de frutas y hortalizas, en los puestos callejeros de hierbas y especias, de aceite de oliva y vinagre, y de queso. Probablemente, todos los productos eran de la localidad.

—El truco está en comprar a primera hora los productos que están marcados con un precio fijo, y luego, con más calma, dedicarte a los que tienen margen para regatear —me aconsejó Mélanie.

En un tenderete donde vendían enseres de madera, mochilas de tela, lámparas de aceite y otros productos básicos para el hogar, aspiré el dulce aroma de los jabones de lavanda artesanales. No estaban envueltos en papel, pero llevaban el nombre «l'Occitane» estampado, una marca desconocida que me pareció curiosa. Mélanie compró dos sacos de corcho. El vendedor dibujó una cara en un tapón y se lo regaló a Mimi.

Después de dejar los sacos en el autobús de Maurice, Mélanie me condujo calle abajo hasta los coloridos tenderetes de manteles dispuestos en hilera, uno detrás de otro. ¡Qué vistosos! Con estampados de flores de girasol, lavanda, uvas, aceitunas, trigo, incluso cigarras. Mimi bailaba entre las telas, jugando con el tapón de corcho como si fuera una muñequita.

—¿Cuál te gusta más, Mimi?

—¡Este! ¡No! ¡Este! ¡El de las uvas, como en la viña de papá!

Comentamos los aciertos de cada uno, frustrada ante la indecisión de cuál quedarme. Al final elegí uno, y Mimi se mostró de acuerdo. Flores de girasol amarillas, algo que no teníamos en París. Con las recomendaciones para comprar de Mélanie, me sobró dinero.

—Gástatelo —me aconsejó—. ¡Nunca se sabe cuándo conseguirás más!

Así que me compré un sombrero de paja con el beneplácito de Mimi, un par de alpargatas rojas, y un número de la revista *Modes et Travaux*, que incluía patrones de costura. No había nada como un día de compras para convertir a dos mujeres y a una niña en tres buenas amigas.

99

Entusiasmada con la idea de mostrarle a André mis compras, irrumpí en casa, extendí el mantel y me aparté unos pasos para admirarlo. De repente, me fijé en las paredes vacías, sin cuadros, sin marcos. Una terrible confusión se apoderó de mí. André entró del patio y lo interrogué para saber qué había hecho con ellos.

Apartó una silla de la mesa y me invitó a sentarme.

—No los habrás vendido, ¿verdad?

—Jamás haría tal cosa. Los he escondido.

—¿Dónde? ¿Por qué?

—Aquí no están a salvo. Mucha gente del pueblo los ha visto. Pascal hablaba a todo el mundo de sus obras. No lo culpo; lo hacía movido por un inocente entusiasmo, que lo empujaba a querer compartir su pasión con cualquiera, pero se avecinan tiempos difíciles. La gente necesitará comida y otras cosas de primera necesidad. El mercado negro será despiadado; la escasez y el sufrimiento pueden cambiar a cualquiera. Los amigos tienen amigos secretos que pueden ser traficantes en el mercado negro. El arte puede intercambiarse por objetos que ya no se encuentran con facilidad. Y, de repente, se pierde la pista de los cuadros. No puedo fiarme de nadie.

—¿Ni de mí? ¿No puedes fiarte de tu esposa?

—Me fío de ti, pero es mejor que no lo sepas. Si alguien te viera hurgando en un lugar inusitado… Podrían atar cabos.

Torturada por su secretismo, examiné las paredes vacías y contuve las ganas de llorar.

No se trataba solo de que me ocultara dónde los había escondido. Sentía un dolor más intenso, más profundo, porque había creído que André no tenía secretos para mí. En cambio, él albergaba pensamientos secretos, planes secretos. Por más que me dijera, había cosas que callaba. Quizá los había vendido; quizá los habían robado y se había inventado la excusa para apaciguarme. ¿Era una decisión acertada por su parte, no contar conmigo, haber hecho planes sin consultarme?

Me pasó una carta de Maxime.

27 de agosto de 1939

Camarada:

Lee esta carta dos veces; luego quémala. Esconde los cuadros. Por aquí circulan rumores. Están adecuando las estaciones de metro para utilizarlas como refugios antiaéreos. Si los alemanes entran en Francia, Dios no lo quiera, todas las obras de arte en nuestro país correrán peligro —tanto las que todavía quedan en los museos como las que están en colecciones privadas—. Todos los museos de París sin excepción han cerrado hoy sus puertas. El mercado de arte es un verdadero caos. Todos los días, los trabajadores del Louvre se enteran de planes perversos para vender a toda prisa pinturas a alemanes y a cualquiera dispuesto a comprar con tal de salvar obras importantes de la destrucción. En aquella subasta en Lucerna, *monsieur* Laforgue pujó para salvar un autorretrato de Van Gogh y el *Bebedor de absenta*, de Picasso, pero su oferta fue superada en ambos casos. Se pujaba febrilmente por cuadros de Matisse, Braque y Klee, sacados de los propios museos alemanes, y los beneficios se destinaban al partido nazi.

La primavera pasada, el cuerpo de bomberos de Berlín quemó mil óleos y cerca de cuatro mil acuarelas y dibujos que la Cámara de Cultura del Reich consideró sin valor internacional o censurables, para «purificar» el mundo del arte. Es horrible. Si una pintura está en la línea de los objetivos de Hitler, aduladores hambrientos de posiciones de prestigio los roban y se los regalan, para comprar favores con arte. De un modo u otro, los propietarios pierden sus cuadros.

Si los alemanes toman París, nada estará a salvo. Esconde los cuadros, André, y escóndelos bien. No se lo digas a nadie.

La gente aquí teme lo peor. Nos hemos de alistar juntos o nos reclutarán por separado. Ven a París. Es mejor que luchemos hombro con hombro para salvar los tesoros de nuestro país, nuestro patrimonio, nuestras ciudades, nuestra identidad y nuestra libertad. En dos palabras: salvar Francia.

Dale un beso a *jolie* Lisette de mi parte. Ven pronto.

MAXIME

—¡Oh, André!

De repente, noté una terrible sequedad en la boca. Le devolví la carta. La leyó una vez más, alzó la tapa redonda del hornillo y alimentó las llamas con el papel. Al ver cómo las puntas se retorcían y cómo la letra de Maxime se volvía ceniza, imaginé los sentimientos de André y de Maxime, lo que consideraban que tenían que hacer.

Leímos el recorte del diario de París que Maxime había incluido sobre la *Kristallnacht*, la noche de los cristales rotos, acaecida diez meses atrás, en la que se produjeron brutales ataques a sinagogas y comercios judíos en Alemania, y en algunas ciudades de Austria. Unos treinta mil judíos alemanes y austriacos fueron detenidos y deportados a campos de concentración.

Aquella noche cenamos en silencio, consternados, siguiendo con la vista el recorrido del tenedor hasta la boca. Cada segundo de silencio aumentaba mi miedo. Algo estaba cambiando. La irrupción de nuestros pensamientos paralelos horadaba nuestra convivencia, y por la diminuta grieta se coló una incisiva tristeza. Mis ojos expresaban lo que no podía decir con palabras: «No vayas».

André me acarició el hombro cuando se puso de pie. Indeciso durante un momento, dejó la mano apoyada allí, antes de ponerse la gorra. Yo también me levanté y agarré el chal.

—No, Lisette. Quédate aquí —susurró con una gran dulzura antes de ir al café.

André iba allí todas las noches, desde que Hitler había ocupado Checoslovaquia, para escuchar la radio y charlar con los hombres del pueblo sobre las posibilidades de que el ejército alemán entrara en Francia. ¿Cómo era posible que no entendiera que yo también quería oír la información de primera mano, directamente de la radio?

Intenté recordar la carta de Maxime: todas aquellas pinturas convertidas en una pila de ceniza, el mundo del arte de Francia y de mis sueños hecho añicos, la esperanza quebrada. Gracias a Dios que Pascal no se había enterado. Lavé los platos y me acosté, con un frío que me helaba hasta los huesos, en aquella noche de verano.

Al día siguiente, un domingo, realizamos nuestras labores en silencio. Escudriñé la cara de André durante la cena antes de que se fuera al café: lo único que vi fue una enorme preocupación. Me acosté sola. Me desperté cuando los zapatos de André golpearon pesadamente el suelo. Bajo la sábana, me estrechó entre sus brazos. El aliento le olía a cerveza.

—De Gaulle ha declarado la guerra —anunció.

Era el 3 de septiembre, una fecha imposible de olvidar. Me acarició el pecho, pero no me tocó como hacía la mayoría de las noches antes de hacer el amor. Nos quedamos tumbados sin movernos, con un peso demasiado opresivo en el corazón como para pensar en juegos. Mi mente hervía de preguntas. André notó que temblaba y me abrazó con fuerza. El alba traería una nueva realidad. A la mañana siguiente hablaríamos de qué íbamos a hacer.

No fue la luz del alba lo que me despertó, sino el penetrante chirrido del filo dentado de la sierra sobre la madera. Me estremecí. Después, golpes secos con el mazo. André se pasó las siguientes dos semanas puliendo la superficie, hasta que la obra estuvo terminada. Mientras se secaba el pegamento en las sillas del palacio papal, se había dedicado a prepararme un regalo: una bonita alacena que me llegaba a la altura de la cintura. Yo había visto en sus dibujos el grabado que adornaría cada una de las dos puertas: una A y una L enlazadas por la parte superior. Alrededor de las dos letras, había tallado un círculo de flores de lis. Su intención era que el mueble fuera para guardar platos, para que no tuvieran que quedar a la vista en los estantes y al alcance de la arena que se filtraba en casa cuando rugía el mistral. Iba a colocarlo debajo del lugar donde había estado colgado el bodegón de fruta de Cézanne, al lado de las escaleras. Cuando la guerra tocara a su fin, el armario y el cuadro quedarían perfectos, juntos.

Es cierto que deberíamos haber estado haciendo algo más que ese trabajo, y lo hicimos: saboreamos momentos delicados y tensos juntos, abrazados por la cintura mientras contemplábamos cómo se ponía el sol detrás del molino de viento a lo lejos. Las muestras de cariño eran constantes; nos acariciábamos con ternura, nos amábamos sin fin. A veces le preparaba su plato favorito: *cassoulet béarnais*, un estofado de cordero, cerdo, salchichas *andouille* y alubias blancas. Compraba *pain fougasse*, un pan plano con aceitunas que él adoraba, y le pedía a René que me preparara unas palmeras, las pastas favoritas de André. Las compartíamos a bocados, tal como habíamos hecho en París cuando él me había llamado su único y verdadero amor. Y, por supuesto, nos quedábamos dormidos enredados el uno en los brazos del otro.

Él tenía razón respecto a una cosa: mis ojos buscaban insistentemente los posibles escondrijos de los cuadros: debajo de los colchones, debajo de las camas, detrás de las cabeceras y de los armarios en las dos habitaciones, en la bodega del sótano. André había enmasillado los agujeros donde habían estado colgados los cuadros de una forma tan experta que nadie diría que allí había habido un clavo. Estaba segura de que habría puesto el mismo esmero a la hora de esconder los cuadros.

Lo contemplé con el corazón compungido, mientras él llevaba a cabo sus preparativos metódicos: desmontó el tablero contrachapado que utilizaba como superficie de trabajo, plegó los caballetes, guardó las herramientas en una estantería del cobertizo, las cubrió con una lona, que aseguró con unas piedras. Compró leña en la cooperativa del pueblo y la apiló junto a una de las fachadas laterales de la casa. En el mercado de los jueves, compró una saca de arroz y otra de alubias blancas secas, cuatro ristras de salchichas, seis latas de sardinas, una lata grande de café, un saco de azúcar, otro saco de harina, sal y aceite de oliva. Recolectó las almendras de nuestro almendro. Guardó todo el dinero obtenido con el trabajo de restauración en el palacio papal en el frasco verde para las aceitunas. Solo quedaba una cosa por hacer: reparar los reclinatorios de la iglesia, la promesa que le había hecho a Pascal.

André juró que sería lo primero que haría cuando volviera a casa.

Mientras él metía la ropa en su bolsa de lona, no pude contener por más tiempo mi silencio.

—¿No puedo ir a París contigo? Encontraré una forma de sobrevivir. Como costurera de uniformes para el ejército, o volveré a la *pâtisserie*.

—¿Crees que habrá azúcar para los pasteles? Has de ser más realista.

Pero incluso con las ventanas cerradas con tablas a lo largo de los Campos Elíseos, las calles oscuras, los cafés cerrados, las estatuas protegidas con sacos de arena apilados, todavía quedaba el Sena. Podría sentarme en mi banco de hierro forjado favorito, en la plaza Vert-Galant, en la punta de la isla de la Cité, y contemplar a los pescadores demasiado viejos para alistarse en el ejército. Pronto sería el tiempo de las castañas, las hojas de los plataneros crujirían bajo mis pies, y de las fuentes de la ciudad todavía brotaría el agua.

A pesar de mi anhelo, ya sabía su respuesta.

—No, *chérie*. Aquí estarás más segura.

André tenía razón. París era la capital y, por tanto, sería más vulnerable.

Tenía previsto marcharse el lunes siguiente, una semana después de su vigesimosexto cumpleaños. Tomaría el autobús de Maurice hasta Aviñón. Empecé a contar los días, luego las horas.

En la parada del autobús no había una multitud que gritara: «¡A por Berlín!»; solo estaba el alguacil Blanc, de pie, en un rincón. André se acercó para decirle algo en privado, luego regresó a mi lado y me abrazó. Me besó por última vez y me dijo:

—No tardaré en volver. Después nos iremos a vivir a París, te lo prometo.

Me quedé plantada entre el autobús y él, sin moverme, como una absurda barrera entre la guerra y la paz, hasta que Maurice subió y se sentó al volante. André y yo permanecimos de pie en la parada mientras los ocupantes del vehículo nos miraban por la ventana, todos conscientes de lo que pasaba. Maurice puso en marcha el motor, y el estridente petardeo me hizo trizas el corazón. André tuvo que agarrarme por los hombros y apartarme a un lado para subir al autobús.

El tubo de escape gris soltó un rugido que parecía dirigido a mí. Sentí el peso de un brazo en el hombro: era el alguacil del municipio, Bernard Blanc, que una vez había acompañado a Pascal a casa.

—De nada servirá que se preocupe por él; ahora lo que ha de hacer es pensar en sí misma —me aconsejó.

Me zafé de su mano y salí corriendo hacia casa. Me arrodillé delante de la alacena de André, procurando recobrar la calma, intentando rezar, repasando con la yema de los dedos la A y la L que se apoyaban la una en la otra.

105

Capítulo once

La radio y el café

1940

*D*e camino a la oficina de correos, intenté ser optimista. Quizás esta vez sí que habría carta de André. Pensé de nuevo en la última frase que me había dicho: «No tardaré en volver. Después nos iremos a vivir a París, te lo prometo».

Imaginé el momento en que él regresaría de la guerra y yo lo recibiría loca de alegría. Haríamos el amor apasionadamente, y me quedaría encinta. Venderíamos aquella casa sombría, y nuestro hijo nacería en París, e iría al colegio, a *l'école élémentaire*. Si era niña, luciría vestidos de flores en verano, como Mimi, la hija de Mélanie; si era niño, llevaría pantalones cortos de color gris y enseñaría sus rodillas marcadas con rasguños. Mientras André remaba en el lago superior del Bois de Boulogne, nuestro querido hijo deslizaría su manita por el agua, y todo sería perfecto. Bueno, no todo sería tan perfecto, porque André no había confiado en mí.

Al llegar a la oficina, una imagen agradable: Sandrine, la oficinista de correos, la hija de Odette, agitó una carta en la mano.

—*Voilà!* De tu marido —dijo con gran respeto.

Ya en casa, la abrí con cuidado.

17 de enero de 1940

Mi queridísima Lisette:

Maxime y yo hemos sido asignados a la misma sección. Es reconfortante contar con un amigo, estés donde estés, aunque, la verdad, todavía no sé adónde nos dirigimos. Nuestro tren ha pasado por delante de unos enormes cementerios de la Gran Guerra, con cruces dispuestas en fila, como viñas de piedra. Me pregunto si mi padre descansa en una de esas fosas. He de terminar el trabajo que él empezó.

De momento, nos han equipado con un uniforme rasposo, botas, mochila de supervivencia y fusil. Estamos realizando maniobras militares, como marchar en fila, echarnos al suelo como lagartijas, avanzar a rastras sobre el estómago como gusanos, y apuntar y disparar. Se me da bien avanzar a rastras. Maxime es más diestro con el fusil, pero no le gusta desfilar. La primera vez que vi sangre fue la de sus horribles ampollas por culpa de sus botas rígidas y demasiado ajustadas. Pronto nos enseñarán a manejar la ametralladora.

No me siento cómodo con la idea de convertir a amantes del arte y a artesanos en asesinos. Atenta contra nuestra naturaleza, pero, una vez aquí, en este ambiente, te ves atrapado sin remedio en la relevancia y en la necesidad del momento. Dentro de un mes, se supone que seremos soldados curtidos: ¡ja! Iremos al frente, en algún lugar, a luchar contra los alemanes. Mientras tanto, lo único que quiero es luchar contra los ratones. Supongo que mi fusil no es el instrumento más adecuado.

Te echo muchísimo de menos, y pienso en ti durante todos los minutos tranquilos en que no nos gritan.

Tuyo, amor mío, para siempre,

ANDRÉ

La ansiedad se trocó en un recuerdo lastimoso del que no conseguía zafarme. El horror y la tristeza que había experimentado de niña al ver a un hombre mutilado, apoyado en una sola muleta, se coló de forma indeseada en mi mente. Le faltaban el brazo izquierdo, la pierna izquierda y la oreja izquierda. Tenía el ojo izquierdo hundido y parcialmente cerrado. Una enorme cicatriz, lila y abultada, le atravesaba la mejilla, desde el párpado inferior izquierdo hasta la mandíbula. Imaginé al cirujano que le decía a la enfermera: «Practícale una cura rápida y tráeme a un paciente que tenga más posibilidades de sobrevivir». Pero el hombre resistió, un soldado de la Gran Guerra que había hecho otro acto heroico: ir a visitar a su hijo, que vivía en el mismo orfanato que yo, un hospicio para niños abandonados. Sentí una gran admiración por el coraje que demostraba ese hombre.

Si André regresaba en un estado similar, estaba segura de que mi amor por él no tendría fin, como una fuente inagotable.

Durante unos meses no recibí ninguna carta más. Y, de repente:

6 de marzo de 1940

Mon petit trésor:
Rezo por que no pases frío y estés bien. Por lo menos, en mi caso, lo segundo es verdad.

De camino a nuestra posición, hemos visto por primera vez la Línea Maginot de fortificaciones de hormigón armado y zanjas antitanque. No nos han dicho hasta dónde llega, pero, según los rumores, se extiende desde Suiza a Luxemburgo. Hemos oído que algunas unidades se conectan a través de túneles subterráneos, y que incluso hay una vía de tren y teléfonos, con cómodos refugios.

Nosotros no gozamos de tales privilegios. Max y yo hemos aprendido a construir un búnker de madera y cemento para proteger artillería pesada. Hemos cavado una trinchera espectacular, que conecta un búnker con el otro. Con el bosque a nuestra espalda, tenemos sombra por la tarde, cosa que no nos gusta nada en esta época del año. Lo más sensato sería que una ley internacional prohibiera la guerra en invierno. La semana pasada, el hielo en las cantimploras no se deshacía. No sé decirte el sitio exacto donde estoy, pero, desde la cresta que hay detrás de nuestra trinchera, tenemos una vista espectacular de un bonito río helado a poca distancia. No sé si es hielo alemán o hielo francés.

A los nuevos reclutas nos han separado para que nos mezclemos con los reservistas. Max y yo esperamos que eso signifique que ellos sabrán lo que hay que hacer en el momento de la verdad, y que nosotros nos dedicaremos a seguir su ejemplo. Simple, ¿verdad?

Nada nuevo aquí en esta «guerra falsa». Así la llama nuestro teniente, que está cansado de permanecer a la espera y quiere que entremos en combate para que todos nos convirtamos en héroes y nos condecoren. Aparte de eso, él nunca habla de los motivos de la guerra.

Los días pasan, vacíos e interminables, y el enemigo no asoma la nariz. Supongo que debe estar ocupado en otros combates. Nos apiñamos alrededor de una hoguera improvisada y especulamos hasta que acabamos por repetir las palabras que ha dicho el compañero, como loros. Esperamos que, en cualquier momento, el enemigo cruce el río y ataque. La espera provoca que cualquier ruido nos ponga al borde de un ataque de nervios. Oímos estruendos, camiones y tanques, y en nuestros momentos de delirio, trompas alpinas, fagots y gaitas. Max incluso jura que ha oído campanillas de trineo.

Algunos compañeros se jactan acerca de la cantidad de *boches* que matarán. Yo me mantengo alejado de ellos. El que más miedo me da es ese tipo taciturno con la mirada perdida. Durante esta larga espera, me pregunto si nos distinguiremos entre nosotros o si reaccionaremos como cobardes y nos ensañaremos con cualquiera. Nuestro teniente habla de una rápida victoria. Desearía que dispusiéramos de más hombres y más artillería. En mi opinión, somos pocos y estamos muy separados —como las alubias en la sopa de alubias que nos dan—. No me importaría probar un buen *goulash*, aunque sea prusiano.

La espera no es lo peor. Lo peor es cómo te echo de menos. Imagina que te abrazo esta noche. Yo haré lo mismo.

Con todo mi corazón,
ANDRÉ

A pesar de su levedad, me preocupaba que el hombre con la mirada perdida fuera él mismo. O Maxime.

La espera también se me hacía larga. Detestaba no ser capaz de hacer alguna cosa más que escribir cartas a André. Si pudiera descubrir dónde estaban los cuadros, echarles un vistazo y luego dejarlos otra vez en su escondite, me sentiría más cerca de él de nuevo. Podría acariciar las piedras, la madera, las plantas o la tierra que él había tocado.

Pero ¿por dónde empezar?

Por el campanario. Con la excusa de contemplar el paisaje, el padre Marc me dio la llave y busqué en cada rellano, en cada grieta, en vano. Sandrine me dejó examinar la oficina de correos, por si por error habían puesto una carta de André en un compartimento equivocado. Mientras estaba allí, eché un vistazo detrás de las puertas y dentro de los grandes armarios. Le pregunté a Aimé si podía inspeccionar la sala de fiestas con el pretexto de buscar una bufanda que había perdido. ¿Podía André haber escondido las pinturas en el café? Iba allí todas las noches. Sin rodeos, le pedí a *monsieur* Voisin si podía ver cómo *madame* Voisin preparaba *fricassée de poulet*, pero él frunció el ceño y me dijo que no, después me dio la espalda y se enfrascó en alguna labor detrás de la barra.

—¿Me permite que eche un rápido vistazo a la cocina?

—¡Desde luego que no! —El dueño del café se volvió hacia mí con cara de pocos amigos—. Allí no hay nada que te pueda interesar.

—Quizá sí que haya algo, *monsieur*. Pensaba que...

—¡Pues no pienses! Te lo advierto, no insistas.

Y ahí terminó la conversación. De momento.

110   La tercera carta de André no tenía fecha, lo que me desconcertó, porque no podía saber cuánto tiempo hacía que la había enviado.

Mi queridísima Lisette:

Espero que la leña que apilé junto a la casa te haya durado todo el invierno. Deberías recibir la paga del ejército más o menos cuando se agote el dinero por el trabajo de restauración en el palacio papal. De ese modo, tendrás suficiente para comprar más leña en la cooperativa del pueblo, y para comer lo que permita el racionamiento.

Esta espera resulta muy frustrante, y el entrenamiento rutinario es tedioso. El hielo en el río se ha partido en forma de curiosos icebergs. Max ha dibujado la escena en su cantimplora con un trozo de carbón. Después, ha dibujado mi retrato en mi cantimplora. Ahora todos en nuestra sección quieren un retrato en la cantimplora. Algunos posan con exagerada dignidad, mientras que nuestro teniente muestra los dientes con una expresión de bulldog furioso. Qué interesante, las diferentes personalidades en la sección.

Los tanques son grandes y pesados, pero lentos; solo avanzan a veinticinco kilómetros por hora. Queda por ver cómo reaccionarán cuando se enfrenten a los Panzer II.

He estado dándole vueltas a mi decisión de no decirte dónde escondí los cuadros. No te lo dije porque pensé que tu desconocimiento te protegería, pero quizá sea una medida contraproducente. Si, Dios no lo quiera, los alemanes ocupan Francia y averiguan que tenemos obras de arte, si algún oficial alemán se presenta en casa para buscarlos antes de que yo haya regresado, quizá te podría hacer daño si no le dices dónde están. Nunca me lo perdonaría. Lo que quiero decir es que, en caso de problemas, te olvides de los cuadros. No valen tanto como para poner en peligro tu vida, amor mío. Están debajo de la pila de leña.

Cuídate, cariño. Espero una lluvia de besos por tu parte cuando nos reunamos pronto.

Con amor e infinita devoción, tuyo,

ANDRÉ

Me sentí aliviada al saber dónde los había escondido —qué lugar más extraño que había elegido, por cierto—, y a la vez preocupada de que, tras ese cambio de parecer, él albergara dudas sobre su regreso a casa.

El invierno había terminado con un último azote del mistral durante tres días seguidos. Un vívido atardecer primaveral dio paso a una imponente luna llena. Las colinas situadas más abajo del pueblo empezaban a extender su fragancia con la rúcula silvestre en flor. La oronda Odette Gulini, que por edad podía ser mi madre y, además, tenía la sabiduría de la gente del campo, me dijo que podía usar las hojas de rúcula para preparar una ensalada, así que salimos a buscar unos manojos. Sería una forma agradable de desviar la atención de la guerra.

Por el camino, Odette señaló su flor silvestre favorita, la *aphyllanthes*, que tenía seis pétalos estrechos de color lavanda con una línea lila en el medio. Tomé una y se la enredé en el pelo. Al mirarla, me di cuenta de que se había cambiado el lunar de la mejilla derecha a la izquierda. Le pregunté el motivo y me contestó: «Creemos que nuestro hijo, Michel, está en algún sitio cerca de la frontera belga. Es zurdo. No puedo traicionarle».

Su respuesta me pareció tan razonable como cualquier otra en aquellos días.

Encontramos prímulas en un claro del bosque. Pascal habría

111

llamado al amarillo pálido de sus pétalos *jaune vapeur*. Aquel súbito pensamiento hizo que lo echara de menos.

De repente, en medio del sendero, vi el cuerpo lacerado de un conejo, con las orejas y las patas todavía intactas, el vientre reventado y ensangrentado; una víctima del ataque de un halcón. Me quedé sin habla.

De vuelta al pueblo, con los brazos llenos de rúcula y prímulas, nos detuvimos en la carretera delante de la casa de Odette. Me miró con ternura y me puso bien el cuello de la camisa en un gesto maternal.

—Hoy estás muy callada. ¿Es por las noticias? —se interesó.

—¿Qué noticias?

—Anteayer Alemania invadió Luxemburgo, Bélgica y Holanda.

Me estremecí con un escalofrío.

—¿Tres países en un día? ¿Cómo te has enterado?

—René fue al café y oyó las noticias. Los hombres debatían sobre qué país será el siguiente, y cuándo.

—¿Dijeron algo más?

—Me temo que sí, pero René no me lo contó.

¡Qué rabia me daba no poder escuchar las noticias de primera mano, toda la información completa! Me marché a casa en un estado de conmoción; tiré la rúcula en la pila de la cocina, y las prímulas se desparramaron por el suelo. Si viviera en París, podría ir a un café, de día o de noche, incluso sola si quería, me pediría un *petit crème*, disfrutaría de la espuma de la leche al tiempo que escuchaba las noticias en la radio, o un programa musical, pero ¿en Rosellón? ¡Ah, no! En ese pueblo anticuado, tal cosa era impensable.

Aquella tarde, a la hora del *apéritif*, me puse la blusa blanca de cuello alto y mi traje marrón, lo suficientemente conservador para los gustos del Rosellón, pero con un toque de estilo para pregonar que: «Este traje es de París, igual que la mujer que lo lleva». Nadie necesitaba saber que lo había comprado en una tienda de segunda mano en la calle justo enfrente de la sinagoga, en el barrio del Marais. Mientras me cepillaba el pelo delante del espejo del tocador, pensé que André era diestro. Con el lápiz de ojos, me pinté un lunar en la mejilla derecha.

Enfilé calle abajo hacia el café y me detuve para cuadrarme de hombros antes de apartar la cortina de cuentas que me separaba del mundo.

El propietario, *monsieur* Voisin, estaba vociferando algo para aquellos que quisieran escucharlo.

—¡Yo no tengo la culpa de que os vayáis a morir de frío este invierno! El alcalde Pinatel se ha llevado toda la leña que quedaba en la cooperativa del pueblo.

Me quedé sin aliento. ¿André se había referido a esa pila de leña, o a la nuestra, en nuestro patio? Escuché con más atención.

—¡Parece mentira! —arremetió el alguacil Blanc, de pie frente al resto de los congregados en el bar—. ¡Él puede permitirse pagar a alguien para que le recoja la leña que necesita!

—¡Lo mismo digo yo! —clamó *monsieur* Voisin—. ¡Lo vi con mis propios ojos! ¡Maldito burgués! Nunca viene por aquí; se cree superior a los granjeros, aunque su padre era un granjero igual que los vuestros.

Aquello me pareció una exagerada bravata. Alcé la mandíbula con petulancia, clavé la mirada al frente y me adentré en el local. Todos aquellos viejos encorvados irguieron la espalda en las sillas, como si acabara de entrar el enemigo. El silencio se ciñó sobre mí. Caminé con paso seguro hasta la mesa más cercana a la radio y me senté, procurando colocarme lo más cerca posible del aparato, para que la onda trémula de la radio me conectara con el latido de un corazón. No, de dos corazones.

Unos cuantos dejaron de mirarme y retomaron sus conversaciones, pero otros seguían fulminándome con miradas aprensivas. Maurice me saludó con una leve inclinación de la cabeza, aunque las arrugas tensas en las comisuras de sus ojos no podían ocultar la angustia que sentía. La mayoría de los allí presentes, *monsieur* Voisin incluido, me acribillaron con ojos ofendidos, en un intento de que me sintiera culpable por haber roto una norma establecida desde tiempos antiguos. Mi intención era pedir un *café crème*, pero *monsieur* Voisin ni se acercó a preguntarme qué quería.

Al cabo de un rato, la BBC transmitió las noticias en francés, con interferencias debido a otras emisoras alemanas. Era cierto. Los paracaidistas nazis habían tomado tierra en Holanda, mien-

113

tras que la Wehrmacht había cruzado las fronteras de Luxemburgo y Bélgica, y avanzaba hacia el bosque de las Ardenas. También Noruega había sido invadida. Tras la larga espera, aquella información me dejó atónita. La noticia fue breve, pero devastadora. A continuación, se oyó una vieja grabación de Maurice Chevalier, entonando la romántica canción *Valentine* en inglés. Auné todo el coraje que pude, me puse de pie con elegancia y sentí los ojos fríos de *monsieur* Voisin clavados en la espalda: me empujaban a abandonar el local.

Al día siguiente, por la tarde, volví al café. En aquella ocasión, la resistencia fue menor. Maurice se acercó a mi mesa y me ofreció un vaso del vino rosado de la localidad. La mayoría de los hombres le dedicaron miradas de acritud. La BBC abrió su boletín de noticias con las primeras cuatro notas de la Quinta sinfonía de Beethoven. Maurice explicó que era la señal en el código Morse para la letra V, el símbolo que usaban en Londres para la victoria.

Las noticias eran peores que la noche anterior. De una forma egoísta, sin prestar atención a los que me rodeaban, sentí como si yo fuera la única destinataria de aquella información. Después, la BBC puso *La Marseillaise*. Con un nudo en la garganta, fui la primera en ponerse de pie. Algunos, al principio, no se movieron —supongo que les daba vergüenza seguir la iniciativa de una mujer—, pero, poco a poco, todos los que estaban en el local se levantaron de las sillas.

Después de la hora de más ajetreo en la *boulangerie* por la mañana, para despachar *baguettes*, pasé a ver a Odette y caminamos hasta la plaza Pasquier, que estaba vacía a aquellas horas del día. Le expliqué lo que había oído la noche anterior. La Línea Maginot había resultado un completo fiasco. Las tropas de la Wehrmacht y los grandes tanques Panzer la habían atravesado sin problemas por el norte, a la altura del emplazamiento defensivo más septentrional, y habían cruzado las Ardenas en sesenta horas. Al día siguiente, la aviación alemana inició el ataque con una serie de bombardeos que duraron todo el día. Fue espantoso. Arrasó las defensas francesas en la frontera a lo largo del río Mosa, entre el extremo norte de la Línea Maginot y la ciudad de Sedán. Temí que fuera el río que André había descrito. Mi voz se quebró cuando le conté ese último dato espeluznante. Pasó un rato antes de que pudiera volver a hablar.

—No es justo que René no te lo contara todo.

—Tendrá sus motivos. Supongo que quizá quiere protegerme, para que no sufra por Michel. Me pregunto si Mélanie Vernet lo sabe. Su hermano está en el ejército.

—¡Ven conmigo esta noche! Le diré también a Mélanie que venga. No nos merecemos que nos dejen al margen, que no sepamos lo que pasa en esta guerra.

—Pero mi marido… El marido de Mélanie…

—No les quedará más remedio que acostumbrarse. No nos ha tocado vivir en una época normal.

Tal como ya habíamos esperado, los hombres se indignaron al ver que tres mujeres entraban en el café.

—¿Ves lo que has conseguido, Maurice? —le increpó un granjero—. Pronto tendremos a todas las mujeres de Rosellón aquí metidas, y entonces, ¿quién nos preparará la cena?

El granjero abandonó el local con porte airado, y dos tipos más lo siguieron.

Durante la siguiente semana, la BBC informó de encarnizados combates, mientras la Wehrmacht, con sus Panzers, avanzaba con metódica presteza a través de Francia hasta llegar al canal de la Mancha, que el locutor británico denominó *English Channel*. Cientos de miles de soldados del Cuerpo Expedicionario Británico, junto con soldados franceses y belgas, quedaron atrapados en las playas y en el puerto de Dunkerque. Entre tanto, dos mujeres más que tenían hijos, esposos o hermanos en el ejército, también entraron en el café. A finales de mayo, los aliados huían de Dunkerque y las mujeres aliadas de Rosellón ocupaban el café, con lunares pintados en las mejillas por solidaridad, en la derecha o en la izquierda en función de si sus hombres que combatían en la guerra eran zurdos o diestros.

Nuestra mesa de cinco mujeres celebraba con emoción y lágrimas en los ojos la inestimable valentía de la humanidad. Sacamos nuestro dinero y compramos botellas de vino para invitar a los hombres sentados en otras mesas, en honor de las tripulaciones de los cientos de destructores británicos, transbordadores, buques de la marina mercante, barcas de pesca, embarcaciones privadas de recreo y botes salvavidas que, día tras día, bajo los ataques aéreos y de la artillería, rescataban una marea humana de soldados aliados exhaustos en las playas y embarcaderos de Dunkerque, mientras la retaguardia francesa luchaba para frenar el avance de la infantería alemana y evitaba la catástrofe.

¿Estaban André y Maxime entre ellos, empujados a través del territorio francés, atrapados sin salida, hasta ser rescatados por alguna barca de pesca? ¿O acaso...? Me negaba a imaginar ninguna otra posibilidad.

Sandrine parecía aturdida, preocupada por su hermano Michel.

—Alza el vaso —le susurré—. Él es uno de los afortunados. Lo presiento.

Con mi vaso alzado, anuncié en voz alta:

—Espero que sepáis que beber este vino significa que aceptáis la entrada de las mujeres en este local. No volveremos a aceptar la prohibición de entrar en este café, como antes de la guerra.

—Usted, con sus descarados hábitos parisinos, es una ofensa para mis clientes habituales. No es bienvenida. ¿Acaso no lo ve?

—¡Y usted, *monsieur*, es una ofensa para nuestros hombres que están combatiendo por la justicia y la libertad! —Mi réplica sonó grosera, así que añadí en un tono más conciliador—: Deberíamos luchar por la misma causa todos juntos.

—Ahora tiene el doble de clientes —intervino Odette en un tono alegre—. ¡Debería estar contento, digo yo!

—Pero sus maridos consumen menos bebidas porque ustedes están aquí, espiándolos desde la otra punta del local —refunfuñó *monsieur* Voisin.

La alegría de Odette duró poco. Al cabo de tres noches, nos enteramos de la trágica noticia: en el noveno día de la evacuación, después de resistir contra las tropas alemanas durante cuatro días críticos y de sacrificar su propia huida, la retaguardia francesa fue capturada y obligada a rendirse. Incluso con las melodías en la radio de *God Save The King* y *La Marseillaise* después del boletín de las noticias, el hecho de saber que cientos de miles de nuestros compatriotas habían caído prisioneros nos sumió a todos en un gran pesimismo.

El número de mujeres que frecuentaba el café ascendió a diez —ocho teníamos parientes en la guerra, y dos no—. Allí sentadas, todas juntas, encontrábamos sosiego. Los hombres especulaban, discutían y lanzaban tacos a voz en grito como si estuvieran en un torneo de petanca. Las mujeres no hablábamos durante la emisión de las noticias de la BBC; nos esforzábamos por entender la información, a pesar de las interferencias y de los chasquidos que hacían las mariposas nocturnas al quemarse, cuando se acercaban demasiado a una de las bombillas. Oímos la voz de Winston Churchill, que describía la evacuación de las tropas como un milagro, pero que a la vez advertía a su nación con la ominosa declaración: «Hemos de procurar no tratar este rescate como si fuera una victoria. Las guerras no se ganan con evacuaciones». Aquellas palabras me desanimaron aún más.

117

Las emisiones repetían una y otra vez la descripción del desespero de los refugiados que huían hacia el sur. El éxodo empezaba en Bélgica y agrupaba a miles más en París. Familias desastradas y presas del pánico ocupaban las carreteras con maletas y bolsos de viaje, fardos, canarios y gatos enjaulados, loza, cofres de plata en carretillas o apilados en bicicletas, o directamente cargados a la espalda, e iban abandonando objetos pesados por el camino, junto a animales de granja muertos. Ese era el caos que André no había deseado que yo viviera en mi propia carne.

El 14 de junio, una voz masculina entrecortada por la emoción anunció que las tropas alemanas habían entrado en la capital. París había sido declarada ciudad abierta, lo que salvó su arquitectura, monumentos y un sinfín de vidas, pero a cambio de su libertad. El Gobierno francés había abandonado la ciudad y se había instalado en Burdeos. Las tropas alemanas desfilaron victoriosamente bajo el Arco de Triunfo y por los Campos Elíseos. El contundente paso de las botas militares pisoteó mi ánimo.

En el café, las mujeres nos abrazamos desconsoladas y hundimos las caras cada una en el seno de la compañera. Los hombres parecían heridos de muerte. La velocidad de aquella derrota era inconcebible, apenas un poco más de un mes de combate. Las facciones de Maurice se retorcieron angustiadas.

—*Quelle catastrophe!* —murmuró, y entonces rompió a llorar.

Como si no bastara con las noticias, Rina Ketty cantó en la radio, otra vez, *J'attendrai,* aquella lenta melodía que partía el corazón, que hablaba sobre anhelos, deseos y resistencia, y prometía esperar a su amado. El efecto de su estribillo resultaba hipnótico.

La semana siguiente reveló más sucesos alarmantes. Paul Reynaud, el primer ministro, dimitió bajo la presión del mariscal Pétain, el oficial de más alto rango, que se instaló como *premier* de un nuevo Gobierno francés que buscaría un armisticio con Alemania.

—¡Qué vergüenza! —murmuró René con aflicción.

Con una mezcla de desconsuelo y coraje, Rosellón consiguió aguantar sin desmoronarse hasta el día siguiente. Aquella tarde, el café estaba muy concurrido, con un ruido infernal. Todos los notables estaban presentes: el alcalde Pinatel, el secretario del Ayuntamiento Aimé Bonhomme, el alguacil Blanc y *monsieur* Rivet, el notario del pueblo. Todos guardamos silencio para escuchar las noticias de la BBC, con un discurso del general Charles de Gaulle, el secretario del Consejo de Defensa Nacional, en el que desafiaba la voluntad del mariscal Pétain de rendirse. En un tono tajante, el general declaró:

¡Francia ha perdido una batalla, pero no ha perdido la guerra! Nada se ha perdido, porque esta guerra es una guerra mundial. En el universo libre, existen fuerzas inmensas que no se han mostrado todavía. Un día, estas fuerzas aplastarán al enemigo. Solo entonces, recuperará su libertad y su grandeza. Este es mi objetivo, ¡mi único objetivo! Por eso invito a todos los franceses, dondequiera que se encuentren, a unirse a mí en la acción, en el sacrificio y en la esperanza. Nuestra patria está en peligro de muerte. ¡Luchemos todos para salvarla! ¡VIVA FRANCIA!

Me aferré a aquellas emocionantes palabras.

Con todo, cuatro días más tarde, la voz rasposa del locutor inglés reveló los términos del armisticio. Francia iba a quedar dividida en, por un parte, una zona ocupada en el norte y el oeste, donde Alemania accedería a todas las industrias y puertos, y, por otra, una zona no ocupada en el centro y el sur, donde el vino, el aceite de oliva y los girasoles seguirían siendo para los franceses. Esta zona sería gobernada por Pétain desde Vichy.

Como si no bastara con la pérdida de vidas y de la libertad, Hitler nos restregaba la derrota en las narices al establecer la firma del armisticio en el bosque de Compiègne, en el mismo vagón de ferrocarril en el que los alemanes firmaron la rendición en 1918.

119

La radio se apagó de golpe. Un murmullo se extendió por la sala como una pesada niebla, como un espeluznante gas venenoso. *Monsieur* Voisin señaló hacia la puerta, una señal para que todo el mundo se fuera a casa. Con una mano alzada ante las monedas ofrecidas, el dueño del café se negó a aceptar el pago de las consumiciones aquella noche. Esposas y maridos se buscaron en los ojos del otro y salieron a la plaza para perderse en las sombras de la noche. El alguacil me preguntó si quería que me acompañara. Asqueada y angustiada por Francia, por André, por Maxime, sacudí enérgicamente la cabeza y enfilé hacia casa, con un caminar pesado.

Capítulo doce

El mistral y el alcalde

1940

*U*n mistral tardío se abrió paso desde los Alpes y azotó el valle del Ródano sin piedad, con la furia de una *banshee*, una de esas inquietantes mujeres sobrenaturales de la mitología celta que profetizaban la muerte extendiendo las zarpas por los resquicios de las puertas y ventanas; ululando por la chimenea; esparciendo la ceniza del hornillo por todos los rincones; silbando contra los marcos de las ventanas como un cazabombardero equipado con cohetes; desprendiendo un par de contraventanas, partiendo las bisagras y golpeando con ellas la pared de la casa como si se tratara de una batería de explosiones. La embestida del mistral me sacaba de quicio, y sospechaba que todavía no había mostrado toda su violencia, que esos estragos eran meras muestras de la rabia de una hiena enjaulada.

No tenía elección. Después de permanecer tres días encerrada en casa, necesitaba pan, y aún más una carta de André. Las semanas que no recibía noticias de él, se ensanchaba la grieta de mi esperanza. Sabía que, desde el armisticio, las cartas desde el frente tardaban más en llegar. Recitaba la letanía que me había estado diciendo a mí misma: André estaba bien. Se encontraba en algún lugar, a salvo, cargando munición en los camiones o rellenando formularios. En la guerra siempre hacía falta rellenar formularios, ¿no? Él tenía una letra muy bonita, con unas «g» y unas «y» muy artísticas. Documentos. Listados de tanques, ametralladoras, munición, vehículos. Listados de medicinas, férulas, vendajes. Listados de nombres. Los desaparecidos. Los heridos. Los muertos.

Me abrigué la cabeza con una bufanda de lana y abrí la puerta. El viento me arrebató el tirador de la mano. Tuve que luchar contra su fuerza descomunal para poder cerrarla. Una ráfaga arrancó una mata de adelfas de cuajo que se alejó rodando por la colina. Qué imagen más espectacular: el arbusto volaba libre, como una mariposa recién liberada de un frasco. Otra mata se desprendió del suelo y se enredó en el pantalón de un individuo que se acercaba a mi casa. A pesar del empeño del alcalde Pinatel por desprenderse de la mata agresora, agitando la pierna con brío, esta se negaba a despegarse de su pantalón.

Flanqueado a la derecha por *monsieur* Aimé Bonhomme, el secretario del Ayuntamiento, y a la izquierda por el alguacil Blanc y el notario *monsieur* Rivet, el alcalde carraspeó para aclararse la garganta y dijo en el tono apagado propio de cuando tenía que anunciar con desgana algún asunto rutinario:

—*Adieu, madame.* ¿Puedo hablar un momento con usted?

Detecté cierta tensión. Bregué por zafarme de la parálisis momentánea y conseguí abrir la puerta, empujándola fuerte, con la ayuda del alguacil. Todos entramos en casa.

—Me temo que esta es una muy triste visita.

Sentí que una lanza me atravesaba el corazón.

Con la cabeza gacha, en actitud solemne, *monsieur* Pinatel me entregó una carta. Me quedé mirando el sello del Ministerio de Guerra y mi nombre, *Madame* Lisette Irène Noëlle Roux. Los cuatro ya sabían su contenido antes que yo.

Acepté la carta con mano temblorosa, intentando no arrugarla, consciente de que era un documento que debería guardar. Abrí el sobre con cuidado. Las palabras en la página se retorcían como gusanos envenenados.

> *Chère madame*:
> Lamentamos informarla de que el teniente François Pinaud, comandante del 147.º Regimiento de Infantería, en el que su esposo, el soldado André Honoré Roux, servía, ha informado al general Charles Huntziger, comandante del Segundo Ejército, que el soldado Roux cayó en combate en la tarde del 13 de mayo de 1940, mientras defendía la frontera francesa junto al río Mosa, al sur de Sedán. El teniente Pinaud ha solicitado que en esta notificación se haga constar que: el soldado Roux era un buen combatiente y que luchó con

valentía contra el asalto de las fuerzas alemanas para defender la libertad de Francia. Para nosotros sería un gran honor que usted aceptara nuestras más sinceras condolencias.

Aparté la carta como si se tratara de un bicho maldito. Avancé con paso indeciso hasta el sofá y me hundí en él.

Monsieur Pinatel no se atrevía a mirarme a los ojos.

—Lo siento mucho, *madame*.

De piedra. Me pareció que el alcalde era una estatua de piedra, con una lengua de piedra.

—André era un buen hombre —enfatizó *monsieur* Bonhomme—. Así lo recordaremos todos. Es la primera baja en el pueblo.

¿Qué derecho tenía ese tipo a apropiarse de mi marido, como si André fuera hijo de Rosellón?

—Como notario, redactaré el documento para transferirle a usted el título de propiedad de esta casa —explicó *monsieur* Rivet.

Funcionario solícito, escondiéndose detrás de una tarea. ¿Cómo se le podía ocurrir que yo estuviera pensando en tal cuestión en esos momentos?

No podía creer lo que estaba pasando. Seguro que la persona que estaba sentada en el sofá, medio aturdida, sin oír la información completa, con la respiración entrecortada, declarando impetuosamente que todo era un error, era otra persona.

Monsieur Bonhomme me cogió la mano y la retuvo entre sus gruesas palmas.

—No hay palabras para expresar mi pesar. Haré todo lo que esté en mis manos para ayudarla. Por favor, llámeme Aimé.

Tras el comentario de Aimé, al alguacil Blanc no se le ocurrió otra cosa que decir lo mismo que ya había dicho el alcalde: «Lo siento mucho, *madame*». Pero a diferencia del alcalde, él tuvo la cortesía o el coraje de mirarme a los ojos. Su cara expresaba lo que me pareció un genuino sentimiento de compasión.

A mí tampoco me salían las palabras. Me había quedado totalmente muda. Lo único que pude hacer fue ponerme de pie y observar cómo se dirigían hacia la puerta cabizbajos, para enfrentarse al viento irritado y luego cerrar la puerta a su «muy triste visita».

Υ

Me oí a mí misma bramar, más fuerte que el mistral; el espantoso sonido resonó en las paredes, martillando la verdad. Yo era esa *banshee*, medio loca, feroz, con una rabia tan incontenible en mi pecho que pensé que me iba a morir.

—¿Por qué no te has salvado, André? ¿Por qué no te has mantenido fuera de peligro? ¿No podrías haber tenido más cuidado?

Qué preguntas tan absurdas: se trataba de la guerra.

—Y tú, Dios, ¿qué clase de dios eres? ¡Podrías haberlo evitado! Podrías haberlo guiado hasta un lugar seguro. Pero no lo has hecho. ¡No lo has hecho!

Las lágrimas me cegaban. Subí las escaleras bamboleándome, en un estado de conmoción. Me lancé sobre el lado de la cama donde dormía André, abracé su almohada con fuerza, contra el pecho, y lloré desconsoladamente, imaginando los últimos momentos de su vida, la batalla caótica, su incredulidad al ver que lo habían herido, su grito desesperado pidiendo ayuda, su batalla personal por mantenerse vivo, la soledad del acto de morir. ¿Estaba Maxime con él? ¿André podía hablar? ¿Podía ver el cielo? ¿Sufrió mucho?

Soporté la tortura mental con unas imágenes horribles hasta que, exhausta, por fin el sueño se adueñó de mí. Me desperté con el estruendo de una contraventana, que golpeaba la pared como si fueran disparos, y me enfrenté a la realidad. La luz entraba sesgada por el angosto espacio entre las contraventanas, anunciando que amanecía un nuevo día, un día que proclamaba que a los veintitrés años me había convertido en una viuda de guerra. Tuve que hacer un gran esfuerzo mental para asimilar mi nueva situación, y un gran esfuerzo físico para salir de la cama y bajar a la cocina, hambrienta. No había pan en el *panetière*; desestimé la idea de ir a la panadería.

Fijé la vista en las paredes desnudas y me sorprendí. Quedaba un asunto pendiente: los cuadros. Pero ¿qué importaban los cuadros cuando había perdido al hombre al que amaba?

Paseé arriba y abajo por la estancia, llorando, maldiciendo la guerra, los alemanes, la depravación, el deber, el patriotismo. ¿Cómo podía pensar en otra cosa que no fuera André? Mi

123

mente gritaba su nombre sin parar. La claustrofobia que me provocaban aquellas cuatro paredes vacías me asfixiaba.

Salí al patio y entré en el cobertizo de herramientas de André. El viento no parecía darse cuenta de la magnitud de la tragedia. Sin ninguna muestra de compasión ni de respeto, había levantado la lona que cubría las herramientas y estas habían quedado a la vista en la estantería: las gubias pequeñas y grandes en V, las gubias en U, formones estrechos y anchos, cinceles cóncavos y convexos, mazos pequeños y grandes, piedras de afilar, limas, reglas, martillos, abrazaderas, la caja de ingletes; eran las herramientas que habían servido para que Pascal pagara los cuadros, con las que había construido la nueva vitrina para la vajilla, y que le habían proporcionado el pan. Las acaricié para tocar lo que André había tenido entre las manos, esperando que se hubieran impregnado de su alma. Todas estaban afiladas, y frías como la muerte.

Imaginé su mano agarrando la estrecha gubia en U, su largo dedo índice ejerciendo presión sobre la madera para arrancarle una viruta con un rizo perfecto, pero no conseguía seguir el contorno del brazo para ver su cara. Solíamos usar esas virutas y el serrín para encender el fuego. ¡Qué pena no haber guardado por lo menos una!

Al entrar de nuevo en casa, vi su gorra de lana colgada en el perchero junto a la puerta. Hundí la cara en ella y aspiré su aroma, luego la sostuve en la palma de la mano mientras intentaba recordar de dónde había venido André la última vez que la colgó allí. Estaba confusa. No podía recordarlo.

Atravesé la estancia para dirigirme a la ventana con la gorra en la mano, como si fuera una reliquia sagrada. La observé con detenimiento bajo la luz natural y descubrí un pelo adherido a la banda interior. Lo desprendí. Un recuerdo de André, que en su día había estado vivo. Me lo metí entre los labios y me lo tragué, con esfuerzo, empujándolo hacia la garganta.

Capítulo trece

Lamentaciones

1940

*L*a suela de mi zapato izquierdo estaba suelta; iba aleteando y desprendiéndose más a medida que subía las escaleras de la iglesia para mi propia «muy triste visita».

El padre Marc, el *abbé* Autrand, sugirió una misa privada a cambio de la ofrenda estándar de ochocientos francos. Mis buenas intenciones se desmoronaron. Vacié la mochila de tela y saqué sesenta francos. Sé que a André no le habría importado no tener funeral, pero lo hacía por mí. En un intento de admitir la existencia de Dios, ofrecí un cuarto del dinero que mi difunto esposo había guardado en el frasco de las aceitunas.

El padre Marc se quedó mirando las monedas en mi palma más rato que el debido.

—Si el Gobierno me envía alguna compensación, le traeré más.

—Con esto bastará, dado que no habrá entierro.

La esposa del alcalde se encargó de avisar con discreción a unas pocas personas claves. Supuse que cuando *madame* Pinatel se lo dijera a la primera persona, la noticia correría por el pueblo como la pólvora, y todos se afanarían para contribuir a difundir la noticia.

Maurice y Louise, su esposa, irrumpieron en casa sin llamar. Yo hundí la cara en el pecho carnoso de Maurice y él me acarició la cabeza al tiempo que se lamentaba. Louise me frotó la espalda en amplios círculos.

—¿Sabes cómo falleció?

—¡Maurice! ¡Menudas preguntas!

—No pasa nada, Louise. No, no lo sé. Probablemente, nunca lo sabré.

Les mostré la carta. Louise lloró con desconsuelo y Maurice lo hizo en silencio, mordiéndose los labios. Al verlos tan afectados, no pude contenerme y rompí de nuevo a llorar. Los dos intentaron tranquilizarme con palabras de consuelo, elogios hacia André y generosas muestras de su apoyo.

Parecía como si las espesas cejas de Maurice intentaran por todos los medios fundirse en una sola línea sobre el puente de su nariz.

—Me apenará muchísimo si esto significa que te irás del pueblo, nuestra *gaie parisienne* —se lamentó. Sus pucheros, que normalmente servían como mueca humorística, eran genuinos—. ¿Podrás encontrar algún motivo para quedarte?

—Sí, durante un tiempo. —Eché un vistazo alrededor de la estancia, hacia las paredes vacías—. Los cuadros.

Louise siguió mi mirada.

—¡Los cuadros!

Maurice dio un giro completo, con las puntas de los pies separadas hacia fuera.

—¿Dónde están?

—André los escondió.

—¡Ni se te ocurra ir en busca de los cuadros hasta que ganemos esta guerra y hayamos echado a todos los alemanes! —masculló Maurice—. Podrían encontrarlos y confiscarlos. Déjalos ocultos.

—¿Ganar? Pero si hemos perdido.

—Solo la batalla. No la guerra. Son palabras del general De Gaulle.

Para mi sorpresa, Maurice esbozó una sonrisa triunfal.

—Mejor para nosotros que los cuadros estén escondidos —dijo—. Así te quedarás más tiempo en el pueblo. Además, Rosellón es un lugar más seguro que París.

Sabía que tenía razón, tanto acerca de los cuadros como de Rosellón.

—Mañana he de ir a Apt, Maurice. Se me ha roto el zapato —comenté.

—Mañana todos los del pueblo pasarán a darte el pésame —apuntó Louise—. Maurice te llevará hoy.

—¿Un viaje especial, con la escasez de gasolina?

—Iremos ahora —insistió Louise—. Conozco una buena zapatería.

¡Vaya ironía! Un zapato roto, cuando mi corazón era lo que de verdad estaba hecho trizas. Una suela fragmentada no era nada comparada con un alma fragmentada.

—Una vez Pascal me dijo que, cuando algo te cambia la vida, recuerdas todos los detalles. ¿Significa que recordaré este patético zapato viejo?

—Esperemos que no. En vez de eso, espero que recuerdes el amor que sentimos por ti —declaró Louise, y, tras esa muestra de afecto, partimos hacia Apt.

A la mañana siguiente, mientras admiraba mis zapatos nuevos, intenté contener el raudal de emociones que me embargaba para recibir a la gente que pasó a darme el pésame. Según la costumbre, el día antes del funeral, todo *roussillonnais* dejaba de trabajar una hora para ir a ver al difunto de cuerpo presente en la casa donde había vivido, pero ¿qué se hacía si la persona fallecida no estaba, si solo había un documento del Gobierno encima de la mesa? Odette dijo que, de todos modos, seguro que unos cuantos se acercarían a darme el pésame.

Ella se pasó toda la tarde sentada a mi lado, una presencia sólida en la que me apoyé como si fuera mi madre, mientras entraba las costuras de uno de sus vestidos de color negro para que pudiera utilizarlo yo. Me sentía incómoda con ese gesto. ¿Y si ella necesitaba usarlo más adelante?

—Cuando me casé con André, no se me ocurrió pensar en el sufrimiento futuro, ni en el desconsuelo por lo que perdería, ni en que se acabara nuestra felicidad. Ahora no veo fin a mi tristeza.

Odette cosió en silencio durante un rato.

—Llegará un día en que tu vida volverá otra vez a ser completa, y mirarás hacia atrás como si todo esto le hubiera pasado a otra persona.

—No puedo imaginar tal día. No puedo imaginar vivir sin melancolía.

—Un momento especial por aquí, otro por allá, incluso aunque solo se trate de unos segundos; poco a poco, irás tejiendo la senda de una nueva vida.

Una insondable quietud se instaló sobre cada una de nosotras, sobre su convicción y sobre mi fragilidad.

—Antes de que empiece a llegar la gente —me dijo—, he de decirte algo, aunque con ello corra el riesgo de entristecerte. Pero no puedo callarme: nuestro Michel está vivo.

—¡Vivo! —La palabra resonó en el aire como un gong. La abracé. ¿Cómo no iba a hacerlo?—. ¡Qué alegría!

—Recibimos una carta a principios de esta semana. Quería pregonarlo por todo el pueblo, pero no habría sido muy apropiado, teniendo en cuenta que otras personas no han tenido noticias de sus hijos, así que no se lo dije a nadie.

—¿Dónde está? ¿Lo sabes?

—En el sudoeste de Inglaterra, en un campo de rehabilitación. Lo rescataron en Dunkerque. Él y su amigo cavaron un hoyo y se enterraron hasta la cabeza para protegerse de la metralla de los bombarderos que barrían la playa mientras esperaban que los llamaran para meterse en el mar. Michel describió largas columnas de hombres nadando, sin apenas fuerzas, en las rizadas aguas por la noche. ¿Te lo imaginas? Se habían pasado tres semanas batiéndose en retirada, sin dormir y sin agua ni comida, pero, al llegar a la playa, mantuvieron los rangos y obedecieron órdenes. Ningún empujón para conseguir un puesto en la cola. Por lo visto, la evacuación se llevó a cabo de forma ordenada y con calma. Michel esperó en aguas heladas durante horas, hasta que una barca de pesca lo recogió y lo llevó a uno de los barcos.

—¿Y su amigo también?

Odette se mordió el labio inferior.

—Cuando Michel se volvió en el mar para buscarlo, había desaparecido.

Mi pensamiento se desvió hacia el amigo de André. Maxime. ¿Qué habría sido de él? De nuevo, me embargó la tristeza.

Sandrine, la hija de Odette, cuyo hermano regresaría a casa algún día, y *madame* Pinatel, la esposa del alcalde, no tardaron en pasar a presentarme sus respetos. Después, Mélanie trajo dos

frascos de cerezas en conserva de sus árboles y una bolsa de pasas. Aloys Biron, el carnicero, trajo un salami muy largo. Lo que
no esperaba era que *madame* Bonnelly, una mujer oronda de
brazos fornidos con la que jamás había intercambiado ni una palabra, se presentara con un *gratin d'aubergines,* una tarta de berenjenas y tomates recubierta de migas de pan.

—No pierdas las fuerzas, hijita —me consoló.

Henri Mitan, el herrero, llamó a la puerta sin haberse quitado
el delantal manchado de ceniza. Jugueteaba nervioso con la gorra
de lana entre las manos; el dedo índice de su mano izquierda no
era más que un feo muñón, lila y arrugado por la punta.

—So…, solo quiero que sepa que a… él le encantó hacer e…,
ese…

Mitan tragó saliva, como si tuviera un hueso de melocotón en
la garganta, y el resto de la frase fluyó por sus labios como una
avalancha de sílabas entrecortadas:

—Esa caseta para usted, *madame.* Me pidió que me esmerara
con las bisagras.

—¿Le apetece sentarse?

—Se…, sería un honor, *madame.* —Se inclinó en actitud re-
verente, o quizá su espalda estaba permanentemente curvada a
causa de los años de trabajo doblado sobre el yunque.

Abrí la puerta del patio y él salió a echar un vistazo. Tras unos
minutos, entró de nuevo e intentó —no sin esfuerzo— expresarse con palabras.

—Un bu…, buen carpintero, y un bu…, buen hombre.
Merci. Merci, madame.

Se fijó en el pestillo roto de la ventana, que descansaba sobre
la mesa.

—¿Me permite que le haga unos pestillos nuevos, para que
pueda cerrar las contraventanas?

Mitan soltó la pregunta sin tartamudear.

—Se lo agradeceré de veras, *monsieur.*

Volvió a inclinarse reverentemente mientras retrocedía hacia
la puerta.

Su educación nos sorprendió. Odette y yo compartimos un
efímero momento de placidez. Quizá se trataba de uno de esos
momentos, un pequeño paso. La amabilidad, a veces, vale más
que mil palabras.

Me di cuenta de que incluso dentro del más simple exterior, había sufrimiento, tragedia y coraje. André nunca había mencionado que Henri fuera tartamudo, ni tampoco lo de su dedo. Quizás un pueblo y no una ciudad era el lugar adecuado para descubrir la humanidad de un obrero, y la delicadeza de un marido.

Al día siguiente, domingo, los aldeanos se arracimaron en la puerta de mi casa para iniciar la procesión hasta la iglesia. «Mi casa», pensé que así debería llamarla a partir de ese momento. Ser propietaria implicaba establecer unos lazos con aquel lugar; sin embargo, a través de la atmósfera plomiza, no podía ver otro futuro en Rosellón que no fuera el color gris de la soledad, más un repentino estallido naranja cuando me embargara la pena.

Odette y Louise se sentaron conmigo en casa. Al poco, llegó Mélanie con un sombrerito modelo *Pillbox*, tan pequeño que no ocultaba la permanente que Louise le acababa de hacer en la peluquería.

Bernard Blanc, el alguacil del municipio, fue el primero en llegar, lo que le correspondía hacer por su posición, supongo. Con altas botas negras, como las que llevaría un oficial del ejército, y una chaqueta negra hecha a medida, ocupó un puesto en un rincón de la estancia y se quedó de pie, con la espalda erguida, los hombros cuadrados, la barbilla alzada y mirada solemne, como si quisiera imprimirle un aire de dignidad militar al acontecimiento.

Al poco, Aimé Bonhomme y el alcalde Pinatel llegaron juntos.

—¡Los cuadros de Pascal! —exclamó Aimé, alarmado, con la vista fija en las paredes antes de volverse hacia mí.

—Los cuadros, *madame*. ¿Dónde están? —exigió *monsieur* Pinatel.

Con los ojos de los tres hombres clavados en mí, mentí sin vacilar:

—No lo sé.

Aimé frunció el ceño con visible preocupación; el alcalde escrutó la sala, con la espalda muy erguida; el alguacil, tranquilo y sin perder la compostura formal, entrecerró los ojos y me miró fijamente. Se comportaban como si fueran un tribunal, con el alguacil Blanc, el más alto, en el centro.

El padre Marc entró ataviado con su capa de funeral y nos invitó a seguirlo cuesta abajo, hasta la iglesia. Las campanas de la torre tocaban a muerto; los viejos del pueblo salieron del café. El solemne tañido me afectó, tan diferente al alegre repiqueteo de Nochebuena, tan lento que pensé que el campanero se había quedado dormido, tan lento como los últimos resuellos de Pascal, un año antes. Al acercarnos a la iglesia, sentí la vibración de aquel tañido en el pecho, con más fuerza. Su funesta sentencia sonaba como un anuncio innecesario: «A partir de hoy, tu vida será distinta».

¿Qué iba a hacer yo a partir de ese día, con mi vida tan insignificante?

Mis nuevos zapatos me pusieron en evidencia con su sonoro taconeo en las escaleras de la iglesia. Tenían unas tiras en la parte superior que no durarían mucho, y unas suelas de madera que, por desgracia, sí que parecían muy resistentes. No quedaban zapatos de piel; aquel material se utilizaba exclusivamente para el esfuerzo bélico.

De pie junto al padre Marc, en la puerta de la iglesia, imaginé que todos debían de verme como una figura del mundo exterior que presagiaba tristeza para Rosellón. Los hombres pasaron cabizbajos delante de mí, todos excepto el alguacil, que me miró como si tuviera en la punta de la lengua las palabras que antes se había guardado. Las mujeres también entraron en la iglesia sin mirarme, excepto Louise, que alzó la barbilla como para indicarme que yo debería hacer lo mismo. Todos habían ido a lamentar algo más que la muerte de André, el primer *roussillonnais* abatido por las armas alemanas. Todos estaban allí en reconocimiento de que la guerra había herido a su pueblo. Sentí como si mi dolor se extendiera a las esposas, madres y hermanas que en el futuro experimentarían el mismo pesar.

Aparte de las margaritas blancas del porche de Melanie que adornaban el mantel de algodón y encaje del altar, el interior de la iglesia y su crucifijo mayor de tamaño natural no me transmitieron mucho consuelo. Unos exagerados clavos perforaban las manos y los pies de Jesús, y su expresión implorante, como

131

si preguntara: «¡Dios mío!, ¿por qué me has abandonado?», expresaba más pena que devoción. Pese a ello, mi corazón se encogió con la agonía de su abandono y sufrimiento, y mis ojos se inundaron de lágrimas por él, por mí, por el mundo enfermo.

Los reclinatorios estaban en un estado deplorable, astillados y ajados. Dado que André nunca pisaba la iglesia, no se le habría ocurrido jamás repararlos, de no haber sido porque fue la última petición de Pascal. Y ahora, ¿cuánto tiempo tendría que esperar Rosellón?

Para André, pasar de crear marcos tallados para cuadros espectaculares pintados por reconocidos artistas parisinos a restaurar las ornamentadas sillas del comedor del palacio papal de Aviñón, y luego rehabilitar los reclinatorios de aquella pequeña iglesia de pueblo, podría parecer como una caída en picado, pero él no se lo tomaba de tal modo. André lo había interpretado como una promesa hecha al hombre que había querido y que lo había criado, pero yo sabía que el sentimiento era más profundo. Él habría hallado complacencia con ese encargo en el pueblo de sus antepasados.

En un rincón se erigía una estatua de Juana de Arco, embutida en su armadura. Sostenía un pendón del que colgaba una bandera con la flor de lis. El efecto era deplorable, si se comparaba con la espectacular estatua dorada de la heroína a caballo en la calle Rivoli, frente al Louvre. ¡Oh! ¡Cómo habría anhelado oír, aunque solo fuera un susurro, las voces divinas que ella había oído con tanta claridad como un toque de clarín, algo que me indicara qué tenía que hacer!

¿Cómo me las apañaría?

El padre Marc recitó un pasaje del Libro de las Lamentaciones, «Cesó la alegría de nuestro corazón, nuestra danza se ha trocado en luto», a modo de introducción de sus plegarias por el alma de André. Cuando mencionó su nombre, mis ojos se inundaron de lágrimas. Si no oyera «André, André, André» resonando continuamente, quizá podría fingir que se trataba de una misa normal de un domingo cualquiera. De todos modos, solo se trataba de un baño de palabras. Solo fui capaz de comprender una cosa: que los juicios acercan a los humanos a Dios.

Acto seguido, el padre Marc pronunció una oración patriótica: «No olvidemos que la gente de Rosellón ha sido bendecida.

En la Gran Guerra de nuestros padres, no cayó ni una sola bomba en el pueblo. Aquí no hubo explosiones, ni desgracias, ni casas derribadas; ningún batallón de soldados alemanes desfiló por la calle de la Poste. Oremos para que Dios redima de nuevo a Rosellón».

—Amén —dijo el alguacil Blanc a mi espalda.

—Y para que, además, Dios nos guíe en nuestras plegarias por los prisioneros de guerra franceses. Todos los días, a todas horas, recemos para que las tropas aliadas consigan la victoria frente a las fuerzas del mal y, aunque en estos momentos la situación sea tan adversa, que los eliminen de nuestra querida patria.

»Nosotros, los *roussillonnais*, hemos sufrido y luchado juntos antes (contra la plaga de langostas, inundaciones y sequías) y lucharemos de nuevo unidos contra esta plaga humana; dejaremos de lado todas nuestras rencillas para amar a nuestros vecinos como a nosotros mismos, tal como nos pidió que hiciéramos Jesús, nuestro Señor.

Me pregunté si el padre Marc no consideraba a Alemania nuestra vecina.

133

Solo habría sido necesaria la ira de Dios para desviar ese letal proyectil alemán de su curso, o para evitar aquel diabólico avión que emergió de la nada, en el cielo cubierto de humo, o lo que fuera que había matado al hombre que yo amaba. ¿Qué parte del campo estaba Dios socorriendo en el instante en que André resultó herido? ¿Estaba Dios tan obcecado en proteger al hijo de una mujer perteneciente a la nobleza alemana cuya cabeza estaba llena de melodías todavía por escribir, el siguiente Beethoven que compondría su propia *Oda a la alegría*, que se había olvidado de un hombre sencillo cuya única alegría era hacer marcos para cuadros? ¿O acaso incluso no estaba en las manos de Dios el acto de desviar la ola de odio, las intensas ganas de matar? La hermana Marie Pierre me castigaría por plantearme tales dudas, seguro. El nudo que me atenazaba la garganta no me dejaba respirar.

Por fin concluyó la ceremonia, y todos caminamos en procesión calle abajo hasta el monumento de la guerra en la avenida Burlière. En el monolito de piedra se podían leer los nombres y las fechas: 1870, 1871, 1914, 1915, 1916, 1917, 1918. Léon LaPaille, François Estève, Paul Jouval, y dos docenas más que habían dejado esposas, niños y madres; viñedos y frutales desatendidos; campos de cultivo sin plantar; proyectos inacabados. Quizás alguno de ellos también había pensado en reparar los reclinatorios.

Mélanie me entregó una corona de tallos de parra que había metido en remojo y que luego había curvado hasta darle forma de círculo; luego había decorado la corona con bellotas y lavanda. Un gesto entrañable. Me incliné hacia el pedestal. El padre Marc pronunció una bendición, y todo Rosellón se unió al coro de «Amén» para aquel hombre que no era hijo de la localidad.

Maurice estaba tan desolado que no podía ni hablar. Odette no me soltaba la mano, y Louise me agarraba la otra. Aimé Bonhomme me dijo en tono paternal:

—Siento mucho que te haya tocado a ti. No deberías haber sido tú. Debería haber sido uno de nosotros.

Quizá comprendía bien la soledad que yo sentía en un lugar que no había elegido. Quizás el cura y el alguacil también lo entendían. No me cabía la menor duda de que Maurice y las mujeres sí. Sin embargo, involuntariamente, las palabras de Aimé me hicieron sentir como una forastera, *un autre*. Seguro que la gente me observaría y chismorrearía sobre cómo llevaba el duelo. Por más que Bonhomme lo hubiera dicho sin malicia, no le veía la lógica a su comentario; solo me separaba más de aquel pueblo, al que había intentado querer, por amor a André.

En casa, navegando en la insondable niebla de la tristeza, añadí un incomprensible sexto punto a mi lista de votos y promesas:

6. Aprender a vivir sola.

Capítulo catorce

Los santos patronos

1940

$\mathcal{A}$ mi regreso a casa desde la panadería, leí el discurso del general De Gaulle colgado en la pared de estuco color coral del ayuntamiento. Como líder de la Francia libre, actuando desde Londres, el general se resistía a aceptar la victoria alemana, mientras que el Gobierno de Pétain en Vichy se acomodaba a las normas alemanas.

Apreciaba la esperanza que transmitía aquel discurso, pero temía el día en que algún oficial alemán arrancara la hoja del edificio y plantara un eslogan nazi en su lugar.

Junto al discurso del general, habían puesto una nueva pancarta: «REVOLUCIÓN NACIONAL. TRABAJO, FAMILIA, PATRIA. MARISCAL PÉTAIN». Por lo visto, el alcalde Pinatel había optado por una posición neutral.

Era septiembre, así que también había un anuncio escrito a mano de las fiestas del voto a san Miguel, el patrón de Rosellón, el 29 de septiembre, fecha para la que faltaba poco. Ese santo no significaba nada para mí; no había hecho nada para proteger a André, nieto de un *roussillonnais*. En vez de eso, el discurso del general De Gaulle seguía resonando en mi cabeza: «Invito a todos los franceses, dondequiera que se encuentren, a unirse a mí en la acción, en el sacrificio y en la esperanza. Nuestra patria está en peligro de muerte. ¡Luchemos todos para salvarla!». Pero ¿qué podía hacer yo, una mujer sola en un pueblo aislado?

Enfilé directamente hacia la peluquería de Louise. Había visto que el día anterior había garabateado y colgado una nota en la que decía: «Recogida de cabello para hacer plantillas para zapatos».

—Córtame el pelo —le ordené.

—¡Pero si tienes una preciosa melena larga, del color del chocolate negro!

—Así servirá mejor para hacer plantillas. Los luchadores de la *Résistance* necesitan buenas botas. Córtamelo como un chico.

Ella me trenzó el pelo y lo cortó a la altura de la nuca. La trenza parecía una serpiente. Luego me repasó el corte.

—Con este corte, nadie te reconocerá en la fiesta. Porque irás, ¿verdad? —me preguntó Louise, con las tijeras en una mano y el peine en la otra, a la espera de mi respuesta.

A André y a mí nos gustaba el ambiente festivo del fin de semana dedicado a san Miguel: en el pueblo montaban paradas, juegos, torneos de petanca, música, baile y fuegos artificiales. También habíamos ido a las fiestas del patrón de Gordes, el pueblo vecino, pero temía que alguien pudiera criticarme, si iba sola; no me gustaría que alguien pudiera pensar que iba en busca de diversión. De todas maneras, para ser sincera conmigo misma, tenía que admitir que no me apetecía estar de luto a todas horas, y que quería disfrutar un rato y escapar un poco de mis oscuros pensamientos.

—Maurice se pondrá triste si no vas.

—¿Qué queda por celebrar, después de la rendición? La gente no está para fiestas.

—Por eso has de ir, para contribuir a cambiar el ánimo general.

Había estado tan insoportablemente sola, paseándome con desespero por aquella casa vacía, que dije:

—De acuerdo. Iré.

La primera mañana de la fiesta solo se celebraban torneos de petanca y de *boules,* actividades que no me interesaban en absoluto. Dado que un voto significaba hacer una ofrenda o una promesa, preferí quedarme en casa y formular mi voto. Tendría que ser sobre André. Añadí a mi lista de votos y promesas:

7. Encontrar la tumba de André y el lugar donde murió.

¿Me desmoronaría si encontraba uno de esos dos sitios? A pesar de mis reticencias, no borré el punto y escribí otra promesa:

8. Perdonar a André.

El peso del perdón se materializó apenas un momento después de haber escrito esas palabras. André podría haber aplazado su ida hasta que lo hubieran llamado a filas. Quizás entonces no habría tenido que combatir, pero no, había tenido que ir con Maxime.

Sin embargo, no me parecía correcto mantener vivo el resentimiento hacia el hombre que amaba. El sentimiento atentaba contra mi conciencia, y lo único que conseguía era agrandar mi dolor. Tendría que perdonarlo de nuevo todos los días, en un arrebato de amor, quizás incluso algunas veces a regañadientes, hasta que olvidara el motivo por el que tenía que perdonarlo. De momento, no podía imaginar la llegada de ese día, aunque estaba dispuesta a intentarlo.

137

Con esa ilusión, bajé hasta la iglesia y llegué a tiempo para la procesión. El acto se inició con un coro de diez niñas sonrientes que, colocadas en las escaleras de la iglesia, entonaron la Letanía de los Santos. El padre Marc se puso al frente de la procesión; detrás de él, un monaguillo llevaba una enorme talla de madera de san Miguel. Pesaba tanto que el pobre chico perdió el equilibrio cuando bajaba la cuesta mal empedrada, y a punto estuvo de caer de hinojos. Las niñas que lo seguían contuvieron el aliento.

Estaba segura de que a esas crías les habían ordenado que caminaran con porte solemne, pero la más pequeña, Mimi, la hija de Mélanie, que llevaba un vestido amarillo y solo un calcetín, no pudo contenerse y, poco a poco, se fue apartando de la fila con alegres brincos. ¿Podía esa estatua tambaleante liberarme de mi profunda desesperación? No, pero Mimi sí que lo logró, al menos por un momento, con sus alegres saltitos, con la energía propia de un resplandeciente rayo de sol. Si pudiera hacer caso de los consejos de Odette, encadenaría tales momentos para ir tejiendo la senda de una nueva vida.

Tan pronto como la procesión llegó a la plaza Pasquier, procedieron a erigir la estatua. Las niñas se fueron corriendo al patio del colegio para ver cómo los niños montaban combates de lucha y para divertirse con el juego de las prendas, la gallina ciega o saltando a la comba. En los tenderetes callejeros de comida, las gramolas de manivela animaban el ambiente con una maraña de melodías. Cada voz desafiante cantaba más alto para demostrar que los *provençaux* no habían perdido la alegría de vivir solo porque los alemanes hubieran ocupado el norte.

La gente había venido de las granjas y los viñedos, de Apt, Gordes, Saint-Saturnin-lês-Apt y Bonnieux. Sus vestimentas estrambóticas me sorprendían: zuecos de madera combinados con un traje; un bombín a juego con el traje de faena; un sombrero de paja con americana y unos pantalones arrugados y deformados. Vestidos pasados de moda y telas muy sencillas. Sin embargo, fui capaz de reconocer la dignidad en la modestia de toda aquella gente.

Los más jaraneros saludaban a quienes hacía varias semanas que no veían con la misma emoción que mostraban hacia los que no habían visto en años. Sin embargo, su alegría parecía un tanto forzada, y pronto se calmaron y se enfrascaron en conversaciones pausadas bajo los plataneros, o se alejaron hacia el cementerio para visitar las tumbas de sus familiares.

Una orquesta de Apt, con nueve músicos, se encargó del concierto sinfónico anunciado. Esperaba que tocaran los Conciertos de Brandemburgo, pero me equivoqué. Nada de Bach, ni de Handel, ni de Beethoven; solo compositores franceses. *Claro de luna*, de Debussy; *Un baile*, de la *Sinfonía fantástica*, de Berlioz, muy popular en París; la célebre *Habanera* de *Carmen*, de Bizet, seguida por el conmovedor drama pastoral de los contrabandistas en los Pirineos, y las *Coplas del toreador*. Aunque el concierto no fuera de muy buena calidad, me encantaba oír aquellas melodías. Por último, *La Marseillaise* hizo que me sintiera orgullosa de ser francesa.

Unas panderetas marcaron el inicio del baile. Pese a mis quejas, Maurice y Louise me llevaron a la sala de fiestas. Louise admiró mi nuevo peinado, orgullosa de ser la autora del cambio.

—No tienes escapatoria, Lisette. Louise ha accedido a compartirme contigo en la polca y el vals. ¿Te lo imaginas? Un hombre tan rechoncho como yo bailando con dos bellas damas. ¡Incluso Maurice Chevalier estaría celoso!

Su reverencia caballerosa era aduladora, pero decliné la invitación. Maurice puso cara de enfurruñado, como era de esperar, aunque sabía que él me entendía. Después disfruté viéndolo bailar un vals con Louise. Era sorprendentemente buen bailarín, con pasos ligeros.

El alguacil Blanc se acercó a mí con la mano alzada, mostrándome la palma.

—No tiene escapatoria, Lisette —dijo, copiando las palabras de Maurice, aunque su tono era más contundente.

—No, gracias. Prefiero mirar.

Siguió ofreciéndome la mano. ¿Era un gesto de educación o de insistencia? ¿Acaso no entendía por qué no me apetecía bailar? ¿Tendría que ser explícita con él? Una viuda afligida no baila. Le di la espalda, él torció el gesto y desapareció entre la multitud.

Me aparté un poco de la pista y allí me quedé el resto de la noche, mirando cómo bailaban la polca y la gavota. No estaba triste por no poder bailar; estaba rindiendo homenaje a André y recordando con qué elegancia solíamos bailar juntos. Con ese sentimiento reconfortante me bastaba.

En otras circunstancias, habría disfrutado bailando la farándula, ese alegre baile provenzal donde todos se toman de las manos y saltan en círculo, dando suaves patadas y un puntapié a cada cuatro saltos. El que llevaba la voz cantante en el baile propuso formar la serpiente. Todos se pusieron en fila y, agarrados a la cintura de la persona que tenían delante, empezaron a recorrer la sala haciendo eses como una serpiente. Después, el líder gritó que formaran un caracol, y la línea dibujó una espiral, enrollándose en círculos cada vez más pequeños.

Al pasar junto a mí, Mélanie gritó: «¡Con ese corte de pelo te pareces a Kiki!». Yo le sonreí. No sabía que en el sur conocieran a Kiki de Montparnasse, una cantante de cabaret, actriz y pintora, que también posaba como modelo para varios artistas. Yo la había idolatrado, así que me sentí aludada.

No hubo fuegos artificiales que iluminaran el cielo como en el año anterior —el efecto habría sido demasiado parecido a las explosiones de la guerra—, ni tampoco fogatas —se habría considerado una forma de malgastar la madera—; solo una bandeja de velas, cortesía del padre Marc. Poco a poco, la concurrencia se fue dispersando. Muchos se quedaron un rato bajo los árboles de la plaza, alargando la despedida de buenas noches como si no se fueran a ver hasta el año siguiente, cuando lo cierto era que se verían de nuevo por la mañana, en el torneo de petanca y en el desfile de trompetistas de Apt, y en el baile de la tarde.

La noche era cerrada, sin luna, y las calles no estaban alumbradas —en Rosellón ni siquiera había farolas de gas—, por lo que Maurice insistió en acompañarme hasta mi casa, cinco edificios más arriba de la suya.

Al llegar a mi puerta, se despidió con una reverencia. Yo entré y encendí una lámpara de gas. El susto fue tremendo. La casa estaba patas arriba: las sillas volcadas, el mantel amarillo de los girasoles hecho un ovillo en el suelo. La alacena de André estaba retirada de la pared, con las puertas abiertas y su contenido revuelto. Los platos estaban esparcidos sobre las baldosas del suelo, algunos rotos. Llamé a Maurice, alarmada. Él regresó corriendo, echó un vistazo y corrió calle abajo con su galope desgarbado en busca del alguacil. Antes de que regresara, Blanc apareció en mi casa.

—Estaba haciendo mi ronda nocturna cuando la he oído gritar y he visto la puerta entreabierta, ¿va todo bien, *madame*?

—¡No! —Abrí la puerta por completo para que viera el panorama.

El alguacil sacudió la cabeza; su cabello engominado y peinado hacia atrás brilló bajo la luz de la lámpara.

—¿Ha visto a alguien merodeando por aquí, antes de ir a la fiesta? —me preguntó.

—No.

—Hoy hay muchos forasteros en el pueblo.

—Pero ¿por qué mi casa?

—¿Tiene algo de valor escondido que alguien pueda querer?

Sabía que se refería a los cuadros, pero ¿por qué no lo decía sin rodeos? Él los había visto. De repente, me acordé de la primera razón de André para no decirme dónde había escondido los cuadros. Miré al alguacil Blanc de frente, y sin inmutarme contesté: «No, nada». Era verdad.

—¿Le importa si echo un vistazo al piso superior?

Ambos subimos las escaleras y vimos que la ropa de cama estaba revuelta y los colchones fuera de su sitio en las dos habitaciones; el armario estaba separado de la pared en mi cuarto; la ropa, tirada por el suelo; y la cómoda, volcada en el cuarto de Pascal. El alguacil puso los colchones de nuevo en su sitio y los muebles en orden. En el piso de abajo, empujó la alacena de André hasta arrimarla a la pared.

—Gracias, alguacil.

—Por favor, llámeme Bernard. Asegúrese de informar de cualquier cosa que le falte.

—¿A usted o al alcalde?

—A mí, por supuesto. Soy el brazo de la ley.

—De acuerdo.

—Vigile con los desconocidos. Me refiero a los alemanes. Lo más seguro es que no se paseen por ahí uniformados. Están rastreando la zona, en busca de recursos naturales y de posibles botines. Preste atención cuando vaya por la calle. Quizás hablen en francés, pero el acento los delata. Quienquiera que haya entrado en su casa tiene amigos, y esa gente sabe mucho más de lo que suponemos. —Se acercó más a mí. Yo me puse tensa, y él se dio cuenta—. Esos cuadros no valen tanto como para poner su vida en peligro. Si es necesario, deshágase de ellos.

No me esperaba el comentario acerca del valor de los cuadros, pero el parecido de sus palabras con las que André había utilizado en su última carta me sobresaltó.

—Mida bien sus pasos, *madame*; sea previsora y vigile, vigile mucho. Buenas noches. —Se encorvó al atravesar el umbral.

Examiné el frasco de las aceitunas. El dinero seguía allí. Por consiguiente, el ladrón no buscaba dinero.

Al cabo de unos minutos, Maurice regresó, angustiado porque no había encontrado al alguacil.

—¿Quién quiere mis cuadros?

—No lo sé, pero está claro que alguien está interesado en ellos. —Me rodeó con los brazos en actitud paternal y manifestó—: Tus platos pueden haberse roto, pero tú resistirás.

Υ

Al día siguiente no fui a la fiesta. No podía deshacerme de aquella incómoda sensación de que un intruso hubiera estado en mi casa. Esa acción vandálica justificaba que André hubiera escondido los cuadros. Al pasar junto a las ventanas entre las que había estado colgado el cuadro de la pequeña fábrica de piedra color amarillo pálido, sentí una punzada de dolor en el pecho. Esa pintura significaba tanto para Pascal... Me acerqué a la pared donde antes había cuatro cuadros. El más grande, *Los tejados rojos, rincón de un pueblo en invierno*, estaba casi en el centro de la pared. A menudo, Pascal lo llamaba *Le Verger, Côtes Saint-Denis à Pontoise*, lo que hacía que pareciera que aquel cuadro tenía varios nombres. Había dicho que los tejados eran de ocre rojo; los trozos de las ramas iluminados por la luz relucían con un oscuro amarillo dorado, seguramente obtenido a partir del ocre —él habría especificado el nombre exacto de cada uno de los colores— y el suelo era del color de las calabazas. Di una vuelta despacio, sin moverme del sitio, intentando recordar cada uno de los cuados, preguntándome cuál era el favorito de André. Sentí otra punzada de dolor, esta vez por remordimiento. Nunca se lo había preguntado.

El bodegón de Cézanne había estado colgado sobre la alacena de André. Había comentado que era el lugar perfecto para ese cuadro. Quizá fuera su pintura favorita. Le encantaban las manzanas. Tomé el cuenco blanco que descansaba sobre la mesa y que contenía tres manzanas, dos peras tempranas y una naranja, y lo coloqué encima de la alacena de André. El rojo oscuro de la manzana situada más arriba en el bodegón de Cézanne era intenso, vigoroso, como si indicara el derecho de aquella manzana a ocupar su posición imperial. A André le habría gustado mi imitación del cuadro. Al colocar la fruta sobre su alacena, acababa de llevar a cabo un acto de resistencia contra el ladrón; más importante aún, era un acto de amor hacia André.

En el cuadro de Cézanne, ¿había tres manzanas? ¿Cuatro? ¿Tres naranjas? ¿O eran melocotones? La imagen del bodegón empezaba a borrarse de mi mente, del mismo modo que comenzaba a desvanecerse el recuerdo de André comiendo su última manzana. ¿Se hallaba de pie en el patio, relajando los hombros después de haber pasado tanto rato inclinado sobre la última silla del palacio papal? ¿Había dicho algo al terminar, consciente de que con aquella última silla se acortaba el tiempo que nos quedaba para estar juntos? No conseguía recordarlo. Detestaba no ser capaz de recordar esos momentos. Entonces comprendí la desesperación de Pascal por relatar sus vivencias, para que sus recuerdos no se perdieran para siempre. Tenía que aferrarme a esos preciosos recuerdos, conservar cada palabra que me había dicho André, cada sonrisa. No las había valorado con la debida intensidad. Había estado demasiado encerrada en mí misma. Resultaba insoportable no recordar todo lo que él me había dicho durante nuestra última semana, nuestro último día.

Louise me había invitado a su casa la noche después del segundo día festivo, para lo que describió como una velada entre amigos. Yo le estaba agradecida. Había pasado demasiadas horas sola encerrada en casa.

Aparte de André y Maxime, apenas tenía amigos en París: la hermana Marie Pierre, por supuesto, y Jeannette, la otra dependienta en la *pâtisserie*. Yo la llamaba Juana de Arco, porque aseguraba que oía voces y que por sus venas corría sangre gitana. Cuando Maxime entraba para comprar un *brioche*, ella se inclinaba sobre el mostrador para enseñar los pechos y flirtear con descaro. Maxime podría haberle seguido el juego, pero siempre me regalaba a mí el *brioche* que acababa de comprar. Jeannette se enfurecía, y con palabras malsonantes, gestos obscenos y mirada asesina lo echaba de la tienda. Más tarde, Maxime y yo nos reíamos al recordar el episodio. ¡Qué no daría por un día con ella, ahora!

En Rosellón contaba con más amigos que los que tenía en París. En casa de los Chevet ya había tres familias más cuando llegué: Émile y Mélanie Vernet, los dueños del viñedo, con su preciosa hijita Mimi; Henri Mitan, el herrero, y su esposa, que debía de haber desarrollado una paciencia de santo para aguantar su tartamudeo; y los Gulini, Odette y René, su marido italiano, su hija Sandrine y el marido de Sandrine, que se llamaba Louis Silvestre y que se había librado de la guerra por tener una pierna más corta que la otra. Louise debía de haberse quedado sin café, porque sirvió el *faux café* hecho

143

con chicoria. Todos seguimos el ejemplo de Mélanie y tomamos un solo terrón de azúcar, en lugar de dos, que era lo habitual. El azúcar estaba racionado. Maurice ofreció una copita de orujo a los hombres, que se lo bebieron de un trago, aunque, de cuando en cuando, se dedicaban a sorber las gotitas para que durara toda la velada.

—Esta noche disfrutaremos de dos acontecimientos especiales —anunció Louise—. Yo me encargaré del primero, las castañas, y Maurice, del segundo.

Louise puso dos castañas para cada persona en una paella vieja con la base agujereada y las asó en la chimenea, mientras Émile descorchaba una botella de uno de sus vinos rosados.

—¿Habrá postres? —quiso saber Mimi.

—¡Chis! No, Mimi. No seas impertinente —la reprendió Mélanie.

—Lo siento, Mimi —se lamentó Louise—, pero tendremos que endulzarnos con actos de generosidad, en vez de con dulces de verdad.

—Ahora me toca a mí —intervino Maurice—. Ven conmigo, Mimi.

La cara de Maurice, moteada por picaduras de abeja, una marca de su labor como apicultor, se iluminó con una risita de niño travieso. Anadeando, enfiló hacia la puerta trasera, con Mimi cogida de la mano. Cuando volvieron a entrar, Mimi llevaba un cabritillo atado a una cuerda.

—Mimi y yo creemos que deberías tener una cabrita, ¿no es cierto, Mimi?

—¡Una cabra! ¡No seas ridículo, Maurice!

Por un momento, pareció herido, pero no tiró la toalla.

—Si es una cosita la mar de bonita, ¿no te parece? Da más de un litro de leche cada vez que la ordeñas. Louise y yo no necesitamos otra cabra. Tú sí.

—¡Maurice! ¡Soy una *parisienne*! No tengo ni idea de cómo cuidar de una cabra. Por más leche que dé.

Recordé que, en el orfanato, cada tres días venía un cabrero con media docena de cabras. Yo esperaba con ilusión el momento en que oía las esquilas en el patio. Me encantaba oír los largos balidos. La hermana Marie Pierre me daba un cubo solamente si yo era capaz de describir el sonido con palabras, sin imitarlo. El cabrero ordeñaba una cabra mientras yo sostenía el cubo debajo de la cabra hasta que estaba lleno. A veces, aunaba suficiente coraje para acariciar a la cabra más menuda, la que no tenía cuernos.

—Ordeñar es fácil. Ya te enseñaré yo. —Los ojos de Maurice brillaron divertidos—. Solo tienes que estrujar las tetillas al ritmo de *La Marseillaise*. Con cuidado, para no hacerle daño.

—*Allons enfants* (estruja una tetilla) *de la* (estruja la otra) *Patrie* (estruja), *le jour de gloire* (estruja) *est arrivé* (estruja).

Los demás no tardaron en unirse al coro: «*Aux armes, citoyens!*», dijeron, al tiempo que estrujaban ubres imaginarias. Al llegar al animoso estribillo de «*Marchons* (estruja), *marchons*», todos estábamos de pie. Después nos dio un ataque de risa.

—Pero ¿qué voy a hacer con tanta leche?

—Puedes elaborar queso —sugirió Odette—. Un *chèvre* suave.

—Sería demasiado queso para una persona. —Sentí una punzada de dolor cuando dije «una persona».

—Pues vende el resto —agregó René Gulini con presteza—. Inventaré una pasta para rellenarla con tu queso. Un *brioche* redondo y grande relleno de *chèvre* y con albaricoques por encima.

—¡O manzanas! —exclamé.

La cabrita era blanca con las orejas negras, una colita negra, y solo dos muñones en el sitio de los cuernos. Le atusé el pelo; ella me miró con ojos líquidos como diciendo: «Adóptame». De repente, visualicé el cuadro de Pissarro de la joven que caminaba con una cabra por el sendero de color ocre. Pensé que era una noción absurda, pero súbitamente sentí que la cabra me ayudaría a encontrar antes los cuadros.

—*Bien*. Acepto. *Merci*.

En ese preciso momento, decidí que añadiría otro punto a mi lista:

9. Aprender a vivir en un cuadro.

—Habrá que ponerle un nombre —gorjeó Mimi.

145

—¿Un nombre? Hummm…

Pensé en los nombres que les habíamos puesto los niños del orfanato a las cabras. *Juana de Arco. María Antonieta. Emperatriz Josefina. Madame du Barry.*

—¡Ya lo tengo! —exclamé—. ¡*Genoveva*! ¡La patrona de París! La proclamaron santa porque convenció a los habitantes de París para detener a los hunos de Atila, y por eso no consiguieron conquistar la ciudad.

Por un instante, vi las caras de reticencia de los allí reunidos, pero insistí.

—Más tarde, cuando un grupo diferente de soldados logró conquistar París, Genoveva los convenció para que soltaran a los prisioneros. Su estatua está en el Jardín de Luxemburgo.

Coloqué la mano sobre la cabeza de la cabra y declaré:

—Yo te bautizo con el nombre de *Genoveva*.

Capítulo quince

El secreto de Gordes

1941

*T*umbada en la cama, me despertó mi propio llanto junto con la luz blanquecina que se colaba entre las contraventanas, consciente, como siempre, de cuánto echaba de menos a André, de saber que él no experimentaría el nuevo día. ¿Qué motivos tenía para levantarme de la cama? Antes era para escuchar las noticias en el café al final del día. Ahora, una respuesta más urgente llegó en forma de balido, una vocecita que me llamaba desde el patio. *Genoveva* quería que la ordeñara.

Me puse algo de ropa y lavé el cubo que encontré en el cobertizo de herramientas.

—¡Ay, pobrecilla mía! ¿Pensabas que me había olvidado de ti?

Estrujé las ubres y canté *La Marseillaise*, con ánimo renovado. Después, *Genoveva* y yo bajamos la pendiente que había cerca de casa en busca de hierba fresca y cardos.

—¡Mira qué aspecto más rico tiene esta hierba! ¡Ñam!

Cuidar de un animal suponía una responsabilidad. No podía pensar solo en mí misma, ni podía hacerme la remolona y levantarme tarde de la cama. El frío de enero se había instalado en la región, así que, mientras *Genoveva* comía, me dediqué a cortar manojos de hierba para almacenarlos.

—Ya tienes provisiones.

—*Beee* —baló *Genoveva*, lo que interpreté como: «*Merci, madame*».

Algunas mañanas tenía que felicitarme a mí misma solo por el mero hecho de salir de la cama y ser capaz de plantar cara a la vida. Aquella mañana era uno de esos días. Tuve en consideración que me había levantado, aseado y vestido, que había abierto las contraventanas, que había hecho la cama, que había ordeñado a *Genoveva*, que había bajado a la *boulangerie* para ver a Odette, y sí, también para comprar pan. Después había calentado agua para hacerme un brebaje de chicoria, un mal sustituto del café; había seguido todo el ritual a la hora de tomármelo, como si André se hubiera sentado a sorber su *grand café* en el tazón de su abuela. Había lamido el borde del tazón, tal como hacía él.

Ataviada con ropa limpia, me monté en el autobús de Maurice para la sorpresa que él me había prometido cuando me acompañó a casa después de la agradable velada. A medida que el vehículo se sumergía en un velo de niebla por debajo de Rosellón, Maurice me dijo que guardara el secreto sobre lo que íbamos a hacer y a quién íbamos a ver. Su actitud solo consiguió despertar más mi curiosidad.

—La niebla es la atmósfera apropiada para las actividades clandestinas —comenté.

—Mucho más de lo que crees. Si nos para el alcalde Pinatel o cualquier otra persona, di que te llevo a ver a la hermana de Pascal.

—Pero si él no tenía hermanas.

—Aún mejor. De ese modo, no obtendrán ninguna información.

Al poco, cuando la estrecha carretera desembocó en el círculo de *bories*, los antiguos chozos de piedra, Maurice giró a la derecha y ascendió por la carretera serpenteante hasta Gordes. Una vez allí, aparcó el autobús a los pies del pueblo. Subimos más de cien escalones irregulares de piedra y pasamos junto a la fachada trasera del *château* y del ábside semicircular de la iglesia. A continuación, tomamos una ruta llena de curvas hacia la otra punta del pueblo, donde las angostas calles parecían no tener fin. A veces eran tan empinadas que habían reemplazado las piedras planas en el centro por escalones, y habían adoquinado los laterales en forma de dos rampas para que pudieran pasar las ruedas.

No había ni un alma. Me torcí el tobillo y me aferré a Maurice. Durante el resto del trayecto, él me cogió por el brazo para ayudarme.

Un llamativo manantial discurría entre hileras de musgo e

iba a parar a un lavadero hecho de piedra. Maurice me explicó que había sido utilizado por una curtiduría en la época en que a Gordes se lo conocía por su gran producción de zapatos. En aquel tranquilo barrio residencial, eché un vistazo con discreción por algunas ventanas, intentando ver a través de las cortinas de encaje si las sillas disponían de cojines.

Me llamó la atención un edificio de tres plantas que no tenía puerta alguna que diera a la calle.

Torcimos una esquina y nos adentramos en una callejuela estrecha, con pétreos cimientos, que conducía hasta un patio. En el dintel de piedra se podía leer el nombre de una escuela de niñas.

—¿Así que piensas que debería ir a la escuela? —susurré.

—En cierto modo es lo que harás, pero hace mucho tiempo que ya no es una escuela. —Tiró de la cuerda atada a la campanilla de la escuela.

Una bella mujer con el pelo oscuro tan corto como el mío asomó la cabeza por una ventana superior. Apenas tuve tiempo de fijarme en el cuello de encaje de color blanco que contrastaba con el vestido lila.

—¡Ah! ¡Maurice! ¡La has traído! —exclamó—. ¡Ahora mismo bajo!

—¿Le has hablado de mí? —susurré.

Oí el tintineo de unas llaves y el ruido de la cerradura. La mujer abrió la puerta y nos invitó a pasar.

—Está trabajando arriba.

De repente, comprendí por qué Maurice me había llevado allí. ¡Cuadros! Colgados, apoyados en paredes, apilados por doquier. Imágenes estrafalarias, fantásticas, de vivos colores. Nada parecido a lo que hubiera visto antes.

Maurice me empujó para que subiera las escaleras. Un artista estaba pintando en un estudio. ¡Un artista de verdad!

Me presentó a la pareja como Marc y Bella Chagall.

—Esta es mi amiga Lisette, de la que ya os he hablado. No le dirá a nadie que estáis aquí.

Me pregunté a qué venía tanto secretismo.

Unos desaliñados mechones de pelo castaño, plateado en las sienes, caían en cascada alrededor de las grandes orejas del señor. Era un hombre bajito, que vestía tirantes y una camisa sin cuello. Lo que más me llamó la atención de él fueron sus ojos,

149

azules como piedras preciosas de una tierra lejana, almendrados y muy expresivos. Existía un parecido entre sus caras angulosas, tal y como les pasa a las parejas de ancianos, pero ellos no eran tan mayores.

—Maurice nos ha contado que le interesa el arte —comentó *madame* Chagall.

—El abuelo de mi marido… —Hice una pausa—. Sí, me interesa el arte.

Me volví hacia Maurice y le pregunté:

—¿Cómo os conocisteis?

—Él se montó en mi autobús para ir a Aviñón, a comprar material para pintar. ¡Cómo no!

—Ahora le entrego la lista a Maurice. Él compra lo que necesito y me lo trae.

Monsieur Chagall hablaba francés con un acento extranjero que no acerté a identificar.

—Un verdadero *chevalier* de las carreteras —bromeé.

—Pero este *chevalier* ha de ocuparse de otros encargos. Volveré dentro de una hora para recogerte, ¿de acuerdo, Lisette?

Maurice señaló un cuadro enorme extendido sobre el suelo; en él se podía ver a un violinista con la cara verde que tocaba el violín sobre un tejado cubierto de nieve, con las rodillas dobladas hacia delante y un pie colgando en el vacío. Cuando Maurice pasó por delante, bromeó arrodillándose hacia delante para imitar la postura.

Madame Chagall soltó una carcajada.

—Su amigo es muy divertido.

—Tan dicharachero como un violín —respondí un tanto distraída.

La pintura me había fascinado.

—Nada es como debería ser —comenté.

—Sin embargo, todo es como debe ser —reflexionó *monsieur* Chagall.

—Pero esos tres hombres no le llegan al violinista ni a la rodilla.

Chagall se dio unos golpecitos en la frente con el dedo índice.

—Está siendo racional. Tire la racionalidad por la ventana cuando venga a verme. Instrúyela, Bella, y luego ya hablaremos.

El pintor se volvió hacia el cuadro inacabado que descansaba en el caballete. Mojó el pincel en la paleta y pintó en el lienzo unas espirales que dieron forma a un ancho remolino color carmesí. Me quedé boquiabierta. ¿Qué iba a hacer a continuación? No podía quedarme a mirar, pues su esposa esperaba para llevarme al piso superior.

—Dado que vive en un pueblo, le enseñaré los cuadros que ha pintado de Vitebsk, nuestro pueblo, en Rusia —dijo ella.

—¿Rusia?

En una sala sin muebles, docenas de pinturas se apilaban en el suelo, con apenas unos pasillitos entre ellos.

—¿No los vende?

—¡Oh, sí, claro que sí! Pero pinta tantos… Trabaja día y noche, por lo que se le acumulan. Adora estar rodeado de cuadros.

Me llamó la atención un cuadro. En él, una lechera sentada en un taburete se estiraba hacia delante para ordeñar una vaca cuyas piernas estaban también estiradas de un modo imposible hacia delante. Sobre el lomo de la vaca, descansaba un violín. ¿Y por qué no? ¿Acaso las vacas no tenían violines? Más allá de una verja, aparecía la misma vaca al revés, con otro violín. Una chica se inclinaba hacia delante, con los pechos colgando en el mismo ángulo que las ubres de la vaca. No podía decir que entendía lo que veía, pero me fascinó.

Las pinturas no eran detalladas ni realistas. Las figuras eran infantiles, poco definidas, realizadas en un estilo ingenuo, inocente y adorable. En un cuadro, dos cabras caminaban la una hacia la otra en un tablón estrecho sobre un abismo, con las cabezas gachas. No había espacio para las dos. ¿Cuál de las dos cedería el paso?

Reí encantada.

—¡Qué gracioso! No pueden ser recuerdos; es todo fruto de la fantasía.

—Podrían haber sido sueños, o leyendas rusas, o relatos judíos, o cuentos populares infantiles. Marc los experimentó con tal intensidad que todavía forman parte de él.

La falta de atención del pintor respecto a las medidas relativas de las cosas resultaba cómica, pero precisamente por ese motivo resultaba sugerente. Un enorme gallo recostado arropaba entre sus alas a una mujer pequeña, como si la protegiera de las llamas

151

de un pueblo situado a sus espaldas. En la imagen se invertía el orden de que los humanos tenían que encargarse de los animales domésticos, y pensé que Maurice y Louise habían sabido que *Genoveva* me ayudaría a superar las dificultades de más formas que solo dándome leche.

Me impresionó otra pintura: un hombre gigante envuelto en un abrigo negro que llevaba un abultado saco al hombro, colgando del cielo en diagonal sobre un pueblo cubierto de nieve y un enorme edificio que parecía la sinagoga que había visto en el barrio del Marais.

—Hábleme de este cuadro.

—En nuestra educación judía, la expresión en yidis «va por encima de las casas» representa a un mendigo; significa un mensaje de que Dios podría venir en forma de mendigo.

—¿Y ese mensaje es bueno o malo?

—Bueno, muy bueno. Lo que uno ve como un viejo mendigo tieso y desgastado por años de penuria y tristeza no es todo lo que la imagen proyecta. No es su miseria, su cansancio ni su soledad lo que me impresiona en este cuadro; es la fuerza espiritual que lo mantiene elevado en el aire, a pesar de la gravedad. Eso es lo que me conmueve.

Me lo había contado con tanto entusiasmo que me atreví a preguntar:

—¿Forma parte de las creencias judías? Me refiero a eso de mantenerse elevado pese a las fuerzas que tiran de uno hacia abajo.

—Diría que forma parte de la historia judía. —Reflexionó unos instantes y luego se aventuró a hacerme una pregunta—: ¿Ha oído hablar de la *Kristallnacht*?

Se angustió al pronunciar aquella palabra.

—Sí, leímos un recorte de prensa. Nos quedamos de piedra, consternados.

Me asustó la nota de nerviosismo en su voz, por cómo la guerra debía de afectarles. Ahora comprendía por qué estaban allí, en aquel lugar remoto, y por qué Maurice le llevaba los materiales desde Aviñón para que el artista pudiera pintar. Me pregunté si había más artistas judíos escondidos en el sur rural.

A pesar de la seriedad del momento, ansiaba saber más cosas acerca de la fantasía artística de su marido. *Madame* Chagall propuso que echara un vistazo a un cuadro enorme que ella denominó *Yo y el pueblo*, en el que un hombre verde de perfil miraba la cabeza de una vaca, casi nariz contra nariz. Desde el ojo del hombre al ojo de la vaca había un hilo fino, que los conectaba. Decidí que debía tratarse del hilo del amor.

Tumbada sobre la mandíbula de la vaca había una mujer diminuta, que ordeñaba una vaca de su tamaño; al fondo, un campesino con una guadaña sobre el hombro caminaba hacia una mujer que estaba al revés. Detrás de ellos había una hilera de casas, algunas también al revés.

—Momentos separados —comenté.

—Pero una única visión.

—¿Por qué algunas cosas están al revés?

Ella se dio cuenta de que no era una crítica, sino solo una pregunta.

—Existe una contradicción para cada afirmación, la puesta en duda de la creencia. A menudo, todo aquello que creemos que es cierto se hace añicos.

Pensé que la mujer y las casas al revés representaban contradicciones; el gallo arropando a la mujer cuestionaba la noción del tamaño, la capacidad de proteger y de ofrecer bienestar; y el hombre en el cielo hacía añicos la teoría de la gravedad.

—Entonces, su marido tiene un motivo para todas las cosas.

—No puedo confirmarlo con absoluta seguridad. A veces incluso a mí me confunde.

Cuando regresamos al gran estudio, vimos que su esposo había hecho progresos en el cuadro. El remolino carmesí había aumentado de tamaño y había adoptado una forma más redondeada e hinchada, como una nube, sobre la que se abrazaba una radiante pareja de novios. La mano del novio atraía hacia su hombro la cabeza de la amada. Encima de ellos, un enorme rosal henchido de rosas blancas ocupaba gran parte del cuadro. Si ese remolino curvado color carmesí era una nube, tendría que haber estado por encima de ellos, y el rosal a sus pies. Asimismo, la nube debería ser blanca, y las rosas, rojas. Yo no había tirado por completo la racionalidad por la ventana. Tenía la sensación de que el artista jugaba con el espectador. Las figuras estaban suspendidas en el aire, sobre el pueblo, y unas cabezas de querubines asomaban entre diminutas alas que se batían en el cielo. Un hombre

153

que flotaba entre los ángeles tocaba el violín; una cabra descansaba con las patas dobladas.

—Sus cuadros cantan, *monsieur*. ¿O quizá debería decir que me provocan a mí ganas de cantar?

—¡Mucho mejor!

—Analiza la realidad para revelar algo extraño y maravilloso, y, si me lo permite, con cierto aire infantil. ¿Siempre había deseado ser artista? ¿Desde la infancia, quiero decir?

—Esa palabra, «artista», no existía en mi pueblo, así que soñaba con ser cantante, después quise ser violinista, un oficio más aceptado en mi cultura, luego bailarín... y poeta.

—Puedo preguntarle... ¿Por qué las rosas en el cielo?

—Porque no están en el suelo.

La pícara sonrisa que iluminó su cara me envolvió como un abuelo envolvería a un niño en una manta calentita.

—¿Por qué esa nube es roja?

—Es mi nube. Puedo pintarla del color que me dé la gana.

—¿Por qué los ángeles están revoloteando por ahí?

—Porque necesito algo para llenar el espacio.

—No le creo. Están allí para bendecir a la pareja.

—Si eso es lo que usted quiere, perfecto.

—Usted no pinta simplemente lo que ve, como hacen otros pintores.

—No, pinto lo que veo en mi interior.

—¿Soñó esa pareja de novios?

Su expresión divertida se trocó en un gesto melancólico.

—Quizá. O quizá los recuerde. O quizá Bella y yo seamos esa pareja.

—Los recuerdos embellecen la vida —afirmé.

—Así es. Borran los aspectos más vulgares y aportan una visión extraordinaria, la esencia de nuestra experiencia.

—No son escenas. Son... —Moví las manos como si estuviera recogiendo cosas, atrayéndolas hacia mí—. Colecciones de destellos sagrados.

Marc Chagall alzó el brazo y separó al máximo todos los dedos.

—¡Sí! ¡Eso es! Una colección de imágenes internas que me poseen.

—¿Como esas cabras? ¿Está obsesionado con las cabras?

—Sí. Eran las cabras en nuestro *shtetl* ruso.

Resoplé divertida.

—Pues le debían de gustar un montón, porque aparecen en muchos cuadros.

—Así es. Y también las vacas y los gallos.

—Maurice me ha regalado una cabra. La he llamado *Genoveva*, por la patrona de París. Soy *parisienne*, aunque no lo parezca.

—Claro que lo parece, por su forma refinada de hablar. Una *parisienne* con una cabra provenzal.

—Mi cabra. ¡Oh! ¡Cómo la quiero! Parece saber si estoy contenta o triste solo por la forma en que la acaricio. Cuando estoy afligida, se me acerca y arrima el cuerpo a mi pierna. Creo que intenta consolarme, como ese gran gallo que arropa a la mujer entre sus alas.

—Entonces usted entiende el lenguaje de los animales y el lenguaje del arte.

—Quizás esté empezando a comprenderlo. Cuando ordeño mi cabra, canto *La Marseillase*. —No pude contener la carcajada por lo que acababa de contarle, pero él no rio—. A *Genoveva* le gusta. Es una patriota.

Marc Chagall asintió con un gesto reflexivo, como si reconociera algo serio.

—¿Le gusta la Provenza? —quise saber.

—Me encanta. Los campos de trigo en la época de la cosecha me recuerdan a mi país. Y adoro estas vides que pueblan las colinas en líneas rectas verdes, y la luz. ¡Oh! ¡La luz! Cuando llegué a París, pensé que aquello era luz. ¡Ja! Hasta que llegué aquí.

—¿Por eso fue a París, por la luz?

—Por eso, y para aprender el lenguaje del arte. Después de cientos de años en Roma, en Toledo, en Ámsterdam, el arte se instaló en París. Sabía que allí sentiría la camaradería de otros pintores. Quería presentarles mi tierra natal; la verdad es que nunca me he ido del todo de Vitebsk. No he pintado ni un solo cuadro que no transpire su espíritu.

—¿Cree usted que la Provenza también tiene un espíritu genuino?

—Por supuesto. Lo siento cuando salgo al atardecer a oler el aroma de los campos y a escuchar la delicada resonancia de la campana del Ángelus después de cada tañido. —Su estado de ensoñación duró apenas unos momentos, antes de que se le oscureciera la expresión—. Me gustaría vivir aquí toda la vida —murmuró.

Suponía los motivos por los que era mejor no preguntar por qué no podían vivir allí toda la vida.

Cuando Maurice regresó para recogerme, *monsieur* Chagall le deseó un buen viaje de vuelta.

—Conduce con cuidado —se despidió *madame* Chagall.

En el autobús, le conté a Maurice todo lo que había visto.

—Son una pareja muy afable. Me han dicho que puedo volver a verlos cuando quiera.

—Mientras pueda llenar el depósito de gasolina, te llevaré siempre que te apetezca.

—Se están escondiendo, ¿verdad?

—Sí, por eso no debes decírselo a nadie.

—No lo haré. Los protegeré entre mis alas.

En mi caseta del lavabo, abrí las contraventanas para admirar el paisaje de Vaucluse. ¿Qué veía *monsieur* Chagall que yo no acertaba a ver? Las vides y robles deshojados en invierno no ofrecían una vista muy atractiva pero, una noche, la temperatura se desplomó bajo cero y dejó una fina capa de hielo sobre las hojas que todavía colgaban en las lianas de pasiflora. Por la mañana, parecían fragmentos de cristal de color verde esmeralda, como las vidrieras de la Santa Capilla en la isla de la Cité. En ese preciso instante, la brisa las hizo tintinear. Habría sido maravilloso compartir ese momento extraordinario con *madame* Chagall.

Al salir de la caseta y atravesar el patio, posé la vista en el Mont Ventoux, que descollaba sobre las montañas más pequeñas. Su resplandeciente blanco tiza le confería tal aspecto que parecía que alguien lo había pintado con plata.

Si *monsieur* Chagall pudiera enseñarme a distinguir la belleza de aquel frío y triste invierno... Tendría que ir a verlo otra vez.

Capítulo dieciséis

El amor

1941

*U*n sábado por la mañana, oí que alguien llamaba a la puerta. Al abrirla, me encontré con el alguacil Blanc, con su cabello emgominado y peinado para atrás en una perfecta onda. ¿Quién podía permitirse comprar pomada para el cabello en aquellos tiempos?

—Estaba haciendo mi ronda y he pensado en pasar a verla. ¿Todo bien?

—Sí.

—¿Ha tenido algún problema más?

—No, ninguno.

—¿Puedo entrar?

—Iba a salir.

—¡Qué pena que se haya cortado el pelo! Tenía una preciosa melena, como una sirena del mar.

—De Gaulle ha pedido a todos los franceses que nos unamos a él en acción y en sacrificio. Están recogiendo pelo para hacer plantillas.

—No es feliz, lo sé.

¡Menuda obviedad! De todos modos, ¿a él qué le importaba?

—Sé lo que necesita para ser feliz.

—No, no creo que lo sepa.

—Sí, sí que lo sé. Necesita amor.

De no haberme criado en las Hijas de la Caridad de San Vicente de Paúl, le habría escupido en plena cara por su impertinencia.

—Entre tanto, tiene otras necesidades. Azúcar, café, carne. Yo le puedo conseguir lo que quiera. Más que la ración que le toca por la cartilla. ¿Qué le gustaría?

¿Y esa otra faceta de él? ¿Estaba siendo sincero con su ofrecimiento? Siempre se había mostrado afable conmigo, excepto por aquel momento en el baile. Ahora, de nuevo, se mostraba presuntuoso, pero quizás en el fondo solo pretendía mostrarse atento con una viuda que pasaba dificultades.

De golpe, visualicé aquel cuadro de *monsieur* Chagall, el del gallo que arropaba a una mujer en el pueblo en llamas. ¡No un gallo, sino la gallina que me abastecería de huevos a diario!

—Un gallo. ¡No! ¡Una gallina! —solté—. ¡Y pastillas de cuajo!

—¿Qué es eso?

—Da igual, olvídelo. —No debería haber pedido nada cuando no podía fiarme de sus motivaciones—. No necesito nada. Tengo que irme.

Le cerré la puerta en las narices y subí a mi habitación a ponerme el viejo abrigo de franela.

Louise y yo íbamos a coger el autobús de Maurice para ir al mercado de Apt. Ella me había prometido que me enseñaría a elaborar *chèvre*, queso de leche de cabra. Necesitábamos dos cosas: un cultivo iniciador, que ella podía darme del suero de leche que preparaba, y cuajo, que no tenía. Me dijo que con ese fermento haría que se cuajara la leche.

Ya en Apt, recorrimos todos los tenderetes de comida en el mercado en busca de cuajo en polvo o en pastillas. También entramos en las *épiceries* de las calles laterales, pero no hubo suerte. Un vendedor nos indicó que fuéramos a una tienda situada detrás de la estación de servicio. La puerta estaba cerrada, con un cartel que ponía: «PLUS D'ESSENCE». No quedaba gasolina. Llamamos justo en el momento en que un gendarme se acercaba y clavaba un póster en la pared. Era un retrato de un niño asustado, sentado detrás de un tazón vacío. La amenazadora mano negra de un esqueleto intentaba agarrar el tazón. Las palabras en el póster rezaban: «LE MARCHÉ NOIR EST UN CRIME». ¡Acabábamos de llamar a la puerta del mercado negro! Nos miramos la una a la otra con los ojos abiertos como platos y nos alejamos con sigilo.

Cuando llegué a casa, había un paquete envuelto en papel de diario sobre la maceta de lavanda, junto a la puerta principal: una gallina desplumada y eviscerada. Reí ante la noción equivocada del alguacil, hasta que recordé sus insinuaciones.

Una gallina entera. Había algo oscuro e incómodo en aquel obsequio. El racionamiento permitía que solo las familias numerosas compraran un pollo entero. No creía que él tuviera una familia numerosa, pero, aunque así fuera, ¿cómo podía regalar comida? Si no estaba casado, ¿qué conexiones tenía que le permitían obtener un pollo entero con tanta celeridad? «¿Me pudriré en el Infierno si meto ese bicho obtenido de forma ilegal en la cazuela?», vacilé.

Que hubiera una gallina en remojo en la pila de mi cocina era, en parte, culpa mía. El sentimiento de culpabilidad me paralizaba. Yo lo había pedido, si bien no había dicho que me refería a un animal vivo. ¿Se había arriesgado el alguacil para conseguirlo? ¿Debería estar agradecida o desconfiar? ¿Estaba alardeando o lo había hecho movido por una preocupación genuina? ¿Debería recelar o estar impresionada por su rápida predisposición a cometer un delito por mí, él, un oficial de la ley? Desde luego, no podía más que poner en duda sus motivaciones.

¿Podrían establecer el vínculo entre esa gallina y yo? ¿Cómo podía comérmela sin levantar sospechas? Solo había un modo de saberlo. No había tiempo que perder con un regalo como aquel. Estaba deliciosa, con setas, cebollas, apio, zanahorias y zumo de limón.

Louise no estaba dispuesta a dar su brazo a torcer. Al día siguiente, me llevó a la *boucherie*, y aguardamos nuestro turno en la larga cola de mujeres que sostenían las cartillas de racionamiento para conseguir la carne que legalmente les correspondía en función del tamaño de sus familias. ¿Mis ojos podían delatar el gran sentimiento de culpa? Louise le pidió a *monsieur* Aloys Biron, el carnicero agotado, si tenía la membrana del revestimiento del cuarto estómago de un ternero.

—Pero ¿qué...? —farfullé.

Monsieur Biron resopló aliviado.

—Ya que estáis al final de la cola, qué suerte que, por lo menos, queráis algo indeseable.

—Vale la pena probar —alegó Louise—. Mi madre solía usarlo antes de que existieran las pastillas de cuajo.

El carnicero cortó el revestimiento en una fina capa y lo machacó hasta formar una pasta blanda. Me quedé sorprendida cuando vi que la leche sí que se había cuajado en la muselina que me había prestado Louise, que había colgado en un gancho en el *panetière*. Bajé la cuesta corriendo hasta su casa, cinco viviendas más abajo, para decírselo. Ella me explicó cómo utilizar el suero que soltaba el queso para elaborar requesón. *Genoveva* me daba dos litros de leche al día, así que con la leche obtenida durante dos días, conseguí elaborar una cantidad sustancial de los dos tipos de queso.

Ya me había acostumbrado a ver a desconocidos por la calle, refugiados del norte. Intenté escuchar con discreción en la panadería y en la verdulería para detectar el acento alemán en el francés que hablaban, tal como Bernard me había aconsejado que hiciera. Louise y yo vimos a una mujer ataviada con pantalones de lana y botas de hombre que iba acompañada por una mujer que llevaba una boina escocesa y un monóculo que se le caía constantemente de la cuenca del ojo. Nos costó mucho contener la risa.

—*Résistants* —susurró Louise—. La de los pantalones es una novelista británica. Fuma en pipa. Maurice la vio el otro día. La otra se encarga de mantener la comunicación por radio con Inglaterra. También hay un escritor. Se llama Beckett. Es irlandés. Maurice lo conoce.

—¿Cómo?

—Ciertos encargos.

Las palabras clave para las actividades clandestinas de Maurice.

Por primera vez desde que había llegado a Rosellón, vi a gente que entraba y salía del molino situado en el promontorio. Curiosa por saber cómo era el interior y cómo se vivía en un molino, enfilé cuesta arriba por la carretera, con una porción de queso. La madre se mostró agradecida y me dio unos pocos céntimos.

Cuatro arrapiezos correteaban alrededor del mecanismo central del molino.

—¿Cómo se las apaña? —me interesé.

—Como puedo. Mi hijo mayor es un buen cazador de pájaros, y el alguacil Blanc nos trae carne estofada de vez en cuando. ¡Imagínese! ¡Usa su propia cartilla de racionamiento! También lleva comida a otros refugiados.

De vuelta a casa, aún más perpleja por ese hombre, puse en duda que usara su cartilla de racionamiento para una buena causa.

Al cabo de unos días, envolví una gran porción de queso en uno de los pañuelos de André y se la llevé a los Chagall. Por fin estaba haciendo algo de mi lista. Ellos se emocionaron con el regalo; no podían recordar la última vez que habían saboreado *chèvre* fresco. Se quedaron maravillados con su suavidad. Me pagaron con su gratitud.

Bella estaba tan radiante que le pregunté a Marc —ambos me habían pedido que los tuteara— si alguna vez la había pintado.

Él la observó con la ternura infundida por el amor profundo.

—Nunca dejo de pintarla. Muéstraselo, Bella.

Mientras me acompañaba al piso de arriba, ella dijo:

—Te enseñaré el primer cuadro que pintó de mí. En aquella época, no le conocía bien. ¡Qué personaje más esperpéntico era! Introvertido, soñador, excéntrico, con el pelo disparado en todas direcciones, como un jardín desatendido. Pensé que alguien le había pegado los brazos y las piernas al cuerpo aleatoriamente, porque se proyectaban en ángulos imposibles. Pero en él había una intensidad abrasadora, como un pequeño sol, que me fascinaba, y su vivacidad y sus arrebatos traviesos podían cambiar en un instante hasta proyectar una inteligencia como nunca antes había visto.

»Le hice un ramo de flores silvestres para su cumpleaños, robé caramelos de la cocina de mi madre, y me llevé mis vistosos pañuelos de cachemira para decorar el pequeño estudio que él había alquilado a la vera del río. Marc se quedó impresionado al verme entrar. «¡No te muevas! ¡Quédate tal como estás!», me ordenó de un modo que solo puedo describir como una necesidad incontenible.

Bella se detuvo junto a una puerta cerrada para reproducir la escena.

—Colocó un lienzo nuevo en el caballete, agarró pinceles y se entregó a la labor con tanta pasión que incluso el caballete se movía. Trazos rojos, azules, blancos y negros impregnaron el aire, y yo gravité con ellos. Cada vez me elevaba más. Miré hacia abajo y lo vi de puntillas, haciendo equilibrios sobre un pie. Me alzó en volandas, dio un salto y onduló conmigo hacia el techo.

Bella abrió la puerta sin poder contener la emoción, y allí estaba: un cuadro en que los dos volaban por el cielo, en diagonal, con el cuello de Marc retorcido para pegar la cara a la de su amada, aerotransportados en la pequeña habitación.

—Él canturreó en voz baja, y yo vi la canción reflejada en sus ojos. Salimos volando por la ventana como si fuera lo más fácil del mundo, bailando a través del espacio, cogidos de la mano. Enseguida comprendí que él había pintado mi éxtasis.

Se quedó callada, en actitud reflexiva.

—Mi vida cambió después de aquella experiencia.

—El amor hecho visible —murmuré.

—Has de entender que para el jasid… En nuestro pueblo había una comunidad jasidista…

—Disculpa, pero no sé qué significa «jasid».

—¡Oh, claro! Es un miembro de un tipo de judaísmo que pondera el misticismo, los rituales estrictos, el celo religioso y la alegría. De hecho, para los jasidistas, la alegría y el amor espontáneos tienen la misma importancia que la ley o que un ritual. Era insólito ver al jasid explotar de alegría y bailar en la calle, o encaramarse a un tejado y tocar el violín para la luna. Los jasidistas creen que es posible entablar contacto con Dios a través de la música y la danza.

Eso explicaba el violinista de Marc que bailaba en el tejado. Le pregunté si había más cuadros de ellos dos.

Las comisuras de sus labios se curvaron hacia arriba.

—Marc estará encantado cuando le diga que has hecho esa pregunta.

Bella me enseñó uno que ella llamó *El paseo*. En un prado con Vitebsk detrás de ellos, Marc, vestido con un traje negro, se hallaba de puntillas, con una enorme sonrisa en la cara. Tenía un brazo alzado y sostenía a Bella que, con un vestido largo de color violeta y un lazo del mismo color en el pelo, había saltado muy alto, por encima de él, y ondulaba en un plano horizontal, como una bandera en la brisa.

—¡Pura exuberancia! —murmuré.

—Era justo después de la Revolución de Octubre, y para los judíos, eso significaba libertad, el fin de humillaciones y restricciones. Yo estaba eufórica, en una nube.

—Pero es más que eso. Es una pintura de amor. Vuestras manos están conectadas en vuestra felicidad, y sus labios son del mismo color violeta que tu vestido.

Bella me dedicó la mirada más cálida, más gentil, que yo podría imaginar.

—¿Oyes tus palabras, *bashenka*? Estás aprendiendo a entender un cuadro.

Me enseñó otro: Bella de novia, Marc arrellanado detrás de ella mientras cabalgaban a lomos de un enorme gallo. A lo lejos, una oscura torre Eiffel azul se proyectaba hacia el cielo, con diminutos edificios de París apiñados debajo de su arco. Un hombrecito con una gorra leía un libro que flotaba por encima de una vaca, cuyo cuerpo se había convertido en un violín. Los ángeles revoloteaban alrededor de ellos, y un minúsculo Vitebsk, como un recuerdo lejano, estaba concentrado en una de las esquinas inferiores del cuadro.

—Es un cuadro de vuestra partida de Rusia, a la vez que os la lleváis en el corazón, ¿no?

—Se podría definir así, sí. Solo puedo enseñarte uno más, porque, la última vez que viniste a vernos, Marc protestó porque te había acaparado demasiado rato.

Cuando lo destapó, no pude contenerme y resoplé fascinada. Los otros cuadros mostraban un amor exuberante, proclamado a gritos, pero este era un íntimo retrato de un abrazo, sosegado, privado, exquisitamente adorable. La boca

163

entreabierta de Marc se pegaba al hombro de Bella. Marc tenía los ojos casi cerrados y la frente recostada en la mejilla de su amada. Su imagen parecía decir que estaba en el mismísimo Cielo, y ella, con un vestido negro y cuello de encaje, con sus profundos ojos abiertos y la boca puntiaguda cerrada, estaba gozando del momento. Todo era gratitud, absoluta rendición.

Yo también me rendí a la magia de aquel cuadro. ¡Cómo me habría gustado que Marc nos hubiera pintado a André y a mí en tal estado de amor perfecto!

En el piso inferior, repetí mi admiración entre tartamudeos. Marc me preguntó cómo había desarrollado ese amor por el arte. Le conté la historia del cuadro *Virgen con el Niño* en la capilla del orfanato y sobre la infinidad de cuadros que André y yo habíamos visto en nuestras visitas a las galerías de arte; le hablé de cómo Pascal había adquirido su colección, de quiénes eran los artistas que los habían pintado y del amor que Pascal profesaba por esas obras.

—Son pintores muy importantes. ¿Cuántos cuadros tenía?

—Tres de cada, más un estudio de cabezas con la cara de una mujer con la piel tensa y estirada, y con un ojo más elevado que el otro. Su hijo se lo compró por poco dinero a un conserje. No sé quién lo pintó.

—Podría ser, o bien de Modigliani, o bien de Picasso. Lo que tú tienes es una progresión. Cézanne aprendió de Pissarro, y Picasso aprendió de Cézanne. Una colección muy importante. ¿Me permitirías verla?

—Lo haría si pudiera. Ahora están escondidos. No sé cuándo podré recuperarlos.

La siguiente parte de la historia resultaba difícil de explicar, pero lo hice. Salvo por aquella ocasión en el cementerio, cuando se lo había confesado a Pascal, era la primera vez que le contaba a alguien lo de la muerte de André. Mi mundo era tan pequeño en Rosellón que todo el mundo lo sabía. Marc y Bella me abrazaron al instante y murmuraron palabras de consuelo.

Marc se apartó, me miró con porte serio, me agarró por los hombros y me zarandeó con suavidad.

—Has de recuperar esos cuadros. Son demasiado importantes para el mundo.

—¿Para el mundo? ¡Yo solo los consideraba importantes para mí!

—Piensa en grande, Lisette. Prométenos que, cuando llegue el momento, te dedicarás a buscarlos.

—Ya me he hecho esa promesa a mí misma.

En la cocina, Bella peló una manzana; la cortó en rodajas finas y las colocó para que formaran un círculo, solapándose levemente, como los pétalos de una flor alrededor de una porción de requesón. Cómo me gustaría haber cortado una manzana de esa forma para André. Como no teníamos café, bebimos agua caliente. La atmósfera era tan acogedora que no pude contenerme y formulé la pregunta que me abrasaba en la lengua:

—¿Conocían a un marchante en París que se llamaba Maxime Legrand? Trabajaba en la galería Laforgue.

Marc se quedó unos momentos pensativo y después negó con la cabeza.

—¿Era amigo tuyo?

—El mejor amigo de mi marido. Estaba en la sección de mi marido. No sé si…

Al instante, ambos reaccionaron con el mismo impulso: me cogieron de las manos.

165

De camino a casa, estaba a punto de estallar. Con una cuidada caligrafía, añadí una línea más a mi lista de votos y promesas:

10. Procurar no ser envidiosa.

Aquella noche me senté a la mesa con la vista fija en las paredes vacías. Quizás era un arte superior, eso de inventar un cuadro con retales de los sentimientos más profundos, tal como hacía Marc, en lugar de pintar lo que uno veía. No estaba segura. Tenía que reflexionar sobre la cuestión.

Si me propusiera crear un cuadro propio, ¿qué contendría? Como Marc, podría poner todo lo que me diera la gana. En mis imágenes mentales, veía una pareja, André y yo, flotando juntos, muy juntos, entre las vigas de la torre Eiffel, suspendidos en el aire, colgados de su paraguas abierto; una dama con el pelo corto en una barca sin remos, en un lago del Bois de Boulogne; una hilera de camitas, una de ellas boca abajo; el hombre unido por la costura, apoyando la mano en el hombro de su hijo; una monja me saludaba con sus alas blancas de almidón; un calendario con el día 13 de mayo de 1940 totalmente pintado de negro; una caseta con una ventana y contraventanas; una cabra blanca de perfil, que llevaba la gorra de lana de André y derramaba una lágrima azul.

Capítulo diecisiete

El mártir, la cabra y el gallo

1941

*U*na primavera espléndida había cubierto los melocotoneros, ciruelos y cerezos en los campos frutales de flores rosas y blancas, una imagen tan romántica como para dar esperanza a cualquier mujer, si no hubiera perdido ya a su ser querido. No me hacía a la idea de que André no estuviera allí conmigo, disfrutando de aquellas fragancias.

Las laderas del camino a Gordes estaban teñidas del amarillo intenso de la retama, un espectáculo precioso, hasta que recordé el edicto del régimen de Vichy que anunciaba la apropiación de la retama, silvestre o cultivada, para la fabricación de tejidos. Pero los tractores que se empleaban en la cosecha seguían parados en medio de los campos por la escasez de gasolina. Todo el trabajo agrícola tenía que hacerse con el caballo y el arado.

Para salir a flote, Maurice me avisó de que su autobús estaría fuera de servicio mientras cambiaba el motor para que pudiera funcionar con gasógeno, un carburante extraído de la quema de astillas de madera. Aquel iba a ser su último viaje antes de que empezaran los trabajos para instalar el mecanismo. Con el mismo afán de salir a flote, le dije que, tras vender el queso de *Genoveva* a René, en el mercado del jueves había podido comprarle a un granjero una gallina que ya ponía huevos. Me sentía incómoda con tal transacción, pues la gallina valía más de lo que había pagado por ella, pero me alegré de poder llevarles huevos y queso a los Chagall.

Maurice me dejó en los confines de Gordes, para que él pudiera ocuparse de sus asuntos sin demora. Supuse que se trataba de la *Résistance*; a lo mejor tenía que recoger munición. Él era, después de todo, un patriota, un verdadero *chevalier de Provence* que repartía patos a damas alteradas.

Al acceder a la planta baja de la escuela, vi los baúles y las cajas embaladas. Los labios de Bella se fruncieron en una fina línea cuando me dijo en un tono como de disculpa: «Es lo que nos han aconsejado».

Necesité un momento para comprender lo que no había dicho.

—Vimos el trato que recibieron los judíos en Polonia hace seis años. Era incalificable, y tememos que ahora sea incluso peor.

—Pero, aquí, ¿en Francia?

—Sí. París no es inmune a la persecución. Sube conmigo.

Mi temor respecto a su seguridad se disparó de un modo angustioso.

—¿Adónde iréis?

—Entra. A Marc le hará ilusión verte.

Formaba parte de la naturaleza de Marc darme una cálida bienvenida como en las visitas anteriores, incluso en un momento tan delicado. Me preguntó por *Genoveva*; se acordaba de su nombre. Le hablé de la gallina, mi nueva adquisición, y le ofrecí ocho huevos.

Abrió la caja y admiró su color suave.

—Como *café crème*. ¡Qué pena que haya que romperlos para abrirlos! ¿Le has puesto nombre a tu gallina?

—Todavía no.

—Todos los animales que nos proporcionan algo merecen un nombre.

—¿Cómo se dice «gallina» en ruso?

Él soltó una carcajada.

—*Kooritzah*. Igual que «gallo».

—¿*Kooritzah*?

—*Kooritzah*.

—Pues, a partir de este momento, mi gallina se llama *Kooritzah*. Cuando la vea, me acordaré del gallo sobre el que Bella y tú ibais montados en París.

—Espero que tu gallina también te ayude a encontrar el camino.

Estaba pintando un cuadro que llamó *El mártir*. Con un pueblo en llamas al fondo, se veía a un hombre que, con una gorra rusa y parcialmente cubierto por un manto con flecos, estaba atado a un poste. Me sentí indignada con aquella visión. Cuando le pregunté a Bella qué significaba la tela, me explicó que era el manto de oración que usan los judíos en las ceremonias religiosas. Recordé que había visto mantos similares colgando por debajo de los abrigos de los hombres en el Marais. A pesar de que la piel de la figura se había vuelto amarilla, su cara expresaba una extraña paz. Debajo de él, una mujer suplicante se inclinaba hacia su pierna. Las figuras me evocaban a Jesucristo y a María Magdalena. Alrededor de él, una criatura carmesí, mitad vaca y mitad hombre, y un gallo alterado daban tumbos por el cielo. Un soldado estaba saqueando una casa, lanzando sillas por la ventana del piso superior; un judío barbudo leía versos de un libro abierto y un violinista tocaba con aflicción.

Más allá de las pinturas infantiles e inocentes de la vida rural que Marc pintaba, demostraba lo que el arte era capaz de hacer: reflejar la penosa barbarie de lo que sucedía en Europa. Un cuadro como aquel podía conseguir que la gente que lo admiraba se sintiera indignada. Podía empujarles a actuar, a resistir, a alistarse para ir a la guerra, tal como André había hecho. Con aquella simple pintura, me di cuenta de que el arte no trataba solo temas como el amor y la belleza. También podía ejercer una poderosa fuerza política.

Marc había hecho una pausa en su trabajo para hablar conmigo, pero yo señalé hacia el pincel que sostenía en la mano y le pedí que continuara. Observarlo me daría la oportunidad de sumergirme en el mundo del arte, apreciar el proceso de la elaboración de una gran obra.

Puso un poco de azul marino en su paleta, lo aplanó en un círculo y hundió el pincel no en el centro del círculo, sino en los bordes.

—El aspecto más importante de una composición puede acentuarse con colores más brillantes o con fuertes contrastes —explicó.

Acto seguido, pintó dos líneas en diagonal de color azul muy oscuro en el manto de oración blanco de la figura, valién-

169

dose de la parte plana del pincel. Después, con el mismo pigmento, pintó dos tiras estrechas en los brazos del hombre, usando la punta del pincel.

—Hay vida tanto en el borde como en la punta de un pincel. Ahora no queda duda de que él es judío. Y, si resaltas algún elemento, eso atrae la atención.

Marc resaltó el hombre-vaca con el mismo tono.

—¿Acaso sugieres que el caos y la crueldad afectan a los hombres y a los animales del mismo modo?

—¡Vaya! ¡Eres una alumna que aprende rápido!

Limpió el pincel, lo secó y repasó con unas pinceladas los tejados de las casas. Como por arte de magia, la pintura iba tomando forma. A pesar de que mostraba conflicto y crueldad, todos los elementos estaban en armonía. Marc se apartó unos pasos del caballete y me preguntó si había recuperado mis cuadros.

—No, todavía no estarían seguros en mi casa.

Marc me miró a los ojos.

—Tienes razón, pero no te olvides de ellos.

Asentí con la cabeza. Mi promesa número once sería: «Recuperar los cuadros». ¿Por qué no lo había puesto en mi lista antes? Supongo que porque era un objetivo tan obvio que no había necesidad de escribirlo.

Fue un privilegio ayudar a Bella a guardar varios lienzos en una caja y a enrollar el retrato de los amantes en una hoja de papel.

—Nunca olvidaré la ternura de esta imagen —le dije.

—He retrasado el embalaje por si venías otra vez.

—Gracias.

No podía decir que necesitaba contemplar aquella muestra de amor para borrar las pruebas del odio en el cuadro del mártir de Marc, pero quizás ella lo comprendió.

—¿Puedo pedirte un favor? Si encuentro los cuadros y regreso a París… Mi mayor deseo es formar parte del mundo del arte, sea como sea. Esperaba conseguir trabajo en una galería, pero no tengo educación artística. ¿Conoces a algún dueño que aceptaría contratarme como aprendiz, solo por el afán de perseguir mi sueño?

—Se lo preguntaré a Marc. Quizás él pueda recomendarte.

—Fue un acto impulsivo, lo sé, pero me ofrecí de mujer de la limpieza en el Louvre.

—¡Lisette! Tú vales mucho más que eso.

—No, de verdad, sería feliz con ese empleo. Quizá conozcas a algún pintor que necesite a una mujer de la limpieza para su estudio.

Bella sonrió.

—También se lo preguntaré a Marc.

Estaban preocupados, así que no me quedé mucho rato. En la puerta, formulé la pregunta que tanto me inquietaba:

—¿Estaréis a salvo?

—Si no nos demoramos, sí —contestó Marc—. ¡Cuídate mucho, *lapushka*!

—Volveré antes de que os marchéis.

Tras un emotivo abrazo, abandoné la vieja escuela con una sensación de angustia; temía por su seguridad. Caminé con paso decidido a través de la brisa primaveral hacia el lugar donde Maurice me había dejado, intentando recordar esas dos palabras: *kooritzah* y *lapushka*.

171

Los hombres en el café se habían ido acostumbrando a regañadientes a la presencia de las mujeres a la hora del *apéritif*. Había dejado de ir durante los fríos meses de enero y febrero, pero Odette y yo retomamos las visitas en abril. Una emisión del Gobierno de Vichy culpaba de la derrota de Francia a los bares norteamericanos, al fin de semana inglés, a los coros rusos, a los tangos argentinos. «Absurdo, ridículo, vergonzoso» fueron varios de los adjetivos pronunciados entre susurros. Más seria fue la proclamación de que toda la cultura francesa previa era decadente, que solo la cultura aria era pura. Me provocaba cierto asco oír tal barbaridad en boca del locutor francés.

¿Significaba eso que si alguien antes que yo encontraba mis cuadros los entregaría a los alemanes para que los destruyeran? Me entraron unas terribles ganas de recuperarlos, pero ¿dónde los escondería? Por un momento, me alegré de que André los hubiera ocultado tan bien. A nadie se le ocurriría mirar debajo de una pila de leña. Pero ¿y si encontraban todas las obras de Marc antes de que él pudiera huir de Francia? Sin lugar a dudas, los alemanes quemarían todos sus cuadros, sin excepción; los describirían como arte degenerado. ¿Y si encontraban a Marc y a Bella?

A continuación, oímos el anuncio de que el Gobierno de Pétain había establecido un Departamento de Asuntos Judíos, que había dictado que las leyes antijudías ya existentes fueran más estrictas; además, había añadido otras leyes nuevas. Sentí la imperiosa necesidad de ir a Gordes de nuevo. Me dirigí a la herrería de Henri para averiguar qué tal iba la conversión del autobús de Maurice. Encontré a Maurice serrando madera en forma de pequeños cubos, mientras Henri soldaba una plataforma en la parte frontal del autobús para un depósito tan grande como un cubo de basura.

—Es un... una caj..., caja a de combustión —explicó Henri—. La mad..., madera se pone aquí, y los ga..., gases pasan al fondo por un... filtro, y luego a tra..., través de un tubo hasta el motor.

Agradecí su esfuerzo por explicarme el proceso —por lo visto, era muy importante para él—, pero, si dejaba de trabajar para explicar el funcionamiento del gasógeno a todo aquel que mostrara interés, el autobús nunca estaría listo.

Habían transcurrido casi tres semanas. No podía esperar más. Pascal había ido a Aix a comprar *Los jugadores de cartas* demasiado tarde. No quería cometer el mismo error. Preparé una porción de queso, recogí los huevos y enfilé hacia la carretera, dispuesta a recorrer a pie los nueve kilómetros del trayecto. En aquella ocasión, no era para admirar los cuadros, sino para ver a Marc y a Bella.

Pese a que la mañana era clara, cuando llegué a Gordes, dos horas y media más tarde, el cielo estaba adoptando a lo lejos el color lila de las ciruelas, y el aire pesado transportaba el olor amargo a lluvia. Los pájaros expresaban con sonidos de una sola sílaba sus quejas por la humedad que se avecinaba. Recogí unas flores de almendro caídas de las ramas para entregárselas a Bella. Los pétalos eran de un blanco cremoso; desde su centro amarillo nacían unos filamentos rosados; eran unas flores tan bellas como las orquídeas cultivadas que vendían en las floristerías de París.

Toqué el timbre, pero ninguno de los dos se asomó por la ventana del piso superior. La verja no estaba cerrada con llave. Abrí la puerta, que chirrió quejosamente, al tiempo que gritaba:

—*Bonjour, madame! Bonjour, monsieur!*

No obtuve respuesta. Entré. Resoplé abatida. Demasiado tarde. Deambulé por las clases vacías, estupefacta y llorando de angustia, preguntándome cómo habían escapado, rezando por que estuvieran a salvo. Intenté recordar los cuadros que había visto en cada estancia. El mismo temor al olvido que había angustiado a Pascal se cernía sobre mí. Comprendí el peso de su pena cuando descubrió que Cézanne había muerto. Al igual que Pascal, había esperado demasiado antes de preguntar qué era lo que hacía que un cuadro fuera especial. Esparcí los pétalos por el suelo, justo donde había estado el retrato de los amantes.

Llamé a la puerta de una casa cercana. Me contestó una anciana. Me identifiqué como Lisette Roux de Rosellón y señalé hacia el edificio de la escuela.

—Se han ido. Estuvieron conmigo la noche antes de marchar.

—¿Están a salvo?

—¿Cómo puedo saberlo? Alguien en un coche americano vino a buscarlos a las cuatro de la madrugada. Ya habían pasado a recoger sus cajones y baúles una semana antes.

—¿Un coche americano? ¿Se iban a América?

—Supongo que sí, si conseguían llegar hasta allí.

Visualicé una imagen ridícula: un coche americano circulando a través del océano Atlántico. La siguiente imagen fue aún más inquietante: Marc y Bella nadando por el vasto mar, de noche, a la espera de que los recogiera un pesquero que los llevaría hasta un barco, como en Dunkerque; Marc miraba por encima del hombro constantemente, para ver si Bella seguía allí. Me estremecí.

—*Monsieur* dejó un cuadro para usted —declaró la anciana.

—¿De veras?

La mujer fue hasta otra habitación y regresó con la pintura.

173

—Todavía estaba húmedo cuando me lo entregó, pero ahora ya se ha secado.

Sentí un nudo que me atenazaba la garganta. Era un cuadro de una mujer con el pelo oscuro que miraba por una ventana abierta mientras abrazaba una gallina contra el pecho. Con la otra mano, atraía una cabra hacia sí. Las líneas del pico de la gallina y de la boca de la cabra se curvaban levemente hacia arriba, como si sonrieran. La mujer mostraba la misma expresión que los animales. El sentimiento que me suscitaba aquella pintura era todo lo contrario a lo que sentí cuando contemplé *El mártir*. Allí, en el sur de Francia, un ser humano y los animales estaban a salvo, pero, por lo visto, los Chagall no.

En el travesaño horizontal de la ventana había un hombre diminuto bailando, con la pierna derecha colgando detrás de él. Aunque le ofrecía a la mujer un ramo de flores, ella no parecía percatarse de su presencia; estaba satisfecha con los dos animales que sostenía. A través del panel inferior de la ventana, se podían ver las casas de un pueblo lejano escalonado en la pendiente de una colina nevada. ¿Era Vitebsk? ¿Gordes? ¿Rosellón? ¿Esa mujer era Bella o era yo? ¿Y ese hombre era Marc o era André? Una luna creciente, o quizá fuera un pez escurridizo, colgaba en el cielo rosado. La ambigüedad de aquella composición me fascinaba. La imagen se nubló cuando reconocí el amor que Marc y Bella me profesaban.

La pintura parecía una mezcla de tiza, acuarela y colores opacos sobre papel montado sobre cartón. Era un poco más ancha que mis hombros, y más alta que ancha. Podría llevármela sin dificultad, pero no podría cargar también con el queso y los huevos. Se los regalé a la anciana y le di las gracias por haber cuidado de Marc y de Bella en su última noche.

—Estaban muy serios cuando se marcharon. Amaban este lugar.

Salí fuera y me sumergí en el aire húmedo. La mujer me llamó.

—¡Espere! ¡Casi lo olvidaba! También dejaron esto para usted.

Agitó un trozo de papel con una dirección en París y unas palabras garabateadas: «un amigo». Me lo guardé en el bolsillo. Con paso veloz subí la empedrada cuesta, atravesé el pueblo y bajé por el otro lado hacia la carretera que llevaba a Rosellón. Si empezaba a llover antes de que llegara a casa, la pintura se echaría a perder. Tenía que encontrar por el camino un lugar para esconderla.

Corrí por la carretera serpenteante y por la pronunciada pendiente debajo de Gordes. El viento azotaba el cuadro como si quisiera arrebatármelo. Tuve que agarrarlo con fuerza y pegarlo a mi cuerpo para que no saliera volando. Debería haberle pedido a la anciana que me lo guardara hasta que pudiera ir a buscarlo otro día, pero me había emocionado con la idea de tenerlo. Un rayo iluminó el imponente Mont Ventoux, hacia el norte.

Sin aliento, llegué al tramo de carretera que conducía al poblado de *bories* en forma de colmenas, erigidos en tiempos antiguos. Pascal me había dicho que debían de haber elegido cada losa con cuidado y que las habían colocado en ángulo, solapadas, para que el agua resbalara por la fachada exterior y la lluvia no se filtrara en el espacio habitable. Perfecto, pero no quería utilizar una cabaña cercana a la carretera.

El cielo se oscureció como el carbón. Empezó a llover: unas gotas gruesas que al principio fueron como un bálsamo en mis mejillas, unas gotas educadas, delicadas, escasas. Por desgracia, no tardaron en ir a buscar refuerzos y me salpicaron con más intensidad, formando regueros por mi cuello; parecía que su intención era echar a perder mi tesoro. Me quité la chaqueta y envolví la pintura con ella.

El estallido de un trueno me asustó. Corrí como una bala, alejándome de la carretera principal, a lo largo de un muro de piedra alto que rodeaba el grupo de *bories*, hasta que encontré una entrada. Me fijé en uno que estaba en buen estado; el acceso quedaba oculto entre ortigas, por lo que nadie en su sano juicio se atrevería a entrar. Me abrí paso empujando las matas con los hombros. Llovía a cántaros, pero en el interior de la cabaña no caía ni una gota. Al fondo, vi un hueco que, en su tiempo, podría haber sido un horno. Con cuidado, dejé la pintura en el borde del hueco y decidí tapiarla con algunas losas esparcidas por el suelo, en el exterior. Eso significaba que tendría que atravesar la cortina de ortigas dos veces por cada losa que cargara. Las hojas atormentaban mi piel; me empezaron a sangrar las manos al

175

transportar las pesadas piedras rugosas. Cuando terminé, tuve la sensación de que la pintura estaba a salvo.

Pero ¿Bella y Marc también lo estarían? ¿Estarían vagando por ahí, bajo aquella tormenta, atravesando los Pirineos a pie? ¿Se estarían resguardando en algún establo con goteras?

La noche que llegaba era fea y húmeda. No podría quedarme allí mucho más rato. La temperatura ya había empezado a descender; en el exterior, se iban formando charcos. La hoja de papel que guardaba en el bolsillo de la falda estaba mojada. Cuando llegara a casa estaría empapada y sería imposible leer la dirección. La memoricé: calle Vaugirard, 182. Me la repetí una docena de veces. Luego me metí la hoja entre los pechos, me abotoné la chaqueta y salí al encuentro de aquella lluvia traidora que parecía tener prisa por calarme hasta los huesos.

Capítulo dieciocho

Nueva vida

1941

Al cabo de un poco más de dos horas, atravesaba el pueblo caminando tan deprisa como podía, empapada y tiritando. Seguía repitiendo la dirección mentalmente. Por suerte, no había parado de llover, por lo que todas las contraventanas estaban cerradas y no había ningún corro de mujeres sentadas en la calle, cosiendo y cotilleando.

Al día siguiente, el cielo azul estaba jaspeado de nubes bajas y algodonosas. Saqué hierba seca del cubo para *Genoveva* y peladuras de patata para *Kooritzah*. En la caseta del lavabo, con las contraventanas abiertas, fingí ser la mujer del cuadro de Marc. La ventana que él había pintado estaba situada en un edificio estrecho, no más ancho que la caseta en la que me encontraba en esos momentos. ¿Cómo podía haberlo sabido?

Me costaba creer que yo, Lisettè Irène Noëlle Roux, criada en un orfanato, viuda a los veinticuatro años y con poco dinero, tuviera un cuadro de mi propiedad, pintado expresamente para mí, hecho con amor en cada pincelada.

Salí al patio para gozar de una vista más amplia, más panorámica. La madreselva amarilla que André había plantado junto a la caseta del lavabo para contrarrestar el mal olor estaba floreciendo. Más allá de los arbustos de romero que marcaban los confines del patio, las orquídeas de un rosa intenso crecían silvestres en la pendiente. El molino de piedra encaramado en el promontorio ventoso había perdido las aspas, pero todavía era imponente.

En la luminosidad posterior a la lluvia, el valle parecía una versión viva del paisaje de Cézanne, por lo menos tal como yo lo recordaba. El terreno estaba dividido en campos con diferentes formas y aspecto, cada uno en un tono distinto: el verde pálido rayado de los viñedos; el sólido verde oscuro de los campos de hortalizas; la hierba dorada de los campos de trigo; las flores rosas en los cerezos; las blancas, en los manzanos; los campos de girasoles, mirando hacia el sol. Una maravilla.

André había enmarcado perfectamente el paisaje en la ventana de la caseta, para mostrar la mejor vista. ¿Podía eso indicar que el paisaje de Cézanne era su cuadro favorito? Aquel pensamiento me permitió experimentar una conexión mental directa con él.

Más allá del valle, el macizo Petit Luberon se alzaba por el oeste, con estribaciones de bosques de cedros de un verde intenso, un mero preludio del Grand Luberon, al este, donde los desfiladeros erosionados de caliza blanca se erigían hacia el cielo. Si pudiera elevarme y ampliar mi campo de visión por encima de las montañas, podría ver el río Durance, que discurría rápido y caudaloso aquella mañana, y el manto de colores de Cézanne expandido sobre el territorio hasta alcanzar el azul del Mediterráneo. Aspiré el aroma a primavera con fuerza, como un hombre que se estuviera ahogando y lograra salir a la superficie del mar para tomar bocanadas de aire y exhalar nueva vida.

Un pájaro fuera del alcance de mi vista gorjeó un suave y repetitivo «bú-bú-bú». No sabía si era un búho, al que Pascal llamaba por su nombre científico, *bubo bubo*, o si se trataba de una tórtola. ¿Con su llamada quejumbrosa me inducía a la sabiduría o a una pena perpetua?

—¡Bubú! —repetí al son que marcaba la rapaz, con suavidad al principio, luego con arrojo, al estilo provenzal.

Genoveva se me acercó y se unió al coro con su «beee». La rodeé por el cuello con un brazo, lo que desató los celos de *Kooritzah*, que se abalanzó hacia mi pierna y no paró de importunarme hasta que también la acaricié.

—¡Qué gallina más tonta! ¿No ves que a ti también te quiero? *J'ai deux amours*, dice la canción. Tengo dos amores. ¿Lo entiendes ahora, *mademoiselle*? No lo olvides.

Υ

Al cabo de unos días, fui consciente de una verdad que cayó sobre mí como una losa, justo cuando se me ocurrió mirar el calendario que tenía sobre la mesa. Era 13 de mayo: había pasado un año desde la muerte de André. ¿Cómo había logrado sobrevivir esos doce meses? Con cada día vacío y lleno de tristeza. Había llorado en todas las habitaciones de la casa, a veces con unos sollozos desconsolados, otras veces como una lluvia silenciosa por la noche. A veces, un recuerdo se colaba en mi mente como una serpiente traidora. Otras veces, un pensamiento explotaba como una granada, tal como me pasó cuando abrí el sobre del Gobierno que contenía el primer giro bancario con la descripción «Pensión viuda de guerra». Más de una vez, las lágrimas habían caído dentro de mi brebaje de chicoria. Mi sopa de cebolla tenía el sabor de mi propia sal.

De repente, sentía que la primavera se estaba burlando de mí. Sin embargo, el día clamaba cierto reconocimiento; tenía que hacer algo para marcarlo. Contemplé la vista del valle de Luberon y pensé en el cuadro del paisaje de Cézanne, que estaba segura de que André habría querido que yo tuviera. Él sabía que la belleza proporcionaba bienestar, que había consuelo en el juego de colores en contraste el uno con el otro, y que la gracia de una curva arabesca podía ensalzar el espíritu.

En tanto, yo tenía necesidades acuciantes. La compensación que recibía del Gobierno por la muerte de André era irrisoria porque no tenía hijos. Añadí un concepto a mi lista:

12. Aprender a ser autosuficiente.

Después, salí en busca de Maurice. Lo encontré en la herrería de Henri Mitan, trabajando en la pesada tapa del transformador de gasógeno, que ahora descansaba sobre un pequeño depósito en la plataforma adherida a la parte frontal del autobús.

—¡Menudo artilugio más raro y complejo!

—¡Qué va! ¡Si es una máquina la mar de bonita! —Acarició la caja de combustión con ternura y luego dio unas palmaditas al filtro del aire situado debajo.

—Necesito trabajo —dije.

—Pues pásame la llave inglesa.

—Me refiero a trabajo remunerado.

Maurice sugirió que recogiera cerezas para Émile Vernet en junio y hojas de morera para los gusanos de seda de Mélanie en cualquier momento. Durante la vendimia, en otoño, podía trabajar en el viñedo de *madame* Bonnelly.

—Su esposo es prisionero de guerra. Ella prometió trabajo a un refugiado parisino para la vendimia, pero me apuesto lo que quieras a que no le irá nada mal contar con más ayuda.

—De acuerdo. Haré esos trabajos, pero ahora estamos en primavera, época para plantar hortalizas en el huerto.

—¡Caramba! Nuestra bonita *parisienne* se está volviendo *provençale*.

—Una viuda ha de vivir, Maurice.

—Entonces, perfecto, *madame* Jardinera. Normalmente se pueden conseguir semillas en la tienda de ultramarinos de Cachin o en el mercado en Apt. Pero ¿ahora? —Se encogió de hombros y alzó las manos grasientas—. Lo dudo.

—¿Qué más da? —repliqué—. De todos modos, no irás a Apt ni a ningún otro sitio. Estamos aislados en este cerro.

Lo llevé hasta un rincón, para que los viejos que trabajaban en sus vehículos igual de defectuosos que el autobús de Maurice no pudieran oírnos, y le conté que los Chagall habían escapado y que Marc me había dejado un cuadro. Maurice me pidió si podía verlo; le detallé exactamente dónde lo había escondido. No era una buena idea que solo una persona supiera su ubicación.

—Mejor que lo dejes ahí, de momento. Rosellón está cambiando. Ahora hay forasteros, y uno no puede fiarse de todo el mundo.

Fui directamente a la tienda de Jérôme Cachin para preguntarle si tenía semillas de hortalizas. No, no tenía.

—Le preguntaré al alguacil si sabe si alguna granjera vende semillas de la cosecha anterior —se ofreció.

—No, no, por favor, no lo haga.

Él se encogió de hombros.

—No me cuesta nada, *madame*.

Me veía atrapada por la necesidad, así que no dije nada más.

—¿Está satisfecha con el rollo de papel higiénico?

—Mucho.

Y

Al cabo de tres días, Bernard Blanc llamaba a mi puerta. Bloqueó el umbral con el pie. Sus botas ostentosas me resultaban ofensivas, y lo más probable era que también lo fueran para los granjeros de Rosellón. Agitó un puñado de sobres y leyó las palabras escritas en cada uno de ellos con una voz tan rasposa como un papel de lija.

—Cebollas, zanahorias, remolacha, coliflor, judías verdes, tomates, lechuga, apio.

Agitaba cada sobre para provocarme con el sonsonete de las semillas, al tiempo que escudriñaba mi rostro en busca de alguna reacción codiciosa en mi expresión. Me negué a responder.

—¿Ve lo que puedo hacer por usted?

—Puedo apañármelas sola.

—¿Cuánto tiempo le habría costado ir de granja en granja, preguntando si tenían semillas? Yo conozco a los granjeros, las cosechas, a las esposas de los granjeros, y tengo una camioneta.

Hizo una pausa y me repasó de la cabeza a los pies.

—Ya estaría de vuelta en París, de no ser por los cuadros, ¿verdad? —Había suavizado el tono.

Me molestaba que Rosellón fuera tan pequeño como para que no fuera posible tener secretos.

—Debe de sentirse muy sola aquí, una mujer guapa como usted, sobre todo en las largas noches. —Me miró de soslayo, con arrogancia—. ¿No es cierto?

—No me siento sola.

—Seguro que, de vez en cuando, le gustaría un poco de compañía.

—No. Prefiero la soledad.

Él soltó una carcajada como respuesta a mi mentira.

—Quizás algún día cambie de opinión. Quizá desee una nueva vida, una vida mejor que la de la amarga tristeza de una viuda.

Me agarró por la cintura y me atrajo hacia sí, de modo que nuestros cuerpos quedaron pegados desde los hombros hasta las rodillas. Yo le empujé con todas mis fuerzas, y él me soltó, pero me agarró la muñeca con fuerza, para inmovilizarme la mano y que no pudiera volver a empujarlo. Me obligó a girar la mano, me colocó los sobres en la palma y me cerró los dedos sobre ellos, con firmeza.

—Celebro ver que sigue el sabio consejo de la doctrina de Pétain, de que labrar la tierra es patriótico. Lo único más patriótico es que nos exhorta a usar los cuerpos más que la mente. Niños, Lisette, niños para unirse a la Legión. Sería una nueva vida para usted. Soy un tipo paciente. Hasta cierto punto.

Rezumaba arrogancia por todos los poros.

—¿Estaba buena la gallina?

A pesar del desagradable origen de aquella gallina tan sabrosa, las inconsistentes muestras de atención que mostraba hacia mí —en aquella ocasión con el regalo de las semillas—, me obligaron a contestar que sí, muy a mi pesar.

Él se cuadró de hombros, apartó el pie del umbral, asintió con la cabeza y se marchó, complacido con su percepción de triunfo.

¡Qué necio, si pensaba que conseguiría ganarme a la fuerza, por medio de la intimidación, o con regalos! Me aparté de la puerta; mis pensamientos oscilaban entre la rabia y cierto enojo y gratitud, a regañadientes, por las semillas.

Bajé a la bodega en busca de los utensilios para sembrar. Estaban sobre unos sacos de arpillera. Solo me había fijado en unos trozos de madera que sobresalían por los bordes, bajo los sacos, pero no había levantado la tela. Al hacerlo, me estremecí. ¡Los marcos de Pascal! Hinqué ambas rodillas en el suelo. No estaban los cuadros, solo los bastidores de madera, uno dentro del otro, desmontados.

—¡Oh, André! ¿Por qué sacaste los cuadros de los marcos? ¡Habría sido más fácil! ¿Por qué me haces pasar por tal agonía?

Mi voto de perdonarlo se tambaleó. No. Mi pena no estaba cicatrizada. Emergía fresca y dentada cada noche. Me quedé en aquella posición, de rodillas, incapaz de moverme, con los ojos clavados en los marcos y en la arpillera que había utilizado para cubrirlos. Agarré un saco y me pasé la tela rasposa con olor a rancio por la mejilla, pensando que en su día André había tenido ese mismo saco entre sus manos.

Quizás había una razón para que hubiera separado los marcos de los lienzos, y que hubiera colocado los más pequeños dentro del más grande. Quizá lo que me dijo acerca de que las pinturas estaban debajo de la pila de leña era una treta, no para engañarme a mí, sino para despistar a cualquier persona a la que yo se lo contara. Quizá debajo de los marcos…

Encontré una pala y cavé en la tierra dura, sin grandes progresos. No creía que hubiera enterrado los cuadros a tanta profundidad. Excavé toda el área. Nada. Si André había pensado en embalar los cuadros para protegerlos de la humedad o en esconderlos entre tablones, aquel habría sido un escondite ideal, mucho más seguro que bajo la pila de leña de la que se proveía toda la comunidad, en la plaza Abbé Avon. De hecho, los lienzos podían estar debajo de cada marco. Alcé todos los marcos desensamblados, sin seguir un orden preciso, para asegurarme de que no estaban ocultos entre la pila.

Nada. Ni un solo cuadro.

La luz mermaba en el patio. Lo único que había conseguido, aparte de llevarme una gran decepción, era ensuciarme el vestido, embarrarme los zapatos y romperme las uñas. Me prometí a mí misma que a la mañana siguiente cavaría por el jardín, lo que, por lo menos, significaría cavar con un propósito.

Descubrí que cavar en el jardín no era una tarea más fácil que cavar en la bodega. No se había removido aquella tierra desde que los padres de Pascal la habían usado para sembrar hortalizas. Después de una semana de arduo trabajo y de una buena dosis de lluvia, planté las semillas en filas y les ordené:

—¡Creced! ¡Germinad! *Poussez! Poussez!* ¡Brotad!

Louise me había dicho que los excrementos de *Genoveva* serían un buen fertilizante. Ahora, cuando la ordeñaba, cantaba:

—¡Caga, *Genoveva*, caga, *Genoveva*!

Recolectar cerezas también era un trabajo duro, pero las pocas cerezas que me metía en la boca con disimulo me revitalizaban, con su suave sabor satinado, la carne escarlata calentada por el sol, dulce y jugosa. Me gustaba pensar que la gente de Rosellón disfrutaba de aquel exquisito placer, pero Émile me dijo que el Gobierno de Vichy había requisado todas las cerezas de la Provenza para alegrar las mesas de los oficiales alemanes. Después de enterarme de aquello, me zampaba tantas como podía cuando Émile no me veía.

En agosto recogía la primera cosecha de mis valiosas aliadas en el jardín: *Tomasina* y sus hermanas, las tomateras, cuyas pequeñas canicas verdes se habían hinchado hasta convertirse en

183

unos orondos corazones rojos; *Claudina* y su runfla de hermanas bien dotadas, las coliflores, abultadas como nubes llenas de lluvia; *Celeste* y sus allegadas, altas y esbeltas, que intentaban trabar amistad con el cielo a base de estirar sus tallos color verde pálido y sus coronas de hojas; *Lutecia* y su corte, que se erigían como reinas que se abrían para mostrar sus prendas más íntimas de color verde; *Beatriz* y sus amigas, que guardaban sus secretos bajo la superficie, en unas bolas lilas con una raíz en forma de cola; *Caroline* y sus criadas, tan tímidas que desarrollaban sus raíces de color naranja bajo tierra mientras exhibían su alborozada cabellera verde al viento; *Berenice* y sus primas, que colgaban sus flácidos conos verdes hasta que estaban a punto para una ensalada nizarda; *Ondine* y sus familiares más próximos, que me ofrecían la posibilidad de adobar mi *daube* con especias picantes despojándose de sus trajes marrones con textura de papel; y luego, pelar, pelar y pelar; se entregaban completamente a mí para que las usara hasta que no quedara nada de ellas. ¡Oh! ¡Qué maravilla, la naturaleza! Durante todo el día, estuve dando gracias a la naturaleza por la plenitud de mi jardín. A regañadientes, reconocí que Bernard había sido quien me había proporcionado aquella riqueza.

En noviembre, colgué una cuerda de las ramas más bajas del almendro y la sacudí con fuerza para que cayeran las almendras, luego llené un saco de arpillera y se lo llevé a Jérôme Cachin para que las vendiera en su *épicerie*. Al cabo de una semana, me las llevé de vuelta a casa. Nadie había comprado ni siquiera un puñado. Los frutos secos eran un lujo. Lo mejor sería abandonar la idea.

Antes creía que la vida de una viuda sería más fácil en París, donde había más diversiones, donde podría pedir una sopa en un café sin sentirme observada. En cambio, en ese presente incierto, sin André, ¿me bastaría con la ciudad? ¿No echaría de menos mi huerto y el ritmo diario de ordeñar a *Genoveva*? ¿Echaría en falta el cacareo orgulloso de doña *Kooritzah* cuando ponía un huevo? ¿Añoraría a Odette, Louise y Maurice?

El invierno de 1941 llegó como si se vengara, con un mistral tras otro. Aunque arrastré el colchón al piso inferior para dormir junto al hornillo, la casa estaba fría. La pila de leña de André disminuía, así que me limité a usar tres troncos por noche, luego dos,

184

luego uno, justo lo suficiente para hervir las verduras. Cuando me quedara sin leña, tendría que echar mano de los marcos.

No. Eso nunca.

Pero había algo que podía sacrificar. Quizá me proporcionaría un poco de dinero. El pensamiento me angustió. Era tan drástico, tan tajante... Habían sido de Pascal antes de que André las usara. Intenté no pensar en aquella opción, pero la idea me martilleaba las sienes. De acuerdo, lo haría, vendería mis herramientas pero me quedaría con el martillo de André para poder clavar los cuadros, y con el mazo para partir almendras.

Era la segunda vez que iba al cementerio desde la muerte de Pascal. La primera vez fue terriblemente dolorosa, cuando visité su tumba para decirle que habían matado a su nieto. En aquella segunda ocasión no resultó tan duro. Me arrodillé y emplacé las palmas sobre la tumba de los Roux.

—Hola, papá. Todavía estoy aquí. Te echo muchísimo de menos, y a André también. Las dos personas más importantes para mí, y los dos estáis fuera de mi alcance. Daría todas las pinturas sin dudar con tal de disfrutar de la compañía de uno de los dos por un día.

»Conocí a un pintor en Gordes. Entablé amistad con él y con su esposa; incluso les llevé *chèvre* y huevos. —Bajé la voz y añadí—: Él me regaló un cuadro. Pensé que te gustaría saberlo.

»He venido a pedirte perdón. Este invierno promete ser excepcionalmente frío. He intentado ser autosuficiente, pero he de comprar madera o me congelaré. ¿Recuerdas la tienda de restauración de muebles en Aviñón para la que trabajaba André? Cuando Maurice consiga por fin las partes que necesita para que su autobús pueda funcionar con gasógeno, le pediré que me lleve. Quizás el hombre... —No quería pronunciar las palabras—. Ya sé que eran tuyas. André las afiló antes de partir, por respeto a ti, creo. Me perdonarás, ¿verdad? Te quiero, papá. No lo olvides.

»Me dijiste que dejara que los cuadros cuidaran de mí. Tengo un bonito huerto, como el de Louise, y una cabra, como tenía la muchacha en la pintura de Pissarro, así que estoy haciendo lo que me pediste. Estoy viviendo en ese cuadro. Es una nueva vida para mí. En lugar de cumplir mi sueño de hacerlo en París, por lo visto estoy echando raíces aquí.

185

Capítulo diecinueve

Vergüenza

1941-43

*L*ouise, Odette y yo estábamos sentadas con los abrigos puestos, disfrutando de un nuevo tipo de café hecho con rosa mosqueta mientras esperábamos en la plaza del ayuntamiento las noticias de las cinco, tanto de la emisora del régimen de Vichy, cuya transmisión era nítida, como la de la BBC, que llegaba con constantes interferencias. Habíamos estado ocupando la misma mesa en el café la mayoría de las noches, para enterarnos de lo que pasaba en el mundo.

Aquella noche, 8 de diciembre, las dos emisoras anunciaron que, el día anterior, la aviación japonesa había efectuado un ataque por sorpresa en Hawái y había dañado ocho acorazados de la flota de los Estados Unidos. Nos quedamos de piedra. Situado en la otra punta del globo, Hawái se nos antojaba un sitio exótico.

—¿Estamos hablando de la misma guerra? —remarcó Odette.

—Ya veréis, ahora los norteamericanos se meterán en la guerra —vaticinó Louise.

Al cabo de unos días, así fue. La noticia alimentó nuestras esperanzas.

Justo antes de Navidad, el alguacil Blanc llamó a mi puerta y anunció que tenía una carga de leña para mí y una carretilla en la camioneta.

—Sé que pasa frío. Y no me diga lo contrario. Son los últimos troncos que quedan de la pila de leña comunitaria.

Acto seguido, procedió a descargarlos y a ponerlos en la carretilla.

—¿Cómo sabe que no tengo leña en el patio?

—Porque puedo verlo desde el promontorio, desde el otro lado del barranco.

—Me parece que se esmera demasiado en meterse en mis asuntos.

—¿Quiere que me vaya sin dejarle ni un tronco? Lo haré. Solo tiene que pedírmelo, Lisette.

—*Madame* Roux.

—Lisette.

Sin que le diera permiso, llevó la carretilla cargada de leña hasta la puerta lateral que daba al patio. ¿Cómo sabía que allí había una puerta? Quedaba oculta entre las lianas de pasiflora y los tallos sarmentosos de madreselva. Apiló la leña en el mismo lugar donde André la había dejado, cargó la carretilla cuatro veces más, se sacudió el polvo de los pantalones con ambas manos y se limpió las botas con un pañuelo blanco plegado.

Admití mi gratitud solo ante mí misma; me sentía avergonzada por aceptar un regalo tan generoso.

187

—Solo falta una semana para Navidad. No querrá pasar esa fecha tan significativa sola, ¿verdad? Puedo traer un delicioso capón asado. Más que suficiente para los dos.

—No, gracias, alguacil. Ya tengo planes.

—Tengo un pequeño regalo que sé que le encantará. Es algo que no puede obtener aquí.

—Es usted muy generoso, pero no puedo aceptarlo, gracias. No tengo ningún regalo para darle a cambio.

—Oh, sí que lo tiene. Si usted supiera…

Me agarró por los hombros y me estampó un beso en la boca. Yo fruncí los labios, lo que estoy segura de que, más que darle placer, le pisoteó el orgullo, porque no opuso resistencia cuando lo aparté de un empujón. Luego se marchó.

En Nochebuena, cuando regresaba de casa de Louise y Maurice, encontré su regaló envuelto en papel de diario en la maceta de lavanda. Dejarlo allí había sido una jugada inteligente, ya que, de ese modo, no podía rechazarlo. ¡Medias de seda! Increíble. Sin lugar a dudas, ese tipo tenía buenas influencias.

En el envoltorio había una nota.

Querida Lisette:
Un día te darás cuenta de todo lo que puedo hacer por ti.
Mi paciencia se está agotando; es ya tan delgada como estas medias.
Joyeux Noël,

BERNARD

Encendí el hornillo con un valioso tronco y contemplé cómo la valiosa seda prendía y se consumía entre las valiosas llamas.

Aquel año pasó sin pena ni gloria. *Genoveva* daba menos leche, así que Louise la apareó con su macho cabrío. Al cabo de unos meses, la barriga y las ubres de *Genoveva* se endurecieron y se hincharon. Una mañana me encontré con dos cabritas mamando con brío. Al cabo de tres meses, se las llevé a Louise y a Maurice. Louise las asó, al estilo *chevreau provençal*, con ajo y hierbas. Dejé a un lado mis prejuicios y compartí con ellos dos opíparas comidas en su casa. Empezaba a reconciliarme con las costumbres campestres.

Bernard me trajo más semillas. Ahora, cuando pensaba en él, lo llamaba por su nombre de pila, pero solo mentalmente. No se me habría ocurrido cruzar la línea de la formalidad y tutearlo. Él se mostraba cortés, así que le di algunas zanahorias que almacenaba en el sótano. El huerto y la leña que me había regalado me salvaron la vida, y mis amigos me salvaron de una insoportable soledad.

Los aliados invadieron el norte de África en noviembre de 1942. Eso parecía lo bastante cerca como para significar algo bueno para nosotros. Lamentablemente, también significaba que el sur de Francia era territorio ocupado. Los soldados alemanes se acuartelaron en Apt y en otros lugares. Por las carreteras retumbaban los camiones que transportaban largas filas de tanques alemanes y las furgonetas cargadas de armamento. Se dirigían al sur. Un par de veces explotaron por acciones de la *Résistance*.

Cada vez que pasaba por debajo del arco gótico que separaba el pueblo de arriba del de abajo, clavaba la vista en el suelo y me estremecía; no quería ver la enorme bandera roja y negra con

188

su fea cruz gamada que colgaba en el arco de piedra. Al volver a casa, tenía que pasar por delante de otra en el lado opuesto del arco.

Por la radio nos habíamos enterado de que se llamaba *die Blutfahne*, «la bandera de sangre». ¿Qué mente depravada se había inventado tal nombre? Nuestro arco no era un Arco de Triunfo, pero era la única pieza arquitectónica que destacaba en Rosellón. Verlo profanado con aquel recordatorio de la vergonzosa derrota nacional era un ultraje que no pretendía más que doblegar nuestro ánimo.

Una tarde, después de Año Nuevo, mientras Odette y yo estábamos delante del café, una patrulla alemana subió la cuesta, escoltada por el alguacil Blanc, que vestía sus altas botas negras, como las de ellos. Se detuvieron frente al ayuntamiento, a nuestra derecha. En los anchos peldaños, el alguacil presentó el oficial al alcalde Pinatel. Horrorizadas, fuimos testigos de cómo no movieron ni un dedo cuando el oficial arrancó el discurso del general De Gaulle de la pared y, tras un torrente de palabras airadas, ordenó a un soldado que lo reemplazara con un póster del mariscal Pétain.

Desviamos la vista cuando la patrulla paseó su arrogancia atravesando la plaza del ayuntamiento marcando el paso de la oca, para humillarnos. Cuando los perdimos de vista, Louise salió disparada de la peluquería, clavó la vista en el papel con el discurso del general De Gaulle, arrugado y roto, lo agarró y entró corriendo otra vez en la peluquería. Me quedé impresionada por su arrojo.

—Una cosa es que los soldados desfilen por los Campos Elíseos con prepotencia para montar un espectáculo, pero venir aquí, a nuestro insignificante pueblo, para hacer lo mismo es ridículo —critiqué.

—Pero ¿por qué lo hacen? —inquirió Odette.

—Para comportarse como matones —respondí, aunque la verdad es que no lo sabía.

Quizá tuvieran una razón. Repasé mentalmente cuál podía ser. ¿*Monsieur* Beckett? ¿Las dos mujeres británicas? ¿Maurice y Aimé? ¿Los cuadros?

—¿Crees que Bernard los ha escoltado porque quería, o porque le han obligado? —cuestionó Odette.

189

—Porque le han obligado. ¿No te has fijado en su cara? No estaba orgulloso. Estaba avergonzado. —Por más que no me gustara el alguacil, no podía negar la evidencia.

Aquella tarde, justo antes de que anocheciera, cuando me disponía a servirme un cucharón de sopa de verduras, oí unos golpes en la puerta, fuertes, insistentes. Me quedé helada. Los golpes se repitieron. ¿Y si era Maurice, que venía en busca de ayuda porque Louise se había caído? No, Maurice entraría sin llamar. Me acerqué sigilosamente a la puerta y oí unas voces toscas. Abrí y me encontré con el oficial alemán con gorra de plato que había estado al frente de la patrulla en la plaza del ayuntamiento. Junto a él, a un lado, vi al soldado que había colgado la foto del mariscal Pétain en la pared del edificio consistorial; al otro lado, Bernard. De repente, sentí una gran sequedad en la boca.

Los alemanes irrumpieron en la sala. Bernard los siguió más despacio, con una mirada avergonzada, parecida a la que había exhibido cuando había escoltado a la patrulla.

—Siéntese, por favor, *madame* —me ordenó el oficial en francés, con marcado acento alemán.

El soldado retiró una silla de la mesa y la colocó en medio de la estancia. Me senté. Las rodillas me temblaban como un flan. Los tres hombres se quedaron de pie, en semicírculo. Bernard estaba más apartado que los otros.

El oficial llevaba una pistola enfundada y una entallada guerrera de color verde grisáceo. Curiosamente, me pregunté cómo habría definido Pascal aquel color, o qué nombre feo inventaría yo para ese tono cuando se acabara aquella pesadilla. ¿Color aceituna podrida? La gran hebilla de metal en su cinturón llevaba la inscripción: «*GOTT MIT UNS*». Deduje el significado. Menuda mentira. Era imposible que Dios estuviera con ellos.

El soldado rubio, con los pantalones metidos dentro de las botas, llevaba una porra de caucho negra adherida al cinturón con una presilla. No pude evitar quedarme mirando fijamente aquel intimidante artilugio.

El oficial se plantó delante de mí con las piernas abiertas y sacó del bolsillo de la guerrera una libretita negra. Empezó a pasar las páginas con ayuda del dedo pulgar.

—*Madame* Lisette Roux, supongo.

—¿Quién le ha dado mi nombre?

—Limítese a contestar. ¿Es usted *madame* Lisette Roux o no?

—Sí.

—Miré a Bernard de reojo, en busca de alguna pista o apoyo.

—Haga el favor de mirarme a mí —me ordenó el oficial.

Obedecí y me fijé en su piel aceitosa, que brillaba bajo la luz de la lámpara.

—El Estado alemán es sumamente culto, y valora la música y el arte. ¿Está usted de acuerdo?

—No lo sé.

Él frunció el ceño.

—Sabemos que posee algunas obras francesas, que, por derecho de victoria, pertenecen a Alemania. ¿Es eso cierto?

Desvié la vista hacia Bernard en busca de alguna pista.

—¡Le he dicho que solo me mire a mí! —gritó el oficial. Recuperó la compostura y prosiguió en un tono más conciliador—: La respuesta está en su corazón, *madame*, no en la cara del alguacil. ¿Es cierto que usted atesora cuadros?

—¿Quién le ha dado esa información?

Acribillé a Bernard con una mirada asesina. Esa rata asquerosa me había traicionado.

—Le digo que no hace falta que lo mire a él. *Herr* alguacil no nos lo ha dicho.

—Entonces, ¿cómo lo sabe?

—Entiendo que eso significa que admite ser la propietaria de los cuadros. —Hizo una pausa—. Admítalo en voz alta.

Noté cierta humedad en las axilas. Me quedé callada unos instantes; me negaba a seguirle el juego.

—Si me permite un consejo, *madame*, no es conveniente hacer esperar a *Herr Leutnant* —intervino el soldado al tiempo que emplazaba la mano sobre la dura porra de caucho.

Así que también hablaba francés.

—Sí, tengo cuadros.

—¿Cuántos?

191

—Tres.

Herr Leutnant consultó su libretita. Enarcó una ceja y frunció los labios.

—Quizá mi asistente pueda ayudarla a recordar el número con precisión.

El asistente sacó la porra de la presilla, despacio, sin apartar los ojos de mí. Después se dio varios golpes en la palma de la mano, que al instante se tiñó de color rosa.

—Siete.

—*Merci* —dijo el teniente, satisfecho—. Y ahora dígame dónde están.

—No lo sé.

No esperaba la bofetada del teniente. Sentí un intenso ardor en la mejilla. Bernard se encogió angustiado y dio un paso hacia delante, como si pretendiera protegerme de cualquier otro ataque.

—Será mejor que no intervenga, *Herr* alguacil. —El teniente carraspeó para aclararse la garganta—. ¿Desea colaborar, *madame*?

El soldado se acercó a mí con la porra alzada; el teniente lo detuvo con un leve gesto de su palma abierta.

—No somos crueles. Tiene una cara bonita. Sería una pena que... Démosle tiempo.

Aquel era el momento del que me había prevenido André, y también Bernard. La mejilla seguía escociéndome. Me la palpé con una mano temblorosa e intenté enfriarla. Bernard humedeció un trapo de la cocina con el agua de un cántaro; el teniente le dejó que me lo diera. Parecía un recordatorio de su consejo aquella noche en que entraron a robar en mi casa: «Esos cuadros no valen tanto como para poner su vida en peligro. Si es necesario, deshágase de ellos». Me esforcé por no llorar. No quería regalarles ni una sola lágrima.

Herr Leutnant alzó la cara y resopló hastiado. Dio media vuelta y se fijó en la cacerola con la humeante sopa de verduras. Hundió el cucharón, sopló para enfriar el caldo y dio un sorbo. «¡Ojalá se escalde la lengua!», me dije a mí misma.

—¡Ah, la cocina francesa, tan delicada y sabrosa!

Se sirvió un cucharón en uno de mis cuencos, apartó una silla y se sentó a la mesa, frente a mí. Mientras esperaba que se enfriara la sopa, alzó las piernas y apoyó las botas embarradas encima de una silla que tenía al lado, luego empezó a tamborilear los dedos sobre la mesa. Me irritó muchísimo que se sintiera dueño de mi casa. De nuevo se repetía la historia, como habían hecho los soldados prusianos en casa de Pissarro en Louveciennes.

—No está mal, *madame*. ¿Cómo se llama esta sopa?

—*Pistou à la provençale*. —Pronuncié las «p» con rabia, como si fueran balas dirigidas a él.

Encendió un cigarrillo.

—Si se niega a decírmelo, me veré obligado a contárselo a mi capitán, que tiene un apetito voraz por el arte, y que, además, es bastante violento.

Desprenderme de los cuadros solo por una pequeña tortura me parecía un acto de deslealtad. Pero ¿hasta qué punto me podía hacer daño esa porra? ¿Y si me desfiguraba el rostro? ¿Qué me aconsejaría André? Que me olvidara de los cuadros. Así me lo decía en su carta. Intenté reconciliarme con aquella posibilidad, con la pérdida del bodegón de Cézanne, de la joven con la cabra por el sendero de color ocre, del paisaje provenzal. Se me partía el corazón.

—¡Vaya! Por lo visto, no quiere dar su brazo a torcer. —Le hizo un gesto a su ayudante, que avanzó hacia mí con la porra alzada.

—La pila de leña. La pila de leña de la comunidad. —Notaba la garganta reseca, sin ninguna razón física aparente.

—Me gusta que comprenda nuestra posición. Mi capitán estará contento con el regalo. —Apagó el cigarrillo en el cuenco medio lleno de sopa y se levantó—. Llévenos hasta allí.

Permanecí anclada en la silla. El soldado me agarró por una axila y me obligó a ponerme de pie de un tirón. Fui hacia las escaleras, pero el soldado me barró el paso al instante.

—¿Puedo coger el abrigo?

—Déjela.

La voz que oí a mis espaldas era la de Bernard. Me volví justo a tiempo para ver que el teniente asentía con la cabeza.

Procuré alargar el trayecto desde mi casa a la pila de leña tanto como pude, pensando en los tejados rojos de Pontoise, en la cantera delante de la montaña Sainte-Victoire, en la joven

193

con la cabra, pidiéndole absurdamente que me perdonara, igual que se lo pedía a Pascal.

Era ya casi de noche cuando me detuve delante de la pila de leña y vi aquel espacio vallado casi lleno. El teniente iluminó el área con una linterna; el soldado empezó a levantar los troncos. Bernard seguía junto a mí, sin ayudar. Aunque parezca extraño, su actitud me transmitió cierto consuelo. El oficial podría haberle ordenado que se uniera a la labor de apartar la leña. Podía notar una silenciosa batalla de autoridad. Tras un rato, el soldado quitó el último tronco y alzó una enorme tela de lona.

Allí no había ningún cuadro. ¡Ni uno! Solo la lona sucia con la que André debía haberlos cubierto.

Desorientada y sin poder dar crédito a mis ojos, avancé tambaleándome para verlo mejor, y gemí angustiada.

—¡Han desaparecido!

El teniente enfocó la linterna directamente hacia mis ojos, lo que me provocó una ceguera total. Rompí a llorar.

—¿A quién más se lo había dicho?

—¡A nadie!

El teniente dio una patada a la lona.

—Ella no lo sabe —refunfuñó.

Con cara de fastidio, enfocó con la linterna a su ayudante, como señal de que era hora de marcharse.

—Estaremos en Apt, por si, de repente, se acuerda de algún otro lugar donde pueden estar los cuadros. Si al final descubrimos que lo sabe, le aseguro que lo lamentará. Buenas noches, *madame*.

Los tres bajaron la cuesta y me dejaron allí sola, entre los troncos esparcidos. Había perdido los cuadros. Me sentí fuera de mí. Emprendí el camino de regreso, trastabillando en la oscuridad. Me detuve en casa de Maurice y Louise, en lugar de ir directa a la mía, situada un poco más arriba. Entre sollozos les conté lo que había sucedido. Ellos insistieron para que aquella noche durmiera en su casa.

Sandrine me detuvo en la calle un domingo por la mañana, no mucho después de aquel desagradable incidente. Me dijo que tenía una carta para mí de Alemania.

—¡Alemania! ¡Dámela ahora mismo!

—No puedo. La oficina está cerrada. Es domingo. Tendrás que esperar.

Imposible. Las horas pasaban tortuosamente lentas. Deambulé por casa sin sosiego. Me estremecí. No podía conciliar el sueño. Prefería no hacerlo. No podía evitar soñar despierta, llena de esperanza.

El lunes, a primera hora, me entregó el sobre. ¡Era la letra de Maxime! ¡Estaba vivo! Con eso me bastaba de momento. Enfilé hacia casa con paso veloz, con la carta sin abrir prensada contra el pecho.

Contenía una hoja de papel, escrita con lápiz por ambas caras.

14 de marzo de 1943

Mi queridísima Lisette:

Estoy vivo. Soy prisionero de guerra en Stalag VI-J, un lugar llamado S. A. Lager Fichtenhein en Krefeld, que, por lo que me han dicho otros compañeros, está cerca de la frontera con Holanda. La vergüenza de ser prisionero, cuando pienso cómo murió André, combatiendo a mi lado, me ha impedido que te escriba antes. Tenía miedo de que no quisieras oír noticias de los vivos, solo de los muertos. Pero no puedo soportar que te angusties pensando si estoy vivo o no. E, igualmente cierto, no puedo soportar no saber cómo estás.

La muerte de André me ha destrozado. No hay palabras para expresar el dolor que siento por ti. Si alguna vez salgo de aquí, espero aunar el suficiente coraje para ir a verte…, eso si te parece bien, claro. Pienso en ti y en André todos los días, cientos de veces. A veces lloro, pero eso no es bueno para la moral del resto de los prisioneros en mi barracón, así que intento controlarme.

Hago trabajos forzados en una mina de carbón durante diez horas al día; vivo dos meses seguidos en un campamento minero, y luego me envían dos semanas al Stalag VI-J para que me recupere. En invierno no veo nunca la luz del sol, y el frío del suelo húmedo se cuela a través de las suelas ajadas de las botas. Odio mi cuerpo sucio; de hecho, me odio a mí mismo. Pienso en Pascal, cuando trabajaba en la mina de ocre, pero él trabajaba para extraer belleza. A mí, en cambio, me atormenta el pensamiento de que cada trozo de carbón que excavo servirá de combustible para los trenes que traen más prisioneros. Lo que más tememos es no estar lo bastante fuertes como para trabajar. Si no podemos trabajar, no nos dan de comer. De momento, me las apaño.

Nos dan una hoja de papel, un sobre, un lápiz y un sello una vez por semana en los barracones para escribir una carta. No podemos escribir cartas mientras estamos en el campamento minero, pero toda la semana, en el barracón, enmarco mis frases para mi madre y las memorizo porque solo tenemos quince minutos para escribir. Para que no sufra, la avisé de que me saltaría su carta una semana para escribirte a ti.

Mientras pueda rezar, rezaré por ti y por André. ¿Puedo atreverme a esperar que tú reces por mí?

Affectueusement,

MAX

¡Vivo! ¡Gracias a Dios! Derramé unas enormes y emocionadas lágrimas llenas de tristeza. Prisión. Penurias. ¿Qué se había visto forzado a hacer para seguir vivo? ¿No ofender a sus captores? ¿Mostrarse amable para que no le pegaran un tiro por alguna mirada involuntaria o por no ser capaz de trabajar lo bastante rápido? ¿Lamerle las negras botas altas a un guardia? Se me disparó la imaginación. ¿Dormir sobre el barro? ¿Comer hormigas? ¿A qué vergüenzas lo habían expuesto? ¿Tragarse su propia orina? Después de mi encuentro con *Herr Leutnant*, odiaba imaginar peores torturas.

¿Cómo habría reaccionado André ante tal trato, si sus destinos se hubieran intercambiado? ¿Habría tenido la fuerza para soportarlo? Odiaba pensar en eso.

Releí la carta. ¿Qué podía hacer por él? Agarré mi lista y, con una letra temblorosa por la emoción, añadí:

13. Hacer algo bueno por Maxime.

Capítulo veinte

Un final y un principio

1943-45

Sentí una incontenible necesidad de volar sobre Rosellón, como Bella hizo en Vitebsk, y proclamar: «¡Maxime está vivo! ¡Mi buen amigo está vivo!». Pero había cinco *roussillonnais* cuyos hijos habían muerto, y más de una docena que estaban en campos de prisioneros de guerra. Sus nombres habían quedado inmortalizados en la pared del ayuntamiento, justo debajo de «SOLDADO ANDRÉ HONORÉ ROUX».

Con todo, me resultaba imposible contener la alegría. Tenía que decírselo a alguien. Invité a Maurice y a Louise a mi casa después de cenar para tomar un café de rosa mosqueta, consciente de que ellos también podían tomarse ese mal sucedáneo en su propia casa. Preparé una masa con almendras y bellotas pulverizadas y la mezclé con un poco de la leche de *Genoveva*, un huevo de *Kooritzah*, y la miel de Maurice como edulcorante para hacer un pudin, con un limón para cortar la leche. No se solidificó; se parecía más a una sopa con grumos, pero Maurice gorjeó: «¡Delicioso!».

Se lamió los labios como un niño pequeño, alzó su regordete dedo índice y concluyó:

—Es suave, deja un agradable sabor a frutos secos en el paladar, y tiene una personalidad propia.

Tras aquel comentario halagador, solté mis felices noticias.

Los dos me abrazaron al instante.

—*C'est bieng!* —exclamó Maurice.

—*Grâce à Dieu* —suspiró Louise.

—Cuando disponga de un poco de lana, ¿me enseñarás a

tejer calcetines? Quiero enviarle un par de calcetines bien calentitos.

Inmediatamente, Maurice se alzó los pantalones y mostró sus cortas pantorrillas.

—¡Mira! ¡Me los tejió antes de la guerra, y todavía están la mar de bien! —Se puso de pie y caminó en círculo, mostrándolos con orgullo—. ¡Los mejores calcetines de Rosellón!

Solté una carcajada, y caí en la cuenta de que hacía mucho tiempo que no reía.

—Pero esos no son los mejores zapatos en Rosellón —alegué yo.

Llevaba las suelas atadas al zapato con un cordel; asimismo, empleaba otro cordel en lugar de cordones.

—¡Espera un momento! —Subí a mi habitación y volví a bajar con un puñado de zapatos. Los de André eran demasiado estrechos, pero el único par de Pascal sí que le iban bien a Maurice.

—Será un honor llevar los zapatos del mejor jugador de petanca de Rosellón. O, por lo menos, del hombre que creía que era el mejor.

Se puso de pie, sacó pecho, se colocó en la posición, dobló las rodillas y fingió que lanzaba una bola; corrió unos pasos y señaló hacia la bola imaginaria que había derribado y apartado de la pista, entonces alzó ambos brazos en señal de victoria.

—¿Lo veis? Llevo los zapatos de un ganador. A partir de ahora, siempre seré un ganador. —Una amplia sonrisa hinchó sus mejillas redondas y extendió los brazos al máximo—. Hoy, tú y yo tenemos más que motivos para ser felices.

¡Vivo! No podía dejar de repetir la palabra mientras deshacía otra fila de puntos del suéter de lana recién lavado de André. Quería estar sola, mientras cometía aquel acto de profanación. Parecía un final más que definitivo, como si desmontara nuestra vida juntos, hasta que ya no quedara nada. Sin embargo, a medida que iba deshaciendo la lana rebelde punto por punto, tuve la certeza de que André querría que hiciera lo que estaba haciendo. El olor a lana húmeda tensada entre los respaldos de las dos sillas resultaba reconfortante y acogedor; solo esperaba que los nuevos calcetines le transmitieran los mismos sentimientos a Maxime.

Mientras tanto, mi mente estaba plagada de preguntas respecto a él. ¿Lo habían herido? ¿Estaba sano? ¿Comía bien? ¿Se sentía animado o desesperado? ¿Podía dormir profundamente? ¿Vivía momentos de paz? ¿Se había endurecido su afabilidad natural y se había vuelto un tipo amargado? ¿Recuperaría algún día su amor por la vida?

Escribí con el corazón, sin un ápice de censura.

21 de abril de 1943

Mi querido, queridísimo, Maxime:

¡Gracias a Dios que estás vivo! Imagínate mi inmensa alegría al recibir tu carta después de tres años de agonía, sin saber nada de ti. Piensa en esa alegría, y no pienses nunca en términos de vergüenza. Max, quiero que entiendas lo siguiente: no existe deshonor en el hecho de ser prisionero o de haber sobrevivido cuando otro ha muerto. No está en nuestras manos elegir el resultado de las circunstancias. No cargues con el peso de tal pensamiento. No te hará ningún bien. Es un falso sentimiento de culpa.

Cómo detesto que tengas que trabajar en una mina de carbón. Temo por tu salud. Por favor, piensa en nuestros tiempos felices, tú con tus camisas impecables, tu pañuelo de color marrón atado al cuello, tus pantalones con los pliegues tan marcados, y tus polainas blancas: la imagen del bienestar, sentado en la Closerie Lilas, hablando sobre las nuevas corrientes artísticas. ¡Cómo echo de menos esos días! Pero volverán. El hecho de haber recibido tu carta me ha convencido.

Los cuadros de Pascal no estaban en la pila de leña que André me había indicado en una carta. ¿Te habló de algún otro escondite? Me he propuesto la misión de recuperarlos. Este empeño me mantiene atada a Rosellón, donde voy tirando. Aquí he conocido a mucha gente buena.

¡Qué alivio saber que estás vivo! Aférrate a la vida con todas tus fuerzas. Ya verás que el final será feliz. Te escribiré de nuevo. Algún día soleado te recibiré aquí, en Rosellón, con los brazos abiertos. ¡Aguanta!

Affectueusement,
LISETTE

199

En otoño recogí uvas para *madame* Bonnelly, una robusta mujer de mediana edad de manos curtidas y brazos tan fuertes como los de un hombre. Mientras yo recogía las uvas de una fila, ella recogía las de dos, y llenaba la cesta en forma de cono que cargaba a su espalda en cuestión de minutos. Cuando la vi cargar cajas de uvas en ambas caderas, sentí pena por ella, en su intento de mantener la actividad en el viñedo sin su esposo. Solo había contratado a un refugiado para que la ayudara, *monsieur* Beckett, al que ella llamaba Samuel de forma maternal. Hablaba francés con acento irlandés; pronunciaba algunas sílabas que debían ser átonas como tónicas. Maurice y Aimé Bonhomme solían reunirse con él debajo del roble, en los confines del viñedo, y hablaban en voz baja. A veces, después de que pasara un avión por encima de sus cabezas, *monsieur* Beckett salía disparado del viñedo y los tres se montaban en el autobús de Maurice. Suponía que era para recoger la munición que el avión había arrojado.

Un día, mientras comíamos a la sombra del roble, le mencioné a *monsieur* Beckett que ya que necesitaba hacerse pasar por provenzal, debería pronunciar «bien» como «bieng», y «vin» como «ving», y que añadiera una «g» al final de cualquier otra palabra que acabara en «n».

—La «g» tiene que sonar nasal, y también ha de pronunciar la «e» final en palabras como si fuera otra sílaba. *Je par-le.* «Le», «le» al final —puntualicé—. Que resuene, pronúnciela con energía, con ganas. Decore las palabras. Imprímales arrojo. Cántelas.

Y él se puso a practicar.

—Cuando llegué a Rosellón hace seis años, el acento aquí me pareció feo. Ahora lo encuentro divertido —confesé—. Y otra cosa: sus zapatos. Cualquiera puede ver que sus zapatos son de París. Mañana le traeré las botas de mi marido para faenar en el campo. Están lo bastante rozadas y desgastadas como para que parezcan provenzales.

—¿Y él no las necesitará?

—No —me limité a contestar, pero él dedujo la verdad.

Tras unos momentos en silencio, me preguntó en voz baja:

—¿Tiene un estómago fuerte y un corazón aún más fuerte?

—Sí —contesté, algo dubitativa, recordando con vergüenza

cómo me había derrumbado ante la amenaza de aquella porra.

Él se sacó del bolsillo de la camisa dos páginas de la *Défense de la France*, un periódico de la *Résistance*.

—Por lo que sé, estas son las primeras fotos de la barbarie nazi en los campos —comentó.

Sentí una fuerte opresión en el pecho ante aquellas escalofriantes fotos de personas esqueléticas, hasta que, por suerte, las horrendas imágenes empezaron a nublarse ante mis ojos.

—¿Quiénes son?

—La mayoría, judíos.

—¿Son prisioneros en campos de concentración?

—No, en campos de exterminio. —Hizo una pausa mientras yo asimilaba el significado de la palabra—. Muy poca gente está al corriente de las atrocidades masivas, muchos creen que no puede ser verdad.

—Ahora lo creo.

—Además de proteger nuestra libertad y forma de vida, tanto si su esposo era consciente como si no, esta fue una de las razones por las que luchó. —Señaló una foto—. Y por la que seguimos luchando, en la clandestinidad; por la que estamos haciendo algo más que esperar impasibles debajo de este árbol a que Dios venga a salvarnos.

Entonces, André nos había estado protegiendo de «aquello», impidiendo que «aquello» sucediera en Rosellón. Enseguida comprendí la nobleza de lo que había hecho y me sentí orgullosa. Él había aceptado su sitio en un cuadro más amplio, sin las reticencias que yo había sentido.

Monsieur Beckett dobló las páginas y se las guardó en el bolsillo de la camisa. Yo reanudé la labor de recoger uvas sin lograr concentrarme en lo que hacía, con manos temblorosas, aliviada de que Marc y Bella hubieran huido, aunque quizá nunca sabría si habían conseguido ponerse a salvo. Si ellos estaban al corriente de que «aquello» estaba sucediendo, y de que tenían que huir para salvar sus vidas, qué gran corazón había demostrado Marc, dedicando tiempo a pintar un cuadro para mí mientras el peligro acechaba, y qué gran muestra de amistad me había brindado Bella, molestándose por conseguir la dirección de un amigo en París que, a lo mejor, algún día, podría ayudarme.

¿Cuántos miles, quizás incluso cientos de miles, estaban sufriendo, muriendo sin esperanza en ese mismo momento? Aquella noche, bajo un cielo negro, la vieja luna triste brillaba sobre la crueldad de los humanos. ¿Qué debería haber pensado? ¿Y qué debía haber pensado Dios? ¿Hasta qué grado debía haberse sentido decepcionado con el ser humano?

¿Qué podía hacer? Recordé el discurso del general De Gaulle, que Louise había rescatado y colgado en la ventana de su peluquería. «Invito a todos los franceses, dondequiera que se encuentren, a unirse a mí en la acción, en el sacrificio y en la esperanza.» Con toda la piel requisada por parte del Gobierno de Vichy, que después la enviaban a Alemania, había mucha gente como Maurice que caminaba por ahí con los zapatos remendados. Después de darle a *monsieur* Beckett las botas de trabajo de André, todavía me quedaban tres pares de zapatos. Me quedé un par para usarlos en el huerto cuando estuviera embarrado, y para limpiar la porquería de la caseta del lavabo, y llevé los otros dos pares y dos cinturones de piel al ayuntamiento. Aimé Bonhomme estaba solo en la oficina. Me saludó afectuosamente y me preguntó qué tal estaba.

Le contesté que me las apañaba como podía. Luego le entregué los cinturones junto con los zapatos y le pedí:

—¿Se asegurará de que los reciba algún refugiado o algún granjero necesitado?

—Es usted muy generosa.

Me quedé pensativa un momento.

—Si usted, con cierto tacto, se lo propusiera a otras viudas, podríamos montar una caja de donaciones en el Ayuntamiento.

—Buena idea.

—Yo puedo colaborar. Quiero decir, que me gustaría hacerlo. No han de ser solo viudas las que contribuyan, ni tampoco solo zapatos y cinturones. Puedo hacer una ronda por el pueblo, ir de casa en casa. Incluso podría empezar ahora mismo.

Me volví hacia la puerta con un rápido giro y choqué con el alcalde Pinatel, que venía de la plaza. Me disculpé, pero él no lo hizo, pese a que había sido él quien se había cruzado en mi camino. Tampoco me saludó. Solo me miró de soslayo y jugueteó con los papeles que sostenía entre las manos.

—¿Ha encontrado ya los cuadros de Pascal? —preguntó con tosquedad.

Lo movía la curiosidad, no la compasión. Eso me irritó.

—No es asunto suyo, *monsieur*.

Salí del ayuntamiento, preguntándome si había sido él quien le había ido con el cuento de mis cuadros al oficial alemán.

En cambio, apreciaba la bondad y la calidad de la compañía de *madame* Bonnelly. Por las tardes, Samuel y yo nos quedábamos a ayudarla a escribir las etiquetas que identificaban el vino como la cosecha de 1943. ¿Pasaría a la historia como la cosecha de la guerra? Samuel estaba seguro de que sí. Le pregunté qué hacía luego, por la noche, porque *madame* Bonnelly se acostaba pronto.

—Estoy escribiendo una obra sobre la espera.

—¿Solo sobre la espera? No parece muy interesante.

—Sobre la espera y sobre la crueldad.

Su comentario me hizo pensar en los campos, así que le pregunté a *madame* Bonnelly el nombre del campo de guerra donde estaba prisionero su marido, con la esperanza de que fuera el de Maxime, Stalag VI-J.

—Primero estuvo en XII-A, en Limburgo, un horrible campo de tránsito. Ahora está en XII-F, que se trasladó de Sarreburgo a Forbach, que es su ubicación actual. Mejor así. Trabaja en una fábrica.

—Mejor que extraer carbón en una mina bajo tierra.

—Cuando regrese y se ocupe de la viña, que es lo que le gusta, estaré tan feliz que no podré apartar los ojos de él ni un instante.

Admiraba el ánimo de *madame* Bonnelly. Al final de la vendimia, después de trabajar codo con codo todos los días, confiaba tanto en ella como para preguntarle si André había escondido alguna cosa en su finca. Me contestó que no, a menos que lo hubiera hecho antes de que su marido se marchara.

Me pregunté si algún día sería posible ir de casa en casa, por todo el municipio, formulando esa pregunta. Todavía no era una buena idea.

203

Υ

En aquella época, iba a la oficina de correos todos los días y regresaba a casa para referirle la desoladora falta de noticias a *Genoveva*; ella soltaba una suerte de compasivo balido a modo de respuesta. A menudo, me quedaba con ella, contemplando el valle, con la mano apoyada en su cuello, mientras intentaba resolver la peliaguda cuestión de la lealtad. Sentía una pena tan intensa por André que dudaba que algún día fuera capaz de superar su pérdida por completo; sin embargo, me moría de ganas de recibir una carta de Maxime.

Por fin, en noviembre, escribió.

> *Chère* Lisette:
>
> ¡Qué maravilla! ¡Menudos calcetines! Si fuera poeta, escribiría una oda a los calcetines tejidos por los adorables dedos de Lisette. ¡Mil gracias! Mi corazón te lo agradece, y mis pies también.
>
> Para combatir el aburrimiento, me ha dado por contar cosas. Es mi patético pasatiempo. Ciento veinte días de espera en la guerra falsa, un día de combate, seis días en un tren de ganado, veintiún días en aquel agujero del Infierno, Stalag XII-A, el campo de tránsito en Limburgo, y mil doscientos cincuenta y un días —de momento— como prisionero que lucha en una guerra particular e intransferible. ¿Cuántos días más?
>
> Seis barras horizontales en el montacargas de los mineros que desciende ocho plantas. Tres muertos por asfixia en la mina. Hago balance de mí mismo: diez dedos de las manos que no paran de trabajar, diez dedos de los pies sucios. Dos oídos que oyen pitidos. Un camillero que hay aquí dice que el ser humano tiene veinticuatro costillas. Yo puedo ver catorce de las mías sin dificultad.
>
> Ciento veinte hombres en mi barracón. Veinte barracones en este campo. Dos mil cuatrocientos hombres usando dos filas de trincheras como letrinas. Literas de tres pisos. Una estufa en el centro. Cuando el hombre que dormía más cerca de la estufa murió y nos pidieron a los prisioneros que lo sacáramos al patio a rastras, unos cuantos se pelearon con violencia por conseguir su litera. Apenas somos humanos.
>
> Por mi propio bien y por mi vida, háblame de París.
>
> *Bien affectueusemet,*
>
> MAX

204

¡Por el amor de Dios! Cerré los ojos y sentí una responsabilidad o, mejor dicho, una necesidad: ayudar a Maxime a remendar su alma herida. Estaba segura de que André habría querido que lo hiciera.

6 de diciembre de 1943

Cher Maxime:

Siguiendo la línea de tu pasatiempo, aquí tienes el recuento de París. Doce calles parten en forma radial de la plaza Étoile, como los radios de una rueda alrededor del Arco de Triunfo. Desde allí, trece calles cruzan los Campos Elíseos a través del Jardín de las Tullerías hasta la plaza Carrousel. Si cuentas cada puente por separado, desde el de Austerlitz al del Alma, hay veintiuno, creo. Podrás averiguar si tengo razón cuando regreses. Ahora intenta recordar los nombres de cada uno de ellos. Ocho conectan la isla de la Cité con las orillas, y otro puente pequeño conecta las dos islas. El Pont Neuf tiene cinco arcos en el tramo sur y siete en el tramo norte. ¿Sabes el número de las grotescas cabezas de piedra en ambos lados? La hermana Marie Pierre me hizo contarlas y describirlas. Hay más de trescientas ochenta. Increíble, ¿verdad? Seis columnas se erigen en la fachada del Panteón. ¿Cuántas en la iglesia de la Madeleine? ¿Son dóricas, jónicas o corintias? La hermana Marie Pierre me habría exigido una respuesta precisa.

¿Cuántos retratos de Suzy Solidor hay en el cabaré La Vie Parisienne? ¿Recuerdas que los contamos una vez, antes de que empezara el espectáculo? Treinta y tres, creo. Mi favorito es el de Raoul Dufy, por sus tonalidades azules. ¿Cuántos peldaños desde la plaza Saint-Pierre hasta la basílica del Sagrado Corazón? Diría que ochenta. ¿Cuántos vagones en el funicular de Montmartre? ¿Cuántas salas tiene el Louvre? Seguro que puedes contestar esta última sin vacilar.

¿Cuál es la distancia más grande: la profundidad a la que bajas en la mina o la altura a la que subiremos a la torre Eiffel cuando regreses? Contaremos todas esas cosas. ¡No te quepa la menor duda!

Al leer mi carta, Maxime tendría la impresión de que echaba de menos París, casi tanto como él. Me dolía no estar allí, pero también me dolía la seguridad, el bienestar en mi amada ciudad natal y el sufrimiento de sus habitantes, destinados a sufrir mucho más antes de que la guerra terminara.

Todo aquel recuento era absurdo, pero esperaba que le sirviera para mantener la mente ocupada, con recuerdos agradables, durante unos minutos. En realidad, no era más que un sustituto de lo que quería decir.

No obstante, la cosa más importante no se puede contar, Max. Estoy pensando en la sensación de la primavera en el aire, cuando florecen los tulipanes en el Jardín de Luxemburgo. Los colores brillantes de las figuritas de fruta de mazapán en los escaparates de las *confiseries*. La alegre melodía del organillo en la plaza Tertre, y los grititos de entusiasmo de los niños cuando el mono de cara blanca encaramado encima del organillo recoge las monedas. El olor a castañas asadas en los tenderetes callejeros en otoño, y la agradable sensación de calor que desprende el cucurucho de papel entre las manos. El leve olor a humedad, que no llega a ser desagradable, del Sena en las mañanas de niebla. La emoción de subir a la torre Eiffel después de la lluvia. El brillo de los adoquines, y en los tejados mojados de los edificios Haussman, con sus balcones de hierro forjado.

206

Mientras escribía, experimenté de nuevo la incontenible emoción de estar en la plataforma más elevada, con André a un lado y Maxime al otro; la mirada adorable en los ojos de los dos cuando el viento azotaba mi melena.

Deja de contar los días, Max. Mantén una lista mental de las cosas que querrás hacer cuando seas liberado, y te prometo que las haremos todas.

Bien affectueusement,
LISETTE

No soportaba decirle que, ese mismo año, en París, las autoridades alemanas habían quemado más cuadros degenerados; tampoco mencioné a *Herr Leutnant* ni el gran alivio que sentí cuando no encontró mis cuadros. Envié a Maxime mi ración de salchichas en conserva y una pequeña lata de paté. En Navidad, no usé mis cupones para la ración de carne porque quería comprarle una *terrine de canard*, más otra de *lapin*; seguro que Maxime apreciaría el gusto a oca y a conejo, aunque fuera en pequeñas cantidades. ¡Seguro que no servían paté en un campo de prisioneros! En el mismo paquete, le envié una bufanda de lana y unos guantes de piel. Y, en la misa de Nochebuena, encendí dos velas, una para dar gracias y otra con tristeza, y las llamas iluminaron mis lágrimas danzarinas.

Por suerte, la siguiente carta era menos desesperada.

4 de marzo de 1944

Chère Lisette:

Gracias por los recuerdos salvavidas de París, así como por la comida salvavidas. He reconocido la bufanda y los guantes; eran de André. Que me los hayas regalado es una muestra de tu generoso corazón, que espero que se cure con el paso del tiempo. Las dos prendas me ayudarán a soportar el invierno.

La Cruz Roja repartió paquetes de Navidad en los barracones. Me había perdido las dos últimas entregas porque estaba en el campo minero. He probado sardinas por primera vez en un año. Ocho en la lata, compartidas con mi compañero de racionamiento. Para celebrarlo, he decorado mi pequeña lata con una flor amarilla de diente de león. Parece el sol que apenas veo. A Van Gogh le habría gustado.

Un inglés que está en otro barracón ha escrito un cartel en tres idiomas y lo ha colgado en la letrina: «NO TIRÉIS CIGARRILLOS EN LA LETRINA, PUES SON INFUMABLES». Me ha hecho reír con ganas. Le he pedido a mi madre que me envíe libros de texto en inglés y en italiano, si puede conseguir alguno.

Un par de jóvenes «camisas pardas», miembros de las tropas de asalto que dirigen el campo, muestran, por lo menos, cierto grado de humanidad. He tenido algunas conversaciones interesantes con el guardia de mi barracón acerca de su hogar en Colonia y el mío en París. Al final hemos llegado a la conclusión de que las dos son catedrales espectaculares. Alguien que ama una catedral no puede ser malo del todo. He intercambiado veinte cigarrillos de la Cruz Roja con él por siete hojas de papel y un nuevo lápiz. Puedo imaginar tus cuadros por lo que André me había contado acerca de ellos, así que he decidido dibujarlos. Si son decentes, y puedo salvar los dibujos, te los daré cuando nos veamos.

Sería interesante entrevistar a este guardia dentro de diez años para ver qué es lo que piensa. A veces no pierdo la esperanza.

Très bien affectueusement,

MAX

207

En 1944, todo pareció precipitarse. Nuestros corazones latían esperanzados; nuestro amor por Francia crecía cuando presagiamos la llegada de los aliados. Pasábamos casi todos los días en el café para no perdernos ni un solo detalle de las noticias de la BBC. Odette, mi compañera incondicional en el café, y yo, nos agarrábamos las manos, conteníamos el aliento y rezábamos. Entonces, por fin, llegó el anuncio del Gobierno de Vichy, que transmitió la emisión estatal de Alemania a las siete de la mañana: había empezado el Día D. Los aliados habían desembarcado, pero serían aniquilados rápidamente, concluyó el locutor. Tuvimos que esperar más de dos horas para el boletín especial de la BBC, que confirmó el desembarco en las playas de Normandía. A pesar de las inestimables vidas perdidas, los aliados se abrían paso hacia el interior. Al mediodía, Churchill informó de que todo estaba saliendo según el plan.

Nos abrazamos, agradecidas. Durante todo el día, con los ojos humedecidos, no pude pensar en otra cosa que en esos hombres valerosos y en la matanza que estaba teniendo lugar en nuestras playas.

Durante los siguientes días, no hubo grandes progresos. La gente entraba y salía del café, preguntando si había novedades. La noche del 28 de junio nos enteramos de que las tropas norteamericanas habían liberado Cherburgo el día anterior. En el café estalló un grito de alegría. *Monsieur* Voisin no podía dejar de sonreír, ¡incluso me sonreía a mí! Presentíamos que el final estaba cerca.

Bernard entró y pidió una botella de champán y dos vasos. Avanzó hasta mi mesa y me sirvió un vaso.

—No creía que quedara ninguna botella de champán en todo Vaucluse —solté al tiempo que rechazaba la invitación. No quería darle ánimos.

—Necesito confesarle dos cosas —me susurró nervioso—. Me obligaron a escoltar a la patrulla alemana, y me ordenaron que llevara al teniente a su casa. No les dije nada acerca de los cuadros. Ya lo sabían.

—¿Cómo?

—No me gusta ser un chivato. Al ver cómo la trataban, me entraron ganas de estrangularlos. Gracias a Dios que fue sensata y cedió.

Pensé que no perdía nada creyendo su versión.

Al día siguiente, escribí a Maxime por si no se había enterado de la liberación de Cherburgo, y terminé con la frase: «Seguro que los aliados recuperarán París muy pronto». Solo esperaba que no censuraran la carta.

El 15 de agosto, un atardecer cargado de humedad, nos enteramos de que las tropas anfibias y los paracaidistas de los aliados habían desembarcado en las playas de Provenza, tal como ya habían hecho en Normandía, y que estaban combatiendo en las calles de Marsella. ¡Ah, mi querida Provenza! Si Cézanne supiera todos los esfuerzos llevados a cabo para salvarla...

Cuando se lo conté a *Genoveva* aquella noche, ella baló unas palabras de júbilo, de hecho, una frase entera. Estoy segura de que dijo: «Hemos entrado en la era del coraje».

Al cabo de unos días, Bernard llamó a mi puerta y anunció con autoridad:

—No se acerque a Gordes, con o sin Maurice. Es un caldo de cultivo de la *Résistance*, tanto en el pueblo como en el terreno de los maquis, la zona boscosa en las laderas del Mont Ventoux, donde se esconden los guerrilleros en sus correrías contra los movimientos de las tropas alemanas. Han atacado una patrulla alemana cerca de Gordes. Supongo que habrá represalias. Ya las hubo en Saint-Saturnin-lès-Apt, por los actos de la *Résistance*. Llevaron a los habitantes a la plaza mayor y los fusilaron. Por favor, quédese en casa, se lo pido.

—¿Cómo obtiene toda esa información?

—Es mi trabajo. Soy el alguacil del municipio.

En aquella ocasión, no flirteó. Me transmitió el mensaje y se marchó sin demora.

Al día siguiente, una explosión a lo lejos iluminó el cielo. Y luego hubo más estallidos. Con cada nueva detonación, yo hundía la cabeza de forma instintiva. Entre estruendo y estruendo, podía oír a *Genoveva*, que balaba sin parar. Salí al patio, pero me tambaleé por el impacto de las explosiones. *Genoveva* corrió hacia mí. *Kooritzah*, escondida en el gallinero, saltó como una loca al verme.

—¡Menudo carácter tiene esta gallina! Deja de aletear para que pueda cogerte.

La llevé dentro de casa y le atusé las plumas, con *Genoveva* pegada a mi lado.

—No pasa nada. Las explosiones están muy lejos.

Pero sí que pasaba. Los bombardeos continuaron durante toda la noche. Fui a la caseta del lavabo bajo un cielo naranja cargado de humo. El olor acre me provocó arcadas. Gordes ardía igual que había ardido el pueblo ruso de Marc y Bella. Sus habitantes. ¡Oh, no, sus habitantes!

Por la mañana, un manto de cenizas tan negras como la esvástica cubría el patio. *Kooritzah* no puso ningún huevo. *Genoveva* me siguió por el patio, dándome unos golpecitos con el hocico. Maurice pasó a verme, me dijo que no saliera de casa y se marchó corriendo.

Al día siguiente, los habitantes de Gordes recibieron la orden de quedarse en casa; de hecho, les amenazaron con matarlos si no lo hacían. Después, los cañones instalados en el monte Bel-Air empezaron a disparar proyectiles en una batalla sin cuartel. El resultado: unas veinte casas derribadas; sus inquilinos, muertos. Dinamitaron el castillo. Tomaron cinco prisioneros. Maurice se enteró de todo por Aimé Bonhomme, a quien se lo había contado un residente de Gordes que había logrado escapar a Rosellón.

La vida doméstica se alternaba con la tragedia. *Kooritzah* dejó de poner huevos. Consciente de que no era capaz de matarla para comérmela, Louise me aconsejó de que se la diera a cambio de comida. Aquello fue un duro golpe. *Kooritzah* se había convertido en una amiga. Con tristeza, seguí el consejo de Louise, e imaginé a Maurice saboreando la *fricassée Arlésienne* de Louise con cebollas, ajo, berenjenas y vino blanco.

Los *roussillonnais* estaban nerviosos. Aunque Maurice ya había hecho la conversión al gasógeno, solo conducía a Apt, que estaba en manos de los soldados alemanes guarnecidos allí. Con la ayuda de Louise, elegí una nueva gallina y la llamé *Kooritzah Deux*, pues no sabía cómo se decía «dos» en ruso.

Sin dar crédito a lo que veíamos, nos topamos con un tenderete en el mercado que tenía una altísima pila de lana que había sido enviada a Apt en un paquete de ayuda humanitaria desde Suiza y que había logrado llegar a su destino. La compramos toda. De vuelta en Rosellón, la repartimos entre todas las mujeres que Louise sabía que podían tejer. Todas trabajamos sin parar día y noche, y conseguimos enviar dos cajas de calcetines a la Cruz Roja de París para que los repartieran entre los prisioneros de los campos de guerra en Francia.

El 19 de agosto, la BBC informó de que la *Résistance* francesa había atacado el cuartel alemán en París. Maurice agarró la botella de vino para brindar, pero se le cayó al suelo y se rompió con un gran estruendo. Louise lo llamó patoso. Mélanie chistó para que callara, pues no quería perderse ni un detalle de las noticias.

El 25 de agosto, justo diez días después del desembarco en la Provenza, la BBC anunció en tono triunfal la liberación de París. Todos saltamos arrebolados de alegría. Nuestra Ciudad de la Luz volvería a brillar. Esperaba de todo corazón que Maxime se hubiera enterado de la noticia. De vuelta a casa, arrodillada a mi lado, *Genoveva* rezó conmigo por la liberación de los prisioneros, tal como santa Genoveva había hecho catorce siglos antes.

Pero no era el fin de la guerra. La contienda seguía en el sur y en los puertos del Atlántico, todavía en manos alemanas. Todo el territorio al este de París —Alsacia, Lorena y el Rin— tenía que ser reconquistado, y la ofensiva alemana en Bélgica, aplastada. La BBC la llamó la batalla de las Ardenas; aquella angustiosa lucha en la nieve duró más de un mes. Cada semana, los aliados se abrían paso hacia Alemania. El 29 de abril de 1945, el ejército de los Estados Unidos liberó un campo de prisioneros llamado Dachau.Un día después, Adolf Hitler se suicidó, aunque de eso nos enteramos más tarde. Al día siguiente, Aimé descubrió que el alcalde y *madame* Pinatel habían huido por la noche.

Durante una semana, en el aire se palpó la incredulidad, la tensión, la emoción y el alivio. Por consenso general de la mul-

211

titud congregada en la plaza del ayuntamiento, Aimé Bonhomme fue declarado nuevo alcalde. Él, Maurice y *monsieur* Beckett tenían la impresión de que pronto recibiríamos una magnífica noticia. Louise, Mélanie y yo no nos movíamos del café, pero Odette corría como una bala entre el café y la casa de su hija, para averiguar si Sandrine se había puesto de parto.

Louise y yo estábamos sentadas en la plaza del ayuntamiento cuando *monsieur* Voisin alzó al máximo el volumen de la radio en el mismo momento en que Aimé bajaba corriendo las escaleras del edificio consistorial y gritaba a través de un megáfono improvisado:

—¡Se ha acabado la guerra! ¡Francia ha sido liberada! ¡Europa ha sido liberada! ¡Hoy, 8 de mayo de 1945, es y será proclamado el día de la victoria en Europa! ¡La victoria en Europa! ¡La victoria en Europa!

La gente salió disparada de sus casas, con los brazos alzados, golpeando cazuelas y sartenes, gritando: «*Grâce à Dieu! Grâce à Dieu!*» con lágrimas en los ojos. Samuel Beckett llegó corriendo a la plaza y gritó: «¡Viva la justicia!», rodeado de una multitud entusiasmada, que no paraba de lanzar vítores. Me cogió la mano y seguimos a Aimé por todo el pueblo. El nuevo alcalde seguía pregonando a todo pulmón: «¡La guerra ha terminado! ¡La guerra ha terminado!». Le vimos arrancar las banderas con la cruz gamada colgadas en el arco gótico. Un muchacho que seguro que recordaría aquel acto el resto de su vida, lanzó una cerilla encendida sobre las telas. Por las calles, enemigos declarados se abrazaban, se besaban y bailaban. Las mujeres lanzaban al aire los paquetes de azúcar que habían ido almacenando; los hombres invitaban a los refugiados a las últimas gotas de licor que les quedaban.

Maurice condujo por el pueblo haciendo sonar la bocina del autobús al tiempo que gritaba: «¡Se ha terminado! ¡Se ha acabado la guerra!». Saltó del autobús y abrazó a Louise, la besó con pasión, la alzó en volandas y dio vueltas con ella. Luego se acercó a mí, me inclinó hacia atrás y me besó en ambas mejillas, derecha e izquierda, y otra vez derecha e izquierda, riendo y levantándome también en volandas, hasta que yo grité de emoción y reí y volví a gritar.

Odette llegó corriendo, gritando: «¡Es un niño! ¡Lo han llamado Théo Charles Franklin Silvestre! ¡De Gaulle y Roosevelt vivirán en Rosellón! ¡La vida de Théo empezará en paz!».

El primer llanto del bebé se entremezcló con los gritos de júbilo y las alegres y ensordecedoras campanadas de la iglesia, como si todos quisieran dar la bienvenida al recién nacido. Las campanas de Gordes, Apt, Saint-Saturnin-lès-Apt y Bonnieux respondieron a las nuestras con una alegría desbordante.

Nadie vio al alguacil.

LIBRO TERCERO

Capítulo veintiuno

Lo inexpresable

1945

*R*ecibí una carta, pero no valía porque era mi última epístola enviada a Maxime, con el sello de «DEVOLUCIÓN POR NO HABERSE PODIDO ENTREGAR». Aquello me provocó un estado de pánico. ¿Qué significaba, en realidad, que no se había podido entregar? No pude evitar pensar en lo impensable. Un accidente en la mina. O alguna atrocidad en forma de venganza durante los últimos días de la guerra. Escribí una carta apresurada a *monsieur le Chef d'État-Major de l'Armée*, solicitando información. Sandrine buscó la dirección en una guía postal.

Contrariamente a mi desasosiego, el ambiente general en Rosellón era optimista. La gente iba a los desfiladeros para ver mejor las largas filas de tropas alemanas derrotadas que se dirigían rumbo al este por el valle que discurría por debajo del pueblo. Unos maquis eufóricos y armados de la *Résistance* ocuparon posiciones estratégicas en los bosques de las laderas de los desfiladeros, y desde allí hirieron a varios soldados, lo que me pareció inadmisible, cuando me enteré en el café. Por lo visto, un francés que no iba armado era de la misma opinión. Me contaron que se había colocado entre la línea de soldados desarmados que se retiraban y los maquis armados y les había pedido que no dispararan. Al menos, eso se contaba en el café. La mayoría de la gente especulaba si había sido Aimé Bonhomme, pero él lo negó. Pensé que quizás hubiera sido Samuel Beckett.

Pese a la alegría porque se había acabado la guerra, no podía zafarme de la aflicción por la carta. Preparé una porción de queso y se la llevé a *madame* Bonnelly. La mujer cargaba una caja de madera llena de botellas de vino sin abrir apoyada en su ancha cadera; parecía que no pesara nada, como un cojín de plumas. Le mostré el sobre.

—¡Bah! No te asustes, *minette*.

Sacó una pila de sobres que había recibido con el mismo sello y me los mostró. Aquello descartaba un accidente en la mina.

—El caos debe de ser tremendo en los campos —comentó—. Es probable que los aliados hayan empezado a trasladar a los prisioneros a otro lugar más saludable. No llenes de preocupaciones esa linda cabecita con ese corte de pelo parisino. Todo saldrá bien.

Su explicación borró cualquier temor de mi mente.

Agarró el cuello de una botella con el índice y el pulgar y la sacó de la caja.

—Toma. Llévatela. Para celebrar la paz. Y si mi marido no ha regresado antes de la vendimia, cuento contigo, ¿de acuerdo?

Así que esperé. Todos los días iba a la oficina de correos y sostenía al pequeño Théo en brazos mientras Sandrine distribuía las cartas. A menudo coincidía con *madame* Bonnelly, aquella fornida mujer de corazón fuerte, que iba a correos por el mismo motivo. «¿Hay noticias?», preguntaba siempre; cuando yo sacudía la cabeza, ella alegaba con un ánimo sorprendente: «¡Seguro que pronto recibirás la carta que esperas!».

Y así fue.

4 de junio de 1945

Chère Lisette:

Perdona que haya pasado tanto tiempo sin escribirte. A finales de 1944 cerraron Stalag VI-J, y nos trasladaron a otro campo, donde estuvimos durante varias semanas o meses.

Obedecí tu orden y no conté los días. Allí no había posibilidad alguna de escribir cartas.

Ahora estoy en París, nuestra querida ciudad. ¡Todavía existe! ¿Te imaginas el raudal de emociones cuando me apeé del tren y la vi con mis propios ojos? Procesaron mi readmisión en la estación de Orsay, con un retrato de Charles de Gaulle que nos daba la bienvenida, junto con los panecillos que nos ofrecían unas jóvenes voluntarias. ¡Increíble! A los repatriados nos alojaron en el Hôtel Lutetia, para que nos recuperáramos. Aquellos salones elegantes, con las paredes afeadas por las cruces gamadas y los eslóganes nazis, enturbiaron mi felicidad, pero no lograron destruir París. ¡Por fin libre!

Yo era solo uno de los miles de prisioneros hospedados en el hotel. Algunos eran apenas unos esqueletos lastimosos, hombres aturdidos que habían sobrevivido a campos peores que el mío. La oficina de repatriación hacía todo lo posible por nosotros, pero, dado que mi estado físico no se consideraba crítico, me dejaron marchar rápidamente. Ahora estoy en casa de mi madre, donde ella se ocupa de cebarme con más comida de la que mi estómago reducido es capaz de soportar. Me malcría y no me deja en paz ni un solo instante. No puede entender mi estupefacción por la increíble diferencia entre su bonito piso y los barracones. Echo muchísimo de menos a mis compañeros de prisión y me pregunto dónde estarán viviendo.

Iré a verte cuando pueda. Por favor, no te angusties si tardo.

Très bien affectueusement,

MAX

219

Les enseñé la carta a Louise y a Maurice. Cuando *madame* Bonnelly me comunicó que su marido había regresado, también se la mostré a ella. La mujer me dio un abrazo tan fuerte que me cortó la respiración. «¿Lo ves? ¡Ya te lo decía!»

A lo largo de los siguientes meses, otros catorce prisioneros de guerra regresaron a Rosellón. El alcalde Bonhomme colgaba una nota en el ayuntamiento cada vez que llegaba uno, así que estuve muy atareada ordeñando a *Genoveva* dos veces al día, elaborando *chèvre* y requesón con el suero, usando limón para cuajarlo, y llevándolos a *madame* Bonnelly y a las otras catorce casas como regalos de bienvenida. ¡Qué ilusión tan grande!

En noviembre, unos golpecitos sonaron en la puerta, como si llamara un niño. No tenía miedo. Quizá fuera Mimi. Abrí la puerta y vi a un desconocido esquelético, tan quieto como una estatua.

Maxime.

De repente, me flaquearon las piernas. Permanecí petrificada en silencio, frente a aquella presencia. Ninguno de los dos podíamos articular ni una palabra. En aquel momento, me bastaba con oír su respiración entrecortada. Nuestras mutuas reservas nos mantenían inmóviles, pese a la inmensa alegría y alivio que me embargaban.

—Pasa.

—No estaba seguro de si querrías tener relación con un prisionero de guerra. Francia necesita héroes, no espectros de derrota.

Reconocí la voz, pero su tono era de sumisión.

—Cada hombre que ha combatido es un héroe, Maxime. Él atravesó el umbral.

—¿Incluso los que luchamos un solo día?

—Tú has luchado cinco años.

Sus labios se fruncieron en una fina línea, como si mi comentario le hubiera tocado la fibra.

Cerró la puerta y nos fundimos en un abrazo. Nuestros corazones, pegados, latían de forma desbocada. La respiración acelerada se nos escapaba por los labios, y nos humedecíamos la cara el uno al otro con nuestras lágrimas.

—Deja que te mire —murmuró él, y se apartó un paso.

Entonces, con voz muy suave, dijo:

—Estás preciosa, Lisette.

Los antiguos contornos rellenos de su cara se habían reducido a la mínima expresión. El músculo y la carne se le habían fundido sobre los protuberantes huesos, apenas cubiertos por una fina capa de piel amarillenta. En el cuello se le marcaban tanto los tendones que parecía que se le hubiera disuelto una capa interna de piel. En sus ojos, hundidos como si intentaran apartarse de todas las atrocidades que habían presenciado, se plasmaba la huella imborrable del campo de prisioneros.

—Sí, Lisette, estás preciosa. Con el pelo corto. Como Kiki. Un corte chic. Me gusta.

Con Max de pie en el centro de la estancia, la casa, que había estado tan vacía durante cinco años, cobró vida. Me avergoncé de no poder ofrecerle un poco de confort: apenas tenía un incómodo sofá de madera y unas sillas con respaldo de listones. Rápidamente, bajé del piso superior todos los edredones y las almohadas de las camas, y los distribuí delante de él para que se sentara donde quisiera. Con una alegría incontenible, preparé un *café crème*, una tortilla rellena de queso de cabra, zanahorias hervidas y pan. Él seguía todos mis movimientos.

—La nata y el queso son de mi cabra, *Genoveva*, santa patrona y protectora de París.

Sonrió por el comentario. Me fijé en que tenía un diente roto y que le faltaban otros dos. Con todo, su sonrisa me dio esperanzas sobre su recuperación.

Pronunciamos las frases típicas: «Cuánto me alegro de verte»; «Qué bien que estés en casa». Unos comentarios vacíos, solo para romper el hielo. Mientras Maxime comía con una gran parsimonia, nos dedicamos a asimilar la presencia el uno del otro.

Con la misma lentitud, nuestros dedos se acercaron a través de la mesa, hasta que se rozaron en un tierno instante, para sentir la piel del otro. Sus nudillos sobresalían como los picos de una cadena montañosa. Alguien, una mano inexperta, le había cosido una fea cicatriz de color malva en la palma. Deslicé el dedo índice por encima. Sin pestañear, él me la mostró como una prueba de su reciente pasado.

Me aventuré a preguntarle:

—¿Cómo perdiste los dientes? ¿Te importa hablar de ello?

—Te aseguro que no me los rompí porque me cayera rodando por las escaleras de mármol del Lutetia.

—Supongo que fue por otro motivo mucho peor.

—Los miembros de las tropas de asalto que dirigían el campo maltrataban a los prisioneros más débiles. Día tras día, encontraban la forma de satisfacer su sadismo. Perdí los estribos cuando vi que uno de ellos le daba una paliza a un hombre enfermo que no se sostenía en pie. El prisionero había vomitado, y el guardia le obligó a comerse su propio vómito como un perro. Fue otro acto de crueldad, uno de tantos. Le insulté y le dije que dejara al pobre hombre en paz, que respetara el Convenio de Ginebra, que habíamos aprendido durante el entrenamiento. Me golpeó en la boca con la culata del fusil.

Lo contó sin rencor, como si tal cosa. Yo intentaría mantener la misma actitud cuando le relatara mi encuentro con los alemanes.

—Ya sé que no es agradable a la vista, pero hay una larga cola de espera en París, para que te visite el dentista. No podía esperar tanto tiempo a verte.

—¡A eso me refería precisamente con lo de ser un héroe! Defendiste a un camarada, sin ir armado. Los dientes que te faltan son una muestra de tu valerosa resistencia.

—O la marca de mi estupidez.

—No, Maxime. No hables así.

Cuando terminó de comer, dijo:

—He venido a contarte lo que pasó. Tienes derecho a saberlo.

—Cuéntame solo lo que sientas que puedes contarme, que no te duela.

Ante mi muestra de apoyo, Maxime se quedó sin habla. Aspiró hondo para recuperar el aliento y apartó la vista de mí, como si reconstruyera la escena de la batalla, tal como debía de haber hecho cientos de veces.

—Estábamos desplegados al norte de la Línea Maginot, formada por fortificaciones de hormigón. Solo había cuatro puestos antitanques en un kilómetro donde debería haber habido diez. Y solo quedaba una única batería antiaérea en toda el área.

Se me hizo muy extraño oírle hablar de asuntos militares.

—Desde nuestra posición allí arriba, en el bosque de la Marfée, gozábamos de una espléndida vista del río Mosa, que brillaba bajo los primeros rayos del sol.

En su forma de exponer los hechos, detecté un vestigio del Maxime que conocía.

—Aquella mañana, 13 de mayo, los bombarderos alemanes (los llamados Stuka) iniciaron un ataque masivo; cientos de ellos, Lisette, rugiendo de un modo atroz sobre nuestras cabezas. El cielo se cubrió de aviones que se precipitaban hacia el suelo; el aullido ensordecedor de sus sirenas por encima del ruido de los motores nos destrozaba los nervios. Cuando caía una lluvia de bombas, nos echábamos al suelo, en las trincheras, sorprendidos de que hubieran estallado a un kilómetro de distancia y que pudiéramos sentir el impacto a través de la tierra. Las explosiones eran tan continuas que no había ni un momento de tregua. El ataque aéreo se prolongó todo el día. Tras cada nueva explosión, nos maravillábamos de seguir vivos, aunque teníamos la angustiosa certeza de que el siguiente impacto supondría el fin de nuestras vidas.

»Nada nos había preparado para la intensidad de aquel ataque. Unos cuantos hombres en nuestra sección empezaron a correr hacia la retaguardia. Un tipo lloraba. Todos estábamos aturdidos, agachados en el terraplén o alzándonos imprudentemente para disparar con la ametralladora a un bombardero que caía en picado, o incluso quizá para disparar con el fusil al piloto, con ganas de ver cómo una esvástica negra se estrellaba contra el suelo.

Entonces, en un tono más suave, dijo:

—Para bien o para mal, durante aquellas horas agónicas, nos transformamos de un modo que nada tenía que ver con nosotros, lejos ya de nuestra personalidad.

»André y yo no nos perdíamos de vista ni un instante, mientras gesticulábamos hacia el cielo, preguntándonos por qué nuestros aviones no nos defendían. Sin defensas aéreas, todos estábamos aterrorizados. Fue nuestra primera sensación de derrota.

Suspiró un momento. Entornó los ojos, recuperó el aliento y prosiguió:

—Tan pronto como se mitigaron los bombardeos, las tropas alemanas iniciaron el ataque, con botes inflables por el río. Obtuvimos buenos resultados; sin embargo, hubo varios que lograron cruzar. Los soldados que iban en los botes empezaron a construir un puente flotante para que los tanques Panzer pudieran atravesarlo. Sacrificaron a su infantería, ofreciéndonos más objetivos de los que podíamos abatir.

Me dolió que Maxime se refiriera a seres humanos como «objetivos», y a matar como «buenos resultados».

—Uno a uno, sus disparos destrozaron siete búnkeres a nuestra izquierda. Las explosiones estaban cada vez más cerca. Entonces, tal como habíamos temido, apareció una línea de tanques Panzer, que llevaban pequeños cañones montados. Por lo visto, habían cruzado por el norte sin ser vistos y se dirigían hacia nosotros a lo largo de la cresta de la montaña; otra línea se acercaba por el sur. Sus proyectiles de largo alcance abrían unos impresionantes boquetes.

223

Maxime perdió la compostura. Necesitó tomarse un buen rato antes de poder continuar.

—Se nos echaban encima en todas direcciones, por detrás también, tan cerca como para lanzar granadas. A duras penas daba crédito a mis ojos cuando explotó el búnker a nuestra derecha. El proyectil acertó de lleno, arrojando metralla y lanzando cuerpos por el aire. Otro proyectil impactó en nuestra propia trinchera. Los afilados pedazos metálicos se clavaron en la piel. Nuestros amigos...

Se detuvo y sacudió la cabeza con vehemencia, como si intentara borrar un recuerdo. Ni él ni yo nos movimos, mientras él aunaba el coraje para continuar.

—Vine aquí con la intención de contártelo todo.

—Puedo esperar.

Pasaron unos segundos que se me hicieron muy largos. Con la vista fija en el suelo, Maxime prosiguió:

—Yo estaba disparando la ametralladora de nuestra sección, montada sobre un trípode, por lo que tenía que alzar la cabeza para mantener el cañón por encima de los sacos de arena. André estaba cargando la munición y podía estar más protegido, en la trinchera. Habíamos estado intercambiando nuestras posiciones porque una era más peligrosa que la otra. Era en vano, pero, de todos modos, seguíamos luchando. Una granada fue a parar justo a su derecha; yo estaba situado a su izquierda.

La voz de Max se tensó y adoptó un tono más agudo.

—Su cuerpo me sirvió de escudo.

Dejé que llorara en silencio hasta que recuperó la compostura.

—Los fragmentos metálicos afilados...

Mostró la cicatriz de la mano. Sufrió un ataque de tos. Le llevé un vaso de agua.

—El teniente levantó la bandera blanca. Al final cesaron las explosiones. Yo escupí tierra y le dije a André: «Aguanta. Se ha terminado. Aguanta».

—Él intentaba decir algo. Lo único que entendí fue tu nombre, Lisette.

Un escalofrío me recorrió la espalda.

—Él... Yo...

Su rostro se retorció con aflicción. De nuevo, por unos momentos, fue incapaz de hablar.

—Todos tiramos las armas al suelo. Nos ordenaron que saliéramos de las trincheras y camináramos hasta campo abierto. Luego nos obligaron a tumbarnos en el suelo, en filas. Tuve que dejar a André allí, tumbado. Hice un gesto a un soldado alemán para que me diera permiso para volver con él. Él asintió y me acompañó, sin dejar de apuntarme con su fusil en todo momento. Busqué en las ropas de André cualquier objeto que pudiera quedarme. Nuestra sangre se mezcló.

Maxime depositó en mi mano un trozo de papel doblado y ajado, marrón por la sangre reseca. Contenía una sola línea:

Mi querida Lisette, mi único amor, mi vida.

—Basta por hoy —murmuré.

Subimos las escaleras y le enseñé a Maxime la habitación de Pascal. Cuando por fin su respiración se sosegó y se quedó dormido, fui a mi cuarto, abrumada por las imágenes que habían llegado con sus palabras.

Me desperté con unos gritos que provenían de la habitación contigua. Corrí para estar con Maxime. Le inmovilicé los brazos, que agitaba como aspas. Intenté calmarlo.

—¡Acaba! —gritaba él en la cama, removiéndose inquieto—. ¡Acaba...!

El resto de la frase quedó amortiguado, pues hundió la cara en la almohada.

—¡Despierta, Max, despierta! Solo era un sueño. Tranquilo, estás a salvo. Estás conmigo, con Lisette.

Las palabras me parecían inadecuadas para borrar sus visiones, así que le alcé la mano y me la llevé a la mejilla. Maxime empezó a temblar. Por fin despierto, dobló las piernas en posición fetal y gimoteó.

Le acaricié la cabeza, la frente.

—Chis, Max, ya ha pasado. Cálmate.

—¿Que me calme? ¡Me he pasado cinco años en el Infierno, rabiando por no poder combatir en la guerra y no poder vengar la muerte de André! ¿Y esperas que lo olvide todo y que me calme?

225

Maxime se atragantaba con unos sollozos cargados de inquina; me sentí avergonzada por mi comentario, tan banal. Había relegado su batalla interna a una mera pesadilla infantil. Me senté en la cama, me incliné sobre él, lo abracé y esperé que la proximidad de mi presencia aquietara su congoja.

Al cabo, su respiración se tornó más pausada, vencido por el agotamiento. Fui en busca de una silla y me senté al lado de la cama, para vigilarlo durante la noche, combatiendo mi propia pesadilla. La habitación estaba totalmente a oscuras. No alcanzaba a ver los límites del espacio, ni el fin del dolor, ni siquiera una pausa a tanta tristeza.

Contemplé la estrella del alba, con su titilante luz pálida: iluminaba el cielo gris antes del amanecer. La pesadilla de Maxime debía de haberlo dejado agotado, pues durmió hasta bien entrada la mañana. Cuando bajó las escaleras, con un paso titubeante tras otro, me miraba con timidez, como si dudara de si querría verlo.

226

—Ven, siéntate. —Le serví una bebida humeante—. Está hecho a partir de escaramujos. Aquí, la rosa mosqueta crece silvestre. Es delicioso, con un chorrito de leche de cabra.

Su frágil sonrisa me indicó que apreciaba mi parloteo.

—Me siento abrumado por mi comportamiento de anoche. Pensé que podría controlar las emociones, pero, al contarte lo que pasó, todo volvió a aflorar.

—No te atormentes, Max.

—¿Grité mucho, entre sueños?

—Sí.

—¿Y dije algo?

—Solo acerté a entender: «Acaba». El resto lo pronunciaste con la cara hundida en la almohada.

—Supongo que no sabías a qué me refería, ¿verdad?

—No.

Maxime se inclinó hacia mí, a la espera de que yo lo dedujera, transmitiéndome con la intensidad de sus ojos las pistas necesarias para comprenderlo.

—Me pidió que le ayudara a descansar en paz, Lisette, el golpe de gracia. Me pidió: «Hazlo».

El resto de la súplica de André explotó con una repentina claridad: «Acaba con mi sufrimiento».

—No había tiempo para cuestionar si era lo correcto o no. Los alemanes se nos echaban encima. Aquel era el momento de hacerlo. No podía soportar la idea de dejarlo allí, sufriendo. La bandera blanca se alzó. Los soldados enemigos nos ordenaron que saliéramos con los brazos en alto. Si me hubiera quedado con él, hasta que se hubiera muerto...

—También te habrían matado a ti.

Supongo que subí a mi cuarto para estar sola, porque, de repente, me vi tumbada en la cama en un estado de conmoción. Lentamente, a mi mente acudieron nuevas imágenes, crudas, vívidas, inexpresables. Bregué con la pregunta: «¿Cómo fue capaz?». Me enfadé y me hundí en las olas de dolor de aquel mar cargado de furia. Al cabo, conseguí llegar a la orilla y aferrarme al pensamiento que necesitaba: por más horrible que fuera, la acción de Maxime había hecho fácil el final de André. Era un acto de amor. En aquella decisión tomada en una milésima de segundo, el alma de Maxime había iniciado un oscuro viaje. Debía estarle agradecida por ese instante de amor.

Lo encontré sentado en el sofá, inclinado hacia delante, con los codos en las rodillas y la vista fija en el suelo. Al detectar mi presencia, se le aceleró la respiración, pero no levantó la vista.

—Debes odiarme. Tienes motivos de sobra.

Me senté delante de él y lo rodeé con mis brazos.

—No, Max. ¿Cómo iba a hacerlo? André habría muerto de todos modos. Tú cumpliste su último deseo.

—¿Crees que ser prisionero fue mi castigo?

—No hay castigos para los actos de misericordia, Max. Fue un momento de gracia entre amigos. Tú sacrificaste tu paz por él. Gracias.

Maxime no rompió a llorar desconsoladamente. No emitió sonido alguno, solo una lágrima resbaló despacio por su mejilla. Al cabo de unos minutos, levantó la cara.

—Desearía haber sido yo. No debería haber sido él.

Capítulo veintidós

El paseo

1945

*M*ás tarde, aquella mañana, mientras desmenuzábamos una barra de pan y nos la comíamos a pequeños bocados, empezamos a hablar de otras cosas, con vacilación. Solo entonces Maxime reparó en las paredes vacías.

—¿No encontraste los cuadros?

—No, solo los marcos, en el sótano.

Su ceño fruncido me indicó que estaba pensando.

—Si no le hubiera dicho a André que los escondiera, ahora los tendrías.

—No te atormentes de ese modo. Me los habrían robado. De hecho, eso es lo que pasó en realidad.

Acto seguido, le conté mi encuentro con *Herr Leutnant*.

—Solo había una lona, que es la que debió usar André para cubrirlos. Nosotros tenemos nuestra propia pila de leña en el patio. Usé todos los troncos que él había apilado, y tampoco había nada debajo.

—¿Qué me dices del suelo debajo de la pila?

—Podemos echar un vistazo, pero, entonces, ¿por qué había esa lona en la pila de leña de la comunidad?

Sin una respuesta a mi pregunta, salimos al patio.

—Este es mi amigo Maxime, de París, tu ciudad —le dije a *Genoveva*.

Me volví hacia Max y le expliqué:

—Maurice, el conductor del autobús, y Louise, su esposa, me la regalaron. Cuando estoy triste, restriega la cabeza contra mi pierna para reconfortarme. Y esta es *Kooritzah*

Deux. Es rusa, y le gusta que la lleven en brazos a todas partes.

—Claro, las gallinas rusas son así —bromeó él con una sonrisa irónica—. Veo que te has adaptado a la vida campestre.

Levanté una ceja por su comentario, y él se echó a reír. Bajé al sótano y agarré la pala, luego regresé al patio y me puse a cavar.

—Ya lo hago yo —se ofreció él—. Estoy acostumbrado a cavar. No quiero que te ensucies.

—¿Te preocupa que me ensucie? Ahora soy una pueblerina.

Con suavidad, Maxime me quitó la pala de las manos.

—Para mí siempre serás una *parisienne*.

Cavó hondo, pero no encontró nada.

Me dejé caer pesadamente sobre el banco y me lamenté:

—Habría sido tan sencillo si hubieran estado aquí enterrados... Haberlos encontrado contigo, ponerlos de nuevo en sus marcos y colgarlos.

—Hace mucho tiempo que la vida no es sencilla ni para ti ni para mí.

229

Sugerí que descansara; luego saldríamos a dar un corto paseo por el pueblo. No había nada más que hacer, salvo volver a hablar de aquellas cosas horribles. Primero dimos un paseo por la parte alta del pueblo. Nos detuvimos para sentarnos en un banco a la sombra, y luego subimos hasta el Castrum, la elevada meseta en el extremo norte del pueblo, donde en tiempos antiguos había estado el campamento y la atalaya de los soldados romanos. No se lo comenté a Max. Podíamos ver los montes de Vaucluse al norte y, más allá, la cresta caliza del Mont Ventoux. Le conté que por aquella dirección llegaba el mistral.

Descendimos y atravesamos el arco gótico hasta la plaza del ayuntamiento, y ocupamos una mesa exterior del café. Le conté que había sido la primera mujer que había entrado en el café a la hora del *apéritif*, y que al final otras mujeres habían hecho lo mismo.

—¿Lo ves? Una *parisienne* de los pies a la cabeza.

Mientras le describía a la gente que conocía, recordé con sorpresa una anécdota que me reanimó. Le conté mi idea de la caja de donaciones y cómo había ido de casa en casa con una carretilla, pidiendo donativos para los refugiados y los granjeros. Le confesé que aquello me había servido para sentir que formaba parte de la comunidad, del pueblo de los ancestros de André.

Supongo que no era tan extraño que pasear con Maxime me recordara mis paseos con André por París. Me producía una cálida sensación; no los comparaba, simplemente disfrutaba del paseo. Al igual que en la ciudad, donde a menudo nos deteníamos para comprar un *brioche*, Maxime y yo fuimos a la *boulangerie* en la parte baja del pueblo. Hice las presentaciones pertinentes. Odette le sonrió de un modo tan genuino que supe que lo aceptaba como mi buen amigo. Él compró un *pain au chocolat* para mí, y lo compartimos mientras contemplábamos el valle, sentados en la plaza Pasquier.

—¿Recuerdas en París, cuando trabajaba en la *pâtisserie*, y tú entrabas a comprar un *brioche* que luego me regalabas?

—Eso enfurecía a tu compañera en el mostrador. —Maxime rio con calidez ante tal recuerdo.

Era reconfortante oírle reír. Quizá me equivocaba, pero aún me parecía detectar cierta nostalgia en sus ojos. La guerra no había tenido el poder de marchitar aquella mirada azul tan bella. «Azul como el Mediterráneo en un día de verano», pensé. Podría nadar y perderme en esos ojos.

Me sentí avergonzada por mirarlos fijamente más rato de lo normal, por lo que dije:

—Esta es la versión rosellonesa de nuestros paseos por París. ¡Ah! ¿Cómo es posible que se me olvidara contártelo? Hay un cuadro que se llama *El paseo*, de Marc Chagall.

—Lo he visto. En una exposición de Chagall en París.

—¡Yo también lo he visto! ¡Aquí! Bueno, cerca de aquí. En el cuadro, Marc está de pie delante de su pueblo, Vitebsk, y Bella flota en un plano horizontal, apoyada en el brazo de Marc.

—Como si ella hubiera dado un salto y volara.

—Fue justo después de la Revolución en Rusia. Los dos estaban entusiasmados con su nueva libertad. Bella estaba tan eufórica que no podía tener los pies en el suelo.

—¿Cómo sabes todo eso?

—Me lo contó ella.

—¡No es posible! Vivían en París.

—Sí, pero se refugiaron en un pueblo cerca de aquí, y yo iba a visitarlos. Les llevaba huevos y queso. El conductor del autobús, Maurice, le llevaba el material que Marc necesitaba para pintar; lo compraba en Aviñón. Un día me los presentó.

—¿Te lo estás inventando? Siempre has tenido mucha imaginación. Todos tus cuentos estrafalarios sobre lo que las monjas en el orfanato se contaban entre susurros por las noches. Y ahora, una cabra compasiva y una gallina rusa que parece un peluche, más tu amistad con Bella Chagall. Lo más seguro es que hayas visto el cuadro en París y lo hayas soñado.

—¡Te digo la verdad! ¡Puedo probarlo!

—¿Ah, sí? ¿Cómo?

Sabía que no me tomaba en serio.

—Marc me regaló un cuadro.

Maxime resopló divertido.

—¿De veras?

—Lo escondí, pero todavía está allí; te lo enseñaré.

—Y, si no lo encuentras, ¿esperarás que te crea?

—Sí, Max, te pido que me creas; te lo pido por nuestra amistad. Era más seguro esconderlo que traerlo aquí. Ya habían entrado a robar en mi casa. Pero supongo que ahora ya puedo tenerlo aquí, sin temor a que me lo roben. Iremos a buscarlo mañana, cuando hayas descansado un poco más.

Lo forcé a aceptar mi brazo y echamos a andar cuesta arriba despacio, por un camino diferente de vuelta a casa. Quería enseñarle que Rosellón no era un pueblo con una sola calle. Subimos por una angosta vía en la que la hiedra que se expandía por las fachadas de las casas coloreaba el callejón con tonos rojo, naranja y bronce. Pero sus armoniosos y cálidos colores no ocultaban el descascarillado estuco de ocre, elaborado con la arcilla de la localidad, que cubría la fea piedra gris que asomaba por algunos puntos.

Al llegar a la plaza Abbé Avon, Maxime se detuvo de repente. Pensé que se había quedado sin aliento, así que busqué un sitio para que pudiera sentarse.

—¡Mira! —exclamó—. ¡Una pila de leña!

—Sí, esa es la de la comunidad, de la que te he hablado. Pero no estaban allí. —Continué en voz baja—: Está tan a la vista de todos. ¿Por qué iba a esconderlos allí?

—Quizá porque es el lugar menos pensado.

Consideré la idea.

—La pila se consume cada invierno, y en verano un guardabosques corta troncos y vuelve a formar la pila de leña. La gente pone monedas en una lata de metal para pagar la leña. André escondió los cuadros a finales de verano, cuando recibimos tu carta.

Maxime fijó la vista en la parte superior de la pila de leña.

—No parece que sea impermeable a las inclemencias del tiempo.

Intentando no llamar la atención de la gente que pasaba, nos acercamos a la pila y nos fijamos en los extremos de dos largas tablas de madera que servían de plataforma, una encima de la otra. La leña para el siguiente invierno se amontonaba sobre las tablas; la pila medía más de dos metros de altura. No me había fijado en esas dos tablas, cuando estuve allí con *Herr Leutnant* aquella noche. Maxime y yo nos miramos perplejos. A pesar de mis renovadas esperanzas, fruncí el ceño. Él se encogió de hombros. Seguimos andando.

—¿Decías que André separó los lienzos de los marcos? —me preguntó en voz baja.

—Sí.

—¿Y que había desmontado los marcos?

—Eso creo. En el sótano hay unas maderas que parecen ser los bastidores desmontados.

Maxime arrancó a correr cuesta arriba con ánimo. En el sótano, confirmó que las maderas debajo de los sacos de arpillera correspondían a los bastidores de los cuadros.

—¿Cómo podemos sacar toda la leña sin llamar la atención, sin despertar la curiosidad de la gente? —pregunté—. Nos hemos cruzado con muchas mujeres, que a estas alturas saben que me paseo con un desconocido, y el resto de las amas de casa del pueblo ya habrán oído el chismorreo en la *boulangerie* esta mañana. Nos estarán observando.

—¿Tienes una linterna con pilas?

—No, pero hay una farola de aceite colgada bajo el alero del tejado.

—Perfecto. Esta noche tenemos trabajo.

—Apartar toda esa leña. Quitar los cuadros prensados entre

las dos tablas de madera, apilar los troncos otra vez tal como estaban, ¿y, además, barrer la calle para que la gente no se dé cuenta? ¿En una sola noche? Imposible.

—Tienes razón —admitió él—. Será mejor que dejemos esa labor para finales de invierno, cuando la pila se haya vaciado.

Detestaba pensar en la espera que eso suponía.

—¿Por qué crees que no los escondió en nuestra casa?

—Quizá para separarlos de ti, por tu seguridad.

Después de una cena temprana y de saborear el vino de *madame* Bonnelly, Maxime se quedó callado mientras nos preparábamos para subir a las habitaciones. En la escalera, le dije:

—Prométeme que esta noche no tendrás ninguna pesadilla.

Con una sonrisa irónica, que revelaba lo absurdo de tal petición, contestó:

—Lo prometo.

Tomé su respuesta a lo que yo había soltado como una pequeña broma, sin trascendencia, como una afirmación de que él no pensaba dejarse controlar por el pasado.

—Antes de la guerra, vi un cuadro de Picasso llamado *La mujer que llora* —comentó—. En él se hace patente el dolor y el sufrimiento de una mujer de Guernica, el pueblo vasco bombardeado por la Luftwaffe.

—Sé lo que pasó allí. No tienes que describírmelo.

—Todos los rasgos de la mujer están fragmentados, deformados por el dolor, en unos colores espeluznantes. Las lágrimas emergen de sus ojos como balas blancas. Me hizo pensar en ti, en el momento en que te anunciaron la muerte de André. Tengo pesadillas con ese cuadro.

—Olvídalo. No pienses más.

Maurice me retuvo con la mirada.

—Tú no fuiste la que acabó con su vida.

Con una visible tensión, le acaricié la mejilla.

—Tú tampoco.

Él respondió acariciándome la mejilla con la misma dulzura. Nos separamos y cada uno se fue a su habitación.

Abracé la almohada, deseosa de cumplir mi última promesa: «Hacer algo bueno por Maxime».

Capítulo veintitrés

Los regalos de Chagall

1945

—Con cada nuevo paso, estoy más cerca de mi cuadro —dije, para animar a Maxime en el largo paseo hasta el poblado de *bories* al día siguiente.

Me abotoné la chaqueta y aspiré el olor a humo que llegaba de los viñedos después de la vendimia.

De repente, poco después de ponernos en camino, oímos un disparo. Maxime se puso tenso. Se volvió con un gesto veloz para mirar hacia atrás, alarmado.

—Son cazadores. Hay jabalís por estas montañas. Los cazadores van con perros de caza.

—¡Qué primitivos son los hombres!

Al cabo de un rato, con el viento soplando en nuestra dirección, oímos las llamadas de las trompas de caza.

—Me gusta el sonido que emiten —le comenté a Maxime—. Tan fuerte y apremiante. Me gustan muchas cosas de la Provenza, pero hay una cosa que detesto con toda el alma.

—¿El invierno?

—El hecho de estar tan aislada. Solo puedo ir a Gordes, a Aviñón y a Apt en el autobús de Maurice. Eso descarta Aix, Arles y Marsella, donde seguramente hay galerías de arte.

El largo silbido de un estornino hizo que nos detuviéramos a escuchar.

—No podrías oír este bello sonido en Montparnasse.

—Cierto, pero oiría hablar de arte. ¡Oh! ¡Cómo echo de menos el mundo del arte!

—En este preciso momento, estamos paseando por un cuadro, Lisette. Fíjate en todo lo que te rodea. De regreso en el tren desde Alemania, y después de ver zonas en el norte completamente devastadas, pensé que la belleza de la Francia rural habría quedado relegada a los libros infantiles, pero no es cierto. Este lugar está inmaculado.

—Pues lo ves en su peor momento.

Los árboles estaban perdiendo las hojas, los campos de cultivo no tenían ni un matiz verde, y los campos de lavanda, cortada a finales de verano, solo eran montículos de arbustos secos. Me habría gustado que el paisaje estuviera espectacular para Maxime.

—Ojalá pudieras verlo en junio. La lavanda impregna el aire con su perfume, y las viñas están cubiertas de brotes verdes. ¿Volverás en junio?

—Quizá.

No era una promesa, pero, por lo menos, no lo había descartado.

Al acercarnos al «mas» de los Bonnelly —así llamaban a las grandes fincas en esa zona—, le expliqué que había participado en la vendimia mientras *monsieur* Bonnelly estaba prisionero.

—Colaboré dos años. Es un trabajo muy duro, pero lo volvería a hacer. Me sentía como parte de la comunidad. La gente ha sido muy buena conmigo, aquí. *Madame* Bonnelly me ayudó a recuperar la esperanza cuando no supe nada más de ti.

—Entonces, se lo agradezco. ¿La gente aquí es tan buena contigo que descartas regresar a París?

—No, solo hasta que encuentre los cuadros.

Nos detuvimos para descansar en la cocina exterior de *madame* Bonnelly, bajo un toldo. Ella estrechó la mano a Maxime con su vigorosa derecha y le ofreció un vaso de vino. Estuvo un buen rato parloteando; al final terminó su típico discurso provenzal sobre el tiempo con un: «¿No le gustaría quedarse a comer?».

—*Merci, non* —contesté yo—. Vamos de paseo. Ya he preparado una comida campestre.

La mujer iba a ofrecernos dos manzanas, pero, cuando Maxime sonrió a modo de agradecimiento y ella vio que le faltaban dos dientes, cambió de idea y, en su lugar, nos dio dos peras maduras y un racimo de uvas.

Echamos a andar carretera abajo. Después de media hora, me adelanté corriendo hasta el poste de madera con la hoz clavada.

—¡Mira! Sorprendente, ¿verdad? Lleva aquí clavada desde que llegué a Rosellón, a la espera de que un granjero recuerde dónde la dejó. Nadie se molesta en quitarla. ¿Sabes?, Rosellón juega con sus habitantes. Cuando me siento aburrida, aislada y sin nada, me da justo lo que necesito.

Maxime frunció el ceño, como si no me entendiera.

—Esta hoz, por ejemplo. La necesitamos. ¿Puedes arrancarla?

—¿Quieres destruir esta curiosidad a la vera del camino?

—Tranquilo, volveremos a clavarla cuando hayamos terminado.

—¿En el mismo poste de madera?

Maxime la arrancó y organizó un círculo de piedras alrededor de la base para que supiéramos qué poste era.

A medida que nos acercábamos al poblado de chozos, le expliqué su origen y lo ingeniosa que había sido su construcción.

—Está en aquel, el que queda oculto detrás de la cortina de ortigas.

—Desde luego, no elegiste uno con un rótulo de bienvenida.

—¿Acaso no se trataba de eso?

Maxime empezó a segar las ortigas con la hoz, y yo las aparté con cuidado de la cabaña.

—¿Es seguro entrar ahí dentro? ¿El techo no se derrumbará sobre nosotros?

—Estas cabañas llevan aquí muchos siglos.

—Me recuerdan a los búnkeres para la artillería.

—No pienses en eso. —Entré y me volví para mirarle de frente—. Abróchate. Aquí dentro hace frío.

Él agachó la cabeza y entró.

—A ver, ¿dónde está tu cuadro? No lo veo enmarcado y colgado de la pared.

—No está enmarcado. Está detrás de esa doble pared.

Empecé a retirar las losas. Maxime me ayudó. Metí la cabeza por el agujero que habíamos hecho y miré hacia abajo.

—¡Está aquí! ¡Veo la punta!

—Cuidado, no intentes sacarlo aún.

Entusiasmada, retiré otra losa, pero se me resbaló de las manos. Me pillé el dedo entre la pesada piedra y la que había debajo. Maxime quitó el resto de las losas, sacó el cuadro y salió fuera, para contemplarlo a la luz natural.

—Pues sí, es un Chagall. Una cabra con carita tierna. Le gustan tanto las cabras como las vacas. El pueblo que se ve a través de la ventana, cubierto de nieve, debe de ser su pueblo natal.

—Vitebsk —apunté.

—Esta mujer eres tú, tal como él te veía.

—¿De veras? Pensaba que era Bella. ¿Por qué crees que soy yo?

—Porque ladeas la cabeza hacia la derecha, tal como hace esta mujer, tal como estás haciendo ahora. Y tu boca se prolonga más hacia la izquierda que hacia la derecha, como la de ella. Sí, eres tú.

Me sentí tan conmovida que tuve que abanicarme con la mano.

—Y la cabra y la gallina. Él sabía que las tenía. Fue él quien le puso *Kooritzah* a mi gallina. —Reí satisfecha—. Me gusta pronunciar su nombre.

—Siento decírtelo, pero no es una gallina, es un gallo.

Observé el dibujo con atención.

—Vaya, sí, tienes razón. No importa. Quizá solo puso esas cosas rojas ahí para llenar el espacio. Así es como trabaja; me lo dijo. Para mí es una gallina. Marc no sabía nada de mi caseta con la ventana, pero ahí estamos las tres, mirando a través de la ventana de la caseta del lavabo. Mi familia.

—Una interpretación muy libre. Solo es una casa que llena el espacio, como ese hombrecito con un ramo de flores, de pie en el travesaño de la ventana.

—Está bailando. —Sonreí, encantada—. Creo que es Marc, que me ofrece un ramo.

—Flores y nieve. Muy propio de él incluir cosas incongruentes en un mismo cuadro.

—Para él sí que tienen relación —protesté—. Aunque nosotros no comprendamos la conexión. Son imágenes que pertenecen al mundo de sus sueños, así que pueden ser simultáneas. Pero ¿por qué ha dibujado mi mano tan grande?

—Quizá porque fuiste generosa con ellos. Está expresando su gratitud con su pincel.

Contemplé el tamaño de mi propia mano con curiosidad, comparándolo. Me fijé en que tenía una ampolla de sangre.

—No cojas tú el cuadro. Podrías mancharlo. Ya lo llevaré yo hasta el pueblo.

Puso la palma de la mano debajo de la mía.

—Tu sangre es bonita, como un rubí que aflorara de tu piel. —Contempló la ampolla hipnotizado, luego movió la cabeza—. No. La sangre nunca es bonita.

—Imagina cómo debían de vivir en este poblado —solté rápidamente para cambiar de tema.

Extendí un mantel en el suelo y desenvolví la comida campestre: pan y queso de cabra, huevos hervidos y las peras de *madame* Bonnelly.

—Si podían comunicarse a través de una lengua, ¿de qué crees que debían de hablar? —inquirí.

—¿De las estaciones?

—Y de las estrellas y la luna, también, supongo.

—Del sonido del viento —agregó él—. Quizás esa cuestión les inspirara un sonido que acabó por convertirse en una palabra. ¿Cómo, si no, sabría *madame* cuándo *monsieur* Troglodita iba a volver a casa para cenar?

—No solo palabras sueltas —apunté—. Ella necesitaba un lenguaje contundente para expresar que estaba asqueada y cansada de comer roedores. Roedor *à la forestière*, roedor *à la vinaigrette*, roedor *à la bordelaise*, roedor *bourguignon*.

—*Mignon* de roedor *à la Maxim's*.

—«¡Sé un hombre! ¡Caza un jabalí!», le exigiría *madame* Troglodita. «Me muero de ganas de preparar un *sanglier chasseur aux herbes de Provence,* al estilo cazador, con champiñones, escalonias y vino blanco.»

—Coronado con una rodaja de trufa. Y, para terminar, un licor digestivo.

—O un licor de granada.

Los dos nos echamos a reír. Qué sensación tan gratificante.

—Seguro que no eran tan primitivos como para no saber satisfacer los anhelos más allá de la comida —me aventuré a añadir.

—¿De verdad lo crees?

—Sí. Los anhelos forman parte del ser humano. Las ganas de satisfacer ciertos anhelos es lo que los llevó a expresarse con palabras. Lo mismo que nos pasa a nosotros.

—Ahora reflexionas más, mucho más que cuando te conocí en París.

—Quizá sea por vivir sola y tener mis propios anhelos.

En el camino de regreso a casa, Max cargaba con el cuadro y la hoz; yo, con los restos de la comida campestre. Era fácil caminar por los campos llanos, pero sabía que a él no le hacía gracia el tramo de la cuesta empinada.

Justo después de que Maxime clavara la hoz en el poste de madera, una furgoneta se detuvo a nuestro lado. Bernard Blanc bajó la ventanilla al otro lado de la carretera.

—¿Queréis que os lleve?

—No, gracias. Vamos de paseo.

El alguacil miró a Maxime con cara de pocos amigos.

—Hace demasiado frío para pasear. Vamos, subid.

—Le repito que no, gracias. Hace una tarde preciosa. Preferimos caminar. Quiero enseñarle a mi amigo el paisaje.

El alguacil arrancó y se alejó, arrojando gravilla y levantando una nube de polvo delante de nuestras caras.

—¿Quién es ese tipejo tan impulsivo? —preguntó Maxime.

—Nadie importante.

En casa, Maxime gritó:

—*Oh là là!* ¡Mira esto!

En el reverso del cuadro, Marc había escrito: «Espero que sea una bendición para ti, Marc Chagall».

—¡Tienes un verdadero tesoro!

—¿Por qué? ¿Será un pintor famoso?

—Ya es famoso. Lo ha sido durante dos décadas.

—Con tenerlo aquí, conmigo, me basta, y con saber que lo pintó para mí. Y es una escena que sugiere felicidad. La última vez que estuve con él, estaba pintando caos y crueldad.

—También hay un lugar para la tristeza en el arte. —Maxime apoyó la pintura en una silla.

—Tenemos que colgarlo —sugerí.

De pie, en el centro de la estancia, con el frasco donde André guardaba los clavos, me dediqué unos momentos a observar cada pared.

—¡Aquí! Justo encima de la alacena de André, para que pueda contemplarlo mientras ceno.

Después de clavarlo, Maxime dijo:

—Ahora háblame de los otros cuadros de Chagall.

—En un lienzo, Marc enlaza cosas que en la realidad no tienen relación. Como un gallo gigante y la torre Eiffel. Y no respeta las proporciones reales de los objetos. Eso me desconcertaba al principio, igual que una mujer que pintó boca abajo, apoyándose en la cabeza. Las casas y los animales también están al revés, a veces. No presta atención a la ley de la gravedad. Pero por eso precisamente adoro sus obras. Todas esas criaturas volando por el cielo, como si no existiera esa ley.

—Su visión obedece a leyes superiores; esa es su espiritualidad. La mayoría de las buenas obras de arte tienen una dimensión espiritual.

—¿Es el factor básico para que un cuadro sea genial?

—Solo el principio. Una gran pintura ha de transpirar algo más que espiritualidad, más que el arte religioso. Veamos, también ha de ser más que original, como la obra de Chagall. Más que atractiva, más que un simple tema bello, pintado en colores sugestivos, más que una composición intrigante, más que una interesante aplicación de la pintura.

—¿Qué más?

—Déjame pensar. —Alzó la vista hacia el techo, como si esperara encontrar la respuesta escrita allí arriba. Entonces habló despacio, matizando cada palabra—: Una pintura genial nos estimula a sentir cierta conexión con una verdad.

—Estás hablando de forma críptica.

—No, no. Las artes mayores (la pintura, la escultura y la arquitectura) nos aportan una enorme riqueza. Nos permiten gozar de momentos, lugares, emociones, que, de otro modo, seríamos incapaces de experimentar. Nos invitan a ponderar un elemento (una fruta, un violín en el cielo, una estatua de mármol o una catedral) hasta que sus cualidades nos enseñan algo, o nos enriquecen, o nos inspiran. Es difícil expresarlo con palabras.

Maxime cerró la mano en un puño para ilustrar su siguiente pensamiento:

—El arte es capaz de agarrarte y retenerte en un estado de trance, de unión con dicho tema, hasta que entiendes de una forma más clara quién eres o cuál es nuestra función como seres humanos.

—¿Un cuadro puede hacer eso?

—Sí, creo que tanto individual como colectivamente. No es que te veas necesariamente a ti mismo reflejado en la imagen de un cuadro, o que tengas que adoptar la visión del pintor respecto al mundo. Pero, cuando una pieza de arte te fascina, sufres una transformación; te transformas en una persona distinta, más abierta, con menos limitaciones que las que tenías antes, y eso te proporciona las herramientas para vivir una vida mejor y para evitar que el caos del mundo te engulla.

—Dame un ejemplo.

—Tomemos la arquitectura. El guardia alemán en la prisión debió de haber experimentado ese estado de trance en su catedral, en Colonia, del mismo modo que a mí me ha pasado innumerables veces en Notre Dame. Ambos amamos esos edificios, su solidez, su espectacular altura, complejidad, armonía, luz, la sorprendente sensación que te embarga cuando estás en su interior, como si Dios te estuviera arropando entre sus brazos. Dado que los dos queríamos experimentar la catedral del otro, nuestra pasión por aquellas cualidades nos permitió trascender la enemistad. En aquel momento, éramos hermanos. El poder del arte es infinito, y con una fuerza arrolladora.

Maxime sacudió la cabeza al tiempo que resoplaba.

—No me había sentido expuesto al arte de ese modo desde que dejé la galería.

Se refería a algo más trascendente que el arte. Tuve la impresión de que, en aquel momento, los muros de la prisión no podían confinarlo. Al ser capaz de establecer una conexión con el guardia alemán, Maxime había comprendido que, más allá de esos muros, el mundo no estaba constituido solo de piedra y madera, de cosas materiales, sino también del significado de tales cosas, de su espíritu. Aquella charla tenía la capacidad de curar. A duras penas logré contener mi alegría.

—A menudo veía a Pascal plantado ante uno de sus cuadros durante una hora. Aquellos colores conseguían transmitirle el propósito de su vida: extraer el ocre de las minas de Rosellón para llevarlo a los pintores, en París, para que pintaran grandes obras. Ese simple acto le provocaba un enorme orgullo.

—¿Ves cómo el arte transforma el espíritu?

Me pregunté de nuevo qué cuadro de Pascal había sido el favorito de André.

—¿Te has sentido alguna vez fascinado por un cuadro que te haya contado...?

—¿La verdad sobre mí mismo? —Maxime terminó la frase por mí.

—Piensa en uno.

Tras reflexionar un momento, dijo:

—Ahora que hablamos de Chagall, recuerdo un cuadro suyo, con dos figuras de pie, que ocupaban todo el espacio. La mujer estaba boca abajo, y una de las piernas del hombre se enredaba alrededor de ella para estabilizarla, mientras que con los brazos abrazaba sus piernas a la altura del dobladillo de la falda. Estaban entrelazadas. Sus vidas estaban entrelazadas. —Hizo una pausa—. Necesitaban el apoyo el uno del otro.

Sus ojos inquisitivos querían saber si yo había captado su insinuación. Ninguno de los dos movimos ni un dedo, con la intención de prolongar el momento.

Al final, quizás abrumado por una verdad expuesta sin ambages, Maxime fue el primero en hablar.

—Chagall elige un pincel y de su punta fluyen hermosos recuerdos, libertad y amor.

—Cuéntame un hermoso recuerdo. Deja que fluya con libertad.

Maxime se quedó en silencio. ¿Tanto le costaba decidirse?

—¿Estás buscando uno, o no sabes cuál elegir?

—No sé cuál elegir. ¡Ah, sí, ya está! Nosotros tres en la Closerie Lilas en primavera. Una florista se nos acercó a la mesa; vendía violetas. André compró un buqué y te lo sujetó en la solapa del vestido.

Se le quebró la voz; tuve la sensación de que mi garganta se llenaba de pétalos.

—Estabas radiante. Él te adoraba, Lisette. No lo olvides nunca.

—¿Tanto como Marc adora a Bella?

—Como mínimo, igual.

—¿Sabes?, casi recuperé la ilusión…, hablando de Chagall y de los magníficos cuadros que pinta —me comentó más tarde.

—Entonces a ti también te ha hecho un regalo. Y, por eso, mi regalo es doble.

Maxime se encogió de hombros. Parecía un gesto involuntario movido por la necesidad de aunar coraje para expresar un pensamiento.

—Estaba pensando que quizá pronto esté preparado para hablar con *monsieur* Laforgue. Me gustaría ayudarle a reflotar su galería y su negocio.

Apoyé la mano sobre la suya.

—Perfecto, Maxime. Hazlo.

243

Una ocurrencia tardía: si el viento soplaba a mi favor, quizás aún habría un sitio para mí en París.

Capítulo veinticuatro

La ristra de salchichas

1945

*N*o lo podía aplazar más. Ahora, antes de la primera nevada, era el momento. Me puse el par de zapatos de André que me había quedado, me remangué la falda por encima de las rodillas y la até con un cordón; me cubrí la nariz y la boca con el pañuelo más grande que encontré de André y salí al patio.

Me había estado preparando para la llegada del invierno, recogiendo hierba para *Genoveva* los días secos y guardando las peladuras de las verduras para *Kooritzah* en una pila que la nieve pronto cubriría. Ahora, quedaba por hacer lo más desagradable: empecé a cavar una zanja poco profunda en la caseta del lavabo y con la pala arrastré la porquería hacia el barranco, tan lejos como el mango de la pala me permitía. Sentí arcadas y escupí, me lloraban los ojos, pero seguí con la labor. Tras cada segunda pala llena, metía la nariz en la madreselva que André había plantado junto a la caseta, en busca del olor de las flores del verano anterior. Siempre que miraba aquella planta, tenía la impresión de que André todavía estaba conmigo.

Quería que todo fuera agradable para Maxime, la próxima vez que volviera a verme. Tal como Bella había dicho tras su primera visita al pequeño estudio que Marc había alquilado, mi vida cambió después de la primera visita de Maxime. Me sentía con unas enormes ganas de recuperar los cuadros, no solo por mí, o por el recuerdo de André, sino por Maxime, para que los cuadros le ayudaran a escapar de sus pesadillas. Dos de mis promesas —recuperar los cuadros y hacer algo bueno por Maxime— se habían fundido en una sola.

Cuando la pila de leña se vaciara casi por completo, le escribiría, él vendría y juntos recogeríamos los últimos troncos, depositaríamos unas monedas en la lata y levantaríamos la plataforma superior. Allí estarían, una oculta galería que había escapado de las garras alemanas. ¡Oh! Qué placer pensar en mis cuadros mientras cavaba y me entraban arcadas e intentaba contener la respiración.

Justo en ese instante, *Genoveva* soltó un balido de alerta.

—¿Qué te pasa, *lapushka*? —Procurando no perder la concentración para no derramar el contenido de la pala hasta llegar al borde del barranco y echar la porquería, agregué—: ¿No soportas el tufo?

Ella volvió a balar y levanté la cabeza. Bernard estaba de pie; había cruzado la verja y mantenía las manos ocultas, detrás de la espalda.

—*Bon Dieu!* —espeté con exasperación.

—¡Vaya! Pero ¿qué tenemos aquí? Una *parisienne* disfrazada de campesina. Con tufo e inmundicia incluidos. Qué visión más adorable, si me lo permite, mostrando sus bellas rodillas. Aunque los zapatos son un tanto raros para unos pies tan delicados. Veo que usa un bonito pañuelo blanco. ¿Dónde están las medias de seda?

Me arranqué el pañuelo, ensuciándolo en el proceso.

—No le he invitado. No tiene derecho a...

—Ah, ah, ah —me interrumpió en *stacatto*, como los golpes de un tambor—. No corra tanto. Como alguacil, tengo derecho a entrar en la propiedad de cualquiera, por el bien de la comunidad. Y, en este preciso instante, estoy confirmando que mi buena amiga Lisette se encuentre bien.

—*Madame* Roux.

Reanudé la tarea con la pala y le di la espalda.

—Qué pena que una mujer tan bonita se vea obligada a hacer los trabajos más sucios del mundo.

Apreté los dientes con rabia ante tal comentario.

—Le he traído un regalo.

Alargó el brazo hacia delante y zarandeó una ristra de salchichas, como si fueran campanillas.

—¿Cuánto tiempo hace que no come *andouille prussienne*? ¿Ha olvidado el sabor?

El alguacil estaba en lo cierto. No podía recordar la última vez que había comido un bocado de carne de caballo. Todas mis comidas consistían en queso de cabra, huevos y verduras. Pero ahora, con el invierno a la vuelta de la esquina, me quedaría sin lechuga, apio ni tomates; solo las verduras que había almacenado en el sótano.

Me tentaba la visión de aquella ristra de salchichas bailando ante mis ojos, sin dividir, como lo habría estado si él las hubiera comprado con la cartilla de racionamiento. Seguro que las había conseguido en el mercado negro.

—¿Por qué no se pasa por mi casa más tarde? Podría comer una deliciosa salchicha jugosa y grande cada noche.

Su carcajada dejó claro el doble sentido.

—No me seducirá con groserías, ni tampoco con sus regalos, ni con su autoridad, ni con sus botas relucientes. No quiero ningún regalo más de su parte, si espera algo a cambio.

—Supongo que su pensión de viudedad no le llega para comprar comida, al precio que se ha puesto. ¿Por qué no puede aceptar un regalo como un acto de generosidad por mi parte?

—Porque no hay generosidad en su voz.

—Un hombre no puede evitar que su voz le delate.

—¡Sí que puede!

El alguacil avanzó unos pasos hacia mí, al tiempo que continuaba zarandeando las salchichas. Yo seguí cavando.

—No me lo ha dicho. ¿Le gustaron las medias? No se las he visto puestas. Soñaba con ver esas oscuras costuras en sus bonitas pantorrillas.

—El problema lo tiene usted, no yo, por soñar con tonterías. —Clavé la pala en el suelo con el pie y arrojé su contenido por el barranco—. Jamás las verá. Las quemé.

—¡Qué desagradecida! Después de todo lo que he hecho por usted. Es más testaruda que su cabra. Insiste en mostrarse taciturna, y yo sé por qué. Todavía está afligida por la pérdida de unos cuadros, y se desahoga con todo el mundo.

—Todavía estoy afligida por la pérdida de mi esposo.

—Me sorprende, Lisette.

—*Madame* Roux.

—No parecía muy afligida cuando la pillé paseando por el

LA LISTA DE LISETTE

campo con un desconocido a plena luz del día. Más bien se diría que tenía… ganas de jugar.

—No es un desconocido. Para que lo sepa, era el mejor amigo de mi marido. Lucharon juntos en la guerra. No se quedaron en casa con los brazos cruzados, sin hacer nada.

—De no ser por sus ojos hundidos y por los dientes que le faltan, sería lo bastante atractivo como para… querer jugar con él, si hubiera un poco de carne sobre esa carcasa de huesos.

Ahora sí que se había pasado. Hundí la pala con saña en la zanja, la alcé y le eché encima la porquería que contenía. Él retrocedió unos pasos, pero no fue lo bastante veloz. Se quedó petrificado por un momento, mirando sus relucientes botas y sus pantalones salpicados de inmundicia, con la mandíbula desencajada.

—¡Se arrepentirá!

—¡Largo de aquí!

Se vengó a su manera. A pesar de la rabia, por un instante, contemplamos juntos cómo la ristra de salchichas atravesaba el cielo y caía por el barranco. Luego dio media vuelta y se marchó.

Me solacé imaginando su humillación mientras atravesaba el pueblo a pie, en dirección a su casa, con sus preciosas botas llenas de mierda.

Al cabo de una semana, encontré una sorpresa en la maceta de lavanda: una barra de jabón de lavanda con el nombre «L'Occitane» estampado, tal como había visto en el mercado de Apt. Estaba envuelta en un trozo de papel en el que había unas palabras escritas a mano: «Le vendrá bien para la clase de trabajo que hace».

Me llevé el jabón a la nariz, exasperada. Olía de maravilla. Por lo visto, a pesar de toda su bravuconería, el alguacil era capaz de perdonar.

247

Capítulo veinticinco

La pila de leña y la lista

1946

*E*n marzo, corté mi vieja falda de campesina en dos mitades iguales para confeccionar una cortina y la colgué a ambos lados de la ventana en la habitación de Pascal, para la llegada de Maxime al día siguiente. Ya había lavado las sábanas en la fuente de la plaza del ayuntamiento. La enorme pila de piedra en forma de concha tenía una curva interior dentada que servía como tabla de lavar. Después, había lavado las mejores camisas de André para dárselas a Maxime. Eran más o menos de la misma talla —mediana—, aunque Maxime era un poquito más bajo.

De camino a casa con la colada mojada, no pude evitar echar un vistazo furtivo hacia la pila de leña. Dado que había visto la lona de André aquella noche con los alemanes, estaba segura de que los cuadros estarían debajo de la primera tabla de madera. Pronto los tendría en casa. Maxime los enmarcaría y los colgaría en los sitios que les correspondía. ¡Menuda celebración! ¡Los dos rodeados por los cuadros!

La mañana de su llegada, saqué un ramillete de lavanda seca que había guardado desde el verano. ¿Dónde colgarlo? ¿Sobre la base de las escaleras? No, en algún lugar en la habitación de Pascal. De ese modo, Maxime sabría que lo había puesto allí expresamente para él. Apenas desprendía fragancia, por lo que decidí que sería mejor colgarlo en el cabecero, para que Maxime pudiera apreciar el aroma. El ramillete imprimía un toque especial a la habitación. Todo estaba listo.

Se me ocurrió también vaciar el cajón superior de la consola de Pascal, para que Maxime pudiera usarlo. Ordené su contenido para separar las cosas útiles y llevarlas a la sección de donativos en la sala de fiestas. Debajo de una maraña de pañuelos, encontré dos trozos de papel amarillento. Reconocí la letra de Pascal. Me senté para leerlos.

—Los dos están obsesionados —comentó *madame* Fiquet, la compañera de Cézanne.

—Sí, los dos están locos —convino *madame* Pissarro—. Eso dicen los críticos.

—¿Y vosotras estáis de acuerdo? —les pregunté.

—Cierta vez, un crítico escribió: «Vistos de cerca, sus paisajes son incomprensibles y horrorosos. Vistos de lejos, son horrorosos e incomprensibles».

—¡Menudo despropósito! —resoplé—. Camille no merece tal injusticia, pero no he estudiado arte y no sé si fiarme de mis sentimientos.

¿Cómo podía Pascal recordar ese diálogo y sus reacciones? A lo mejor lo había escrito hacía mucho tiempo, quizá justo después de la conversación. Su letra era mucho más firme que en sus notas más recientes.

—¿Pintarán lo mismo, hoy?

—Seguro que sí —suspiró *madame* Pissarro.

—Pero el resultado será diferente —alegó *madame* Fiquet, con un gesto de desidia.

—Pinceladas de Camille —asintió *madame* Pissarro.

—Manchas de Paul —añadió *madame* Fiquet.

—Toques de Camille.

—Retoques de Paul.

—Camille es la luz.

—Paul, la oscuridad.

—Camille mezcla colores en su paleta.

—Paul no los mezcla. Los compra.

—Camille es quisquilloso, si quieres que te diga la verdad.

—Paul es simple, si quieres que te diga la verdad.

Un pasaje sorprendente. Como un dueto.

—Por lo menos, son buenos amigos.

—Muy buenos amigos —afirmó *madame* Pissarro.

—Paul dice que ha aprendido mucho de Camille —declaró *madame* Fiquet—. Lo tiene idealizado, le llama «el gran Pissarro, mi maestro». Todos están pendientes de Camille. Él mantiene el grupo unido.

—Quizá tengas razón, pero Camille es tan obsesivo que me saca de quicio. «Otro cuadro, solo uno más.» Tenemos cientos sin vender; sin embargo, él siempre está buscando nuevos motivos que pintar. «Esto les encantará», dice, y su cara se ilumina con tal esperanza que por amor he de guardar silencio y dejar que siga pintando.

—Paul se queda embelesado, contemplando algún motivo del paisaje, hasta el punto de que creo que ha entrado en trance; luego se pone a pintar como un poseso. Por lo general, cuando termina, deja el cuadro allí tirado, entre las hierbas o apoyado en una roca, y entra en casa aturdido, sin su obra. Es exasperante.

—Camille jamás haría eso. Está desesperado por vender sus lienzos. Normal, con toda una familia que alimentar...

—Paul está, o bien en trance, o bien inquieto, paseando arriba y abajo con porte taciturno. El mal tiempo le pone nervioso. Solo un buen cuadro logra serenarlo. Se acuesta temprano y se despierta por la noche para examinar lo que ha pintado durante el día. Si le gusta el resultado, me despierta, emocionado, para compartir su alegría conmigo. Entonces, a modo de disculpa por haberme desvelado, me invita a jugar una partida de damas.

—¿Estás de acuerdo en que son dos grandes pintores?

—El tiempo lo dirá —contestó *madame* Fiquet.

—Sé honesta, Hortense. Sabes perfectamente que, algún día, los dos serán famosos. Nuestro sufrimiento no habrá sido en vano. Cedemos para que el mundo pueda disfrutar de ellos. Es nuestra parte en la historia.

—Es cierto, pero, si estuviera casada con Camille, le diría que no perdiera el tiempo pintando paisajes. Debería pintar retratos. Por lo menos, hay gente que paga por un retrato.

—Y, si yo estuviera casada con Paul —indicó *madame* Pissarro—, le diría que no pintara siempre la misma montaña, una y otra vez. La gente está aburrida de esa imagen. Debería pintar bodegones. A la gente le gusta la fruta.

—¿Puedes mencionar algo bueno sobre ellos?

—Por supuesto. —*Madame* Fiquet se quedó un momento pensativa—. Los cuadros de Paul poseen una grandeza intemporal, que me permite contemplar la vida.

—Y Camille plasma un destello de color que me levanta el ánimo —señaló *madame* Pissarro.

—Aceptamos sus obsesiones porque los amamos.

¡Oh! ¡Aquellas entrañables mujeres! Siempre sufriendo. Me pregunté si esa conversación sería valiosa. Probablemente, no. ¿A quién le importarían las anotaciones de un anciano, un vendedor de pigmentos sin estudios, sobre una conversación que debió de haber tenido lugar cincuenta años antes? A lo mejor ni siquiera era cierta. De todos modos, me la guardé como una curiosidad para enseñársela a Maxime.

Llegó por la tarde, arrebujado en su enorme abrigo con cuello de castor. Sin decir ni hola, gritó:

—¡*Monsieur* Laforgue me ha vuelto a aceptar!

—¡Tienes la dentadura completa!

251

Él sonrió triunfal, mostrando todos los dientes con orgullo.

—*Mon Dieu!* ¡Qué guapo estás!

Se puso rojo como un chiquillo.

Sin poder contener la emoción, recitó de un tirón:

—Me ha dicho que puedo volver a trabajar cuando me sienta con fuerzas, aunque no podrá pagarme tanto como antes. Han saqueado su galería, y quién sabe dónde estarán sus cuadros en estos momentos, con la caterva de tratantes corruptos. Me enfurece que los nazis llamaran *biens sans maîtres*, bienes sin dueño, al arte robado. *Monsieur* Laforgue me ha dicho que Pétain las llamaba «obras de arte recopiladas para salvaguardarlas». ¡Menuda infamia!

Todavía con la maleta en la mano, continuó:

—No es uno de los galeristas más importantes de tesoros incalculables en París, pero es honesto y justo. Un especulador con mala reputación me ofreció un puesto mejor pagado, un tipo que se había dedicado a comprar arte confiscado a precios reducidos para luego venderlo rápido para obtener un considerable beneficio. Le dije que no. *Monsieur* Laforgue los llama «piratas saqueadores». Necesitará una década para restablecer su catálogo.

—Descansa, Max. Toma aire. Siéntate —le ordené. «Di hola», añadí para mis adentros.

—Su intención es reabrir el negocio con la venta de su colección privada, que escondió en un contenedor de carne de la *boucherie* que hay debajo de su piso. Es un enorme sacrificio personal.

—¿Y qué ha pasado con la aprendiz?

—Ha decidido volverme a contratar a mí, en lugar de a ella. Mis esperanzas florecieron.

—Le ayudaré a buscar los cuadros perdidos.

—Y aquí también, Maxime. Mis cuadros perdidos —le recordé.

—Sí, aquí también.

Por fin pareció reparar en mi presencia.

—Lo haremos esta noche. No me gustaría tenerte en ascuas un día más.

Por fin. Unas palabras más suaves, una mirada directa, un abrazo; nuestro segundo abrazo, más natural que el primero, el que nos dimos cuando había llegado a mi puerta sin avisar cuatro meses antes.

—¿Tienes una carretilla para la madera?

—Sí, y una farola de aceite.

—Demasiado incómoda. He traído una linterna con pilas.

Preparé mi cena diaria para él: tortilla de queso de cabra, remolacha y zanahorias que guardaba en el sótano, y una lata de sardinas que había estado reservando.

—Me gustaría poder ofrecerte algo mejor, pero es invierno.

—Ni que lo digas. La casa está fría.

—Pondré más troncos en el fuego cuando volvamos. De momento, no te quites el abrigo.

Justo cuando empezó a anochecer, fuimos a la pila de leña y cargamos los pocos troncos que quedaban en la carretilla. Yo estaba tan emocionada que, cuando quise introducir las monedas por la ranura de la lata, se me cayeron por el suelo. Las monedas rodaron cuesta abajo, botando sobre los adoquines, y tuve que correr tras ellas con mis ruidosos zapatos con suela de madera.

Echamos un vistazo a nuestro alrededor. Las calles estaban vacías. En invierno, la gente se encerraba en casa temprano. Apenas unos segundos más tarde, tendría la enorme satisfacción de admirar mi galería. Agarré la lona con visible emoción y la levanté. Maxime inclinó la primera plataforma de madera.

¡Nada! ¡Allí no había nada!

De nuevo, no podía dar crédito a mis ojos. Iluminé todos los rincones con la linterna. Ni un solo cuadro. Maxime levantó la plataforma inferior. Bajo el halo de luz amarilla, solo era visible la tierra del suelo. Volvió a colocar la plataforma inferior en su sitio. Estaba a punto de cubrirla con la otra tabla de madera cuando grité:

—¡Un momento!

En el extremo de la tabla más cercana a mí, me fijé en unas marcas dibujadas con lápiz. Iluminé la punta con la linterna y reconocí el trazo de André, que a menudo trazaba formas en la tabla de trabajo que descansaba sobre los caballetes; era el paso preliminar que daba antes de empezar a tallar. Me arrodillé y deslicé los dedos por encima de los bonitos arabescos, las hojas de acanto y las flores de lis. Mi garganta se llenó de serrín. Transcurrieron unos momentos antes de que pudiera decir:

—Esta tabla era de André. Él escondió los cuadros aquí. Pero han desaparecido, Max. Sí, me los han robado.

Apoyé la frente en los imbricados arabescos y lloré, no solo por mí y por la pérdida de los cuadros, sino también por André y por Pascal. Max esperó, con la mano apoyada en mi hombro, antes de colocar la tabla de madera de nuevo en su sitio. Me ayudó a ponerme de pie. Volvió a depositar un montoncito de troncos en la pila y asió la carretilla por los mangos, llena de leña, al tiempo que decía:

—Volvamos a casa.

Una vez que estuvimos de vuelta, comentó, derrotado:

—Incluso en una gran guerra hay una demostración de pillaje a pequeña escala. Tus cuadros aparecerán algún día, aunque me temo que ni tú ni yo lleguemos a verlos, sino las generaciones futuras.

En un arrebato, me abalancé sobre él y empecé a golpearle con los puños en sus hombros esqueléticos.

253

—¡No! —grité—. ¿Por qué has de ser tan... tan negativo? Ayudarás a *monsieur* Laforgue, pero ¿qué hay de mí?

Me apartó con suavidad.

—Le ayudaré; él estará más receptivo cuando le vuelva a hablar de ti, para que considere la posibilidad de contratarte en su galería.

Aquello me consoló un poco.

—En París, revisaremos documentos, información sobre ventas de obras de arte en casas de subastas, en la Caisse des Dépôts et Consignations, en el Bureau des Biens et Intérêts Privés, en los bancos que hayan aceptado cuadros como garantía paralela para préstamos, incluso en casas de empeño. Y examinaremos los cuadros que quedan en el Jeu de Paume, donde la sabandija de Rosenberg los exhibió ante Göring. Todo irá aflorando poco a poco. Hay formas de lograrlo. Pero, desde aquí, desde este pueblo, no podemos hacer nada.

—Eso no es verdad, Maxime.

—Entonces, ¿qué propones?

Me había pillado sin nada que ofrecer.

—Tienes razón. Desde aquí será difícil, pero no imposible.

Sin poder ocultar mi exasperación, avancé a grandes zancadas hasta el escritorio, agarré un lápiz y mi lista, que guardaba en el cajón. Los puse sobre la mesa con un golpe seco y taché la palabra «Recuperar» en mi promesa número once. Escribí «Encontrar» encima de ella, de modo que la frase quedara: «Encontrar los cuadros», y añadí las palabras «en vida». Lo escribí con tanta fuerza que el lápiz traspasó el papel y las palabras quedaron grabadas en la madera de la mesa, debajo del hule. ¡Ahí quedaba eso! Era una promesa que no podría olvidar.

—¿Qué es ese papel? —se interesó Maxime.

Vacilé unos instantes.

—Ah, solo una lista.

—¿Sobre qué?

—Es una lista de promesas que me he hecho a mí misma. La llamo: «Lista de votos y promesas de Lisette».

—¿Puedo verla?

—¡Uy, no! —La aferré con fuerza contra el pecho—. Es personal. Cosas que tengo que hacer. Adopté la idea de Pascal. Solo es importante para mí.

—Pues considero que para mí también es importante. Seguro que dice algo de ti que, de otro modo, no sabría; por consiguiente, es muy importante. No emitiré juicios.

Repasé la lista en silencio, para considerar cada punto y lo que Maxime podría pensar al respecto.

1. Amar a Pascal como si fuera mi padre.
2. Ir a París, encontrar *Los jugadores de cartas*, de Cézanne.
3. Hacer algo bueno por un pintor.
4. Averiguar los ingredientes para que un cuadro sea genial.
5. Confeccionarme un vestido azul, del color del Mediterráneo en una soleada mañana de verano.

Empecé a tachar el punto número cinco. Parecía poco importante. Maxime puso la mano sobre mi muñeca para detenerme.
—No cambies nada por mí.

6. Aprender a vivir sola.
7. Encontrar la tumba de André y el lugar donde murió.
8. Perdonar a André.
9. Aprender a vivir en un cuadro.
10. Procurar no ser envidiosa.
11. Encontrar los cuadros en vida.
12. Aprender a ser autosuficiente.
13. Hacer algo bueno por Maxime.

Él tendió la mano, mostrándome la palma.
—¿Puedo?

No podía negárselo. Para ser sincera conmigo misma, tenía que admitir que quería que él me conociera mejor, pero sabía que nunca sería capaz de hablar de aquellas promesas. Le entregué el papel —la finísima fragilidad de una nueva intimidad— a través de la mesa. Entrelacé las manos delante de la boca y contuve el aliento.

Maxime leyó despacio, como si meditara acerca de cada punto. Los músculos de sus hombros se relajaron. Me di cuenta de que desnudar el alma no resultaba tan difícil, después de que Maxime me hubiera confesado lo que había sucedido en la trinchera.

—Quizá pueda ayudarte con el número dos, *Los jugadores de cartas*, de Cézanne.

—Me gustaría descubrirlo yo.

Siguió leyendo.

—Has ayudado a un pintor. Le has llevado comida, y eso es algo que todo pintor necesita.

—Me habría gustado hacer más.

—¿Averiguar los ingredientes para que un cuadro sea genial? *Oh là là!* Cada marchante y cada pintor te dará una respuesta distinta.

—Tú ya me has ayudado en ese aspecto.

Esbozó una sonrisa, quizá por lo del vestido azul.

No comentó nada acerca de los puntos relacionados con André. No cabía duda de que la situación de los cuadros no era la que André había imaginado. Me sentía orgullosa de su deseo de ir a la guerra, por lo que ninguna de las dos cuestiones requería mi perdón. Podía tachar ese punto.

—¿Vivir en un cuadro? Hummm..., un deseo muy propio de ti, Lisette.

Noté que me sonrojaba.

—¿De quién tienes envidia? —me preguntó con curiosidad.

—De Bella y de Marc Chagall. Su amor es tan perfecto, tan completo... Lo comparten todo, piensan en lo que el otro piensa y desea. No puedo imaginar que existan secretos entre ellos. Y él ha pintado ese amor en fantasías exuberantes y en momentos tiernos y privados. Me parecía un amor tan sublime...

—No lo llames envidia. Tú no quieres que ellos no disfruten de ese amor ideal. Llámalo anhelo. Llámalo aflicción. Llámalo esperanza. Llámalo ilusión. Cualquiera de esos nombres, pero no envidia.

Avergonzada, admití:

—No he cumplido la mayoría de los puntos de la lista.

—Me has ayudado.

—Los calcetines no cuentan.

—No me refería a los calcetines.

Capítulo veintiséis

Lapushka

1946

*E*l día amaneció con el patio cubierto por un manto de nieve. El resplandeciente sol de invierno arrojaba diminutos destellos de luz sobre la esponjosa capa. La larga sombra de la caseta del lavabo se extendía hacia el este en la tonalidad lavanda más pálida posible. Pascal se habría fijado en el color, con su ojo entrenado por Pissarro.

—Mira, Maxime, ¿verdad que es hermoso? Qué pena que tenga que romper la magia con mis pisadas en la nieve, pero…

—Pues no lo hagas.

Me alzó entre sus brazos y perdí contacto con la tierra mientras él me llevaba en volandas, riendo entre nubes de vaho. Cuando estuvimos junto a la puerta de la caseta, me depositó en el suelo.

—Te habría llevado volando hasta aquí, como en un cuadro de Chagall, si fuera capaz de hacerlo.

A pesar del frío, permanecimos fuera unos momentos cuando salí del lavabo, para admirar el paisaje. Todos los contornos rectos de las cercas y de los tejados estaban suavizados, y el techo cónico del molino de viento al otro lado del barranco parecía un montoncito de nata montada sobre un cucurucho, pero no duraría mucho. Algunos tejados ya mostraban parches de tejas rojas donde el viento se había llevado la capa de nieve menos gruesa. Las vides desnudas hilvanaban las colinas con líneas oscuras.

—Las viñas parecen filas de hombres enjutos en el campo de la prisión que alargan los brazos para tocar a su compañero —murmuró Maxime.

—Has de esforzarte por no pensar en esos términos. Admira la belleza del paisaje. Mira las laderas de las montañas de Luberon; ¿no te parece que son las jorobas de unos elefantes blancos arrodillados en postura de oración?

Maxime me sonrió.

—Si tú lo dices…

El cambio de estaciones reflejaba la atemporalidad de aquel territorio, que había soportado todas las tormentas y los ejércitos que habían pasado por allí. Una urraca blanca y negra se posó en nuestra valla. Las plumas blancas en las alas se elevaron con la brisa.

—Un cuadro de Monet —dijo Maxime, con tanta suavidad como si no quisiera importunar el manto silencioso que cubría el valle y nos envolvía—. ¡Qué paz se respira en este lugar! Me alegro de que pasaras los años de la guerra aquí.

Esperamos hasta que la urraca graznó, lo que nos hizo reír porque sonaba como un cachorro que gimoteara. Cuando alzó el vuelo, Maxime volvió a levantarme en volandas, y yo experimenté la exuberancia de Bella, libre de las leyes de la gravedad. Se puso a andar con cuidado, pisando sus propias huellas, de vuelta a casa.

Me disponía a ordeñar a *Genoveva* cuando el exultante cloqueo de *Kooritzah Deux* anunció que acababa de poner un huevo.

—En idioma gallina, eso significa «Recoge el huevo». Entra en el gallinero y encuéntralo antes de que se congele.

En el momento en que Maxime se agachó y entró, *Kooritzah* mostró toda su furia ante el desconocido en su territorio con unos estridentes cacareos y batiendo las alas sin parar.

—*Vite! Vite! Vite!* —exclamé—. ¡Está debajo de ella!

Maxime aunó todo su coraje y le arrebató el huevo.

—¡Ya lo tengo! —gritó, protegiéndolo entre sus manos.

—¡Bravo por el muchacho de ciudad! *Eh bien, lapushka! Merci!*

—¿Qué significa *lapushka*?

Noté que me sonrojaba cuando expliqué:

—Es un término cariñoso, algo como «cariño mío» en ruso.

Υ

Contenta de estar de nuevo dentro de casa, deposité sobre la mesa las páginas que Pascal había escrito.

—Es la letra de Pascal. Las encontré en uno de sus cajones, ayer.

Mientras él leía, primero en silencio, luego agregando murmullos de interés, me puse a elaborar queso.

—Estará listo para que te lo lleves de vuelta a París.

—¡Esto es un tesoro, Lisette! ¿No es un testimonio falso? ¿De verdad sucedió esta conversación?

—No creo que Pascal fuera capaz de inventar un diálogo con tanto detalle.

—*Monsieur* Laforgue debería verlo. ¿Te importa si le llevo estas hojas?

—Esperaba poder hacerlo yo misma algún día.

—Tienes razón. Mejor que lo hagas tú.

Le serví un *petit noir* hecho con café de verdad; sobre la mesa puse también una hogaza redonda, un *pain d'épeautre* de René. Le expliqué que era un pan tradicional elaborado con un trigo silvestre que crecía cerca de Sault, un pueblo situado más al norte.

—Has aprendido muchas cosas acerca de esta región.

—Sí, supongo que sí. Hace nueve años que vivo aquí.

Maxime partió la hogaza y arrancó un trozo, que se comió con ansia. Luego arrancó otro. Estaba segura de que el pan provenzal le ayudaría a recuperar las fuerzas.

Cuando estuvo saciado, aceptó que quizás hubiera formas de encontrar los cuadros en la Provenza rural que él desconocía.

—¿Hay alguien en quien puedas confiar para que te ayude a encontrarlos?

—Sí, Maurice, el conductor del autobús. Y Louise, su esposa. Mis mejores amigos.

—Vayamos a verlos.

Cuando llegamos a la casa de los Chevet, Maurice dio la bienvenida a Maxime con vehemencia, dándole unas palmadas en la espalda. Louise insistió en que nos quedáramos a comer. Había preparado una crema de patatas, remolacha hervida y arroz rojo de la Camarga. Sin perder tiempo, les referí por qué

259

habíamos ido a la pila de leña de la que se proveía la comunidad y lo que habíamos descubierto.

—Estoy seguro de que André escondió los cuadros allí. ¿Por qué, si no, habría dejado sus dos tablas? Está claro que para formar una doble plataforma para mantener los cuadros planos y secos.

—Un escondite poco afortunado, si me permitís que dé mi opinión —apuntó Maurice.

—Por lo menos estaban a cubierto —recalcó Louise.

—Ahora eso es irrelevante —respondió Maxime—. ¿Quién podría haberlos encontrado? ¿El guardabosques que se encarga de reponer los troncos en la pila?

—No lo creo. Tiene los ojos redondos de un gobio —alegó Maurice.

—¿Qué es un gobio? —quiso saber Maxime.

—Un pez que no vale para nada y que abunda en los ríos de esta zona —dijo Maurice—. Un pobre ingenuo.

—¿Podrían estar en casa de alguien? —preguntó Maxime.

Maurice resopló al tiempo que negaba con la cabeza.

—Nadie los colgaría en su casa. Es un pueblo pequeño, *monsieur*. Todos hemos estado en casa de los vecinos. Aquí no existen secretos. Todo el mundo sabe que esos cuadros eran de Pascal.

—¿Es posible que escondiera algunos debajo de la pila de leña y otros en otro lugar? —aventuró Louise.

—O que alguien los encontrara debajo de la pila de leña y los escondiera en otro lugar, hasta que pudiera venderlos fuera de Rosellón —razonó Maxime.

Su respuesta parecía más plausible.

—Pero ¿quién? —pregunté.

—¿Quién tiene contactos fuera de Rosellón? —se interesó Maxime.

—Aimé Bonhomme, el alcalde, pero es una buena persona. No se atrevería a hacer nada tan turbio. Todo el pueblo lo respeta —argumentó Maurice.

—También confiábamos en *monsieur* Pinatel cuando era alcalde —apostilló Louise—, pero su huida la noche que Hitler se suicidó ha despertado sospechas. Él tiene contactos fuera de Rosellón.

—Entonces supongo que fue él —concluí—. Al principio de la guerra, *monsieur* Voisin se quejó de que *monsieur* Pinatel se había llevado toda la leña, hasta la última capa sobre la plataforma, pero pensé que exageraba. Quizá levantó la tabla de madera y encontró los cuadros —me lamenté.

—No —terció Louise—. No puedo imaginarlo saliendo de noche a hurtadillas para robarlos.

—Pero sí que puedo imaginarlo diciéndoselo al teniente alemán —afirmé.

Pensé en otras personas que tuvieran contactos fuera del pueblo, y me sorprendió que Louise no lo hubiera mencionado. Las palabras «se arrepentirá» resonaron en mi mente. Bernard era tan impredecible que podría ser él.

Iba a expresar mis pensamientos en voz alta cuando Maxime lanzó una especulación.

—Supongamos, por un momento, que alguien los ha robado con intenciones egoístas. No sé si sabrán que Hitler, Göring y otros nazis de alto rango amasaron enormes colecciones de arte que se encontraron en unas minas de sal, particularmente en Altaussee, en Austria.

—Sí, habíamos oído la noticia. Rosellón no está tan incomunicado. —Maurice parecía molesto—. En el café hay una radio.

—Seguro que el alcalde también estaba al corriente, así que quizá escondiera los cuadros de Lisette en una mina cerca de aquí, a la espera del momento en que pudiera venderlos a un oficial alemán, quien, a su vez, se congraciaría con un regalo de arte a alguien por encima de él. Los cuadros podrían haber llegado a manos de oficiales de alto rango. Por París circula un montón de historias similares.

—¡Los cuadros de Pascal en manos alemanas! —grité.

Aquella posibilidad nos dejó a los cuatro sumidos en un angustioso silencio. Pensé para mis adentros en lo devastado que habría estado André, de haber sabido el destino de los cuadros.

Al cabo de unos minutos, Maxime dijo:

—Debería de ser alguien que no entendiera mucho de arte…

—Aquí la gente no entiende de arte —murmuré.

—Porque los cuadros de Lisette probablemente se consideraban demasiado modernos, lo que el ministro de Propaganda alemán, Goebbels, denominó «arte degenerado». Así que si el ladrón pretendía regalarlos a un oficial de alto rango alemán, podría haber cometido un error.

—¿Por qué no echamos un vistazo a la mina?

—Hay numerosas minas. La tierra debajo del municipio está perforada por miles de galerías —matizó Maurice.

—No es recomendable que bajes a una mina que no conoces, Lisette —me previno Maxime—. No te dejaré ir sola. Iré contigo.

—¡Bah! Tú tampoco las conoces.

—La mina más cercana interrumpió su actividad al principio de la guerra. De momento, solo han retomado una pequeña explotación en una sección de la mina —explicó Maurice—. No podemos ir allí si están trabajando, pero podemos explorar otras áreas de esa misma mina.

—¿Y cómo sabremos dónde hay que explorar? —preguntó Maxime.

Maurice hizo una pantomima, como si llevara un pico en el hombro y empezara a dar golpes en las paredes imaginarias a su derecha y a su izquierda. Luego se dio unas palmaditas en el pecho.

—Soy ambidiestro. Mi querido amigo, está usted delante de un minero al que asignaron el puesto de abrir la vía, como un capitán, a la cabeza del equipo número tres, en las minas Bruoux. Aimé Bonhomme trabajaba directamente detrás de mí. Dado que él era zurdo, lo cual era poco común, le pagaban más que a los diestros. A los mineros que abríamos la vía nos pagaban por la distancia que excavábamos en un día. Un metro significaba un buen día.

Louise agitó la mano como si espantara moscas.

—Frena, Maurice. No necesitan saber todos los pormenores. Lo siento, Maxime, pero los mineros de Rosellón son hombres orgullosos.

—Conozco la porción de la mina excavada hasta 1920, pero no después de esa fecha —admitió Maurice.

—¿Existen lugares donde se podrían esconder unos cuadros de forma segura? —pregunté.

—Sí. Hay hornacinas que cavamos para poner estatuas de santa Bárbara, la patrona de los mineros. Un par de mineros eran buenos tallando figuras de madera. Los cuadros podrían estar ocultos detrás de las estatuas. La cuestión es si podré recordar dónde están. Han pasado veinticinco años. No me meteré ahí dentro si no tengo la certeza de que sabré orientarme.

—De todos modos, no deberíais bajar en invierno —indicó Louise—. Lisette se congelaría. Mejor que esperéis hasta el verano.

—Mientras tanto, dibujaré un mapa.

Otra espera por delante.

A medianoche, oí que Maxime gritaba: «¡La viga cede! ¡Sal de ahí!». Corrí a su cuarto y lo encontré debatiéndose en una horrible pesadilla. Jadeaba, gimoteaba y se removía inquieto en la cama. Lo agarré por ambos brazos para inmovilizarlo.

—¡Estás aquí, en Rosellón! ¡No estás en una mina! Era una pesadilla, no hay peligro. Estoy contigo.

Él me dio la espalda, se cubrió la cabeza y alzó las rodillas. Me senté en la punta de la cama y lo rodeé con un brazo, hasta que dejó de temblar.

263

A la mañana siguiente, le serví un *petit noir* en una pequeña taza, como si estuviéramos en París, en lugar de en un tazón, al estilo provenzal.

—Puedo bajar a la mina con Maurice; no hace falta que nos acompañes —comenté.

—No puedo permitir que lo hagas. Tengo que ir contigo.

—No, Max. No pienso ponerte en tal situación. No es necesario que tengas más pesadillas.

Él se encogió y me miró tan avergonzado que me arrepentí de haberle dicho aquello.

—Mira, Lisette, nunca podré olvidar todo lo que pasó; forma parte de mí. Acéptalo.

—No estoy de acuerdo. Sí que puedes olvidar —susurré.

Maxime se encogió de hombros.

—Quizá nunca consiga superar esos ataques de miedo o de rabia. Incluso me he enfadado con mi madre.

—Poco a poco, Max. Rosellón me ha enseñado a ser paciente.

—¿Cuánto tiempo te quedarás aquí?

—Ya te lo dije. Hasta que encuentre los cuadros.

—Pero ¿y si no los encuentras? ¿Y si no están aquí?

En aquella ocasión, fui yo quien se encogió de hombros. ¿Cómo podía saberlo?

—¿Quieres que demos un paseo? ¿Aguantarás el frío?

Él contestó poniéndose el abrigo.

La nieve se había fundido en los adoquines, pero los había dejado mojados y resbaladizos. Bajamos la cuesta con cuidado, agarrados el uno al otro. En la parte baja del pueblo, nos detuvimos en la panadería para comprar dos bollos. Maxime arrancó la parte del centro más blanda del suyo y me lo acercó a la boca. Nos los comimos mientras caminábamos hacia el final del pueblo.

—Quiero enseñarte algo extraordinario, la única cosa en Rosellón que vale la pena visitar.

—Tú bien mereces una visita. No he venido aquí a admirar el paisaje. No soy un turista.

—Ya, pero te aseguro que nunca olvidarás lo que te voy a enseñar. Los aldeanos que anhelan la llegada de turistas lo·llaman el Sentier des Ocres.

Dejamos atrás el cementerio, remontamos un cerro bordeado de pinos y descendimos por el sendero hasta llegar a una cuenca con sus elevados muros acanalados, estriados en todos los posibles tonos de ocre.

—Durante siglos, estos muros han recibido el azote del mistral, que ha expuesto los ocres; después, los mineros bajaron y se ensañaron con estas paredes con sus picos. Pascal me dijo que la cantera tiene sesenta metros de altura.

Estábamos rodeados de pináculos y desfiladeros. El rojo-naranja relucía bajo la luz matutina, y los pinos de un intenso color verde proyectaban su sombra sobre la nieve.

—Es como si un mar de colores hubiera inundado las paredes de los desfiladeros y luego se hubiera congelado —suspiró Maxime—. Alguien debería pintar esto.

—Por lo visto, más lejos, incluso es más espectacular, pero los senderos son traidores cuando están mojados. Podemos volver en verano, y solazarnos con el calor reflejado en las paredes.

—No me importaría un poco de ese calor, ahora.

Los dos nos estremecimos a la vez; dimos la vuelta para regresar a casa. Mientras ascendíamos, pensé en lo que tenía que contarle, que me suponía un gran peso en la conciencia. Decidí que se lo diría más tarde, después de entrar en calor con una buena sopa de cebolla.

Necesité un largo rato para seleccionar las cebollas en el sótano. De nuevo en la cocina, las troceé muy finas, luego las sazoné con sal, vertí agua y añadí tres cubos de caldo de ternera. Corté tres rebanadas de *baguette* al sesgo, las puse encima de la sopa que había servido en unos cuencos, luego rallé requesón sobre el pan. Después de avivar el fuego en el hornillo, puse las tres porciones en el horno para que se tostaran.

—¿Por qué tres? —preguntó con curiosidad.

—Dos son para ti.

Luego me senté y contemplé cómo comía.

—He de decirte una cosa —empecé con suavidad.

Maxime blandió la cuchara de forma teatral.

—Adelante, *lapushka*.

Aquello casi acabó con mi resolución.

—¿Recuerdas cuando volvíamos del poblado de cabañas de piedra? Una furgoneta se detuvo y su conductor se ofreció a llevarnos.

—Sí. Me miró con cara de pocos amigos.

—Se trata del alguacil, Bernard Blanc, un tipo arrogante a más no poder. Es muy temperamental; pasa de ser gentil y atento a mostrarse agresivo. Sin mi permiso, durante la guerra, me dio cosas que necesitaba: una gallina con la que preparé un estofado, semillas para disponer de un pequeño huerto, leña. Me dio a entender que, por el hecho de aceptar tales regalos, estaba en deuda con él. Se refería a un favor sexual. En dos ocasiones me agarró violentamente y me abrazó.

Maxime dejó de comer. Derramó el caldo de su cuchara.

—Max, por favor, no me malinterpretes. En ningún momento le di pie para que pensara que estaba interesada en él. Al contrario. He llegado a ser bastante desagradable con él.

—¿Cómo?

—Una vez le cerré la puerta en las narices. En otra ocasión, él entró hasta el patio, por la puerta lateral de la verja, mientras yo estaba limpiando la caseta del lavabo. Me tentó mostrándome una ristra de salchichas al tiempo que soltaba una grosería, y me invitó a ir a su casa, donde él me daría una salchicha cada noche. Cuando dijo que yo estaba coqueteando contigo en lugar de estar afligida por André, no lo soporté, hundí la pala en la zanja llena de porquería, saqué un montón y se lo eché encima.

Maxime soltó una carcajada, libre de todo sentimiento de culpa. Su risa explotó y llenó la estancia.

—Se lo merecía —concluyó.

—Entonces lanzó las salchichas por el barranco y me amenazó. Ver la ristra de salchichas atravesando el aire fue todo un espectáculo.

—Seguro que Chagall habría inmortalizado el momento en un cuadro —bromeó Maxime—. Si pinta peces y gallos en el cielo, ¿por qué no salchichas?

Sin poder dejar de reír, Maxime subió a su habitación. Al cabo de unos momentos, volvió a bajar y me miró con ojos mordaces.

—Después de oír cómo ese tipo intentó seducirte con regalos, por un momento he dudado si darte esto, pero lo he traído, así que aquí tienes.

Dejó sobre la mesa una cajita, apenas de unos ocho centímetros cuadrados, con unas letras doradas en las que ponía: À LA MÈRE DE FAMILLE, el nombre de la *confiserie* más antigua de París, en el Faubourg Montmartre.

Levanté la tapa.

—¡Mazapán! Te has acordado de que me encanta el mazapán.

Me puse la tapa de la caja en el pecho y admiré las cuatro frutas perfectas: una manzana, una pera, una cereza y un melocotón.

—¡Son los colores de Rosellón!

Un hombre que regalaba figuritas de mazapán no podía tener pesadillas toda su vida, seguro.

Capítulo veintisiete

Ocres de todos los tonos

1946

¡*P*or fin llegó el espléndido verano! Supuse que todo Vaucluse estaría floreciendo de forma espectacular. Las lianas de pasiflora que se enredaban en la valla del patio estaban cubiertas de unos delicados e intricados capullos; los pétalos verde pálido se extendían como una aureola de luz, con su fleco circular de rayos violeta y su centro amarillo con un redondel rojo en su interior, del que brotaban unos filamentos de color verde amarillento que sostenían los saquitos de polen. El aire frente a la casa de Louise emanaba fragancias de lavanda y de caracolillos de olor. Mi almendro estaba cargado de unas almendras tan verdes como el perejil; sus cáscaras aterciopeladas me tentaban a que las probara, pero me contuve. Sabía que estarían tan amargas como el vinagre, ya que todavía no estaban maduras. La Provenza me estaba enseñando a rendirme a las estaciones, y a aguardar con paciencia.

Pero cuando Maxime se plantó en el umbral a mediados de agosto, no pude contenerme. Lo abracé al instante. Ya había sido paciente durante mucho tiempo.

Él ofrecía un aspecto mucho más saludable, y había ganado peso. Su pecho ya no era cóncavo, no tenía la piel alrededor de sus ojos tan hundida, incluso sus muñecas no estaban tan delgadas.

Había venido por la exploración de la mina; no pensaba entrar, pero quería estar allí, por si Maurice y yo regresábamos a casa con los cuadros.

Las minas Bruoux, donde Maurice y Pascal habían traba-

jado, quedaban a unos seis kilómetros de Rosellón, hacia el
este, cerca del pueblo de Gargas. Detrás de algunas carretillas
oxidadas en los raíles, una fila de arcos redondeados perfora-
dos en la montaña daba la bienvenida a aquella oscura mina.
Maurice dijo que los arcos tenían quince metros de altura.
Con gran orgullo, explicó que dos mineros se encargaban de
medir la anchura de cada galería —y soltó la broma de que, al
final, resultaba que Rosellón no tenía una galería de arte, sino
muchas—; un minero diestro y otro zurdo, de pie, colocados
uno al lado del otro, estirando los brazos que daban a la pared
mientras sostenían la pica. Esa había sido la pauta que se había utilizado para excavar todos los túneles con la misma anchura, lo que confería estabilidad a las bóvedas sin necesidad
de recurrir a vigas de soporte.

—¿Me estás diciendo que no hay nada que sostenga los
arcos?

—Solo la geometría. La estructura es muy segura, y la excavamos con gran esmero para que quedara bonita. Seis generaciones de mineros han trabajado en ella. Los ocres de esta
mina se han distribuido por el mundo entero.

Accedimos por una de las entradas. El aire era frío en el interior del túnel, y oímos el eco del arrullo de las palomas. A medida que descendíamos, aumentaba la oscuridad, así que encen-
dimos las linternas de pilas. Al instante, una bandada de
murciélagos se nos echó encima. Yo chillé y hundí la cabeza.

Maurice se echó a reír.

—¡Uy, lo siento! Olvidé avisarte.

—*Merci bien, monsieur le chevalier.* ¿Hay otros bichos
aquí dentro?

—Solo un dragón que escupe fuego por la boca, pero lo tenemos domesticado. De todas formas, no te alejes mucho de mí.

Las paredes que Maurice iba iluminando con la linterna
eran de un color que él llamaba amarillo intenso de cadmio y
naranja de cadmio, pero, más adentro, en la mina, vi venas de
color dorado, y otras de un blanco cremoso o granate. Todo me
parecía pavorosamente extraño y maravilloso. Me puse a recoger piedras del suelo para enseñarle los colores a Maxime, hasta
que ya no pude cargar con más.

Achiqué los ojos para poder ver lo que había a lo lejos: las costillas de los arcos disminuían de tamaño del mismo modo que sucedía en la nave de Notre Dame. En París, sabía que todos los arcos eran de la misma altura, por lo que supuse que en la mina también debían ser iguales, aunque los más apartados parecían más cortos. Aquello era una catedral, excavada para la extracción de minerales con los que se pintarían bellos cuadros en todo el mundo. Me invadió un escalofrío de emoción al pensar que estaba dentro de la tierra, en lugar de en su superficie.

—¿Crees que otras mujeres en Rosellón han estado aquí, en las entrañas de la tierra?

—No, ninguna mujer querría hacerlo.

Ninguna mujer tenía mi motivación.

A veces, el terreno descendía bruscamente y me precipitaba hacia delante, momentos en los que me llevaba un buen susto. El sonido del constante goteo de agua me incomodaba, y algunas áreas estaban cubiertas de barro y resbaladizas. Los pilares de piedra disminuían su perímetro cuando alzaba la vista hacia el techo, y las estalactitas blancas, húmedas y relucientes, disminuían en grosor a medida que las seguía hacia abajo con los ojos. Encontramos un lago de un líquido que olía a sulfuro, y tuvimos que recorrer aquel tramo pegados a la pared, con el suelo resbaladizo.

A menudo, una galería perpendicular se expandía hacia la derecha y hacia la izquierda, y desde allí se iban abriendo otros túneles en paralelo a la galería principal. Pronto perdí la noción de dónde estaba. Recorrimos los trescientos metros de todos los túneles laterales hasta que llegamos a los quebrados extremos escalonados, que eran como unas gradas de gigante, con cada peldaño de un metro de altura. Entonces, metódicamente, regresábamos a la galería principal, la cruzábamos, recorríamos el túnel opuesto hasta el final y regresábamos.

De vez en cuando, en los cruces de los túneles, los nichos excavados en las paredes todavía mostraban tallas erosionadas de santa Bárbara, lo que confería más sensación de estar en un templo. En cada caso examinábamos el espacio detrás de la talla y quitábamos cualquier piedra suelta, pero sin éxito.

Maurice apuntó la linterna hacia el mapa que había dibujado y dijo:

—Hasta aquí excavé yo, pero veo que han seguido abriendo más vías. Me gustaría echar un vistazo, si no te importa.

Llegados a ese punto, me sentía cansada y con frío, pero quería continuar. Maurice se dio cuenta de que estaba tiritando y me ofreció su chaqueta.

—En el fondo eres un verdadero *chevalier*, no solo un caballero de las carreteras, sino también de las galerías subterráneas.

La chaqueta tenía bolsillos, así que pude guardar los trozos de minerales que llevaba y recogí más.

Maurice dio la vuelta al mapa y empezó a trazar una línea a medida que avanzábamos.

—¿Hemos llegado muy lejos?

—Cada túnel tiene trescientos metros de largo.

—¿Y a qué profundidad crees que estamos ahora?

—No mucha.

Las estatuas de santa Bárbara estaban en mejor estado a medida que nos adentrábamos en las galerías excavadas más recientemente. Al final de una de ellas, Maurice iluminó la plataforma superior con la linterna, probablemente a unos ocho metros por encima de nosotros, tal como hacía cada vez que llegábamos al final de una galería. Alguien se había dedicado a colocar unas piedras a ambos lados para formar una fina pared. En ninguna otra galería habíamos visto nada parecido.

—¿Para qué sirve esa doble pared? —pregunté.

—No lo sé.

Le costó mucho ascender por las enormes gradas; jadeaba y resollaba sin parar, hasta que por fin alcanzó el último peldaño y pudo apartar la ringlera de piedras.

—¡Lisette! —Alzó un papel enrollado—. O bien es el mapa del ingeniero, o...

—¡O un cuadro!

Lo bajó con precaución. Lo desenrollamos con mucho cuidado.

—¡El bodegón! —grité, llena de alegría.

En la galería resonó mi ilusión: «Bodegón, bodegón, bodegón».

—¿A quién se le ocurriría meterlo ahí? —se preguntó Maurice, con más sorpresa que curiosidad.

Lo enrolló sin apretarlo, para dejarlo tal como lo había encontrado.

—Los otros también deben de estar aquí. Vendré otro día; creo que por hoy es suficiente.

—¡No! Hemos encontrado uno. Los otros deben de estar cerca. ¡Tenemos que seguir!

Buscamos en vano durante lo que parecieron horas, examinando cada rincón de la galería principal. Yo estaba congelada. Maurice respiraba con dificultad.

Me acompañó a casa para ver la reacción de Maxime. Grité su nombre desde la puerta. No obtuve respuesta. Corrí escaleras arriba. Su cama estaba sin hacer, pero vacía. Maurice echó un vistazo al patio. Había una nota sobre la mesa del comedor: «No te preocupes. Estoy con Louise».

Bajamos la cuesta corriendo hasta cubrir la distancia de cinco casas y lo encontramos degustando plácidamente una menestra, el guisado de hortalizas que había preparado Louise.

—¡Mira!

Maurice desenrolló el lienzo.

—¡Cézanne! —exclamé.

—Cézanne —constató Maxime, con un gesto afirmativo y una amplia sonrisa.

Louise me abrazó.

Las palabras se me atragantaban entre los labios cuando describí el interior de la mina. Maurice describió el escondite.

Saqué las muestras de minerales.

—¡Fijaos! Ocres de todos los tonos, en piedra y en la fruta de la pintura.

Maurice sirvió pastis. Estábamos contentísimos.

—André no lo escondió ahí —dedujo Maxime con un gesto de desaliento—. Él nunca habría enrollado el lienzo. Además, lo han enrollado de forma que el bodegón queda en la cara interior, lo que podría haber dañado la pintura. Si a André no le hubiera quedado más remedio que enrollarlo, lo habría hecho de forma que el bodegón quedara hacia fuera. Cualquiera que entienda de cuadros sabe eso.

Aquello parecía indicar que alguien había robado los cuadros.

271

En casa, Maxime estiró el lienzo con gran cuidado y lo limpió; entre tanto, yo me dediqué a buscar el marco del bodegón y lo encontré.

—Quiero colgarlo sobre la alacena de André, donde estaba antes. Quiero que todos los cuadros ocupen los mismos lugares que antes.

—Entonces, ¿dónde colgarás tu Chagall?

—De momento aquí, entre estas dos ventanas.

Lo clavé mientras Maxime colgaba el bodegón sobre la alacena de André; luego puse los minerales de ocre encima de la alacena.

Nos dedicamos a admirar el cuadro de Cézanne unos instantes, en silencio. A la izquierda, había un gran frasco de aceitunas como el que yo tenía en mi cocina, y Louise en la suya; a la derecha, casi pegado al frasco, una jarra redondeada de jengibre color azul grisáceo embutida en una cesta de mimbre. Un poco más apartada, a la derecha, había una compotera de porcelana blanca con manzanas. En un primer plano, unas naranjas resbalaban de un plato blanco, dispuesto en un ángulo precario sobre un mantel blanco hecho un burujo. Sobre la mesa también se veía una solitaria pera amarilla.

—Todos los colores de Rosellón se mezclan en esa fruta —comenté—. Y el mantel azul, con esas sombras de azul más oscuro, es como me imagino que debe de ser el Mediterráneo. Me encanta. —La pintura se tornó borrosa ante mis ojos, humedecidos por la emoción—. Había días, durante la guerra, que pensaba que nunca los recuperaría.

Maxime deslizó un brazo alrededor de mis hombros.

—*Monsieur* Laforgue me contó una anécdota de Cézanne, que, con su típico vozarrón provenzal, se jactaba diciendo: «Maravillaré a París con una manzana».

—Nos está maravillando a los dos con cinco manzanas.

—Es mejor que valores cada una por separado. Probablemente, invirtió días en cada una de ellas, meditando todos los detalles, hasta que descubrió la individualidad de todas y las plasmó en el lienzo.

—Con sutiles cambios de tono —añadí, alardeando de mis conocimientos.

Maxime rio, divertido.

—Sabía que eras una chica lista.

Me encogí de hombros y dejé escapar una risita.

—Cézanne tenía una conciencia tan pura que nunca dependió de otro cuadro anterior de una manzana, ya fuera de él o de otro pintor. Para él, cada manzana tenía un carácter excepcional...

—Como las personas —solté.

—Cierto, mi querida señorita excepcional. Cézanne descubrió la excepcionalidad de cada manzana poco a poco, y se recreó en cada descubrimiento. —Me sonrió, y supe que se refería a algo más que a las manzanas—. Entonces, con esfuerzo, logró contener la pasión que sentía por cada manzana y la dejó reposar para siempre en su cuadro. Era un devoto de cualquier objeto que pintaba, como un santo lo es de Dios.

—¿Usó cinco manzanas por algún motivo en particular?

—Míralas: cuatro en un plato, y una que descansa sobre las otras cuatro. Achica los ojos hasta que tu vista enderece las curvas y anule detalles. ¿Qué figura geométrica ves?

—Una pirámide.

—Bien. Por eso utilizó cinco. Simplificó formas para que sus temas se vieran como figuras geométricas; conos y esferas por aquí. ¿Qué me dices de la pera?

Me quedé pensativa hasta que él sugirió:

—Un pequeño cono en punta, sobre una esfera. ¿Por qué crees que pintó solo una pera?

—¡Por su excepcionalidad!

—Y porque existe un principio dinámico cuando se aplica mucho contra poco.

Vi que las cinco manzanas y las tres naranjas contrastaban en importancia y peso respecto a la pera solitaria, pero lo que me fascinó fue el recuerdo del peso e importancia de la Virgen María y el niño Jesús en contraste con aquella pera solitaria delante de ellos, en el cuadro del orfanato.

—De todos modos, ¿lo definirías como un cuadro impresionista? No se parece en nada a la obra de Pissarro.

—Ahora lo llamamos posimpresionismo. Parte del impresionismo, ya que, por ejemplo, el mantel blanco absorbe los colores a su alrededor. Lo mismo pasa con la jarra azul grisáceo y con el trazo ocre amarillo en esa manzana. Pero Cézanne se

273

negó a verse limitado por los principios del impresionismo, en este caso, por la perspectiva. ¿Ves la inclinación del plato? No puede apoyarse en ese mantel arrebujado; sin embargo, lo colocó así intencionadamente, para ofrecernos una mejor vista de las naranjas. Decidió atentar contra las reglas de la perspectiva y de la gravedad. Ese es su propio primitivismo, algo que no copió de ninguna escuela ni movimiento. Experimentó con esa condición durante un largo periodo de tiempo.

Maxime se acercó más al cuadro. Yo lo imité. Con gestos lentos y curvos, su mano trazó la repetitiva redondez del plato, de la jarra, de las manzanas y de las naranjas. Me fijé en su mano, que solo estaría allí unos días, en lugar de mirar el plato y la jarra pintados, que se quedarían conmigo toda la vida. Me fijé en que la curva de la cicatriz en su mano corría paralela a la curva del borde del plato. Aquello casi me hizo llorar. Esa curva debió de formarse en el instante en que explotó la granada, en el momento en que los dos perdimos a André. La curva trazaba un arco que nos unía.

Como si hablara para sí, Maxime murmuró:

—Estamos admirando la obra de un genio.

Su comentario me sacó de mi ensimismamiento y volví a centrar la atención en el cuadro.

—Ahora veo que la pera es más amarilla por el lado de las naranjas, y más verde donde tiene detrás el mantel azul. Los colores se funden entre sí con una gradación tan precisa que es imposible decir dónde acaba el verde y empieza el amarillo —interpreté.

—De una forma natural, como si cada pincelada de color fuera consciente de todas las otras pinceladas de color, hombro con hombro, como amigos en un regimiento.

Noté una fuerte presión en la frente.

—No es un comentario negativo, Lisette. Un color adopta su tono en respuesta a otro color, tal como pasa con los soldados, con los amigos, con los amantes. Nuestra proximidad nos otorga nuestra plenitud.

Se volvió hacia mí con una sonrisa natural que desterró cualquier duda que todavía pudiera albergar acerca de su salud mental y física. Maxime estaba ganando la batalla.

274

Capítulo veintiocho

Mazapán

1946

*T*ras dos días de búsqueda infructuosa en la mina, llegamos a la conclusión de que no había ningún otro cuadro escondido ahí dentro. Maxime sugirió que cesáramos la búsqueda. Yo me mostré conforme. No era justo que él se quedara en casa solo día tras día, solo porque yo sabía que si iba con nosotros hasta la entrada de la mina, se adentraría el también por inercia.

En lugar de eso, acompañados por Aimé Bonhomme, inspeccionamos la casa del alcalde Pinatel. Era obvio que él y su esposa se habían marchado precipitadamente porque habían abandonado un montón de cosas de valor. Si el alcalde había encontrado los cuadros al vaciar la pila de leña, lo más probable era que se los hubiera llevado con él. Eso quería decir que podían estar en cualquier lugar, perdidos para siempre. Lloré pegada al hombro de Maxime.

—No es necesariamente el final, *chérie* —me consoló Maxime cuando regresamos a casa—. Quizás haya sido ese tipo, el alguacil, el que te llevó leña, así que no te enfrentes más a él, ni tampoco se lo preguntes directamente. Si fue un oportunista y topó con los cuadros por casualidad, si pensaba usarlos para ascender de posición en el Gobierno de Vichy o con los alemanes, pensar que podría ser descubierto podría empujarlo a quemarlos. Tenemos que actuar con cautela. Quizá tengamos que inspeccionar su casa.

—¡Uy, no, Max! ¡Eso sería peligroso!

—¿Hasta dónde estás dispuesta a llegar con tal de recuperar los cuadros? Por el bien de Francia, o por tu propio bien, deberían estar en las manos adecuadas. Entérate de si tiene previsto salir de Rosellón algún día.

Accedí con resolución, aunque con reservas.

Intenté pensar en algo divertido para entretener a Maxime. Coloqué una taza de té al revés sobre la alacena de André, justo debajo del cuadro de Cézanne, luego lo cubrí con una servilleta blanca, tal como Cézanne había hecho con un mantel. Puse las frutas de mazapán en un platito blanco y lo decanté, apoyándolo en la taza. Las preciosas figuritas de fruta resbalaron. Me afané en cogerlas antes de que cayeran al suelo. Max rio, igual que yo.

—¿Cómo consiguió que las naranjas se quedaran en esa posición? —me interesé.

—Es posible que usara una fuerte resina que se llama goma arábiga, un aglutinante que se emplea para que los pigmentos se adhieran al papel.

En el regalo de Maxime, las figuritas de mazapán, vislumbré al viejo Max, el Max de antes de la guerra, el Max que podía ser frívolo, que disfrutaba con las cosas pequeñas. Aquel era el regalo más grande.

—Veo París en estas frutas de mazapán —dije.

—¿Puedes oír cómo te canta? —preguntó él.

—He oído su canto durante una década. ¿Puedes oír cómo Rosellón te canta a ti?

—Sí, un poco. Los «beees» son la melodía, y los cacareos, la armonía.

—Tengo una idea para imprimirle aún más viveza a la canción, si es que eso es posible.

Tomé los minerales de ocre que había colocado sobre la alacena y salí al patio. Me puse de cara al estuco agrietado de color ocre rosado, que aún estaba húmedo por la lluvia de la última noche previa, y pregunté:

—¿Cómo crees que pintaban los artistas cavernícolas?

—Con saliva.

—Eso no lo sabes; no estabas allí.

Al final, escupí en el mineral, froté la saliva por la piedra y dibujé una línea horizontal de color ocre rojo en la pared.

—¡Estoy pintando!

—Un fresco —admitió Maxime.

Volví a escupir y dibujé una línea paralela más corta debajo de la primera, luego las uní con una línea vertical en cada punta.

—¡Genial! Un trapezoide. A Cézanne le gustaría.

—Es más que un trapezoide. ¡Fíjate! —Volví a escupir e hice que sobresaliera un cono en una punta, y otro cono más pequeño que partía del mismo ángulo que el primero, hacia abajo—. Es una cabeza, por si no te has dado cuenta.

A continuación, dibujé cuatro rectángulos estrechos, que descendían del cuerpo y le pregunté:

—¿Qué es esto?

—Hummm… Si tuviera cuernos, sería una cabra.

—¡Es *Genoveva*! —Dibujé dos arcos que salían de su cabeza hacia atrás, por encima del cuerpo—. ¡Ven aquí, *Genoveva*! ¡Tienes que dar el visto bueno a tu retrato!

La cabra se acercó al oír mi llamada, lanzó una rápida mirada y desvió la cara, como una aristócrata del corral, antes de alejarse con paso tranquilo.

—Quizá no se reconozca a sí misma —comentó Maxime—. Tal vez esté buscando las ubres.

—¡Uy! ¡Me olvidé!

Dejé escapar una risita y dibujé medio círculo debajo del vientre, luego añadí las ubres puntiagudas para que *Genoveva* estuviera orgullosa. La arrastré hasta colocarla delante de su retrato y le mantuve la cabeza recta, para que no pudiera desviar la vista hacia los lados, en un intento de obligarla a mirar.

—*Beee* —baló *Genoveva*.

Maxime rio.

—A cualquier nuevo estilo de arte se le recibe siempre con críticas, al principio. A los pintores cavernícolas también les pasaba, estoy seguro. Ahora ya sabes cómo se sentían los impresionistas.

—¡Mira esto!

Escupí en otra piedra.

—¿No sería más fácil mojarlas en un cuenco lleno de agua?

—No, escupir forma parte del ritual; es más auténtico. ¿No lo sabías? Es un aglutinante.

Me puse de puntillas y dibujé una figura ovalada, el cuerpo

de *Kooritzah* boca abajo, en el cielo, con las alas extendidas, las patas oblicuas y el pico abierto.

—Está cacareando la canción de Rosellón.

El acto de crear era adictivo. Maxime agarró un trozo de mineral, escupió en él, y dibujó un rectángulo largo y muy estrecho, luego añadió una amplia media esfera en la parte superior.

—¡Un árbol!

—No, no «un» árbol… cualquiera; «el» árbol.

Los dos nos pusimos a dibujar almendras en la copa.

—¿Qué más? —pregunté.

Maxime echó un vistazo a su alrededor y, con más trazos y saliva, dibujó un gran trapezoide, más estrecho por el lado de arriba, y lo coronó con una pequeña media esfera.

Me acaricié la barbilla como haría un anciano, preguntándome qué podía ser.

—Odio parecer un crítico ignorante, pero así de cerca es incomprensible y horroroso —dije—. Visto de lejos, es horroroso e incomprensible.

—No está terminado. Ten paciencia —me reprendió Maxime.

278

Añadió cuatro trapezoides, con los extremos más estrechos pegados a la media esfera, apuntando hacia fuera como unas varillas.

—¡El molino! ¡En todo su pasado esplendor! ¡Oh, Max! ¡Es exquisito!

—Espera, todavía falta un detalle. —Rio divertido mientras dibujaba un trozo de valla con algo oval encima de la barandilla—. La urraca de Monet. Ahora nuestro fresco es un Cézanne, un Chagall y un Monet juntos.

Al día siguiente, sin poder resistir la tentación, agregamos algunos pequeños toques: una flor de lis en el molino, y pezuñas y pestañas a *Genoveva*. Maxime regresó a París en un estado anímico mucho más alegre que cuando se marchó la primera vez, en su primera visita.

—París —pronunció a través de la ventana del autobús de Maurice.

—París —repetí yo.

Y

El convencimiento de que algún día volvería a ver el Sena, a escuchar charlas animadas en los cafés, a admirar los bonitos escaparates y a oír la música del acordeón en una estación de metro, hacía menos opresiva la garra de aislamiento y exilio que había estado sintiendo y, paradójicamente, me permitía apreciar más mi casa.

Los días eran más largos; podía disfrutar de nuestro mural infantil con sus figuras geométricas en el patio, así como del bodegón de Cézanne al atardecer. Me divertía la gracia y el carácter burlón del plato ladeado. Quizás había sido un error esperar que encontraríamos todos los cuadros juntos entre los dos tablones de madera, debajo de la pila de leña, como si aguardaran mi llegada para llevármelos de vuelta a casa sin más, en un abrir y cerrar de ojos. Si los hubiera encontrado todos juntos, la impresión quizás hubiera sido excesiva. A lo mejor no habría prestado la debida atención a una pera solitaria. Tenía que volver a familiarizarme con cada lienzo como si se tratara de un viejo amigo, sin prisa, hasta hacerle un ladito en mi corazón antes de dedicar la atención a otro cuadro.

Mi mirada iba del bodegón de Cézanne a las frutas de mazapán de Maxime. ¿Por qué no intentaba elaborar mi propio mazapán? En invierno, tendría muchas almendras. En cuanto al azúcar, continuaba siendo una materia cara. Pero si compraba pequeñas cantidades de cuando en cuando y bebía té con la miel de Maurice, en lugar de usar azúcar, y lo mismo hacía con el café, en Navidad tendría suficiente para preparar regalos de mazapán para mis amigos. Y, después de eso, Odette podría venderlo en la *boulangerie*, o Jérôme Cachin podría hacerlo en la *épicerie*. Y, con el tiempo, podría ganar suficiente dinero para pagarme el billete de tren a París.

Mientras tanto, debía encontrar el modo de elaborar tintes naturales y probarlos en patatas blancas. Durante las siguientes semanas, asé las zanahorias a la brasa, raspé y trituré las pieles, y sequé y pulvericé el residuo. Mezclado con unas pocas gotas de agua, convirtió una patata blanca hervida y pelada en una bonita naranja.

Experimenté con brotes de acacia para obtener amarillo,

279

pero le confirieron un sabor amargo a la patata, y la escupí. Fui a Apt y encontré hebras de azafrán amarillo en la parada de las especias. Eran caras, pero compré una cantidad ridícula. Necesitaba amarillo para mezclarlo con naranja, para los melocotones.

Las hojas de mis remolachas destiladas dieron un amarillo verdoso, ideal para las peras. Herví la remolacha más pequeña que tenía para obtener un zumo de un rojo oscuro intenso que me serviría para las uvas. Hice una prueba con una orquídea abeja, pero soltó un malva grisáceo, solo útil para una ciruela mustia. Los dientes de león amarillos proporcionaron un pálido color orina, y los brotes del heliotropo silvestre dieron un morado oscuro, ideal para las uvas negras.

Recordé que el día que llevé el queso de cabra a los refugiados que vivían en el molino había visto un granado junto a la edificación cilíndrica. Tendría que esperar hasta noviembre para que la fruta diera semillas y madurara. Estaba segura de que el zumo sería de un rojo rubí intenso, perfecto para las manzanas.

Pero ¿cómo preparar la masa de almendra? Una tarde, cogí las cuatro figuritas de mazapán, las metí en la cajita y las llevé a la *boulangerie*, donde se las mostré a René.

—¿Has hecho alguna vez mazapán?

—Sí, en Italia. Masa de almendra y azúcar.

—¿Qué más?

—Un par de huevos. Necesitarás crémor tártaro para estabilizar las claras y conseguir una textura más cremosa. Para elaborar la pasta con la que recubro la parte superior de mis pasteles, uso el poso del proceso de fermentación de la uva para elaborar vino. Émile Vernet te dará todo el que necesites. Pero solo has de poner una pizca.

—¿Algo más?

—Cuestión de ensayo y error. Y paciencia.

Reuní toda la paciencia de la que fui capaz, observé cómo las vainas blandas verdes de las almendras se volvían duras, y sus superficies se agujereaban como un tapón de corcho. Por fin llegó noviembre, el momento de recoger las almendras. Tal como había hecho antes, lancé una cuerda alrededor de las ramas más bajas y espanté a *Genoveva* para que se alejara, pero la señora se negó a moverse.

—Te arrepentirás —la avisé, y recordé que Bernard Blanc había pronunciado las mismas palabras en ese mismo patio.

Agité la cuerda con brío hasta que una lluvia de almendras nos cayó encima, lo que provocó un «beee» enojado y una inequívoca mirada de acritud mientras *Genoveva* se alejaba dando saltitos.

A continuación, la tediosa labor de colocarlas una a una encima de una piedra plana y descascarillarlas a base de golpes con el mazo de André. Comí la primera y me atraganté con la piel áspera. Tendría que escaldarlas en agua hirviendo para quitarles la piel. Quemé las cáscaras en el hornillo para calentar el agua, de acuerdo con el principio provenzal de que no se tira nada, que todo se aprovecha.

Siguiendo las instrucciones de René para preparar la masa de almendras, pulvericé las almendras escaldadas, calenté el azúcar despacio, agregué el sucedáneo del crémor tártaro que me había dado Émile, lo herví durante tres minutos, puse el cazo en agua fría, lo removí hasta que espesó, agregué las almendras sin dejar de remover, añadí las claras, seguí removiendo durante dos minutos a fuego lento y, con la ayuda de una cuchara, deposité la mezcla sobre una tabla espolvoreada con azúcar glasé. No me costó nada amasarla hasta formar pequeñas bolas, pero el gusto… ¡Bah! No valía nada.

Fui a ver a René.

—La masa ha quedado sosa; no sabe a nada —me lamenté.

—Añádele un poco de extracto de almendra. Jérôme lo vende.

—¿Y ahora me lo dices? He gastado mucho azúcar.

Odette me miró con compasión, puso una *baguette* sobre el mostrador de vidrio y cogió mi moneda. Me marché desalentada, hasta que pensé en intercambiar almendras por extracto de almendra. Me costó mucho convencer a *monsieur* Cachin, pero al final lo conseguí.

Usé la masa echada a perder para practicar con las formas y para probar todos los colores. Formé bolas, las aplasté por una punta para las peras, dibujé un cráter en la parte superior y en la parte inferior para las manzanas, las enrollé hasta formar una figurita oval para las uvas, las perfilé y alisé para los melocotones. Curiosamente, aquella tarea me recordaba las ranuras que André hacía con las gubias y las hojas talladas con las que decoraba sus marcos. Sentí una plácida satisfacción

—¡Mira, André! —grité sin poder contenerme—. ¡He tallado un melocotón!

A finales de noviembre, llegó la época de recolección de las granadas, que ya estaban maduras. Tuve suerte. El árbol junto al molino tenía más de las que podía necesitar. Con la sensación de estar haciendo algo indebido, arranqué tres granadas sin más dificultad; me disponía a arrancar la cuarta cuando la puerta del molino se abrió con un fuerte estruendo. Las dejé caer y me escondí con sigilo, segura de que alguien saldría a perseguirme con una horquilla.

No vi a nadie. Esperé un rato, encorvada detrás de una gigantesca mata de romero. Oí otros dos portazos. Asomé la nariz y vi que la puerta se abría y se cerraba sola. ¡Claro! Los molinos de viento se construyen en lugares ventosos.

Regresé con pasos cautos y recogí mis cuatro granadas. Pensando que la familia de refugiados quizá todavía viviría allí, llamé a la puerta con unos educados golpes suaves, pero no oí nada. Era una oportunidad que no podía dejar escapar. Abrí la puerta y coloqué unas piedras para que no se cerrara, cosa que me permitió echar un vistazo al interior. Era evidente que la familia había estado viviendo en la planta baja, pero no quedaba ni rastro de sus pertenencias. Habían dado la vuelta a un barril para utilizarlo como mesa. Por el suelo había restos de comida esparcidos: latas de sardina vacías, botellas de vino y patas de gallina. Qué extraño tenía que ser vivir en una estancia circular, sin ser capaz de ver el otro lado de la habitación a causa del mecanismo y la escalera de caracol alrededor de la viga central.

Aparté todos los objetos cubiertos de polvo, ladeé el barril para mirar debajo, le di la vuelta a todos los sacos de harina y los sacudí, pero no encontré nada, salvo un ratoncito muerto.

Subí las escaleras a través de cortinas de telarañas. Llegué a un rellano que tenía forma octogonal, donde había una rueda de trinquete que se ensamblaba a otra más pequeña a través de un eje. Moví todas las piezas de madera, cada una de las herramientas.

Una escalera de mano conducía a un piso superior. Cuando pisé el primer peldaño, este cedió y se rompió, pero con esfuerzo logré encaramarme. Justo debajo del tejado redondeado, en un espacio angosto, vi unas pilas de leña, dispuestas de forma ordenada. Bajo la tenue luz, conté las filas para poder dejarlas luego exactamente tal como las había encontrado. ¡Estaban apiladas encima de algo que parecía un lienzo! Lo llevé al piso inferior y lo contemplé a la luz del umbral.

—¡*La pequeña fábrica*, de Pissarro! ¡La fábrica de pinturas en Pontoise!

¿Y si alguien me veía salir con el lienzo? Yo no era la ladrona. ¿Por qué habría de importarme que alguien me viera? No había necesidad alguna de actuar con cautela, pero tuve un extraño presentimiento y decidí ir a buscarlo de noche. Lo escondí dentro de un saco de harina, debajo de un barril que estaba boca abajo, y agarré mis granadas. Me costaba llevar las cuatro a la vez, así que alcé la falda y formé con ella una concavidad, las guardé ahí dentro y me marché con paso ligero, con la vista puesta en el terreno para no tropezar, hasta que vi dos botas relucientes delante de mí. Me detuve en seco.

—Si quería granadas, yo podría haberle cogido más de las que lleva en la falda.

El alguacil estaba de pie, en la carretera, con las piernas separadas en forma de V, como un coloso. ¿Acaso nunca me libraría de aquel tipo? ¿Me había visto salir del molino, de una propiedad privada en la que no tenía permiso para entrar?

—Oh…, yo…, yo… solo quería unas pocas. —Intenté mantener un tono cordial, para evitar cualquier enfrentamiento.

—Las enaguas que lleva debajo de la falda son preciosas, pero preferiría verlas en una alcoba, no en medio de una carretera.

Me mordí la lengua, solté la falda y las granadas cayeron al suelo. Me incliné para recogerlas, y él hizo lo mismo. Nuestros brazos se entrelazaron. Me empujó hacia atrás y luego se abalanzó sobre mí; su cara quedó casi pegada a la mía. Forcejeé para zafarme de él, hasta que sus ojos se abrieron como naranjas.

Blanc me miró sorprendido, se levantó, me ayudó a ponerme de pie y me dejó marchar.

—¡Que el diablo se lleve a ese hombre! —grité tan pronto como llegué a casa, aliviada de no haberme llevado el cuadro.

Subí las escaleras de dos en dos, me lancé sobre la cama y esperé a que anocheciera. A pesar del desafortunado encuentro con Bernard, por momentos sentía cierta euforia. Su expresión alarmada parecía indicar que él mismo se había avergonzado de su osadía. Esperaba que, a esas horas, todavía sintiera remordimientos.

Tan pronto como cayó la noche, regresé al molino. En la oscuridad que reinaba en el interior, encontré a tientas el barril y el saco escondido debajo.

En la carretera, di una patada sin querer a algo que podría haber sido una granada. Palpé el suelo hasta que la encontré. Llegué a casa a salvo, con un saco y una granada.

A la mañana siguiente, encontré otro saco de harina en mi puerta: dentro había siete granadas. *Bon Dieu!* ¿Dónde y cuándo volvería a toparme con él?

Capítulo veintinueve

Frutas de Navidad

1946

Armé *La pequeña fábrica* en el bastidor más pequeño, lo lavé con agua, tal como Maxime había hecho con el bodegón, y lo puse en su pequeño marco. Antes estaba colgado entre las dos ventanas orientadas al sur, donde ya había clavado el cuadro de Marc. Con cuidado, saqué el lienzo donde salíamos la cabra, el gallo y yo, y lo volví a clavar en el rincón de la pared orientada al norte, donde habían estado colgados los cuatro cuadros. Lo coloqué cerca de la mesa, para que pudiera mirarlo mientras comía.

Sin embargo, antes de colgar el pequeño Pissarro entre las ventanas, se lo tenía que decir a Maurice y a Louise. Lo volví a guardar en el saco de arpillera, corrí calle abajo y llamé con golpes enérgicos. Louise abrió la puerta. Maurice estaba en el saliente del desfiladero, más abajo, donde tenía las colmenas.

Grité su nombre.

—¡Tengo que enseñarte algo!

Subió corriendo. En el interior de la casa, sobre la mesa, cuando por fin conté con la atención de ambos, saqué el cuadro del saco, despacio.

Se entusiasmaron tanto como yo. Me acribillaron con una docena de preguntas.

—Te das cuenta de lo que eso significa, ¿no? Que cada cuadro está escondido en un sitio diferente —concluyó Maurice.

—¿Y por qué haría eso André?

—Por precaución. Si alguien descubría un escondrijo por azar o porque lo estuviera buscando, solo encontraría un lienzo.

—Entonces, el resto puede estar en cualquier parte. Quizá

necesite años para encontrarlos, a menos que el alcalde Pinatel diera con ellos. En tal caso, sí que estarían perdidos para siempre. Pero ¿por qué no se llevó estos dos?

—Podrías ser afortunada, como lo has sido con este —opinó Louise, infundiendo ánimos como siempre.

—No es mi cuadro favorito, solo es un insulso edificio cuadrado con una chimenea, pero significaba mucho para Pascal. Es una fábrica de pinturas en Pontoise. Él había vendido ocres allí; es probable que te lo contara, ¿no, Maurice?

—Como mínimo una docena de veces —respondió él, con un resoplido.

Recuerdo lo que Maxime dijo acerca de las grandes obras de arte, que tienen el poder de colocar al espectador en un estado de trance, de comunión con la imagen, de modo que llegue a conocerse a sí mismo o al mundo con más claridad. Ahora que miro este cuadro con atención, reconozco una humildad en esa pequeña fábrica que desempeña un papel en el acto de convertir un material extraído de la tierra en algo bello. Los colores de las manzanas y de las naranjas de Cézanne podrían haberse elaborado justo allí, en ese edificio anodino.

—Hay dos molinos cerca de aquí —sugirió Louise.

—El Moulin de Ferre, a este lado del Joucas, y el Moulin de l'Auro —señaló Maurice—. Este último significa «viento del norte» en la lengua occitana. Está cerca de Murs.

—¿Me podrías llevar hasta allí?

—No corras tanto. No tenemos permiso para entrar.

—¿Quién puede darnos permiso? ¿Solo los propietarios?

—Los propietarios o, en su representación, Aimé Bonhomme, pero él debería notificárselo al alguacil, que tiene la jurisdicción en todo el municipio, para que Bernard no lo interprete como que estamos entrando en una propiedad privada sin permiso.

¡Otra vez Bernard!

—No, por favor, no se lo pidas. No quiero que el alguacil se entere.

—Pues Bernard es la persona indicada.

—No, es la persona menos indicada. Incluso podría ser el ladrón, por lo que sabemos. Y yo he sido brusca con él, así que, aunque no sea el ladrón, estoy segura de que no querrá ayudarme. Iremos sin permiso. De noche.

—Estás consiguiendo que mi buen propósito de ser un *che-valier* de las carreteras se transforme en algo malo, como entrar en una propiedad privada sin permiso. Un caballero andante podía cometer tal infracción por su búsqueda del Santo Grial, pues su motivación era pura.

—Los trovadores cantaron acerca de los caballeros que pasa-ron por la Provenza, ¿no es verdad? —pregunté.

Maurice enarcó las cejas.

—Los trovadores proceden de aquí, *ma petite!* De la tierra provenzal, cuando toda la región meridional de Francia se lla-maba Occitania, desde el Mediterráneo al Atlántico. —Su cara se iluminó con una risita—. ¡Caballería! ¡Amor corte-sano, mi señora! ¡Caballeros que pasaban por los peligros más oscuros por sus castas amadas! *Oh là là! Quelle aven-ture!* ¡Avisa a Maxime! ¡Dile que venga, que vagaremos errantes en una noche oscura, cuando no haya luna que nos pueda delatar!

—¡Maurice! ¡No seas payaso! —lo reprendió Louise—. Es-tamos hablando de los cuadros de Lisette. ¡Esto no es un juego!

—Tiene razón, Maurice, no es un juego —reconocí yo, pero no había forma de acabar con sus ganas de bromear.

—¡Oh, mi señora! —gimoteó con un gesto teatral mientras le acariciaba la mejilla a Louise—. ¿Me negaréis el placer de una empresa tan peligrosa por una causa tan noble?

Louise frunció los labios con exasperación.

—Deseáis que sea caballeroso, ¿no es cierto? —continuó él al tiempo que asentía por ella y decía—: *Òc, òc.*

—¿Qué significa «òc, òc»?

—Significa «sí» en la vieja lengua occitana, que aquí derivó en provenzal —explicó Maurice—, y tiene poderes secretos para encontrar cuadros escondidos.

—¡Qué pesado! —se lamentó Louise—. ¡Eres un caso per-dido!

—*Òc, òc* —convine—. Un caso perdido.

A pesar de la insistencia de Maurice de convertir la bús-queda en el molino en una aventura, y de no estar segura de si encontraría los otros cuadros, aferré el Pissarro con fuerza con-tra el pecho y abandoné la casa de los Chevet esperanzada. Al cabo de unos días, escribí a Maxime.

287

4 de diciembre, festividad de santa Bárbara, 1946

Querido Maxime:

Tu dibujo del molino me ha traído buena suerte. ¡Allí encontré uno de los cuadros! Yo solita. Se trata de *La pequeña fábrica*, de Pissarro. El hallazgo me ha llenado de esperanza. Hay otros dos molinos en la zona, que podemos inspeccionar. Por favor, ven cuando haga más calor y amaine el mistral. Los molinos están en sitios donde sopla mucho el viento. Habrá que inspeccionarlos sin orden de registro, de noche.

Estoy ahorrando para ir a París, aunque me llevará bastante tiempo. ¡Adivina cómo lo estoy haciendo! Me he inspirado en tu regalo de las frutas de mazapán.

Genoveva y *Kooritzah Deux* te echan mucho de menos, y esperan con anhelo el día de tu regreso. Dado que no comprenden que estás haciendo lo que tienes que hacer en París, *Genoveva* se ha vuelto irascible, y *Kooritzah*, taciturna.

Joyeux Noël,

LISETTE

Después de sellar la carta, saqué mi lista de votos y promesas. Caí en la cuenta de que el punto número dos: «Ir a París, encontrar *Los jugadores de cartas*, de Cézanne», era una promesa. El punto número catorce sería un voto:

Ganarme el camino a París.

En mi obsesión por elaborar un mazapán perfecto, me dediqué a pensar en la procedencia de la materia prima. Excepto por las naranjas, que provenían de España, toda la fruta que Cézanne pintaba había crecido en los campos de la Provenza y había sido comprada en un mercado de Aix. En sus cuadros, él usaba los ocres de la Provenza, y ahora yo pintaría mi mazapán con plantas de la Provenza. Las almendras eran de mi árbol, que crecía en tierra provenzal. *Kooritzah Deux*, mi gallina provenzal, aportaría los huevos. Así pues, todo quedaba en casa. Me sorprendí al constatar la importancia que la Provenza había cobrado en mi vida. Yo era, en un sentido más real que por cuestiones de sangre, la hija de Pascal.

Empecé de nuevo, preparando porciones muy pequeñas

para no malgastar los ingredientes en caso de que la masa no quedara lo bastante compacta o que el mazapán no tuviera sabor a almendra. Preparé los zumos, destilé los restos de zanahoria y apliqué los tintes por encima de las frutas de prueba. Los colores quedaron demasiado oscuros. Aprendí a diluirlos y a usar cantidades diminutas. Era una alquimia de la naturaleza, y yo estaba fascinada; pasaba los días enfrascada en mis valiosas frutas. La primera vez, le di a un melocotón amarillo pálido un toque del zumo de la granada color rubí, y lo mezclé con unos toques que hice con la punta del dedo, para otorgarle un aspecto sedoso y natural. Luego usé el zumo sin diluir para los surcos en la piel y en el tallo de la fruta. Me sentía como una artista. Más difícil resultó imitar las estrías en forma de hilillos rojos en las manzanas amarillas. Usé una aguja de pino para aplicar el color. En el caso de las granadas, las barnicé con una capa de color naranja obtenida a partir de los restos de la zanahoria y le superpuse pinceladas de zumo de granada diluido. Dentro de las coronas, usé una gota de zumo de remolacha. Tomé notas de mis experimentos y preparé muestras en platos pequeños.

289

Cuando tuve una muestra convincente, les llevé una manzana y un melocotón a René y a Odette en la *boulangerie*.

—¡Qué bonitos! ¡Da pena comerlos! —exclamó Odette, y puso el melocotón en un plato sobre el mostrador.

—Entonces, ¿cómo sabrás qué gusto tiene? —inquirió René.

El panadero dio un mordisco a su manzana y la saboreó, pasándola de un lado a otro del paladar para impregnarse del sabor. Al final, asintió con gesto de aprobación.

—No le iría mal otro par de gotas de extracto de almendra —me aconsejó.

Para el mercado navideño, el día antes de Navidad, tenía un montón de frutas de mazapán listas para vender. Maurice me dejó compartir el tenderete donde vendía la miel de sus abejas. Coloqué las figuritas en hileras sobre una servilleta blanca en un cajón poco profundo que había sacado de la mesa y escribí: «20 CÉNTIMOS LA PIEZA» en un trozo de papel, que doblé por la mitad, como una tienda de campaña.

A pesar de que hacía frío, en la plaza se respiraba un ambiente festivo. La gente, arropada con bufandas, paseaba dispuesta a disfrutar de las viejas tradiciones. Un grupo de cantores con velas cantaba *Il Est Né, le Divin Enfant*.

Cuando alguien se acercaba al tenderete a comprar miel, Maurice le sugería:

—¿Quiere comprar una figurita de delicioso mazapán que ha elaborado Lisette?

Y cuando alguien se aproximaba para comprar un par de frutas, yo sugería:

—¿No le gustaría probar la deliciosa miel de lavanda de Maurice?

Ya que el mazapán era uno de los trece postres que se servían tradicionalmente por Navidad, vendí mis pequeñas frutas sin dificultad.

Tras tantos días de soledad, era gratificante charlar con la gente del pueblo y del campo. *Madame* Bonnelly se acercó a mí entre el hervidero de gente, me agarró la cabeza con ternura, con sus enormes manos que parecían las tenazas de un cangrejo, me besó con una exagerada alegría y compró dos piezas de cada fruta. Para no ser menos, tres mujeres situadas detrás de ella hicieron lo mismo.

Sandrine pasó con Théo cogido de la mano. Era un niño precoz que no paraba quieto. Al ver las filas con las llamativas frutas de mazapán, tiró de Sandrine hacia nuestra mesa.

—*Maman, Maman*, ¿me compras un caramelo? ¿Puedo? ¿Puedo, *Maman*?

Estaba aprendiendo a hablar con el desparpajo provenzal.

—Solo una, elige la que más te guste —cedió ella.

Su carita se oscureció con una mirada de concentración mientras señalaba una tras otra, conteniéndose con educación para no tocar ninguna de mis diez clases de frutas. Al final se decidió por una manzana roja y pronunció una frase perfecta:

—*S'il vous plaît, madame, je voudrais une pomme.*

Quedé tan impresionada que estuve a punto de regalarle otra manzana, pero no quería ir contra las normas de Sandrine.

Henri Mitan pidió:

—To…, to…, todas las uv…, uvas, *s'il vous plait.*

Me puse nerviosa cuando Bernard se acercó al tenderete, Me preparé para soltar un comentario mordaz.

—No sé cuál es más bonita —dijo. Pensé que estaba comparando una fruta con otra, tal como había hecho Théo, hasta que eligió una cereza y añadió—: La cereza o la que ha hecho la cereza.

—Si la toca, tendrá que comprarla —avisé.

—¿A la que hace cerezas? Ya es mía.

Deslizó el dedo por encima de la fila de las siete cerezas que quedaban, tocando cada una de las figuritas. Luego depositó un billete de cinco francos sobre la mesa. Mordisqueó una de las cerezas que acababa de comprar y concluyó al tiempo que me lanzaba una mirada lujuriosa:

—Dulce y suculenta.

Luego se alejó a paso lento.

—Ese tipo puede convertir lo más inocente en algo lascivo —murmuré a Maurice.

—Bernard puede parecer amenazador, pero no le haría daño a una mosca —opinó Maurice—. Se toma muy en serio su papel de alguacil. De todos modos, ve con cuidado con él.

Nerviosa, abandoné la mesa, para que Bernard no me encontrara cuando volviera a pasar. Deambulé en dirección contraria, por donde habían expuesto tallas de *santons* —*santouns* en occitano, según decía el cartel—, las encantadoras figuritas de santos y personajes navideños de arcilla o madera vestidos al modo provenzal. También vi mujeres con el pañuelo blanco con cestas de la compra, jugadores de petanca, pescaderos, pastores, artistas, granjeros, incluso a René con un sombrero de cocinero blanco, al padre Marc con su sotana, y al alcalde Bonhomme, que lucía la faja roja provenzal. Me fijé en una santa que guardaba cierto parecido conmigo. Me sentí aliviada al no ver una figura de arcilla del alguacil. Aquello me habría aguado el entretenimiento.

En una de las paradas de santos, encontré al verdadero Aimé Bonhomme con su faja roja. Se acercó a mí con un hombre al que no conocía. Aimé lo presentó como Benoît Saulnier, el molinero propietario del molino de prensar aceitunas llamado Moulin de Ferre.

—Benoît me estaba contando algo que he pensado que le interesaría.

Los dos sujetos se apartaron de la concurrencia, y *monsieur* Saulnier me saludó con semblante serio.

—Hace años que no trabajo en el molino. Hemos trasladado todo el proceso de prensado de las aceitunas a los molinos más grandes en Apt, que lo hacen todo de forma automatizada. Ya no queda nadie en Rosellón; estamos todos en Apt. Yo he tenido suerte de encontrar un sitio para trabajar en un enorme molino con unas instalaciones modernas. Estaba limpiando el viejo molino, empaquetando todas las cosas que había ido acumulando a lo largo de los años, herramientas, barriles y cajas, cuando vi un cuadro curioso, una pintura infantil de varias cabezas.

Contuve el aliento.

—No recordaba haberlo visto antes, cuando trabajaba en el molino, y pensé que era de mi hija. Ella solía jugar allí los días de lluvia, pero me confirmó que no era suyo. Puesto que no tenía valor alguno, lo dejé allí cuando hicimos las maletas y nos fuimos. En Apt se lo comenté a mi esposa y me dijo que quería verlo, así que me envió de vuelta a buscarlo. —*Monsieur* Saulnier tragó saliva; la nuez se le movió arriba y abajo en la garganta—. La pintura había desaparecido, *madame*. Aimé pensó que usted debería saberlo. Supongo que debería de habérselo contado antes. Lo siento.

—¿Cuánto hace que la vio?

—Dos meses, creo.

—¿Puede describírmela?

—No era bonita. Había tres cabezas femeninas, si no recuerdo mal. Tenían barbillas prominentes y caras estrechas; las tres tenían la nariz doblada hacia un lado.

—¿Estaba en mal estado, el cuadro?

—No, *madame*. Solo era la forma en que estaban pintadas. Como haría un niño. Tampoco tenían los ojos a la misma altura.

Miré a Aimé.

—Era el cuadro de André. Estoy segura. ¿Estaba cerrado con llave, el molino?

—No, *madame*; no había nada de valor, así que me llevé el candado a Apt.

No dije nada sobre quién debía de ser el pintor de la obra. Me limité a darle las gracias, acepté su disculpa y regresé al tenderete.

Por lo visto, alguien estaba cambiando los cuadros de lugar, o alguien estaba buscándolos y había encontrado aquel antes

LA LISTA DE LISETTE

que yo. O quizás alguien lo había encontrado por casualidad y había reconocido su valor. Estaba furiosa conmigo misma por no haber actuado antes.

Cuando volvía a casa, me embargó una sensación de premura. Teníamos que inspeccionar el otro molino. Quizás el molinero no hubiera visto el cuadro o, sin darse cuenta, había puesto algo encima. Tal vez los otros estuvieran allí escondidos.

En casa, guardé los veintiún francos con cincuenta céntimos en la jarra de las aceitunas. En la parte posterior del cartelito de papel, escribí: «Voto catorce: ganarme el camino a París». Lo introduje en el frasco. Pero ¿qué eran veintiún francos con cincuenta céntimos, cuando había perdido un Picasso o un Modigliani que valían muchísimo más?

En Nochebuena fui a casa de los Chevet. Todo el mundo me felicitó por mi éxito en el mercado. Intenté responder con alegría, pero Louise se dio cuenta de que algo iba mal. Me susurró al oído que se lo contara más tarde y sirvió la tradicional cena de Nochebuena a base de un caldo de verduras, bacalao gratinado con coliflor, acelgas y apio.

Los invitados colocaron sobre la mesa los trece postres; el número trece hacía referencia a Jesús y sus discípulos. Mélanie había traído los cuatro mendigos, que representaba las cuatro órdenes monásticas mendicantes: pasas de su viñedo para los dominicos, avellanas para los agustinos, higos secos para los franciscanos, y almendras para los carmelitas. Luego Sandrine puso dátiles y ciruelas secas, ejemplos de las comidas de la región donde había tenido lugar la Natividad. Odette presentó dulce de membrillo y pera, y rodajas de calabaza blanca. René había preparado galletas con semillas de comino e hinojo, el pan plano de aceitunas llamado *pain fougasse*, y *oreillettes*, unas pastitas largas y bañadas de azúcar. El postre número trece era mi mazapán.

Mimi cantó *Les Anges dans Nos Campagnes*, y todo el mundo se unió en el coro de «*Gloria, in excelsis Deo*». Yo anhelaba sentir el amor de los ángeles de nuestra campiña, tal como rezaba la canción. Antes de marcharme, le entregué a Odette las figuritas que habían sobrado, para que las vendiera en la *boulangerie*, con la esperanza de iniciar un próspero negocio.

293

En la misa de Nochebuena, los chicos del pueblo, vestidos de pastores, formaron un pesebre viviente. Théo estaba arrodillado junto a la vaca, cerca del pesebre, para dar calor al niño Jesús. *Monsieur* Rivet, el notario del pueblo, el alcalde Aimé Bonhomme, y Maurice, con la cabeza cubierta por un trapo a modo de turbante que se les deshacía a cada momento, desempeñaron los papeles de los tres reyes magos. El último bebé que había nacido en el municipio, el hijo de un antiguo prisionero de guerra, yacía entre la paja. Qué alegría más inmensa debían sentir sus padres, al verlo acunado en el pesebre. Me vino a la mente un verso de un villancico: «Nacido para que el hombre ya no muera». Consideré que un bebé nacido en libertad era más importante que un cuadro. Si fuera mi hijo, no me cabría la menor duda. Una mujer que llevaba un chal blanco ribeteado con puntilla cruzado sobre los pechos, como si fueran unas alas plegadas, se acercó al altar y, con voz angelical, cantó *Gloria in Excelsis* en occitano. De no haber estado angustiada porque quizás alguien había encontrado mis cuadros, su voz me habría elevado del suelo.

Después de la misa, encendí diez velas: para André, Pascal, Maxime, la hermana Marie Pierre, Bella, Marc, Pissarro, Cézanne, Modigliani y Picasso. Las llamas emitieron un suave destello dorado. Pero ¿qué significaba encender una vela? Supongo que significaba que le estaba encomendando alguien a Dios. «Pero, si Dios es omnisciente —razoné—, ya sabe mis deseos, y no hace falta que encienda una vela para recordárselos.» Con todo, sentí la necesidad de rezar una oración para cada uno de ellos, una afirmación de mis propias palabras. Pensé que Dios apreciaría ese gesto más que mis velas encendidas, pues era fuente de luz y bondad. Aquel pensamiento me generó una grata sensación, como de que no debía preocuparme por ellos. Que no pudiera verlos ni hablar con ellos no significaba que no siguieran con vida.

En casa, con mi propia vela iluminando el bodegón de Cézanne, me senté y me quedé muy quieta, pensando en la mujer que cantaba, hasta que sentí que la paz descendía sobre mí como la caricia del ala de un ángel. Entonces subí a mi habitación, tarareando el bienestar que me provocaba el *Gloria* y respirando todavía el aroma a incienso de la amistad.

LIBRO CUARTO

Capítulo treinta

La corona de ramas de olivo

1946

$\mathcal{M}$e desperté el día de Navidad con la impresión de que tenía que contarle a Max que el cuadro de Picasso había desaparecido. Sería más fácil por carta que en persona. Sin embargo, lo dejé para más tarde y salí a ordeñar a *Genoveva*.

Pensé que a ella le gustaría un villancico en lugar de *La Marseillaise*, y probé *Il Est Né le Divin Enfant*, pero canté sin ánimo, por lo que *Genoveva* no dio leche. Nerviosa por mis esfuerzos, me dio un golpe en el hombro y me rasgó la manga con un cuerno.

—¡Para! ¿No ves lo que has hecho? ¿Por qué no puedes ser buena, como antes?

En los últimos meses se había vuelto cascarrabias de diversos modos, como, por ejemplo, embestir la puerta a cornadas, triturar la leña, derribar la alambrada alrededor del huerto y comerse las lechugas, las coles y las hojas de las zanahorias. Louise me había dicho que *Genoveva* había sobrepasado su utilidad y que debería llevarla al carnicero. Me horroricé ante tal opción, pero ¿qué sabía yo de la cría de animales? El futuro no se me antojaba como una bella pintura.

Abandoné mis intentos de ordeñarla y me limité a acariciarle el cuello. Le di las gracias por la leche y por la compañía, y entré en casa para escribir la carta —cuanto más corta, mejor— a Maxime. Le referí la historia que me había contado el molinero y acabé suplicándole que viniera lo antes posible, ya que era evidente que alguien había encontrado el cuadro y que podía estar buscando los otros; quizás incluso los encontrara antes que yo.

Puse la dirección, el sello, la cerré y la dejé sobre la mesa. De repente, me pareció una actitud muy poco elegante, escribirle en lugar de esperar a contárselo en persona. André había dicho que Maxime había mostrado un especial interés en aquel cuadro. Mientras tanto, se lo contaría a Pascal.

Bajé la cuesta. En la plaza del ayuntamiento, canté en voz alta *Joyeux Noël* a los ancianos que eran lo bastante incondicionales como para seguir sentados en las mesas del exterior del café. El aire estaba excepcionalmente quieto en el cementerio. Al aproximarme a la sencilla tumba de la familia Roux, me sorprendí al ver una corona confeccionada toscamente con ramas de olivo y bayas rojas que descansaba sobre la piedra.

—Dime, Pascal, ¿quién ha dejado esta corona? ¿Ha sido Louise? ¿Maurice? ¿Aimé? ¿Odette? ¡Qué raro! Nadie me ha comentado nada. ¿Y por qué no la han hecho con ramitas de pino, en esta época del año?

»Tengo buenas noticias —continué, y le conté que había encontrado el bodegón en la mina y el cuadro de la fábrica de pinturas en el Moulin de Sablon—. Sé que adorabas ese cuadro de Pontoise.

Se me formó un nudo en la garganta.

—También tengo malas noticias. El cuadro de las cabezas modernas que trajo Jules estaba escondido en el molino, pero alguien se lo ha llevado. Podría estar en cualquier sitio. Quienquiera que lo tenga podría estar buscando las otras pinturas. Siento darte malas noticias. De todas formas, seguiré buscándolos.

No tenía sentido contarle a Pascal lo del oficial alemán, así que me arrodillé frente a la tumba y canté: *Ah! Quel Grand Mystère.* «Rey del universo, que nos devuelve la vida rompiendo nuestras cadenas.»

Apoyé la mejilla en la fría lápida y supe que enviaría la carta al día siguiente, cuando la oficina de correos abriera sus puertas.

Mientras paseaba entre los *roussillonnais* dormidos en el cementerio, me vinieron a la mente las palabras de todos los villancicos que conocía. Me puse a cantarlos.

Al final del cementerio, en un saliente del desfiladero, había una docena de tumbas idénticas en fila, sin nombre. Supuse que no estaban ocupadas, porque las losas verticales a los pies de las tumbas estaban inclinadas en un ángulo torcido. Una no tenía ni losa. ¡Los cuadros podrían estar escondidos ahí dentro!

Me agaché, pero no alcancé a ver el fondo del interior oscuro de la tumba. No me quedaba más remedio que meterme dentro. Uno de los números de la revista *Vogue* de Louise contenía diseños ilustrados de trajes de una sola pieza y de alta costura apropiados para descender a los refugios antibombas. No podía permitirme el lujo de lucir un modelito adecuado en aquella ocasión. Eché un vistazo a mi espalda, no había nadie, así que me remangué la falda hasta las enaguas y me puse a gatas. Gateé con tanto sigilo como un felino sobre las hojas secas que el viento había amontonado en el interior de la tumba. En la penumbra, me di un golpe en la rodilla contra el canto afilado de una losa. Debajo de ella, bien podría haber un cuadro. Deslicé la mano hasta la parte inferior de la losa y toqué el pelaje frío de algún pequeño animal rígido. Aparté la mano en un movimiento reflejo y salí de prisa y corriendo, con la falda alzada.

—¿Buscando huesos?

La voz procedía de arriba. Me bajé apresuradamente la falda y alcé la vista hacia un saliente más elevado del desfiladero. Allí estaba el alguacil, de pie, en el borde, sin apartar la vista de mí, con los brazos cruzados. Reía divertido, aunque no me pareció ver en sus facciones ningún gesto burlón.

—*Joyeaux Noël* —ironizó.

Apreté los puños.

—¿Por qué siempre me sorprende en los momentos más comprometidos?

—Cuestión de suerte.

—Creo que me espía.

Él señaló hacia el huerto de olivos situado a su espalda.

—Mi casa está ahí, en medio del huerto. Estaba examinando qué olivos hay que podar cuando he oído que alguien cantaba, así que me he acercado al borde del precipicio para ver quién podía ser. Papá Noel me ha hecho un regalo: la vista de dos bellas piernas saliendo de una tumba. Qué resurrección más adorable.

¡Uf! Ese tipo siempre conseguía exasperarme.

299

—Por cierto, está sangrando.

Me fijé en el rasguño con un hilito de sangre en la espinilla. Me la sequé con la mano, pero entonces no supe cómo limpiarme la sangre de la mano.

—Se está poniendo perdida. Será mejor que suba y se lave. Además, desde aquí disfrutará de una vista espectacular: Vaucluse en todo su esplendor. Esto está casi tan alto como el Castrum.

¿Cómo podía siquiera considerar la idea de seguirlo, después del encuentro el día de las granadas? Con todo, recordé el destello de alarma que había visto en su cara cuando me tenía inmovilizada en el suelo; había controlado su arrebato y me había ayudado a ponerme de pie. Sin lugar a dudas, era un hombre de impulsos contrarios.

Clavé de nuevo la vista en mi pierna ensangrentada.

—Hay un sendero a su derecha, al final del cementerio.

Si accedía a subir, ¿se interpretaría como una muestra de lo que Maxime me había pedido, que no ofendiera al alguacil?

—La cuesta es muy empinada y traicionera —comentó—. ¿Tiene miedo?

—¡No!

—¿Se refiere a que no piensa subir o a que no tiene miedo?

Vacilé, no muy segura de a qué me refería.

—Una mujer tan valiente como para meterse en una tumba no debería tener miedo a las alturas, ni a otros peligros.

Eso era lo último que quería que pensara, que le tenía miedo.

Empecé a subir por el sendero que me había indicado y patiné con la dichosa y resbaladiza suela de madera de mis zapatos. Él bajó y me ofreció la mano para ayudarme; me indicó dónde debía poner el pie.

—Desde luego, no es la forma más normal de llegar a su casa.

—No voy a llevarla a mi casa; solo quiero que disfrute de esta espectacular vista.

¿No quería que fuera a su casa para que no viera el cuadro de las cabezas? ¿O todas las pinturas todavía perdidas? Tenía que conseguir entrar allí.

Bernard seguía tirando de mi mano para ayudarme. Conseguí trepar hasta arriba. Ahora los dos teníamos las manos manchadas de sangre.

—Pensándolo bien, será mejor que entre para que pueda lavarle la herida y vendársela.

—No necesito un vendaje, pero sí que debería lavarla.

Le di la espalda para contemplar desde mi posición los escalonados tejados rojos de arcilla de Rosellón. Desde allí, no podía ver los parches sin pintura en las paredes, donde el estuco de tonos ocres —rosado, salmón y dorado— se había desintegrado o había caído. Con cada ventana, tejado y chimenea a una altura diferente, parecía un pueblo sacado de un cuento, con su cúpula de hierro forjado abierta en el campanario, construida así para que el mistral pudiera soplar a través de ella.

—Es impresionante. —Suspiré—. Como estar en el punto más alto de la torre Eiffel o en la plataforma del Sagrado Corazón. No digo que esto sea como París; solo estoy comparando la emoción de estar en un lugar elevado y con una vista espectacular.

Los viñedos desnudos y los campos de frutales desprovistos de hojas se alineaban en las laderas, flanqueando Rosellón por ambos lados. En el valle, las granjas con sus huertos baldíos estaban a la espera de que, en primavera, los labraran; la tierra era oscura y exuberante como el chocolate. Al fondo, los Luberons.

Caminamos por el perímetro del huerto. A nuestros pies, los escarpados desfiladeros se retorcían bordeando la amplia cuenca con sus elevados muros acanalados. Pináculos rojos y naranjas, pasos sinuosos, estriados por el viento y por los trabajadores de la cantera.

—No baje ahí en verano ni cuando el suelo esté mojado. Y nunca baje sola. Si le interesa, yo puedo hacerle de guía.

Dimos una gran vuelta alrededor de su casa para seguir contemplando el paisaje. Al norte se podían ver los montes de Vaucluse; a lo lejos, por encima de los cerros, la cresta caliza del Mont Ventoux. Y en un saliente de una colina cercana...

—¡Un molino! —exclamé.

—Es el Moulin de Ferre. Un molino para prensar olivas. Ya no está operativo.

301

El molino donde alguien había escondido el estudio de las cabezas que luego otra persona se había llevado. Bernard gozaba de una vista directa de la edificación. ¿Cómo podríamos entrar ahí sin que nos descubrieran, para confirmar si *monsieur* Saulnier no lo había visto y el cuadro seguía allí?

Miré a Bernard a la cara y le solté:

—¿Alguien lo usa o vive allí?

—Solo el molinero, pero tengo entendido que se ha mudado. Lo más probable es que se vaya derrumbando poco a poco.

Ningún gesto de Bernard revelaba nada.

Los *pigeonniers* y los *cabanons* de dos plantas, aislados en los campos, eran también unos excelentes escondites, pero Bernard sería capaz de verme entrando con sigilo en cualquiera de los que estaban en aquel lado de la ladera del pueblo, lo que podría ponerlo sobre aviso.

Señaló hacia el noreste, hacia un castillo en ruinas en la cima de Saint-Saturnin-lès-Apt, un pueblo medieval asentado en la zona boscosa del altiplano de Vaucluse. Me contó que los de la *Résistance* habían escondido sus armas y explosivos allí y en Gordes; evocó la atrocidad del soldado alemán asesinado a manos de un *maquisard*.

—Como represalia, una sección alemana, quizá la misma que había pasado por Rosellón, acorraló a los aldeanos y los masacró en la plaza del pueblo.

—Sí, ya me lo había contado.

Escrutó mi rostro como para evaluar mi reacción. Parecía como si quisiera sacar alguna conclusión de mi gesto, aunque no sabía qué buscaba. Lo único que se me ocurrió decir, sin comprometerme, fue:

—¡Cómo debió de sentirse ese *maquisard*!

Bernard zanjó el tema señalando que las colinas cubiertas de robles eran uno de los lugares más importantes en la región para los que buscaban trufas.

Tras rodear su propiedad, se fijó en que mi pierna seguía sangrando.

—*S'il vous plaît* —dijo con educación.

Acto seguido, me hizo pasar delante de él, en el sendero que conducía a la puerta trasera de su casa. Entramos en una amplia cocina. Abrió el grifo y salió agua.

302

—¡Agua corriente! ¿Cómo es posible que tenga agua corriente?

—Tengo una cisterna en el tejado. Y también un lavabo con un depósito adosado a la pared para la descarga de agua.

—Debe de ser el único en el pueblo.

—Ah, no. Hay varias casas en la ladera que disponen de tuberías. La del alcalde Pinatel, la casa de *monsieur* Voisin detrás del café, el Hôtel de la Poste y las *bastides*, las enormes fincas en el valle.

Mantuvo un trapo bajo el grifo y se agachó para lavarme la pierna con él.

—¡Ya puedo limpiarme yo!

—¿Qué placer habría en tal acción?

Siguiendo el consejo de Maxime de no ofenderlo, cedí a sus atenciones. Su tacto era delicado. Se aplicó en limpiar toda la sangre. A continuación, rasgó una tira de un trapo de cocina y empezó a vendarme la espinilla.

—Ya está. Vayamos al comedor y siéntese hasta que estemos seguros de que ha dejado de sangrar.

¡Un comedor separado! Sentía demasiada curiosidad como para no seguirlo; además, me sentía segura. Aquel día, se había comportado como un caballero en todo momento.

Las paredes estaban vacías. Los rayos del sol se colaban por los cuatro ventanales de la cara sur e iluminaban una mesa de roble de casi cuatro metros de largo. En el centro había una compotera blanca similar a las que pintaba Cézanne, con unas llamativas frutas de cerámica.

—Deben de ser de Marsella —precisé. Parecía como si la mano de una esposa las hubiera seleccionado—. ¿Hay una *madame* Blanc?

Él se sentó al otro lado de la mesa.

—La hubo. Murió en el parto. Mi hijo solo vivió unas horas. —Desvió la vista hacia la ventana y observó el valle—. Esta habría sido su décima Navidad.

Tragué saliva al pensar en su doble pena. Aquella pérdida debió de ser durísima.

—Lo siento —musité.

Me parecía extraño sentir pena por ese hombre. Bernard volvió a mirarme. Supuse que imaginaba que su pérdida me ha-

303

bía hecho pensar automáticamente en André. La idea de compartir un dolor mutuo, aunque solo fuera por un momento, parecía acercarnos.

—He estado pensando —dijo él al tiempo que alargaba los brazos por encima de la mesa—. He estado pensando que quizá podríamos establecer una tregua.

Aquel no era el alguacil que conocía. Tenía que ser cautelosa. Sin embargo, el misterio de la corona de ramas de olivo me pareció súbitamente claro. Los olivos de su huerto tenían las mismas hojas que las de la corona.

—Usted ha confeccionado la corona, ¿verdad?

—¿Qué tal si nos tuteamos? Creo que ya va siendo hora, ¿no? Respondiendo a tu pregunta, sí, la corona es mía. Por si decidías pasar por el cementerio, pensé que sería una forma de expresar lo que no soy capaz de decir con palabras. —Se mordió el labio—. He decidido perdonarte. Por el espíritu navideño.

—¿Tú? ¿Perdonarme a mí?

—Por tu desquite con la pala, aunque he de admitir que te provoqué.

Al recordar aquella escena, la profanación de sus botas, la sorpresa y la rabia cubriendo su rostro, se me escapó una sonrisa.

—Me gustan las mujeres apasionadas —admitió.

—Las salchichas trazaron un arco impresionante.

—¿Las encontraste?

—Sí.

—¿Cómo conseguiste recuperarlas?

—No lo hice. Las dejé para los zorros.

—Ah, claro. Ninguna mujer «virtuosa» consideraría la opción de ir en busca de esas salchichas.

Se rio de su ocurrencia, y quizá yo también lo hice. Era una situación curiosa e inesperada. Pero me parecía agradable… y buena.

—Te admiro. Por adaptarte a la vida tan dura de aquí.

Que Bernard se diera cuenta de mi esfuerzo me dio cierta dignidad.

Rebuscó en una alacena situada a su espalda y sacó un plano de París; luego lo extendió sobre la mesa, entre los dos. ¡Qué tonta era por emocionarme con tan solo un trozo de papel!

—¡Oh! ¡El Sena! —Suspiré—. Y la isla de la Cité.

—Enséñame dónde vivías.

Me incliné sobre el mapa, deslicé el dedo desde la punta de la isla a lo largo de la ribera izquierda del Sena, como si estuviera recorriendo a pie la distancia; luego tomé la calle Bac en el embarcadero y me alejé del río cinco bloques hasta el bulevar Saint-Germain.

—¡Aquí! Justo después de las tiendas de antigüedades. La Casa de las Hijas de la Caridad de San Vicente de Paúl.

—¿Un orfanato?

—Sí. ¡Qué bonito era! La hermana Marie Pierre era tan buena conmigo… Me enseñó un montón de palabras. Cuando fui demasiado mayor para seguir en el orfanato, me instalé en el ala de los empleados. La hermana me encontró un buen trabajo en la Maison Gérard Mulot, una *pâtisserie* y *confiserie* situada en la calle Seine. ¡Aquí está! Fue allí donde conocí a André, en la esquina de la calle Seine con el bulevar Saint-Germain.

»Más tarde, cuando los pintores se instalaron en Montparnasse, nos fuimos allí porque había más oportunidades para su negocio; André hacía marcos para cuadros. Solíamos ir al bar Dingo, a la Closerie Lilas y a La Rotonde. A menudo íbamos aquí —señalé—, al Bobino o al Jockey Club, para oír cómo Kiki entonaba canciones subidas de tono, llenas de dobles sentidos. A André le gustaban, pero yo prefería oír a Edith Piaf en el cabaré Gerny. ¡Oh! ¡Cómo me gustaba *La vie en rose*! Lo admito, a veces me dedico a mirar objetos a través de cristales de color rosa. Esa manía le hacía mucha gracia a André. En el Folies Bergère, vimos a Josephine Baker actuar en *La Revue Nègre*, con su provocativa falda confeccionada con plátanos de verdad. Y bailábamos el charlestón en el sótano de La Coupole, en el bulevar Montparnasse. Nos sentíamos cosmopolitas, bohemios, modernos y chic, todo a la vez.

Mis recuerdos se habían desbordado. Bernard no había dicho ni una palabra. Me arrellané de nuevo en la silla.

—Lo siento, me he dejado llevar por la emoción.

—No, qué va. Hace mucho tiempo que no había ni una nota de ilusión en esta casa. Una voz femenina.

Una pausa incómoda se instaló sobre el mapa y entre nosotros.

—Te pareces a Kiki, con el pelo corto.

—¿Sabes quién es?

—Tú adoras París, ¿verdad?

—Por supuesto.

—¿Más que Rosellón?

Tras pensarlo un momento, procurando no faltarle al respeto a Bernard y seguir así el consejo de Maxime, le pregunté:

—¿Conoces la canción de Josephine Baker, *J'ai deux amours, mon pays et Paris*? Su país era Estados Unidos. Ella los amaba a los dos. Ahora la Provenza forma parte de mí. Podría cantar: «Yo también tengo dos amores, mi pueblo y París». No me pidas que elija.

—Iré a París en primavera, o quizás en verano —anunció él.

¡Ajá! Justo la información que necesitábamos. Pero ¿cómo iba a conseguir que fuera más específico?

—¿Tú? ¿A París?

—¿Por qué te sorprendes?

—¿En abril, mayo o junio?

Bernard se encogió de hombros en un gesto evasivo. Su pecho subió y bajó con su respiración pronunciada. Alargó la mano por encima de la mesa y me estrujó el brazo con fuerza.

—Quiero que vengas conmigo.

Me sofoqué de golpe. Había expresado claramente mi deseo de viajar a París, de una forma explícita. No. Si iba con él, me vería atrapada en un hotel de París con el hombre equivocado. Sin embargo, podría distraerlo mientras Maurice y Maxime inspeccionaban su casa. ¿Mi plan requeriría hacer «eso»?

—Yo… no…, no podría. No puedo. —Me zafé de sus dedos y retiré la silla hacia atrás.

—No te precipites rechazando un regalo.

Mi lista. Voto número dos. Ir a París, encontrar *Los jugadores de cartas*, de Cézanne. Tenía que dejar a un lado aquella tentación, que era como un hilo de luz que emergía de los penetrantes ojos de Bernard.

—Te lo agradezco. Es muy generoso por tu parte. Siempre has sido generoso conmigo, pero no puedo.

—Piénsalo bien, Lisette. Podríamos ver los lugares que adoras. No tienes que contestarme hoy.

¿Cómo iba a ir con él, si yo quería ver de nuevo París con Maxime? Me puse de pie.

—Tengo que irme.

Enfilé hacia la puerta de la cocina y me detuve justo en el exterior. ¿Cómo iba a bajar por el desfiladero? Me volví hacia él, por un momento confusa. Bernard me acompañó alrededor de la fachada de su casa hasta la parte delantera, y luego hasta una carretera.

—Piénsalo —repitió. En su rostro se dibujó una sonrisa irregular—. Mientras intentas meterte de nuevo en lugares extraños, con sigilo.

Bajé la carretera con paso veloz. Pasé por delante del cementerio y miré hacia atrás. Él seguía de pie, en el borde del barranco, observándome mientras yo huía del París al que ansiaba regresar con todo mi ser, mientras sobre el asfalto resonaba el clac-clac de mis zapatos de suela de madera. Me incliné hacia delante, rígida, para agarrarme el vendaje que aleteaba. Estaba claro que de lejos parecería una mujer completamente loca.

307

Capítulo treinta y uno

Los preparativos

1947

*E*l día de Año Nuevo, *Genoveva* me embistió por detrás y me derribó. Aterricé sobre una pila de sus excrementos.

—¡*Genoveva*! —grité sulfurada—. Pero ¿se puede saber qué te pasa? ¡Te has vuelto una vieja gruñona!

Ella baló como respuesta a mi rabia y se alejó de mí. Aunque la había ordeñado dos veces, se había negado a darme ni una gota de leche.

¡Menuda forma de empezar el año nuevo! Me puse de pie como pude, en medio de aquel horrendo tufo, pero no pude contener la sonrisa al recordar la mirada de consternación en la cara de Bernard. Muy a mi pesar, me daba cuenta de que empezaba a aceptar el consejo de Louise, pero con el consuelo de que *Genoveva*, santa patrona de París, en un sacrificio supremo, me ayudaría a pagarme el viaje a la ciudad.

Quizá por su bien, descarté de momento la idea. De todos modos, en París hacía mucho frío en enero.

El efecto de ver el mapa de Bernard me duró varias semanas. Me sentía inquieta, ensimismada, cautelosa. En la ciudad del amor, donde los amantes se abrazaban en los puentes y en las plazoletas, donde el río con sus aguas rizadas cantaba dulces canciones de amor, todas las cosas que adoraba podrían desestabilizarme, como una peonza, inclinándome hacia Maxime y luego alejándome de él, hacia el recuerdo de André.

Pero cuando Maxime me escribió para decirme que no podía

ir a Rosellón porque estaba enfrascado en la labor de encontrar uno de los cuadros de *monsieur* Laforgue, volvió a sugerirme que fuera a París y se ofreció a pagarme el billete. Yo no quería ni oír tal propuesta, pero me sentía confusa. ¿Qué hacer? ¿Quedarme allí y buscar mis propios cuadros perdidos antes de que otra persona los encontrara, o ir a París y estar con Maxime?

¿Necesitaba ir? Sí. Algún día. En mi lista, mi ansia de ir a París iba acompañada del voto de buscar *Los jugadores de cartas*, de Cézanne. Pero ¿era correcto ir cuando sabía que Maxime esperaba ofrecerme felicidad, a lo mejor incluso amor? De eso no estaba tan segura. Con mis anhelos en la cuerda floja, la pregunta recurrente de mi lealtad hacia André volvió a aflorar a la superficie.

¿Podía un amor perdido persistir cuando no estaba alimentado con nuevas intimidades, nuevos motivos para reír, nuevos secretos que compartir? ¿Podía seguir siendo fuerte cuando lo único que me quedaba eran los recuerdos y los lugares asociados con ellos? No sería capaz de pasear por París sin el sabor agridulce que me causarían aquellos lugares.

A pesar de mis reservas, dije que sí, que iría, y me pareció el mismo «sí» que había pronunciado espontáneamente en la barca de remos ante André. La diferencia entre mi lealtad y mi empecinada obstinación no era sólida, sino porosa. Tendría que ir a París para ver mi reacción.

309

Me enfrasqué en los preparativos con frenesí. Hacía diez años que no me compraba ningún vestido nuevo, desde que me había instalado en Rosellón, y el traje granate que había lucido en mi traslado al sur provenía de una tienda de segunda mano. Pese a que en su momento una mujer lo había seleccionado en una tienda de ropa selecta, cuando lo compré ya estaba un poco pasado de moda. Ninguna prenda de mi armario se parecía lo más mínimo a los modelitos de las revistas de moda de Louise.

La nueva colección de Christian Dior mostraba unas líneas curvas que acentuaban las cinturas extremadamente delgadas, con faldas largas, un lujo solo a la altura de los bolsillos de la gente rica.

Dior había quitado las hombreras de las chaquetas porque

consideraba que recordaban a los uniformes militares. En *Marie Claire*, publicada en Vichy durante la ocupación, Louise descubrió que los editores de moda llamaban sin ambages «patrones de viudas» a las faldas confeccionadas a partir de viejos pantalones de hombre.

—No irás completamente a la moda, pero, por lo menos, se notará que la confección no es muy anticuada —apuntó Odette—. ¿Te desprendiste de todos los pantalones de André?

—No, me quedé con dos, unos para trabajar en el huerto, y otros que son de más calidad, con una tela de gabardina gris, que son los que André se puso cuando nos casamos. No podía soportar... —Vacilé—. ¿Cómo me sentiría, si usara esa tela para ir a ver a Maxime?

Odette apoyó la mano en mi muñeca.

—Han pasado siete años, Lisette.

—¿Qué diferencia hay entre usar los pantalones de André y deshacer su jersey para confeccionarle unos calcetines a Maxime? —preguntó Louise.

—Eso fue por necesidad. En cambio, ahora..., bueno, ahora sería por vanidad.

—Te equivocas —terció Louise—. También se trata de una necesidad. Necesitas una falda de gabardina gris para que puedas darle un doble uso a tu chaqueta granate.

Al final accedí. Me pasé el día siguiente deshaciendo los pantalones de boda de André por las costuras e intentando salvar el hilo, como los recuerdos: el primer beso como marido y mujer, aquellos momentos de compenetración, cuando reíamos porque habíamos dicho lo mismo a la vez. Una noche, incluso tuvimos el mismo sueño: que éramos pintores, y que él me pintaba a mí y yo a él. Ya no quedaba nada de lo que había provocado aquellos sueños, pero subsistía el placer y la sensación de máxima compenetración que nos había embargado cuando nos lo contamos.

Mientras pudiera evocar aquellos momentos, sentiría que no había perdido totalmente a André. Llevar la tela de sus pantalones me haría sentir como si él todavía estuviera conmigo, un secreto que no podría compartir con Maxime.

Υ

Sería maravilloso poder darle buenas noticias a Maxime después de las tristes nuevas de mi última carta. Fui al ayuntamiento para pedir permiso a Aimé Bonhomme para echar un vistazo a casas abandonadas.

—Me preguntaba cuándo me lo pediría —respondió Aimé desde su mesa. Apiló los papeles que estaba revisando, agarró el chaleco y dijo—: ¿Qué tal si vamos ahora mismo?

Había dos casas abandonadas en la calle Bourgades, y otra casa vacía por debajo de ellas, en un huerto de olivos desatendido. Llamó a la puerta de la primera, lo que me pareció una precaución innecesaria.

—A veces los gitanos se instalan en estos edificios cuando están de paso —explicó.

Entramos con cautela, pero no encontramos nada. Lo digo literalmente, porque no quedaba ni un solo mueble. Se lo habían llevado todo, o lo habían quemado para alimentar una hoguera. Solo vi unos huesos de pollo esparcidos por el suelo. Aimé decidió subir solo al piso superior para probar la resistencia de los peldaños, que crujieron bajo sus pies. Tampoco encontró nada.

La segunda casa únicamente contenía la estructura rota de una cama y cristales también rotos de las ventanas situadas en la cara norte, donde no habían cerrado las contraventanas frente a las duras embestidas del mistral. La casa del huerto era la que estaba en peor estado. El mistral había arrancado varias tejas, y el agua había inundado una parte del piso superior. Las vigas de madera podridas crujieron de forma peligrosa cuando caminamos por encima de ellas.

Pasamos el resto del día entrando y saliendo de más casas tristes y ruinosas.

—¿Por qué hay tantas casas vacías? —me interesé cuando atravesamos el umbral podrido de otra edificación.

—La gente se desanima. Un invierno demasiado frío, una primavera sin lluvia, dos cosechas maltrechas seguidas, fuertes tormentas que lo echan a perder todo, insectos que destruyen las vides, enfermedades de los gusanos de seda, y se van a Apt, a Aviñón o a Aix para probar suerte en otro trabajo. O se marchan en busca de una vida más moderna. O quizá se trate de mineros sin hijos que fallecieron, o bien hombres solteros, o bien gente que murió en la guerra.

311

—¿La casa de Pascal se desmoronaría si yo no estuviera aquí?

—Lo más seguro es que sí, a menos que la venda. Pero ahora nadie puede comprar. Quizás en una década. Rosellón podría convertirse en un bonito pueblo de vacaciones, si instalamos tuberías en las casas, volvemos a estucar las fachadas en todos los tonos cálidos del ocre, establecemos itinerarios seguros, añadimos barandillas a las gradas en los desfiladeros de ocre, ampliamos el Hôtel de la Poste y abrimos un par de buenos restaurantes.

—¿Es ese su sueño?

—Sí, y el de mi hijo. Se podrían derribar las casas más deterioradas, las que no pueden salvarse, y erigir pequeños albergues.

—Sería un escenario perfecto.

—Estamos de acuerdo. Los artistas y fotógrafos encontrarían un sinfín de temas aquí. Podríamos organizar conciertos en la sala de fiestas o en la cuenca del Sentier des Ocres, o expandir nuestro mercado de los jueves para incluir más productos artesanales, como cerámica y objetos de madera, y vender *santons* todo el año.

Terminamos el día con el permiso del padre Marc para examinar la iglesia. Solo me fijé en los reclinatorios astillados.

Cansada y desanimada, dije:

—Mis cuadros podrían estar en cualquier sitio, si un gitano los encontró en una de esas casas.

—Si quien los escondió era un *roussillonnais* que tenía la intención de recuperarlos más tarde, seguro que no los habría dejado en una casa abandonada que pudieran ocupar los gitanos.

—Pero un gitano podría haberlo encontrado en otro sitio y llevarlo a la casa donde dormía —alegué—. ¿No cree que la persona que encontró el cuadro en el molino de *monsieur* Saulnier era un gitano?

—Lo más probable. Pero no se lo quedaría. Intentaría venderlo en alguna de las granjas más abajo, en la carretera, o en Aviñón o en Aix. Le sugiero que eche un vistazo a los *cabanons* y a las pequeñas edificaciones situadas en los confines del pueblo. Incluso a los *pigeonniers* en desuso. Si alguien le pregunta qué está haciendo, responda que tiene mi permiso. No se aleje mucho del pueblo. Pídale a Maurice que le deje su bicicleta.

—Gracias. Seguiré sus consejos.

—Pasa mañana —contestó Maurice cuando le pedí la bicicleta—. La tendré lista para que te la lleves.

—¿Por qué no ahora? ¿Qué arreglos tienes que hacer para que esté lista?

—Necesito prepararla. —Esbozó su risita bobalicona y se llevó la mano derecha al pecho—. Confía en el *chevalier* de las carreteras.

Al día siguiente no estaba lista, pero, al cabo de dos días, Maurice resopló con alegría y anunció:

—¡Ya está lista! Había que cambiar las ruedas, pero no hay caucho para ello, así que...

Sacó la bicicleta del cobertizo de su patio y realizó una reverencia teatral para señalar las ruedas.

—*Voilà!*

—Cuarenta y ocho tapones de corcho por rueda. Me los han dado Mélanie y Émile. Los he ensartado todos juntos con un alambre, como si fueran las cuentas de un collar. Es más útil que un collar de perlas.

—¿De dónde has sacado el alambre?

—De un granjero. Qué pena que esto suceda en Rosellón, donde extraemos el ocre para usarlo como agente espesante para fabricar caucho. Y que con tanto ocre todavía bajo tierra no haya caucho... ¡Mira! ¡Funciona!

Maurice se montó en la bicicleta, con el trasero colgando por ambos lados del asiento como dos buenos jamones. Abrió las rodillas por completo y pedaleó trazando un círculo imperfecto al tiempo que decía:

—¿Lo ves? ¡Como en un circo!

Se echó a reír y su vientre se agitó con las carcajadas. Pedaleó más deprisa, cogiendo velocidad; luego sacó los pies de los pedales, los alzó y gritó:

—*Oh là là!* ¡Mira, Lisette! ¡Allá voy!

Durante la guerra se le había apagado su espíritu de payaso. Era alentador ver cómo emergía de nuevo.

313

Chocó contra una piedra y estuvo a punto de perder el equilibrio, pero consiguió dominar el manillar hasta frenar justo delante de mí.

—¡Prueba tú! Cuidado con las piedras.

Pedaleé con inseguridad. Cada vez que las puntas retorcidas del alambre tocaban el suelo, notaba una sacudida. A más velocidad, más sacudidas.

—¡Es perfecta! ¡Me encanta!

Él mantuvo la verja abierta y salí a la calle. De soslayo, vi a Louise, con ambas manos en las mejillas; luego me concentré en el callejón con el suelo abultado por las raíces de los árboles, intentando no arañarme los hombros con las paredes estucadas de las casas. Bordeé la esquina sin problemas y me metí en la calle de la Porte Heureuse. La bicicleta botaba sobre los adoquines. A medida que ganaba velocidad en la cuesta, empezaron a castañetearme los dientes, y me mordí la lengua sin querer. Pasé por delante de unas borrosas matas de geranios rojos, en dirección al arco gótico. Al pasar junto a la pista de petanca, oí gritos. Seguí descendiendo, sin parar, atravesando todo el pueblo, muerta de miedo.

314

Tomé uno de los caminos rurales de carril único bordeado de cipreses. Los árboles ofrecían una protección natural contra el viento y delimitaban las granjas. Aimé tenía razón sobre los *cabanons* por otro motivo: el ladrón había escondido dos cuadros en lugares que eran característicos de Vaucluse. De ello se podía deducir que quizá podía haber escondido más cuadros en un *cabanon* o en un *pigeonnier*. Los inspeccioné todos. Si un *cabanon* se usaba de vez en cuando, contaba con una mesa rústica, una sola silla de madera, una cama con un enrejado de cuerdas, un colchón de paja y una olla. El tufo en los *pigeonniers* era insoportable; los suelos estaban cubiertos de estiércol que en primavera se echaría con una pala sobre los campos de cultivo como fertilizante. Me resultaba imposible imaginar que alguien que valorara mis cuadros fuera capaz de meterlos en un lugar como ese. De todos modos, los examiné uno a uno. El sitio menos esperado podía resultar el mejor escondrijo.

Me había alejado bastante del pueblo. Había tomado tantos senderos distintos entre los viñedos y los campos de trigo que, de repente, me di cuenta de que no estaba segura de cómo volver a Rosellón. Avisté un *cabanon* elevado y estrecho en las lindes del pueblo, y pedaleé hacia él. Su interior era tan rústico como los demás, pero sobre la pequeña mesa había una jarra vacía de pepinillos en conserva, con un ramillete de lavanda seca. Lo interpreté como una buena señal acerca del tipo de hombre que apreciaba la belleza, o, por lo menos, la naturaleza.

En el piso superior, vi un colchón de paja sobre el suelo, cubierto por una áspera manta de lana, con los bordes metidos por debajo del colchón. Levanté la manta y el colchón. Nada.

Pedaleé de vuelta a casa, tomé una curva equivocada y estuve perdida por unos momentos. Tuve que volver atrás. Empezaba a oscurecer. Los días en invierno eran cortos. Ya era de noche cuando llegué al pueblo, exhausta, entumecida, desanimada.

Pero todavía me quedaba el aliciente de ir a París.

315

Capítulo treinta y dos

Por fin París

1947

$\mathcal{M}$aurice me acompañó al andén para tomar el tren de Aviñón a París, con mi maleta y mi bolso de viaje.

—Louise y yo queremos que lo pases bien, muy bien —dijo él mientras me introducía en la mano unos francos doblados.

—¡Ah, no! No puedo aceptarlo.

—Mi santa esposa estará muy triste si se los llevo de vuelta. No querrás que me golpee con la sartén, ¿verdad?

—No, pero…

—¿O que me despelleje vivo y me hierva como una patata?

—No, pero…

—¿O que me eche de casa cuando ruja el mistral, con los calzones puestos como única prenda, cosa que me obligaría a bailar la polca para entrar en calor?

La imagen de su enorme barriga rebotando arriba y abajo era insufrible. No quería oír ningún detalle más.

—No sigas. De acuerdo. Lo acepto.

—Y esto también.

Me entregó un trozo de papel doblado que contenía —supuse— más francos, porque en el papel había escrito: «Para que le compres algo bonito a Louise».

—Un pañuelo para el cuello —sugirió—, o algo que creas que le pueda gustar. Para mostrarle cuánto la quiero.

—¡Qué tierno, Maurice!

No me esperaba aquella faceta de él. Igual que su ofrecimiento para guardar los tres cuadros en su casa durante mi estancia en París.

En el andén, lancé miradas furtivas a cómo iban vestidas las mujeres de Aviñón. Algunas lucían la nueva línea de Dior, pero otras todavía llevaban faldas rectas hasta media pantorrilla y hombreras militares. Me alegré de que Odette hubiera insistido en que la falda que me confeccionó a partir de los pantalones de André llegara justo por debajo de la rodilla.

—Una cosa más. —Maurice me agarró por los hombros y me miró a los ojos con porte serio, dejando a un lado su aspecto más bromista—. No te contengas. Entrégate al amor. Una nota no es una canción. Solo se transforma en música cuando se combina con otras notas.

Asentí y subí al vagón.

Después de que el tren se pusiera en marcha, desdoblé los francos. Uno de los billetes era el mismo de cien francos con la esquina derecha rasgada que le había dado a Louise como pago por el corte de pelo la semana anterior.

Mientras el tren recorría la campiña francesa, vi —o imaginé ver— una cabra blanca en cada granja. Maurice se había ofrecido a llevar a *Genoveva* a Apt en mi ausencia. No me había dicho el lugar, pero sabía a qué se refería: al matadero. Yo había aceptado. El día anterior, me aseguré de que *Genoveva* tuviera bastante agua en su cuenco. Quería que sus últimos días en el patio fueran felices. Había brotado pasto fresco, así como los dientes de león que tanto le gustaban.

Mantuvimos una buena conversación. Yo le di las gracias por haberme dado tanta leche y queso, y por ser una buena compañera. Ella prometió con una suave mirada en sus ojos que no sería un estorbo para Maurice. Le acaricié el cuello y la cabeza, y ella se apoyó en mí y aceptó mis muestras de afecto. Creo que lo sabía. Cuando le di las gracias por proporcionarme los recursos para ir a París, baló de una forma triste.

No me gustaba la idea de pagar el billete de tren con el giro bancario de la partida de viudedad, destinado a comida y a pagar las tasas correspondientes a mi casa en propiedad, pero reemplazaría el dinero con el que Maurice obtuviera por *Genoveva*. Con eso y con las pequeñas ganancias obtenidas con la venta de mazapán, podría tachar el voto número catorce de mi lista: «Ganarme el camino a París». Me lo había ganado ordeñando a *Genoveva* y vendiendo su queso. Así

317

pues, ahorraba lo que me habría gastado durante siete años si hubiera tenido que comprar queso.

Todos mis músculos se tensaron cuando el tren se detuvo en la estación de Lyon. Divisé a Maxime desde el tren antes de que él me viera. Llevaba un ramo de violetas y miraba con ansiedad a derecha y a izquierda. Mientras miraba hacia el lado opuesto, me acerqué con sigilo por detrás y le dije:

—¿Soy yo la persona que buscas?

Me abrazó al instante. Me besó en ambas mejillas entre el hervidero de gente que pasaba por nuestro lado a toda prisa. ¿Fue mi imaginación, o los besos eran más sentidos y más tiernos que los que normalmente se dan dos amigos para saludarse?

—Sabes que sí. He esperado mucho tiempo. Hemos esperado demasiado.

Sentí un cosquilleo en la garganta al pensar que se refería a nosotros dos, pero entonces aclaró:

—Mi madre insiste en que te lleve a casa directamente. —Recordó lo que sostenía entre las manos, sacó una violeta y me la colocó en la solapa—. Estas flores son de su parte.

—Son preciosas, Max, ¿Y tú qué me ofreces? —aventuré a preguntar.

—Solo mi corazón —murmuró a las violetas.

Incluso el olor húmedo a grasa y a hollín en el metro me emocionó. ¡Otra vez estaba en París! Tomamos la línea verde hasta Les Halles, donde tuvimos que andar a través del interminable túnel de Châtelet. El eco de mis suelas de madera en las paredes abovedadas resultaba embarazoso. Cuando salimos al exterior, frente al palacio de la ópera, Maxime explicó que su madre trabajaba de costurera en la Ópera de París. Me quedé un momento inmóvil para admirar la fachada ornamentada del edificio, la fila de arcos de acceso, las esbeltas columnas adosadas a la pared, los medallones y, a ambos lados del tejado, las estatuas doradas de musas aladas. Suspiré con un gran alivio al constatar que el palacio estaba intacto en todo su esplendor.

Caminamos por el Boulevard des Capucines, y prácticamente salivé cuando pasamos por delante de la fila de cafés.

—¡Oh! ¿No podemos sentarnos en uno de ellos y tomar un *café crème*? —Suspiré—. Quiero ver cómo discurre la vida en París delante de mí.

—Mañana —contestó al tiempo que con la mano ejercía una leve presión en la parte inferior de mi espalda—. Le he prometido que iríamos directamente a casa.

Al girar a la izquierda, en la calle Laffitte, gozamos de una extraña vista de la basílica del Sagrado Corazón, que, desde aquel enclave, parecía como si estuviera montada sobre la iglesia de Notre-Dame-de-Lorette. Cruzamos el bulevar Haussmann y giramos a la derecha, en la calle Rossini, una vía estrecha ocupada por edificios de viviendas.

Mientras subíamos las escaleras hasta el cuarto piso, volví a sentirme avergonzada del clac-clac de mis suelas de madera; además, el sonido sería aún más estridente cuando bajara. Lo primero que tenía que comprar, quizá lo único que me podía permitir, era un par de zapatos con suelas de cuero.

Madame Legrand nos recibió en el vestíbulo. Alzó los brazos cuando se me acercó, contoneándose sobre unos zapatos con un tacón de vértigo; me besó con ternura en ambas mejillas. Se había vestido elegantemente para recibirme, con una blusa de seda blanca con grandes solapas y el borde negro, así como con una falda negra acampanada. Llevaba el cabello negro peinado hacia atrás, sujeto en un moño de bailarina en la base de su largo cuello; sus manos eran tan blancas como una barra de jabón recién estrenada; sus mejillas eran tan luminosas como el pétalo de un caracolillo de olor cuando la luz pasa a través de él; sus orejas estaban adornadas con grandes perlas. Todo en ella irradiaba clasicismo puro. Comparada con su elegancia, yo ofrecía un aspecto joven y fresco, con mi corte de pelo a lo Kiki. Al anular cualquier fórmula de cortesía pidiéndome que la tuteara y la llamara Héloïse, me acabó de seducir por completo.

Maxime llevó mis bolsas por el angosto pasillo. Héloïse y yo le seguimos.

—Dormirás en la habitación de Maxime. Él dormirá en la quinta planta. No hemos tenido una criada allí arriba desde que mi marido falleció.

319

Lo soltó con tanta naturalidad, casi como un comentario trivial. Me pregunté si algún día sería capaz de referirme de un modo parecido a la muerte de André.

Las paredes de la habitación de Maxime estaban cubiertas de reproducciones de diversas obras de arte. Me quedé fascinada ante una copia cubista del Sagrado Corazón sobre una maraña de edificios dispuestos en ángulos antinaturales en tonos grises. Sobre el armario, en un jarrón de cristal, había una única rosa de color melocotón. La colcha de su cama estrecha era de cachemira color azul.

—El azul del Mediterráneo en un soleado día de junio —suspiré—, con un mar levemente rizado. Por lo menos, así es como lo imagino.

Héloïse murmuró:

—Solo es cuestión de tiempo. Cuestión de tiempo, y te bañarás en esa agua sedosa del color de una caricia.

Me quedé sorprendida al oírle pronunciar una frase tan evocativa.

Nos sirvió *café crème* y magdalenas, dispuestas como una margarita en un plato de porcelana blanca. El aroma a vainilla me recordó los días en que colocaba pastitas de té en forma de concha en el mostrador de vidrio de la Maison Gérard Mulot, dispuestas de tal modo que una fila se solapaba con la siguiente.

Admiré la bonita vajilla de porcelana en la vitrina de madera oscura, con la superficie pulida. André habría sido capaz de identificar la clase de madera y de apreciar sus intricados grabados. Intenté examinar con discreción los dos candelabros de cristal tallado sobre la repisa de mármol negro de la chimenea. Me sentía transportada a otro mundo. Me senté con tanta delicadeza como pude en la punta del mullido sofá tapizado con un diseño de rosas doradas sobre unas hojas verde pálido. No quería dejarme seducir por los objetos de Héloïse, pero no tenía ningún reparo en dejarme cautivar por su personalidad.

Héloïse me preguntó si había tenido un buen viaje, y Maxime por Maurice y Louise. Esperaba que no mencionara a *Genoveva*, pero lo hizo. Se me quebró la voz cuando expliqué lo que Maurice planeaba hacer.

Héloïse cambió hábilmente de tema y anunció que nos iba a llevar al Au Petit Riche, un pequeño restaurante frecuentado por las costureras y por el resto del personal del teatro de la ópera. Después del café y de las magdalenas, y una vez que Héloïse me enseñara fotografías de Maxime en cada uno de sus años de vida —para gran embarazo de él—, nos dirigimos al restaurante.

¡Qué sorpresa! Todas las paredes estaban adornadas con pinturas de escenas de óperas. Comimos *tournedó à la Rossini*, solomillo de ternera coronado con discos de corazones de alcachofas con *sauce béarnaise* y decorado con una rodaja de hígado de oca frito en manteca. No había probado nada tan exquisito desde que me había ido de París.

Me interesé por su trabajo en la ópera. Me contestó que no era una *première*, así que solo diseñaba para el coro. Le pregunté si durante la guerra había seguido la producción de óperas.

—Sí, el ciclo wagneriano del *Anillo*. —Bajó la voz—. Ver todos los palcos del teatro abarrotados de uniformes alemanes era casi más de lo que podía soportar. ¿Estaba contribuyendo a salvar la cultura francesa impulsando la ópera, o estaba traicionando a Francia con la producción solo de óperas que gozaban del visto bueno de los nazis? Más tarde, presentamos *Tristán e Isolda*, también de Wagner. Entre bastidores, en secreto, nos emocionábamos con la soprano francesa que cantaba Isolda.

»Aquello solo era una ilusión falsa y enorme. La canción de Ray Ventura debería habernos alertado. ¿Recuerdas, Max? Nos parecía tan divertida…

—«Todo va bien, *madame* La Marquise. Los caballos han muerto, los establos y la casa señorial han sucumbido a las llamas, su esposo se ha suicidado, pero no se preocupe, que todo va bien» —recitó él.

—La cantaban en los cabarés —recordó Héloïse—, una especie de *Résistance* cómica. La verdad es que mis amigas y yo estábamos abatidas por la destrucción en Montmartre, incluso hasta los mismos muros del Sagrado Corazón. Con todo, teníamos que creer que podríamos resistir contra la ocupación.

—¿Cómo?

—De forma subversiva. —Reflexionó un momento—. Llevábamos pañuelos amarillos y negros en el bolsillo de la solapa para burlar la orden de que los judíos tenían que identificarse con estrellas amarillas. La rabia de las costureras.

Empecé a comprender que París no había sido un refugio de paz.

—En numerosas ocasiones, deseaba estar aquí, en lugar de en el sur —confesé—. Si no te importa, cuéntame cómo fue la guerra en la capital.

—Una pesadilla. Bandas militares prusianas desfilando con gran engreimiento por los Campos Elíseos, instaurando la derrota en nuestros corazones al compás de cuatro por cuatro. El éxodo también fue una pesadilla; barrios enteros que huían hacia el sur, con las carreteras llenas de gente.

—¿Se te pasó por la cabeza huir?

—Ni por un instante. Quizá Maxime consiguiera regresar. Además, por su bien, consideré que era mi deber mantener vivo el negocio del arte. ¡Oh, Lisette! El flujo de camiones que llegaban al Louvre y al Jeu de Paume con pinturas de todos los confines de Francia: las clasificaban, las vendían o las destruían. Otros camiones llevaban muchos cuadros hasta trenes de mercancías que iban a Alemania. Mi hermana y yo fuimos testigos del espectáculo con impotencia y horror. Veíamos los cuadros de Klee, Ernst, Picasso, Léger... Tantas obras de arte que alimentaban las llamas en el jardín del Jeu de Paume. Sin su arte, París, Francia entera, nunca volverían a ser las mismas.

—Yo me habría puesto a llorar en plena calle —me lamenté.

—No podíamos permitirnos una muestra de debilidad así. Manteníamos los corazones blindados, y las cabezas altas, adornadas con sombreros rimbombantes confeccionados a partir de los sombreros de los maridos o los hijos ausentes, para dar la impresión de que conservábamos la alegría. Como no podíamos expresarnos con libertad, mostrábamos nuestra resistencia con plumas, lazos y flores de seda; sin embargo, cuando nos encerrábamos en casa, nos costaba horrores vencer el frío y el hambre. A pesar de nuestra rígida alegría ficticia, caminábamos orgullosas delante de los soldados nazis envueltas en una nube de perfume francés.

¡Qué sutil! ¡Qué indomable!

—Convertisteis las calles de París en un teatro.

—Oh, *chérie!* Las costureras obramos tales milagros..., pese a la escasez y el racionamiento, pese a las restricciones, pese a que no había ya clientela extranjera. Acatamos sin rechistar la norma del Gobierno de que el largo de las faldas se acortara hasta cuarenta y cinco centímetros por encima del suelo, pues creíamos que, con cada metro de tela que ahorrábamos, contribuíamos a acelerar la victoria.

»Entretanto, filas interminables de soldados alemanes paseaban su arrogancia por el bulevar con el paso de la oca; los hombres de las SS acorralaban a muchos judíos, nadie sabe cuántos. Nuestra propia policía francesa, bajo las órdenes alemanas, apresaba a jóvenes que salían de las estaciones de metro para obligarlos a efectuar trabajos forzados en la frontera. Nuestros esplendorosos hoteles, el Crillon, el Majestic, el Lutetia, habían caído en manos de los nazis. Pero el Día de la Liberación, estábamos dispuestas a ver cómo ardía el Majestic hasta convertirse en cenizas con tal de sacar a los nazis que se habían atrincherado en el hotel.

»Luego llegaron las ejecuciones reactivas de los colaboradores, de los que se habían lucrado con el mercado negro, así como de los milicianos que habían torturado a miembros de la resistencia. Nueve mil ejecuciones sumarias.

—Cuesta de creer...

—En aquellos días, estábamos embriagados por la libertad. Eso alimentó a los extremistas. A las mujeres acusadas de *collaboration horizontale*, de acostarse con el enemigo, se les afeitaba la cabeza para exponerlas a la vergüenza, aunque muchos tenían un gran número de cosas que ocultar. —Agitó las manos como si espantara moscas—. Pero basta de historias tristes. Déjame que te cuente nuestros planes para mañana.

—Por desgracia, mañana me toca trabajar —se excusó Maxime—. *Monsieur* Laforgue quiere que me reúna con alguien que podría darme pistas sobre el paradero de un cuadro.

—Así que yo te llevaré a las galerías Lafayette. ¿Sabías que Christian Dior ha diseñado una nueva colección *prêt à-porter*, y que ha decidido venderla allí? Ya verás: interminables restricciones en número de botones, bolsillos, largo de faldas. ¡Adiós a las chaquetas cruzadas, a los bordados y a los encajes! A estas horas, mañana, lucirás un vestido nuevo. Para mí será un placer regalarte uno.

—¡Cielos! Pero si apenas me conoces.

—Te equivocas. Maxime me lo cuenta todo.

323

—Eres muy generosa. Más que generosa.

—Pasado mañana —intervino Maxime con una emoción que no podía contener—, tú y yo iremos a pasear por el Sena y te presentaré a *monsieur* Laforgue…, e iremos al Jeu de Paume, para ver si…

—¡Si podemos encontrar *Los jugadores de cartas*, de Cézanne!

—¡Exacto!

Aquella noche, Maxime prolongó la despedida en el umbral de mi habitación.

—Hacía años que no me sentía tan feliz —confesó.

Me besó con ternura, apenas rozándome los labios; me cogió la cabeza con suavidad y me invitó a recostarla sobre su hombro. Permanecimos abrazados hasta que estuve segura de que aquello no era un sueño. Luego entré en la habitación que él había ocupado desde la inocencia de su juventud.

324

Por la mañana, Héloïse llenó las tres manzanas de casas hasta las galerías Lafayette con su exuberancia, explicando que durante un tiempo abandonó el trabajo en la ópera porque no podía soportar la idea de trabajar para que los oficiales alemanes se divirtieran. En vez de eso, decidió trabajar de adjunta en una sastrería, La Maison Paquin. Acababan de recibir un encargo para confeccionar veinte vestidos para una única clienta, así que necesitaban costureras.

—Las esposas de nuestros embajadores necesitaban declarar con sus vestidos que Francia podía haber perdido la guerra, pero que la costura de París seguía siendo la admiración de Europa. El Gobierno alemán estaba preparándose para trasladar toda la industria de la moda francesa a Berlín y a Viena. Estábamos indignadas. Lucien Lelong se hizo célebre porque los desafió: al instante, se convirtió en el héroe de todas las costureras de París. Yo colgué su respuesta, que apareció en la revista *Vogue*, sobre mi máquina de coser; la leí hasta que me la aprendí de memoria: «La costura se queda en París o no irá a ningún otro lugar. Un traje confeccionado en París no está realmente hecho de tela;

está hecho de las calles, las columnatas, las fuentes. Está bañado de vida, de los libros, de los museos y de hallazgos afortunados e inesperados. No es más que un traje; sin embargo, es como si el país entero hubiera intervenido en su confección».

—¿Y los alemanes claudicaron?

—¡Por supuesto! Nosotros dijimos: «Sea quien sea el dueño del mundo, la intención de París es confeccionar los trajes de sus mujeres».

—¿Quién encargó los veinte vestidos?

Ella frunció los labios.

—¡Oh, Lisette! No nos revelaron su identidad hasta que fueron enviados los trajes. Fue esa sabandija, Hermann Göring. Me sentí terriblemente engañada. Los alemanes se habían infiltrado en nuestros negocios y en nuestras instituciones. Obligaban a artesanos sin empleo a trabajar en la industria alemana. Muy a mi pesar, había colaboracionismo. —Se volvió hacia mí. En la piel tersa de su cara se perfilaron unas finas arrugas—. Espero que no me juzgues por ese incidente.

—¿Cómo podría juzgarte? Ni siquiera sé qué hubiera hecho yo en tu lugar.

—Justo después de la liberación, retomé mi antiguo trabajo en la ópera.

Abrió la puerta de cristal y acero de las galerías Lafayette. Al instante nos envolvió una fragancia floral. Balcón tras balcón, diez pisos se elevaban debajo de un círculo de amplios arcos dorados alrededor de una cúpula de cristal.

—Había días en Rosellón en que pensaba que nunca más volvería a ver esta maravilla.

Me sujetó el codo y me guio hacia las escaleras estilo *art nouveau*.

—Vayamos directamente al *prêt-à-porter* de Dior.

Sin duda, la nueva colección de Dior era voluptuosa. Me encantaron los lazos y los vistosos adornos. Héloïse sacó un vestido del perchero y admiró su fastuosa falda de bailarina.

—Ocho metros, calculo. No me cuesta nada imaginarte luciendo esa falda en los Campos Elíseos. Pruébatelo.

—¡Uy, no! Es demasiado...

—¿Ostentoso?

—Jamás podría ponérmelo en Rosellón.

325

—No te quedarás a vivir en este pueblo toda la vida, querida. Escoge tres prendas más. Pueden ser del color que quieras, excepto el gris militar. Y pruébatelas.

Elegí dos trajes entallados y otro vestido. Desfilé delante de ella con las prendas puestas. Tras comentarlas y compararlas, ambas nos decantamos por uno de los trajes, el de crepé azul. La falda al bies era acampanada, tenía el cuello ribeteado con una cinta de terciopelo negro y una rosa negra de terciopelo en el hombro.

—Es el azul del Mediterráneo, estoy segura —dije.

—Y los ojos de Maxime —añadió ella.

Bajamos por la avenida de l'Opéra, las dos con zapatos de cuero: yo misma me había pagado mi zapato izquierdo; el derecho había corrido de su cuenta. Héloïse llevaba la caja del vestido; yo una bolsa de compras de las galerías Lafayette que contenían mis viejos zapatos con suela de madera, un par de medias y un pañuelo para Louise. Entramos en la calle Pyramides, atravesamos el Jardín de las Tullerías y almorzamos un bocadillo de salami y anchoas en un banco, a la vera del Sena.

—¡París ha emergido del abismo! —exclamó Héloïse—. La belleza, la gracia y el ingenio de siglos que se han ido gestando en las orillas de este río no han desaparecido. La ciudad está recuperando su vida, y nosotros somos sus actores y actrices. Tú también.

—¿Yo? ¿Cómo?

—El vuelo de tu nueva falda es un acto de libertad.

—Es más de lo que esperaba. Todo es más de lo que esperaba.

—Quiero que sepas una cosa, pero no quiero decirlo delante de mi hijo. En 1937, fuimos a la Exposición Universal y vimos unos cuadros de Picasso.

—Lo sé. Maxime nos lo contó en una carta.

—Quizás os habló del *Guernica*. Lo vimos de nuevo en la exposición «Arte y Resistencia» cuando él regresó. La pila de cuerpos en posturas grotescas en blanco y negro, como en un noticiero cinematográfico, mostraba la emoción humana más cruda. Contra mi voluntad, me quedé fascinada por el horror.

Imaginé a mi hijo en aquella escena. Estoy segura de que a todas las madres que visitaron la exposición les pasó lo mismo.

»Y *La mujer que llora*. Una cara torturada, la mujer metiéndose la punta afilada de un pañuelo arrugado como un hielo puntiagudo en la boca. Los ojos desorbitados por el mar de lágrimas. No te conviertas en esa mujer, Lisette. La pena y la desilusión nos pueden destrozar con la misma fuerza que una bomba, la única diferencia es que nuestra vida se erosiona más despacio.

Tras unos momentos, colocó su mano con suavidad sobre la mía, que descansaba en mi regazo.

—Lo que Max quiere, yo también lo quiero para él; sería capaz de remover cielo y tierra para que lo consiguiera. Con todo, mi honestidad me empuja a confesarte una cosa, aunque no quiero que te angustie. La noche antes de tu llegada, Maxime volvió a sufrir una pesadilla. No había tenido ninguna durante un año.

Se me encogió el corazón y me quedé sin aliento.

—Yo soy la causa de su pesadilla.

—No, es la guerra. El patio de la prisión. Tú no tienes la culpa de nada. Algunos hombres se tiran a la bebida. Otros se vuelven fríos y reservados. Hay quien vive el resto de su vida con resentimiento y amargura. Podemos dar las gracias de que Max se haya librado de destinos como esos. A veces se muestra melancólico, cuando echa de menos a sus compañeros de prisión. Yo no puedo hacer nada por mitigar ese sentimiento de pérdida. He de decirte, sin embargo, que a veces estalla con furia cuando piensa que presto demasiada atención a quehaceres domésticos irrelevantes.

—No me siento capacitada para ayudarle.

—Solo has de estar preparada y comprender que, si se enfurece, no lo hace para herir tus sentimientos. Trátalo con ternura. Eso es todo lo que quería decirte. Su corazón está receptivo, pero es frágil.

Asentí. Aquella mujer parecía un ángel que me guiaba con alas de acero.

Sin querer, mi voto número siete volvió a mi mente: «Encontrar la tumba de André y el lugar donde murió». Lo tacharía cuando regresara a casa y nunca se lo mencionaría a Maxime.

Capítulo treinta y tres

París, *encore et toujours*

1947

A la mañana siguiente, despacio, con sumo cuidado, me puse el precioso vestido azul. Oí unos golpecitos en la puerta. Al abrir encontré a Héloïse. Di una vuelta para mostrarle el vuelo de la falda.

—¡Espléndida, Lisette! ¡Qué bien te queda! Eso significa que disfrutarás de un día perfecto, la consecuencia natural de la moda de París.

En el vestíbulo, Maxime me esperaba.

—*Oh là là!*

—¿Verdad que es una mujer Dior, la pura imagen de la nueva tendencia?

—*Bien sûr. Sans doute.* Un retrato adorable, con el cuerpo proporcionado de una modelo de Dior.

Ahí estaba de nuevo el Maxime encantador que me había tirado los tejos tanto tiempo atrás.

—El azul te sienta divino.

—Ya, lo dices porque es el color de tus ojos —bromeé.

Luego miré de soslayo a Héloïse, para ver si había hablado más de la cuenta, pero ella asintió para mostrar su conformidad.

—¿Adónde iréis primero? —preguntó.

—A desayunar a la plaza Saint-Germain. Luego pasaremos por las galerías de la calle Seine hasta que abra el Jeu de Paume.

—Puedo ir andando hasta allí —dije, señalando mis nuevos zapatos.

—No, *chérie*. Estarás de pie todo el día —replicó Héloïse—. Será mejor que vayáis en metro.

Los tres salimos del piso y caminamos hasta el palacio de la ópera, donde Héloïse se despidió de nosotros junto a una puerta lateral, antes de irse a trabajar. Maxime y yo nos metimos en el metro. Salimos en Saint-Germain.

—¿Qué prefieres? ¿El café de Flore o Les Deux Magots?

—El café de Flore. Quizá tengamos suerte y oigamos un debate de los existencialistas. —Me reí de mi comentario—. Sentémonos en una mesa fuera, en la terraza, para que pueda ver el espectáculo al otro lado de la calle, en Les Deux.

Pasé unos momentos hipnóticos, contemplando la esquina llena de vida y movimiento, absorbiendo su vibrante esencia *encore et toujours*. Ahora y siempre, así sería.

—En París, la vida está en los cafés, en las plazas, en los puentes, ¿no te parece? Son espacios que nos permiten declarar que la ciudad nos pertenece —comenté, inmensamente feliz.

—Es cierto, mi querida erudita.

—¿Te atreves a llamarme así, en la ciudad donde los intelectuales rezuman filosofía sobre sus tazas de café? No, no. Solo intento superar el síndrome de sentirme como una pueblerina en la capital; por eso luzco un traje parisino.

—Tú nunca has sido una pueblerina, Lisette.

—No me has visto ordeñar una cabra. Al final no se me daba nada mal.

—Sí que te he visto. Lo has olvidado.

Aquel recuerdo me puso triste. Maxime apoyó su mano en la mía, que descansaba sobre la mesa, justo donde un rayo de sol se filtraba por un resquicio del toldo festoneado. A pesar de mis enormes ganas de encontrar *Los jugadores de cartas* y de conocer a *monsieur* Laforgue, nos recreamos en la calidez del sol y de nuestra mutua compañía. Nuestra conversación era desenfadada, pero había algo latente que no salía a la luz: nuestros pensamientos en los momentos de soledad y qué importancia tenían.

Me atreví a lanzar una pregunta:

—¿Estás mejor? ¿Poco a poco vas recuperando la paz?

—Diría que la mayor parte del tiempo sí. Cuando estoy ocupado con gente en la galería o concentrado en documentos sobre la procedencia de obras de arte, sí. Pero cuando veo algo inesperado que me recuerda la guerra, como una persona con un miembro amputado, caigo en la desesperación por la sed que tiene el ser humano de herir.

—No es normal que te dure tanto.

—*Monsieur* Laforgue todavía recuerda momentos de la Gran Guerra.

—Tú no eres *monsieur* Laforgue.

—Es verdad, pero tampoco soy el hombre que conociste hace años.

Puse la mano sobre la suya, que descansaba sobre mi otra mano: una abultada torre de nudillos.

—Sí que lo eres. Me lo has demostrado esta mañana, cuando he entrado en el vestíbulo. Si a un hombre lo empujan y cae en un lodazal, se llena de barro, pero continúa siendo la misma persona.

Se quedó pensativo unos momentos.

—En mi opinión, ahora eres mejor persona. Hay que reconocer que todos esos años de espera nos han servido para que maduremos, para desarrollar las cualidades que necesitamos para seguir adelante.

—¿Nosotros? ¿Tú también? ¿Has encontrado la paz?

—Por supuesto que le echo de menos, sobre todo en las largas noches sin nada más que hacer que pensar. Hay otros momentos, sin embargo, en que me siento bien conmigo misma. Tengo a Maurice, a Louise, a Odette y a su nieto pequeño, Théo. Formamos una familia un tanto particular.

—¿Y el alguacil? No vuelvas a echarle mierda en las botas, ¿de acuerdo? Aunque tampoco hace falta que te hagas amiga de él...

Me entró la risa por aquella palabra malsonante. No era propio de Maxime.

—Pues eso es lo que quiere. De hecho, quiere ser algo más que amigo. Me ha invitado a ir a París con él. Por supuesto, le he dicho que no.

—¿Te sentiste tentada a decir que sí?

Recordé la corona sobre la tumba, que me propuso una tregua, como me confundió su gran pesar, cómo compartimos nuestros respectivos duelos.

—Por una fracción de segundo, cuando pensé en París. Pero quería estar aquí contigo.

—¡Qué suerte tengo!

Dejé la servilleta sobre la mesa, dispuesta a continuar con el plan del día.

—¿Vamos?

El arte en las galerías que había entre las librerías de segunda mano de la calle Seine era diverso. Vi nuevas formas artísticas. Empecé a formarme mis propias opiniones. Matisse me gustaba más que Léger o Duchamp.

Ya en la puerta de la galería Laforgue, consciente de mi falta de formación artística, así como de las probabilidades que jugaban en mi contra, tan llena de esperanza como de dudas, atravesé el umbral con paso firme. Sabía que tenía una gran baza en mi bolso.

Un anciano, con su recio pelo plateado peinado en una onda perfecta desde la frente hacia atrás, estaba hablando por teléfono. Mientras esperábamos, me sentí atraída por los cuadros de Pierre Bonnard y Édouard Vuillard. Las pinturas de la vida en las calles y cafés de Bonnard lograron que, de nuevo, me sintiera parte del majestuoso escenario de París. Maxime explicó que Bonnard suponía una transición entre el impresionismo y el arte abstracto. Intenté valorarlo, pero no disponía de suficiente información para hacerlo. La muestra de Vuillard de vestíbulos, habitaciones y cuartos de baño claustrofóbicos —la vida privada parisina— me llamó la atención, pero no me impresionó tanto como las calles de Bonnard y las escenas domésticas íntimas.

Cuando *monsieur* Laforgue colgó el teléfono, Maxime me presentó como una buena amiga.

—¿Recuerda que antes de la guerra hablamos de la posibilidad de preparar a *madame* Roux para trabajar en la galería?

Él se quedó un momento pensativo, como si le costara recordar un comentario tan insignificante después de todas las catástrofes que habían acaecido. Aprecié melancolía en sus ojos que sugería las pérdidas que había sufrido. Estaba a punto de decir que no, que no lo recordaba, así que me adelanté y dije:

—Solo estar en esta sala es un sueño y un placer, *monsieur*.

—¡Ah! ¿Le gustan los nabis y los simbolistas? ¿Qué opina de los intimistas? —Abrió los ojos como naranjas—. He visto que los miraba.

¿Se dio cuenta de que desconocía tales movimientos? No me sonaban de nada, era como si me estuviera hablando en árabe o en suajili.

—Yo… Son bonitos. En particular, me gustan los colores y los estampados de las telas.

También me gustaban los desnudos, pero me daba vergüenza admitirlo. Pese a mi mirada de susto y mi respuesta fútil, *monsieur* Laforgue me trató con la cordialidad que le dedicaría a un cliente rico. A eso debía de referirse Héloïse cuando hablaba del poder de la costura. Su refinada educación me animó a decir:

—Si me lo permite, me gustaría mostrarle algo que quizá le interese.

Deposité las notas de Pascal sobre la gran mesa, delante de él.

Él leyó las primeras líneas.

—¿Cómo ha llegado este material a su poder, *madame*?

Se lo expliqué. Después le di tiempo para que leyera el resto.

—¿Ha dicho que su abuelo escribió estas notas?

—El abuelo de mi esposo. Sí. Conocía a los dos artistas y a sus esposas. Intercambió algunos de los marcos que él hacía por varios cuadros.

Monsieur Laforgue miró a Maxime con disimulo.

—Extraordinario. Si pudiéramos documentar este material, podría valer una fortuna. ¿Su abuelo guardaba más datos acerca de sus encuentros con los dos pintores?

—Solo unas pocas notas. Era un hombre sencillo. Pero me contó todo lo que recordaba.

—¿Así que usted conoce las conversaciones que mantuvo con Pissarro?

—Sé lo que me contó.

—¿Y de Cézanne?

—Lo mismo.

—Escríbalo, *madame*, todo lo que recuerde. Maxime, asegúrate de que lo haga. Los recuerdos de primera mano sobre estos dos grandes pintores son de un valor inestimable.

Guardó las páginas en un enorme sobre rígido y me lo entregó.

—Cuide mucho este material.

—A lo mejor puedo encontrar más notas escritas por Pascal.

—Fantástico. Guárdelas todas juntas y tráigamelas en su próxima visita.

Maxime le dio unos golpecitos con el dedo índice en el pecho a *monsieur* Laforgue y dijo:

—Otro día, cuando la traiga de vuelta, pregúntale por Chagall. Se conocieron durante la guerra, y ella es una experta en su obra.

Le dediqué a Maxime una mirada de agradecimiento por el apoyo.

—*Formidable!* —exclamó *monsieur* Laforgue.

—¿Por casualidad no sabrá si él y Bella están a salvo? No he tenido forma de saberlo —me interesé.

—Llegaron a América sanos y salvos.

—¡Oh! Gracias, *Monsieur*. Estaba tan preocupada…

—De hecho, en el Museo de Arte Moderno de Nueva York presentaron una gran exposición de cuarenta años de su trabajo.

—Me alegro por él.

Monsieur Laforgue frunció el ceño de repente. Me escrutó con su penetrante mirada durante unos segundos. Me sentí incómoda. ¿Acaso me estaba ocultando información sobre Marc y Bella? Al cabo de unos segundos, dijo:

—Es posible que guarde algún recorte de prensa. Buscaré en mis archivos.

—Se lo agradezco mucho. Marc, quiero decir, *monsieur* Chagall, me regaló un cuadro que creo que pintó expresamente para mí.

—¡Sorprendente! ¿Está firmado?

—Sí, con las palabras: «Espero que sea una bendición para ti, Marc Chagall».

—*Merveilleux, madame!* Ojalá algún día pueda verlo.

Monsieur Laforgue nos acompañó hasta la puerta. Maxime regresó a la gran mesa del propietario de la galería para escribir una nota. *Monsieur* Laforgue me comentó en voz baja, para que solo lo oyera yo:

—Maxime es una gran ayuda. Dependo de su empuje para no caer en el desánimo.

—Me alegra saberlo. Mi mayor deseo también es colaborar con su galería, *monsieur*, aunque solo sea sacando el polvo de los marcos.

Él me dedicó la típica tierna sonrisa que un tío regalaría a su sobrina. Alentada por aquel gesto, di una elegante vuelta para que él pudiera apreciar el vuelo de mi falda y salí al exterior seguida de Maxime. Mis zapatos nuevos apenas tocaban el suelo.

Al cruzar el Sena por el puente de las Artes, la pasarela peatonal de hierro que unía la Escuela de Bellas Artes con el Louvre, pude constatar los desperfectos que había causado el bombardeo aéreo. A pesar de las evidencias de la guerra, yo estaba contenta con las noticias de *monsieur* Laforgue acerca de los Chagall. Quizás un día, un maravilloso día, volvería a verlos. Lancé una hoja de un árbol a la corriente del río. Nos apresuramos a colocarnos al otro lado de la barandilla para seguir su recorrido.

—¿Lo ves? Es una señal. Cuando el Sena fluye, la vida fluye —concluí.

Caminamos a lo largo del muelle hasta la plaza de la Concordia y la galería nacional Jeu de Paume. Maxime me dijo que solo llevaba unos meses abierta.

—¿Has podido visitarla?

—Por supuesto.

En la planta baja había una exposición de los precursores del impresionismo. De ellos, lo que más me llamó la atención fueron las casitas de pescadores de Corot en Sainte-Adresse. En la planta superior, Maxime me llevó a las galerías de los impresionistas.

—Dejo para el final lo que sé que tanto ansías ver.

El brillo burlón en sus ojos me transmitió la esperanza de que *Los jugadores de cartas* estuviera justo a la vuelta de la esquina.

Casi al instante me quedé fascinada por el colorido que inundaba las paredes. En la galería Monet, los reflejos acuosos temblaban, las regatas conferían al Sena un aspecto deleitable y deportivo; nubes de vapor se elevaban por encima de la estación de tren Saint-Lazare, y una urraca blanca y negra encaramada en la barandilla de una verja reinaba con benevolencia sobre la tranquilidad de un campo nevado.

—Pensaste en este cuadro aquel día en Rosellón, en mi patio, ¿verdad?

Él asintió, absorto.

—Me transmite paz.

En las escenas de la escuela de ballet de Degas, unas esbeltas bailarinas con faldas de un material vaporoso sostenían las piernas alzadas en arabescos, practicando en la barra. En los tejados de París, cubiertos de nieve de Caillebotte, se palpaba la quietud y la oscuridad. En una escena de una habitación vacía, los acuchilladores de parqué preparaban el suelo de madera para restaurarlo.

—Una perspectiva inusual —comenté.

Maxime pareció satisfecho.

Frente a las casitas de Louveciennes de Pissarro, había las lavanderas y granjeras que habían usado sus valiosos lienzos como delantales. Todavía indignada, le conté a Maxime la anécdota. Me sentí orgullosa de saber algo que él desconocía.

—¿Lo entiendes ahora, Lisette? Aunque no tengas formación académica, dispones de información y de una perspectiva que los marchantes y críticos de arte no siempre tienen.

—Solo de tres pintores.

—Pero puedes ampliar conocimientos. Tus sentimientos hacia la pintura son muy profundos. Y eres curiosa. Yo puedo ayudarte. Podemos entablar contacto con pintores. Aquí. En París.

—Antes he de encontrar mis cuadros.

Me di la vuelta…, y allí estaban los tejados rojos detrás de los árboles, muy parecidos al huerto de Pissarro con los tejados rojos.

—De verdad, Maxime. Parece el mismo sitio que aparece en el cuadro *Los tejados rojos, rincón de un pueblo en invierno*. A Pascal le encantaba por sus cálidos colores.

—¿Te das cuenta ahora del cuadro tan importante que posees?

—Que poseeré, si lo encuentro.

Υ

Me aferré con emoción al brazo de Maxime cuando entramos en la amplia galería de Cézanne y admiramos los desfiladeros escarpados sobre el mar Mediterráneo en L'Estaque, desde la parte superior de una alameda, y el paisaje campestre en la desolada pintura *La casa del ahorcado*. Con las explicaciones de Maxime, fui capaz de apreciar más detalles: los amplios trazos de Cézanne; los espacios con una capa densa de pintura que alternaban con áreas pintadas con una capa fina; reelaboraciones enérgicas, dudas, correcciones.

En dos paredes de la sala había bodegones. Manzanas, peras, melocotones, naranjas, incluso cebollas. Una jarra floreada. Una estatuilla. La misma compotera blanca. La misma jarra verde de aceitunas.

—Fíjate en el largo periodo que abarcan las fechas de los cuadros. Indican que Cézanne estudió toda su vida para dar forma a partir de gradaciones del color —explicó Maxime.

Me di la vuelta: allí estaba.

—¡*Los jugadores de cartas*! —exclamé en un tono excesivamente alto para una galería—. ¡Sabías que estaba aquí desde el principio!

Se rio como un niño travieso.

—Dijiste que querías encontrarlo tú solita.

Los dos jugadores de perfil, sentados junto a una mesa, uno frente al otro, estudiando sus cartas con concentración. La botella de vino sobre la mesa, puesta entre ellos, dividía la escena en dos mitades simétricas.

—Esos toques rústicos expresan que los personajes están en una taberna o en una granja espartana —apuntó Maxime.

—¿Qué toques rústicos?

—La mesa está inclinada hacia la izquierda. El brillo y la rigidez del mantel sugieren que es un hule, y no una tela de algodón. Incluso las pinceladas son gruesas.

—¿Eso es malo?

—No necesariamente. Nos enseña la pasión de Cézanne. Aunque sea una composición simple, muestra el carácter de los hombres.

—Parecen provenzales, con los pantalones arrugados, con

ese sencillo sombrero del hombre que está sentado a la derecha. Pascal tenía uno con las alas dobladas hacia arriba, como ese, en el mismo tono amarillento tostado. También tenía una chaqueta de algodón beis. ¡Podría ser él!

Mis palabras fluyeron sin que pudiera contenerlas:

—Justo antes de morir, me dijo que había posado de modelo para ese cuadro. Yo pensé que era un sueño o una fantasía, pero podría ser cierto, ¿no? Él cuando era joven. El mostacho caído de Pascal debió de ser castaño, como el de este hombre, debajo de la nariz puntiaguda. Tenía las cejas más cortas que el ancho de los ojos, igual que en el cuadro.

—Probablemente nunca lo sabremos.

—¿Hay alguien a quien podamos preguntar?

Maxime sonrió con indulgencia.

—Me informaré.

No importaba lo que descubriera. Mi corazón me decía que era Pascal. Aquel era el cuadro que había ido a comprar a Aix. El jugador de cartas era él. Algún día se lo diría a *monsieur* Laforgue.

337

Capítulo treinta y cuatro

Alada y victoriosa

1947

$\mathcal{A}$l día siguiente, Maxime y Héloïse tenían que trabajar, así que elegí varios puntos de la ribera izquierda que quería visitar sola. En la plaza Saint-Michel, pasé por delante de las floristas, los carros de fruta, los vendedores de postales, y me detuve ante un anciano que vendía juguetes artesanos de madera. Elegí para Théo un *bilboquet*, un juego que consistía en una copa pegada a un mango de madera y una pelota atada a un cordel. El hombre se divirtió enseñándome la técnica para meter la pelota en la copa.

Paseé relajada por Saint-Germain-des-Prés, el barrio donde me había criado. Compré un *pain au chocolat* en la Maison Gérard Mulot. La bella dependienta parecía casi una niña, aunque la verdad es que yo también tenía esa edad cuando despachaba en esa misma tienda. Le pregunté a la propietaria si mi amiga Jeannette, que aseguraba ser de etnia gitana, todavía trabajaba allí. La mujer torció el gesto y dijo que no. Jeannette se había largado con un soldado alemán y nunca más tuvieron noticias de ella. Por un momento, me quedé boquiabierta. ¿La habrían pillado? ¿Le habrían afeitado la cabeza? Cuando salí de la tienda, me invadió un sentimiento de pena.

La esquina del bulevar Saint-Germain y la calle Saints-Pères, donde André, un perfecto desconocido, me había ofrecido su paraguas con galantería, abrió la puerta a un cúmulo de recuerdos entrañables: con qué gentileza me invitó a proseguir la marcha desde aquella esquina, cuyas piedras en la pared estaban tan erosionadas —y seguían igual—; el brinco que me dio el corazón cuando, después de pasar por allí una docena de tardes, divisé su sombrero negro levemente inclinado; la emoción que sentí cuando me reconoció, sonrió y se dirigió hacia mí con paso presto mientras yo permanecía petrificada, y con su cálida voz se burló: «Esta vez no la dejaré escapar»; la suavidad con que me abrió la puerta de Debauve et Gallais, en la calle Saints-Pères, la elegante tienda del legendario chocolatero de su majestad Carlos X, donde los bombones se exhibían como si fueran joyas, no para ser degustados, sino solo admirados; la invitación de André a elegir algunos bombones para llenar la delicada cesta que me entregó, sin saber que yo trabajaba en la *pâtisserie et confiserie* rival, a pocas calles de allí; aquel primer largo paseo por los muelles; aquel primer *café crème* en el Bois de Boulogne, donde me contó que era enmarcador y oficial en el gremio de *encadreurs,* y donde descubrimos que ninguno de los dos tenía hermanos, que a él lo habían criado sus abuelos, y a mí, una monja. En medio de aquel sueño, como un hilo mágico de algodón dulce, tenía la deliciosa sensación de que caminábamos bajo un arcoíris y que nos estábamos enamorando.

Al aproximarme a la casa de las Hijas de la Caridad de San Vicente de Paúl, en la calle Bac, me entró el pánico. ¿Y si habían bombardeado el edificio? Aceleré el paso, sin poder apartar a la hermana Marie Pierre de mis pensamientos. No podía contar todas las palabras que me había enseñado, ni cuántas veces me había golpeado los nudillos con una cuchara por morderme las uñas. Llevaba la cuchara atada a un cordel, escondida entre los pliegues de su hábito, solo para tal propósito. Yo solía burlarme diciéndole que lo que en realidad pretendía era robar toda la plata del orfanato.

Una vez, de vuelta después de dar un paseo, se me ocurrió decir que las caras grabadas en el Pont Neuf eran feas. ¡Menudo error! Me obligó a ir todos los días al puente durante una semana, hasta que fui capaz de expresar con absoluta claridad qué era lo que me parecía horrendo de aquellos rostros.

—Si de verdad son tan desagradables —alegó—, has de

poder explicar su fealdad. No vale decir simplemente que son feas y quedarte tan ancha. Explícame lo que ves.

Al cabo de una semana, le presenté mi informe:

—Son grotescas y exageradas. Algunas fruncen el ceño como reyes mezquinos, otras gritan como monstruos, otras te miran con ojos desproporcionados como moscas. Algunas tienen las orejas puntiagudas como el diablo, o cuernos como un carnero. Todas son diferentes, y todas son feas —insistí.

—De acuerdo —aceptó—. Dime otra palabra que signifique «diferente».

Sabía que me estaba conduciendo hacia una conclusión que no quería admitir.

—Individuales —contesté.

—Muy bien. La individualidad es una cualidad más que bella.

—¡Me has engañado!

La Casa de las Hijas de la Caridad de San Vicente de Paúl no estaba dañada. Seguía tal y como la recordaba. Encontré a la hermana Marie Pierre en la sala destinada al público, donde los padres podían visitar a los niños que habían abandonado. Nos abrazamos al instante.

—¡Bendita seas, pequeña! Había perdido la esperanza de volver a verte. —Sacudió la cabeza; las puntas de su cofia blanca almidonada se movieron a ambos lados de su cabeza.

—Lo mismo digo.

Me guio hasta un banco y nos sentamos juntas. Su belleza, su gentileza y sus mejillas teñidas de rosa no se habían marchitado.

—Virgen santa, siempre estabas haciendo preguntas; siempre preguntando cosas: «¿Por qué llevas ese hábito azul grisáceo? ¿No preferirías ir vestida de color rosa, en verano? ¿A Dios le importa cómo vestimos? ¿Cómo sé si a Dios le importamos? Si yo le importo, ¿por qué permitió que mis padres me abandonaran? ¿Veré el día en que un hombre me amará?». Y, durante todo ese tiempo, yo te amaba con todo mi corazón.

—Lo sé. Siempre lo noté. Fuiste como una madre para mí. Me cogió de la mano.

—Y tú, como una hija para mí.

—¿Te acuerdas de mi marido, de André? Murió en la guerra. Hace siete años que soy viuda. Ahora creo que hay otro hombre que me ama. Es su mejor amigo.

Sin perder ni un momento, le conté cómo había sido mi vida en la última década, incluidas cosas como la muerte de André, las preocupaciones de Maxime en el campo de prisioneros y mi amistad con él.

—El afecto que siento por él es cada vez mayor, crece como un pozo sin fondo. Casi me da miedo pensar dónde acabará nuestra historia. Tengo miedo de lo que André podría pensar.

Ella me escuchó con atención, inclinada hacia delante, con las manos entrelazadas sobre el regazo, como si estuviera rezando para saber qué decir. Siempre había sido así. Siempre me escuchaba.

Reuní coraje.

—¿No es correcto que vuelva a enamorarme?

—Lo que no es correcto es que no te enamores, bajo ninguna circunstancia, incluso en las que me acabas de referir. La pena puede paralizar a una persona. No sucumbas a tal tentación. Ama con todas tus fuerzas y todo tu ser, Lisette, sin exigencias, sin expectativas de ser correspondida.

—Pero creo que lo soy.

Ella asintió.

—Eso está bien. Me alegro por ti. Pero el amor ha de ser discreto. Y requiere honestidad y acción. El dolor puede ser obcecado, frívolo, y conducirte a confundir otro sentimiento por amor, para calmar el vacío que te invade. Sin embargo, si sientes alegría cuando realizas algo altruista por él, y no te importa hacerlo tanto en secreto como delante de la gente, entonces esa alianza está forjada con el metal de la verdad.

—¿No te parece extraño o erróneo que a partir de algo tan horrible pueda surgir algo tan maravilloso y adorable?

—No. Es la piedad de Dios. Esa clase de experiencia une a la gente. Confía en ella.

Me acarició y me dio unas palmaditas en el brazo. Era su gesto habitual para infundir ánimo.

—¿Sabes por qué estoy aquí? —me preguntó.

—No.

—Porque no podía confiar en mí misma ahí fuera, en las calles de París. Sus maravillas y su belleza sobrepasaban la discreción. Resultaba demasiado tentador. Por eso te enviaba a hacer recados por mí.

—¿Quieres decir que...? Pensaba que me enviabas porque tenías una lesión en los pies.

—Puedo caminar sin problemas, pero tú necesitabas aprender a caminar por las calles con discreción y con todos los sentidos alerta, para extraer tus propias conclusiones.

—Pero qué sacrificio...

—¿Acaso no nos sacrificamos por nuestros hijos? Tal como he dicho, el amor requiere acción.

—Sí, pero... —Procuré contener mi estupor—. Me ayudaste a desarrollar una buena conciencia. Y me enseñaste a ver.

—Te enseñé a recurrir a la descripción y a la metáfora. Te enseñé a apreciar la belleza.

Le besé la mano.

—Te quiero mucho.

—El Señor está contigo, Lisette. Puedo ver su más generoso regalo en tus ojos: la luminosidad de la estrella del alba.

—Lo que provoca tal brillo debe de ser el amor.

Mi siguiente parada sería la calle Vaugirard, número 182, en Montparnasse. La dirección en el trozo de papel de Marc Chagall, que imaginaba que supondría mi puerta de acceso al mundo del arte, quizá con la opción de trabajar de asistenta en una galería de arte, si *monsieur* Laforgue no me aceptaba en la suya, o de vendedora de materiales de artes plásticas, o de ama de llaves de un pintor, o incluso de modelo. Con mi vestido mágico azul, agitando la falda para lucir todo su vuelo, aferrando el trozo de papel, caminé con paso firme hacia aquella calle con el objetivo de conocer por fin mi destino. Quizás el amigo de Marc podría decirme dónde vivían los Chagall para que pudiera escribirles y contarles hasta qué punto apreciaba el cuadro de Marc. Si regresaban a Francia, quizá podría incluso ir a visitarlos un día.

Desde San Vicente de Paúl, tomé el bulevar Raspail y me detuve en la esquina de la calle Sèvre para rendir homenaje al Hôtel Lutetia, el esplendoroso edificio que había hospedado a los prisioneros que regresaban de la guerra después de expulsar a la Gestapo, el edificio donde Maxime había empezado su recuperación. Su bonito balcón de piedra redondeado con vistas a un bullicioso cruce lo convertía, a su vez, en otro singular superviviente en París.

Ya en la calle Vaugirard, pude apreciar los enormes boquetes que habían dejado las bombas y los edificios dañados entre estructuras que estaban siendo reconstruidas. Empecé a buscar la dirección, cada vez más preocupada porque, cuanto más me adentraba en la calle, más evidentes eran las señales de destrucción. El edificio del número 164 estaba intacto; el 168, parcialmente intacto; el 174 era una carcasa vacía, sin fachada ni tejado; el 182 y el resto de la calle habían desaparecido. Me fijé en los restos de un cartel con un hombre enterrado entre los escombros. Volví a guardar el papel con la letra de Marc en el bolso. Lo guardaría, como un gesto generoso de un famoso pintor.

Sin nada más que hacer, enfilé hacia la calle Rennes, que quedaba justo una manzana por encima, donde André y yo habíamos vivido, en la esquina con la calle Vaugirard. Me maravillé al constatar que nuestro edificio permanecía intacto, mientras que otros estaban en ruinas o los estaban reconstruyendo.

Deambulé por Montparnasse como una *flâneuse*, una observadora social, contemplando cómo París resurgía de sus cenizas, saludando con palabras de gratitud a yeseros, albañiles y obreros con palas. Me detuve a reflexionar en La Select, en el bulevar Montparnasse. Me serví leche de una diminuta jarra en mi *noisette* y concluí que el hecho de que cualquier persona o cualquier edificio hubiera quedado ileso, cuando el edificio o la persona de al lado no habían sobrevivido, se escaparía siempre a la comprensión humana.

No iba a permitir que la oportunidad perdida del número 182 me hundiera la moral. Había otras formas de acceder al mundo del arte. Además, aún no era el momento adecuado. Todavía tenía que encontrar cinco cuadros en Rosellón y redactar las notas para *monsieur* Laforgue.

Después del trabajo, Maxime llegó a casa con el semblante sombrío.

—¿Qué pasa? —le pregunté.

Señaló hacia el sofá del vestíbulo. Me hundí entre los cojines. Él desdobló un recorte de un periódico de París y lo dejó sobre mi regazo. Estaba escrito por Marc Chagall.

19 de octubre de 1944

A los artistas de París:

Hace treinta y cinco años, como miles de otros jóvenes, llegué a París para enamorarme de Francia y estudiar el arte francés.

En los últimos años, me he sentido muy desdichado por no poder estar con vosotros, amigos míos. Mi enemigo me obligó a tomar el camino del exilio. En aquel trágico viaje, perdí a mi esposa, la compañera de mi vida, la mujer que era mi inspiración. Y todo porque no pude encontrar una medicina muy simple, porque todos los suministros se habían enviado a los aliados en el continente. Por eso, Bella fue una víctima de la guerra, igual que un soldado caído en combate. Quiero decirles a mis amigos de Francia que ella está conmigo en esta nota de gratitud; ella, que amaba Francia y el arte francés con tanta devoción. Su última alegría fue la liberación de París.

En el transcurso de estos años, el mundo estaba ansioso por el destino de la civilización francesa, del legado del arte francés. La ausencia de Francia parece imposible, incomprensible. Hoy el mundo espera y cree que los años de penuria contribuirán a ensalzar el espíritu del arte francés de un modo más profundo, si cabe, más digno que cualquier otra época de grandes obras artísticas en el pasado.

Me inclino ante el recuerdo de aquellos que han desaparecido y de aquellos que perdieron la vida en la batalla. Me inclino ante vuestro esfuerzo por seguir adelante, ante vuestra lucha contra el enemigo del arte y de la vida.

Ahora que París ha sido liberada, cuando el arte de Francia ha resucitado, el mundo entero también se liberará de una vez por todas de los enemigos satánicos que querían aniquilar no solo el cuerpo, sino también el alma, el alma, sin la que no hay vida ni creatividad artística.

Mis queridos amigos, Bella y yo estamos agradecidos al destino que os ha mantenido a salvo y que ha permitido que la luz de vuestros colores y de vuestras obras iluminen el cielo ennegrecido por el enemigo. Que vuestros colores y el esfuerzo de vuestra creatividad tengan el poder de volver a generar calidad y una nueva creencia en la vida, en la vida de verdad, en Francia y en el mundo entero.

La copia se tornó borrosa, me temblaron los dedos y lloré. Max me cogió la mano.

—Lo siento mucho. Sé cuánto la querías.

—Él la adoraba.

—De eso estoy seguro.

—¿Cómo es posible que haya pasado algo así? Después de todo lo que pasaron... Es tan injusto.

Max me acunó entre sus brazos.

—La vida no siempre es justa.

Durante los siguientes días, Maxime hizo todo lo que pudo por animarme y sacarme de aquel mar de aflicción. Paseamos por París, haciendo las mismas cosas que André y yo solíamos hacer. Remamos en el lago del Bois de Boulogne y Maxime cantó una barcarola; bailamos en el Bar Américain, en el sótano de La Coupole; montamos en el carrusel de la plaza Abbesses, en la zona baja de Montmartre, y me emocioné mucho al ver que estaba intacto. En el funicular que subía hasta el Sacré Coeur, Maxime me rodeó con sus brazos para que no perdiera el equilibrio, y bromeó diciendo que su intención no era manosearme.

Mientras recorríamos todo el perímetro de la isla de la Cité, Maxime señaló los agujeros de las balas en la Conciergerie, la famosa prisión de la Revolución, donde los *résistants* de los tiempos modernos habían iniciado la batalla que había liberado París. Nos mostramos solemnes, respetuosos. En esta ocasión, no se mostró taciturno. Lo interpreté como la señal de que por fin se estaba liberando a sí mismo. Quizás había llegado el momento de que yo hiciera lo mismo.

Insistí en que subiéramos la larga escalinata Daru en el Louvre, con pausas a cada paso para apreciar la magnífica estatua de mármol de la Niké de Samotracia, alada y victoriosa. Su dominadora presencia, por encima de los trescientos metros de altura, montada sobre un elevado pedestal, exigía que alzáramos la vista con adoración. Estaba segura de que podía sentir cómo el viento se enredaba en sus finos ropajes.

—¡Qué gran victoria, cuando pudieron sacarla de su escondite! —Maxime suspiró—. El 3 de septiembre, el mismo día que De Gaulle declaró la guerra. Los voluntarios nos amontonamos para ver, conteniendo el aliento, cómo la subían por las escaleras. sosteniéndola con unas fajas, y la colocaban en posición vertical con ayuda de cuerdas. Tiene más de veinte siglos de antigüedad. Me alegro de verla de nuevo en el sitio que le corresponde, sin haber sufrido desperfectos.

En el Musée Rodin, nos quedamos hipnotizados delante de las dos estatuas de mármol entrelazadas de *El beso*. Una pareja, cada miembro con el mismo ardor; en la cúspide de la pasión, permanecerían castos para siempre.

En un banco de piedra junto a la puerta del museo, Maxime y yo tuvimos la misma idea: representar la escena instintivamente, sin palabras. Mi brazo se enredó alrededor de su cuello; su mano agarró mi cadera. Acercamos las caras; nuestros labios estaban a punto de rozarse, imitando el amor eterno de los amantes de Rodin en nuestra quietud. Mantuvimos la pose, esperando que los transeúntes adivinaran nuestro número de teatro, que, en realidad, no era del todo teatro. Una pareja de ancianos que salían del museo cogidos de la mano se pararon y cuchichearon, mirándonos con interés. Primero rieron con discreción, luego estallaron en una sonora y contagiosa carcajada. Los cuatro no podíamos parar de reír. Formábamos parte del teatro que era París.

En el resto de nuestras actividades, André nos acompañó como una sombra fiel. Una presencia amable, que no nos hacía sentir culpables ni incómodos. Pensé que debía dar las gracias por ello a la hermana Marie Pierre y a Maurice. Pero nuestro momento de imitar a los amantes de Rodin fue solo nuestro.

En la cena de mi última noche en París, Héloïse nos llevó a Le Procope, el café más antiguo de la ciudad, en Saint-Germain. Numerosas veces había pasado bajo su cartel, que anunciaba que llevaba abierto desde 1686, pero nunca había puesto el pie en el umbral. Avanzamos por una sala roja con el suelo embaldosado blanco y negro; dejamos atrás unas antiguas sillas tapizadas, subimos una impresionante escalinata de mármol, pasamos por delante de retratos en marcos ovalados bellamente grabados, bustos de mármol, tapices, chimeneas, cartas enmarcadas de escritores y filósofos famosos, todo bajo los candelabros que proyectaban una suave luz sobre los paños dorados y rojos de rayas del suelo hasta el techo.

—Acabamos de entrar en el siglo XVIII —anuncié.

—Adoro este lugar. Robespierre y Marat comieron aquí —suspiró Héloïse en voz baja, como temerosa de que un emisario de Luis XVI pudiera oírla—. ¿Ves esa mesa roja? Voltaire la usaba como escritorio. Este lugar es historia, teatro, intriga y filosofía. A pesar de los problemas de París, a pesar del sufrimiento, emana, en mi opinión, un hechizo de inmortalidad.

Maxime esbozó una mueca de empalago.

—Ya basta, *maman*. Piensa qué quieres comer.

—No tengo que pensarlo. Ya lo sé. *Truite meunière aux amandes*. Te lo recomiendo, Lisette. Es el pescado de los dioses.

Acepté la propuesta. La trucha llegó dorada en mantequilla, rociada con trocitos de almendras tostadas. Para complementar el plato, espárragos blancos y patatas paja *Pont Neuf*, dispuestos como un puente sobre un río y guarnecidos con un tomate relleno y un rábano cortado en forma de tulipán. La composición era impresionante, como una obra de arte enmarcada por el amplio borde dorado repujado del plato de porcelana blanco. Durante el resto de la velada, cada vez que hablaba, Héloïse lanzaba palabras poéticas tan espectacula-

347

res como la cena y la propia sala. Como resultado, en aquellos momentos no pensé ni un solo segundo en la triste pérdida de Bella.

Le conté a Héloïse de qué modo tan ingenioso Maxime le había pedido a *monsieur* Laforgue que me preguntara por Chagall.

—Por cierto, ¿qué escribiste en su mesa, antes de salir de la galería? —le pregunté.

—Tu nombre. Para que lo recuerde la próxima vez que vayas a verlo.

—Has venido a ver a Maxime. Ahora le toca a Maxime devolverte la visita —sugirió Héloïse, sin apartar la vista de su hijo—. Estoy segura de que Rosellón estará precioso en esta época del año.

—¿Vendrás a ayudarme en mi búsqueda? Hay tantos *bories*, y esas losas pesan tanto… —le pedí con un leve tono de lamento, tal como lo habría dicho Maurice.

—Claro que sí, pero antes he de vender un cuadro de *monsieur* Laforgue o encontrar una de sus obras robadas. Ando detrás de una buena pista acerca de una pintura. En Francia, Bélgica y Holanda se han perdido miles. Resulta abrumador. Estoy decidido a ayudarle.

—¿Cuánto crees que tardarás?

—Imposible saberlo.

Me hundí en la silla.

—Has de entender que este es mi modo de hacer bien las cosas.

Tuve que ceder, comprender sus ganas de emerger de su oscuro viaje a partir de un acto irrefutable. Y yo tenía que continuar con mi propia búsqueda, mi propia resurrección del arte francés. Marc habría querido que lo hiciera.

Héloïse nos dejó que volviéramos caminando a casa solos por las calles recién lavadas por la lluvia, que brillaban bajo el destello amarillo miel de las farolas. Tenía la impresión de que todo París nos pertenecía, nos hechizaba, nos bendecía. Cuando cruzamos el ornamentado puente Alejandro III para pasar a la Rive Droite, me sentía tan inmensamente feliz que, si daba un saltito, como Bella en el cuadro de Marc después de la Revolución rusa, saldría volando sobre el Sena, sobre las ninfas y los querubines esculpidos en el puente, sobre la doble fila de farolas, con sus espléndidos globos con luz dorada, sobre las cuatro famas en sus pedestales, aladas y victoriosas. El hecho de experimentar el éxtasis de Bella, me liberaba de la inmensa tristeza que sentía por ella. Me atreví a pensar que eso era precisamente lo que habría querido. ¿Era estar con Maxime, o estar en París, o estar con Maxime en París lo que me hacía sentir de aquel modo?

Un hermoso pensamiento voló directamente hacia mí en aquel puente. En el grito «¡Lisette!» de André, moribundo, él me había dado a Maxime. Así que con Maxime, todavía tenía a André. No podía existir un amor más profundo.

349

Capítulo treinta y cinco

Todavía

1947

*T*an pronto como regresé a Rosellón desde París, puse la casa patas arriba en busca de más notas de Pascal. Saqué todo lo que había en la mesa y hallé notas sobre su encuentro con Cézanne en Aix. Hice lo mismo con los cajones del armario y los bolsillos de todas sus prendas de ropa que estaban demasiado andrajosas para llevarlas a la caja de donaciones. Me entusiasmé cuando encontré en su mochila su relato de lo que Pissarro había dicho acerca de Pontoise. Ciertas líneas me parecieron significativas:

> Cuando un hombre encuentra un lugar que ama, puede soportar lo indecible.

Supongo que se refería a la profanación de su casa por parte de los soldados prusianos o a las mujeres de Louveciennes que utilizaron sus cuadros como delantales. ¿Qué había soportado yo? La pérdida de André. También aislamiento, penuria, soledad, calor y frío, pero dudaba de que Pissarro hubiera sido consciente de tales sufrimientos en sus momentos apasionados, cuando creaba obras de arte.

> Pontoise ha sido creado especialmente para mí. Los campos de cultivo distribuidos de forma aleatoria, combinados con tramos silvestres; los huertos que han dado sus peras a generaciones; el rico olor de su tierra; los molinos de viento; las norias de agua; las chimeneas; las casas de piedra dispuestas en fila; incluso los tejados

manchados de excrementos de pájaro. Todo lo que aquí veo me llena de emoción.

Sí. Podía imaginar a Pissarro ideando esa relación de cosas. De repente, me puse a componer mi propia lista sobre las cosas que me emocionaban de Rosellón y su entorno: la panorámica desde el Castrum, así como la vista desde la casa de Bernard; los interminables campos de lavanda con su intenso aroma y color en julio; las viñas cargadas de fruta en septiembre; el arrullo de las tórtolas cuando se apareaban; el pueblo después de la lluvia, cuando se intensificaban los colores de los edificios; la fragancia de los árboles frutales en flor en la primavera; la época de recolecta de cerezas y uvas; la calma después del mistral; incluso la quietud en otoño, el día en que, cada año, me daba cuenta de que las cigarras habían cesado su abrumadora cantinela. Y, por supuesto, la gente.

¿Acaso el ser humano no siente la imperiosa necesidad de hallar un lugar en el mundo que le aporte aquello que ansía para honrarlo ofreciendo a cambio algo de valor?

De nuevo, sí. Sentía cómo germinaba la semilla de esa imperiosa necesidad. Elaborar una lista de las cosas que amaba de Rosellón, del mismo modo que había hecho con París en una carta a Maxime, me hizo adquirir conciencia de cómo adoraba aquel pueblo, aun cuando acababa de llegar de la ciudad que una vez había considerado el único sitio donde podría vivir. Seguro que una mujer, no solo un pintor, necesita un lugar donde alimentar su individualidad, donde madurar.

Pascal me había contado más anécdotas que las que revelaban aquellas breves notas. Me di cuenta de que tendría que hacer un ejercicio de memoria para recordar todo lo que me había contado, así que durante los siguientes días escribí todo lo que podía recordar, sin prestar atención al orden en que las anécdotas emergían en mi mente. Corté mis páginas en cuartos, que luego ordené en una cronología aproximada, y volví a escribir los relatos otra vez, en orden. Más tarde, recordé más, así que volví a repetir el proceso, pensando a menudo en la esperanza de Marc de que el arte francés resucitara, y en mi propio deseo de contribuir al patrimonio cultural de Francia con la recopilación de las vivencias de Pascal. Encontrar los cuadros se había convertido en algo más que un objetivo personal.

Me costó horrores esperar a que pasaran los meses de julio y agosto, cuando el resplandeciente sol convertía la plaza del ayuntamiento en una trampa de calor, y el Sentier des Ocres en una peligrosa caldera abrasadora.

Cuando llegó el primer día de septiembre, no pude soportarlo más. Con la linterna de Maxime, que funcionaba con pilas, y el par de zapatos de André que me había quedado, salí de casa y me sumergí en la fría mañana, calzada con mis viejos zapatos con suela de madera, como si fuera un día cualquiera, salvo que llevaba unos pantalones de André puestos, enrollados hasta los tobillos, con los bolsillos llenos de calcetines. Me sentía como una *parisienne* disfrazada de campesina, tal como Bernard me había descrito aquel día de las salchichas voladoras. Sin embargo, bajé con resolución hasta el centro del pueblo, subí la cuesta hasta la otra punta y dejé atrás el cementerio, en dirección al Sentier des Ocres.

Los pantalones me provocaban una sensación de picor por las costuras que se me clavaban en la parte interior de los muslos. Me pregunté si los hombres también notaban ese escozor o si, como en tantos otros casos, uno acababa por acostumbrarse a irritaciones menores. Pero perder los cuadros, parte del patrimonio de Francia, no era una irritación menor.

No tenía ninguna pista acerca de hacia dónde enfocar mi búsqueda, excepto que los sitios donde había encontrado dos de las obras constituían una parte esencial de Rosellón y sus alrededores. La mina lo era, sin lugar a dudas, igual que los molinos en los que antaño se había molido el trigo y las olivas. Me pregunté si el ladrón habría establecido tal conexión. Conjeturas aparte, seguí adentrándome en el terreno, ya que los desfiladeros de ocre otorgaban a Rosellón un carácter excepcional.

Al inicio del peligroso descenso, me puse los dos pares de calcetines de André para que no me bailaran sus zapatos, y escondí los míos debajo de un arbusto morado de salvia. Poco después de que André y yo nos instaláramos en Rosellón, exploramos un sendero que se adentraba en el desfiladero, solo hasta la gran cuenca, pero no podía recordar ningún escondite obvio e ideal para los cuadros. Solo se trataba de una barrera continua de roca. Sabía que tenía que adentrarme más allá de la distancia que André y yo habíamos recorrido en el desfiladero.

A esa hora temprana, la luz que entraba sesgada parecía venir desde el interior del barranco. La ancha roca espiral en la cuenca estaba acanalada horizontalmente; la parte más baja era una andana de ocre dorado, que más arriba se trocaba en color salmón y luego adquiría unos tonos naranja, rojo anaranjado, canela y granate en sus puntos más altos. De vez en cuando, estaba salpicada por vetas amarillas, tan brillantes como la clara de un huevo, combinadas con otras de color blanco cremoso, y, para añadir contraste, el verde intenso de los pinos y del enebro, que crecían de una forma imposible entre las rocas. ¿Aquello era arte moderno o antiguo? Me quedé boquiabierta, consciente de mi pequeñez en medio de aquel enorme cuenco ondulado que mostraba todo su esplendor.

Descendí un poco más; el desfiladero se tornó más angosto. Un alto pináculo cónico me recordó el obelisco de la plaza de la Concordia. Los canteros habían tallado los dos lados de otros pináculos hasta convertirlos en unas paredes finas, ondulantes, con la punta afilada.

Más abajo, vi unas cavidades en los desfiladeros que quizás antaño habían servido de entrada a las minas. Algunas tenían rejas de hierro para evitar el acceso de intrusos. Otras estaban demasiado altas para poder encaramarme. Decidí subir hasta la única que parecía a mi alcance. Lo hice a cuatro patas, agarrándome a las ramas y a los troncos de los pinos para propulsarme hacia arriba. Encendí la linterna para echar un vistazo al interior, pero me resbaló de la mano y cayó rebotando hasta el lugar desde donde había empezado a trepar. Tuve que deslizarme hasta la base con cuidado para recuperarla, luego volví a trepar a cuatro patas. Podría haberme ahorrado el esfuerzo. Allí dentro no había nada.

No vi ningún sendero que pudiera seguir. Hacia los lados partían caminos más cortos y vías más estrechas. Los recorrí todos hasta donde pude, iluminando con la linterna cualquier cueva y grieta vertical de aquellas formaciones de fantasía.

Luego desanduve el camino. Perdí la noción del tiempo. El calor del mediodía me hacía desfallecer. Las cigarras que entonaban su estridente canto bajo el aire caliente debían de estar encantadas con el dolor de cabeza que me habían provocado. Por mis brazos desnudos corrían canales de sudor, entre el polvo de ocre. ¿Dibujarían el mapa que me llevara hasta un cuadro?

Desanimada, entré en la boca de una cueva situada a cierta altura de una pendiente, para descansar en el frescor de su interior. Me apoyé en una pared rugosa y eché una cabezada hasta que el arrullo quejumbroso de una tórtola me despertó. Justo en la parte exterior de la boca de la cueva, un par de ellas se dedicaban a picotearse recíprocamente con suavidad, persiguiéndose sin estridencias. Durante unos momentos, el mundo me pareció completo y armonioso. Una de las tórtolas alzó el vuelo; la otra la siguió. Alentada, continué con mi búsqueda. Me adentré a gatas en la cueva.

Una pila de rocas amarillentas, bien de ocre, o bien de piedra caliza, brilló bajo el rayo de luz de mi linterna. Gateé hacia ellas y empecé a desmantelar la pila. A la altura del suelo, toqué una tela áspera. ¡Un saco de arpillera! Dentro de él, la textura de un óleo sobre tela. Pensé que me iba a estallar el corazón. Me sentía eufórica, con ganas de gritar, de bailar, de volar. Me reí ante lo absurdo que resultaba no solo haberme metido en el escondrijo del ladrón por casualidad, sino que, además, aquel maldito había tenido la gentileza de regalarme un saco de arpillera. Lo llevé hasta la boca de la cueva y saqué el lienzo. Mi gritito de éxtasis provocó que los murciélagos salieran volando. ¡*La cantera de Bibémus* de Cézanne estaba escondida en un desfiladero de las canteras de ocre! ¡Qué gracia! ¿Era solo una simple coincidencia, o el ladrón se estaba burlando de mí?

Lo guardé de nuevo en el saco y lo aferré con fuerza contra el pecho, luego empecé a bajar por la pendiente. Aterricé sobre el trasero, me levanté y me puse a trotar sin miedo, en un estado de delirio. Tras unos minutos, me detuve, desconcertada. Nada me parecía familiar.

Desanduve mis pasos, pero ni tan solo pude encontrar la boca de la cueva. Deambulé de una dirección a otra hasta que no me quedó más remedio que admitir que estaba totalmente perdida, desorientada, acalorada y asustada. El ángulo diferente del sol había cambiado los colores y había creado sombras extrañas durante el rato que había pasado en el interior de la cueva. Las sombras de los pináculos se extendían sobre los senderos como dedos artríticos. Caminé en círculos una docena de veces, presa del pánico, sintiendo el escozor en los ojos que anuncia el llanto, y después me obligué a pensar. Tendría que trepar montaña arriba para salir de allí. Así pues, tomé una abertura cualquiera en el terreno, entre los árboles y las rocas.

El sol de la tarde me daba de lleno en la coronilla. Tenía que achicar los ojos para combatir su intensidad. El sudor se me metía en los ojos y notaba la blusa de algodón pegada a la espalda. Me remangué los pantalones de André por encima de las rodillas para sentir un poco de alivio del agobiante calor. Me sentía mareada, con ganas de vomitar, al borde del desmayo. De repente, empecé a ver puntitos grises y negros, y la mente se me quedó en blanco.

Cuando recobré el conocimiento, estaba tumbada en el suelo, con la cara hundida entre un montón de flores silvestres, sin saber cuánto tiempo había estado así. Lentamente, los colores se fueron perfilando a partir de la pobre gama gris de mi visión, retrocediendo, emergiendo de nuevo, palpitantes. Apoyé la cabeza en las rodillas hasta que se me pasó el mareo e intenté tragar saliva para suavizar la garganta reseca, aunque no conseguí mi objetivo. ¿Hasta qué punto merecía la pena ir en busca de un cuadro, si podía morir de insolación?

Recordé que Pascal nos había dicho que dejáramos que los cuadros cuidaran de nosotros. Está bien, lo haría. Saqué la pintura del saco para disminuir el peso, me coloqué el lienzo rígido sobre la cabeza para que me diera sombra y descansé hasta que me sentí con fuerzas para continuar. Me detuve a menudo para recuperar el aliento. Me dolían los brazos.

Por fin, a lo lejos, avisté el pináculo que parecía un obelisco, erigido como una baliza. Solté un grito de alivio.

—¡Lisette! —dijo alguien.

¿Estaba alucinando?

—¡Lisette!

Seguí trepando, con el cuadro sobre la cabeza.

—¡Lisette!

Bernard bajó la pendiente corriendo hacia mí, resbalando y recuperando el equilibrio, con un paraguas abierto y una jarra de barro.

—¡Por el amor de Dios! —gritó cuando llegó a mi lado. Luego me obligó a sentarme en una roca—. He visto tus zapatos y he bajado corriendo. ¡No deberías venir aquí sola! ¿Acaso no te lo advertí?

Dejé el cuadro a mi lado mientras él echaba agua en la palma de su mano, en forma de cuenco. Bebí. Me mojó la cara, la cabeza, el cuello y los brazos, cosa que le permití, apenas consciente de aquella nueva muestra de intimidad.

—Me tenías enormemente preocupado. Pensaba que habías tenido un accidente.

Volví a beber de su palma.

—No bebas tanto, la necesitarás durante el ascenso —me aconsejó.

—He encontrado uno de los cuadros —anuncié sin apenas fuerzas.

—Ya lo veo. —Resopló y sacudió la cabeza—. Y también veo que eres capaz de arriesgar la vida por...

—No me queda otra elección.

—Bueno, por lo menos tengo la suerte de poder ver de nuevo esas bonitas rodillas.

Instintivamente, miré hacia abajo y descubrí que llevaba guano de murciélago enganchado en las rodillas y en las pantorrillas.

—¡Qué asco! —chillé al mismo tiempo que desdoblaba los pantalones para cubrirme.

La risa suave de Bernard no me ofendió. Mi exasperación con él era más soportable aquella vez. De hecho, le estaba agradecida. Cuando recuperé el ritmo normal de la respiración y empecé a notar el efecto refrescante del agua, acepté su ayuda para ponerme en pie. Puso la jarra en mi mano derecha, y el paraguas en la izquierda, y me cerró los dedos alrededor del mango. El recuerdo de la mano de un hombre que me cerraba los dedos alrededor del mango de otro paraguas surgió en mi mente, pero me negué a establecer una conexión así. Bernard cogió la pintura y se tomó la libertad de pasar el brazo alrede-

356

dor de mi cintura para ayudarme a subir la cuesta. Me sentía demasiado débil para oponer resistencia.

En la carretera que conducía a su casa, le devolví el paraguas y la jarra.

—Ni se te ocurra pensar que te dejaré volver a casa sola. Vendrás a mi casa, descansarás y comerás algo.

Me dejó que me lavara en la pila del baño. ¡Un grifo por el que salía agua corriente! ¡Agua templada! ¡Qué lujo! Me miré al espejo y me estremecí. Tenía el pelo apelmazado con polvo naranja, así como regueros de suciedad en las mejillas y en los brazos. En un platito había una barra de jabón de lavanda sin estrenar, lo que me hizo sospechar que Bernard la había puesto allí especialmente para mí. Llevaba el sello de «L'Occitane», igual que la barra de jabón que me había dejado en la maceta de lavanda. Intenté comprender qué sentido tenía. Si la lengua antigua de la Provenza era el occitano, tal como Maurice me había explicado, entonces, *occitane*, acabado en «e», quería decir «occitana, mujer de Occitania». ¿Me estaba sugiriendo Bernard que yo era una mujer de Occitania? ¿Que quería verme como tal? ¿Que aquel era mi sitio en el mundo?

357

Me enjuagué la cara, las piernas y los brazos. Llené el barreño y metí toda la cabeza dentro, lavándomela tan bien como pude. Pero ¿con qué iba a secármela? Mancharía su toalla.

—No te preocupes por la toalla —dijo él desde la cocina—. Será mi regalo de hoy.

Cuando entré en el comedor con el pelo mojado y la ropa sucia, él comentó:

—Estás radiante.

Noté un intenso bochorno en las mejillas. Sabía perfectamente bien que mi aspecto era andrajoso.

Bernard sirvió *poulet fricassée* para los dos, con pequeñas cebollas enteras, zanahorias, apio y champiñones con una salsa de limón y nuez moscada. Comí con un hambre voraz.

—A mí el pollo no me queda tan bueno. Eres un excelente cocinero.

—He aprendido unas cuantas cosas en estos últimos once años.

Comimos en silencio durante unos minutos. Aquella casa destilaba una armonía que me sorprendió y me permitió relajarme. Casi no podía creer que él fuera el mismo hombre que el tipo que se había mostrado tan insolente, unos años antes.

—Me alegra de que hayas encontrado el cuadro.

Curiosamente, parecía sincero.

Lo apoyó en la alacena.

—Es de Cézanne. Pascal lo adoraba porque es una cantera de ocre.

—¿De veras? Entonces, quien lo puso allí tenía un diabólico sentido del humor.

La conversación se cortó de forma abrupta. Bajé el tenedor, con desconfianza. Su cara era ilegible. Contra el consejo de Maxime, estuve tentada de pedirle permiso para echar un vistazo a los otros dos molinos; si me decía que no, eso solo lo alertaría de nuestras intenciones clandestinas.

—Deberías haberte visto, trepando por la montaña, sosteniendo el lienzo sobre la cabeza como el botín ganado por un héroe conquistador. O, mejor dicho, por una heroína.

Terminamos la cena, pero permanecimos como anclados en las sillas, sin saber de qué modo desviar la conversación hacia otros temas.

—¿Es tu cuadro favorito?

—No. Mi cuadro favorito es el de una joven que camina con una cabra por un sendero, junto a un huerto. Me encanta. Siento una fuerte conexión personal con esa pintura.

—Pero este, cualquiera de ellos, te aleja un paso más de Rosellón.

—Es una forma de interpretarlo. Otra sería que hubiera encontrado mi cuadro perdido y de nuevo pudiera admirarlo con placer; además, de ese modo, esta obra recupera el lugar que le corresponde en el legado del arte francés.

Pareció considerar mi justificación unos minutos, como si nunca lo hubiera interpretado de ese modo.

—Quizá yo también podría verlo así, si no significara que se acorta tu tiempo en Rosellón.

Entrelazó las manos, se inclinó hacia delante, se apoyó en los antebrazos y clavó la vista en la mesa. Al cabo de unos instantes, alzó la cabeza y escrutó mi rostro.

—Perdóname por desear que tu búsqueda dure mucho tiempo.

Su comentario nos sumió a los dos en pensamientos con objetivos contrarios. Con indecisión, le pregunté si había ido a París.

—Todavía no. Aún espero tu respuesta.

—Una vez me dijiste que la paciencia no era tu fuerte.

—Te equivocas; te dije que era paciente, pero hasta cierto punto. Tú me estás enseñando a serlo.

—¿Verdad que cuesta?

—Sí, mucho.

—Has sido muy bueno conmigo.

—No, he sido un grosero. Peor que grosero.

—Estoy dispuesta a olvidarlo todo. —Y, consciente del riesgo que corría de ofenderlo, añadí—: Pero mi respuesta no ha cambiado.

—Todavía.

359

Capítulo treinta y seis

J'ai deux amours

1948

—¿Sois conscientes de que estamos a punto de entrar en una propiedad privada sin permiso? —advirtió Maxime a Maurice en su patio, bajo la tremenda mirada de desaprobación de Louise.

Maurice frunció el ceño de una forma exagerada. Con pasmosa velocidad, su gesto de preocupación se trocó en una gran sonrisa.

—¡No! ¡Somos enmendadores de entuertos, como los caballeros de Occitania! ¿Estáis preparados para luchar a capa y espada por nuestro derecho de conquista? —Alzó una larga palanca y una barreta ganchuda.

—¡Deja de hacer el payaso, Maurice! —lo regañó Louise—. Esto es serio. —Se volvió hacia Maxime—. Si no le amara tanto, le daría una tanda de azotes para ver si entraba en razón, aunque supongo que no serviría de nada.

—Sí, esto es muy serio. ¡Y triunfaremos! —Maxime alzó el puño con el dedo índice extendido—. No regresaré a París hasta que encontremos otro cuadro.

—¿Es una promesa? —pregunté.

—«El día del triunfo ha llegado. *Marchons! Marchons!*» —cantó Maxime, con un gesto ceremonioso hacia Maurice.

Era sorprendente verlo adoptar el temperamento provenzal. Interpreté su actitud entusiasta, sus gestos exagerados y su teatralidad como una clara muestra de su alegría por haber vendido un cuadro de *monsieur* Laforgue, y también como el resultado de la influencia de Maurice.

—«*Aux armes, citoyens!*» —cantó Maurice, alzando con arrojo la barreta.

Louise lo miraba y sacudía la cabeza.

—Esta noche, tú, *citoyen* de Francia, deberías arrodillarte y dar gracias al cielo por haberte concedido una esposa que te ame tanto como para soportar tus payasadas.

—¡Oh, magnífico! —exclamó Maurice en el marcado acento inglés de Maurice Chevalier—. Es magnífico estar enamorado de ti. —Acto seguido, con un pequeño paso de baile, se puso a cantar en inglés: «*Every Little breeze seems to whisper Louise*».

Maxime se sumó a la muestra lírica:

—«*Birds in the trees seem to twitter Louise*».

Maurice se llevó la mano al pecho y entonó:

—«*Can it be true, someone like you could love me, Louise?*».

Aplaudí.

—¡Uf! ¿Queréis parar de una vez? —protestó Louise.

361

Salimos a medianoche, con una escalera de mano, una cuerda, y envalentonados gracias a la botella de vino rosado de Émile que nos habíamos bebido.

—¡Id con cuidado! —nos pidió Louise desde el umbral—. No hagáis ninguna tontería ni nada peligroso.

—¡Ja! El arte siempre ha de ser peligroso —contestó Maxime.

Estaba esperanzada. La semana anterior, Maurice y yo habíamos pasado en autobús por delante del Moulin de l'Auro y habíamos visto la puerta entreabierta. Los tres subimos al autobús, que volvía a funcionar con gasolina —Maurice había quitado la complicada caja de combustión—, y condujo con sigilo bajo la luz de la luna, con las luces apagadas.

El Moulin de l'Auro, nuestro primer molino, opuso cierta resistencia a nuestras operaciones clandestinas. Aquella noche, la puerta estaba cerrada con un candado. ¡Qué raro! ¿Significaba que ahí dentro había un cuadro? Teníamos que entrar. A unos trescientos metros del suelo vimos un ventanuco. Maurice se dio unas palmaditas en su orondo vientre. Estaba claro quién tenía que entrar. Ya me había puesto los pantalones de André, por si acaso.

En la medida de lo posible, actuamos sin encender las linternas y en silencio. Maurice apoyó la escalera en la pared del molino, y Maxime me ató la cuerda a la cintura y la pasó por las axilas. Él subió primero con la barreta para aflojar la reja. Estaba tan oxidada que cayó al suelo con un estrépito que nos hizo estremecer. Bajó, y entonces me tocó a mí. Maxime estaba detrás de mí, muy cerca, encaramado también a la escalera. Me agarraba con fuerza, pendiente de todos mis movimientos. Entré por la ventana; primero pasé los pies, luego me di la vuelta y quedé boca abajo, mientras Maxime y Maurice me ayudaban a descender con la cuerda hasta que mis pies tocaron suelo firme.

Apunté la linterna hacia abajo y examiné todas las grietas. Miré debajo de una pila de sacos de grano, los inspeccioné uno a uno, volqué los barriles y palpé a tientas el eje central. Mis manos descubrieron palancas, marchas, ruedas, cuerdas, pero ningún cuadro.

Subí las escaleras hasta el segundo nivel, donde las dos enormes muelas estaban colocadas en un plano horizontal, una encima de la otra. El espacio entre ellas ofrecía un escondite ideal, pero ¿cómo metería alguien un lienzo ahí dentro? Tendría que ser el molinero, que sabía qué cuerda tenía que tensar.

Justo debajo del tejado cónico del molino cerca de mi casa era donde había encontrado *La pequeña fábrica*, de Pissarro, debajo de una pila de leña. En aquel segundo molino, los troncos estaban desperdigados. No escondían nada. Bajé las escaleras con la esperanza por los suelos. Estaba a punto de agarrar la cuerda y tirar de ella para indicar que me alzaran cuando me di un golpe en la cabeza con algo no rígido que se movía. Menudo susto.

—¡Un momento!

Investigué lo que parecía ser una funda para lienzos colgada del techo. En su interior no había nada. Empujé un barril situado debajo de la ventana, me encaramé y tiré tres veces de la cuerda. Poco a poco, noté que me alzaban.

Albergábamos muchas esperanzas con el otro molino, el Moulin de Ferre, donde *monsieur* Saulnier había encontrado el estudio de las cabezas. Pensábamos que quizás encontraríamos otros cuadros escondidos que él no había visto. La puerta no estaba cerrada con candado. Nerviosos porque sabíamos que aquel molino era visible desde la propiedad de Bernard, lo inspeccionamos con diligencia, aunque sin pasar por alto ningún posible escondite. No encontramos nada. Temiendo que Bernard apareciera de un momento a otro, salí de allí lo más rápido que pude.

Primavera. Los albaricoqueros en flor con pétalos blancos y rosados como copos de luna, así como los ciruelos en flor como plumones de cisnes nos cautivaron con su suave aroma mientras Maxime y yo nos dirigíamos a los *bories*. Junto a la carretera, los lirios silvestres de color lila alzaban sus cabezas altivas. Me sentía orgullosa de que, por fin, Maxime viera Vaucluse en todo su esplendor. Solo esperaba que el mistral no hiciera acto de presencia. La primavera era la estación en que el mistral arreciaba con más furia. Todo parecía tener su lado opuesto: dulzura y crudeza. Sin embargo, con la primavera llegaban los espárragos, los caracolillos de olor y mis delicadas habichuelas verdes colgantes; con ellos, la esperanza de que las cosas salieran bien.

363

La inspección de los *bories* costó lo suyo: alzar las losas planas que cubrían los hornos y volverlas a dejar de nuevo en su sitio. De cuando en cuando, descansábamos sobre alguna losa y apoyábamos la espalda en la pared.

—He decidido que los cavernícolas que vivían en *bories* debían de tener todos el mismo tipo de lenguaje —solté—. Para expresar su asombro ante los misterios: las fases de la luna, las llamadas de los pájaros, la lluvia, el mistral. El lenguaje era la única forma de enfrentarse a los misterios juntos. Debían de desear, por encima de todo, entenderse los unos a los otros.

—¿Qué otros anhelos tenían? —preguntó Maxime.

Me quedé pensativa unos instantes.

—El anhelo de explicar lo que hacían. Es tan fácil malinterpretar las acciones…

De repente, pensé en Bernard. ¿Cómo interpretar el día que me apresó en el suelo entre las granadas hasta que pareció que se avergonzaba de su propia reacción y me ayudó a levantarme? ¿De qué madera estaba hecho para no aprovecharse de mí en aquella carretera solitaria? ¿Qué lo había empujado a mostrarse tan atento al lavarme la sangre de la pierna, o a ocuparse de mí con tanta ternura en el Sentier del Ocres? No obstante, me había agarrado por el brazo con fuerza cuando me había pedido que fuera a París con él. Si expresara sus sentimientos con palabras, quizá lo comprendería. Tal como era, su naturaleza cambiante suponía un misterio para mí.

—Es justo por las malas interpretaciones por lo que la gente necesita palabras para expresar sus sentimientos —dijo Maxime.

«Exacto», pensé.

—Como «gracias», y «eso me ha hecho daño» —añadió él en un susurro.

—Y como «lo siento» —apunté yo.

En ese momento, me di cuenta de que, incluso con el lenguaje, nos cuesta expresar lo indecible.

—Quizá por eso tenemos el arte —sugerí.

—Pero el arte por sí solo no puede contar toda la historia. Necesitamos palabras para explicar por qué las lágrimas de esa mujer afloran de sus ojos como proyectiles, en el cuadro de Picasso. Se requiere un contexto para comprender la obra por completo.

Eso era obvio en el caso del cuadro de Picasso, pero, en el día a día, a veces no resultaba tan sencillo.

—También necesitamos palabras para expresar nuestros anhelos —comenté, consciente del cambio en el sentido de la conversación.

Maxime me miró desconcertado.

—¿Por ejemplo?

—El anhelo de una caricia se puede expresar con un «por favor». Por favor. —Colocó su mano sobre la mía. Tras unos segundos, murmuró—: Imagina esos hombres primitivos, durmiendo juntos, en paz, bajo una total oscuridad, con una cúpula de piedra sobre sus cabezas.

—O fuera de su *borie* en verano, bajo la cúpula del cielo.

—Espolvoreada de lucecitas —agregó él.

—Debía de provocarles una sensación de infinitud —concluí.

—Y de su pequeñez y vulnerabilidad. —Maxime se acercó más a mí y pasó el brazo alrededor de mi hombro—. Ser vulnerables juntos es menos aterrador que ser vulnerable solo.

Sería un error decir que aquel día no encontramos nada, aun cuando regresamos a casa sin ningún cuadro.

A la mañana siguiente, compartí con Maxime mi idea de que los escondites podían representar aspectos particulares de la región. Me había convencido a mí misma de que debía haber un cuadro en un *borie*, a pesar de que todavía no habíamos encontrado ninguno en el poblado. Quizá quedaba demasiado lejos de Rosellón. Mencioné que, en los campos cercanos, los *bories* diminutos que se usaban como cobertizos para guardar las herramientas, y que los granjeros empleaban como cobijos, tenían puertas de madera con bisagras atornilladas en la piedra.

Nos pusimos en marcha y recorrimos sin prisa los caminos sin asfaltar que rodeaban las granjas. Descubrimos que esos chozos de piedra no estaban cerrados con candado. ¡Que confiada era la gente del campo!

Tras examinar más de una docena, Maxime dijo:

—Me rindo, Lisette. Apenas puedo arrastrar los pies.

—¡Uno más, por favor!

Un poco más arriba, en la carretera, un camino conducía a un pequeño *borie* en medio de un campo de melones con unas enormes hojas lobuladas. Habían pintado la puerta de color coral, como la carne del melón Cantaloup, un color de Rosellón.

—Ese de ahí. Fíjate. Es especial. Te lo prometo. Será el último.

Avanzamos con cuidado entre las filas de plantas. La puerta no estaba cerrada con candado. Entramos. El panorámico paisaje de Cézanne nos dejó boquiabiertos. Ni siquiera estaba cubierto. Lo habían apoyado delante de los mangos de palas y azadones, como si el campesino quisiera verlo cada vez que abría la puerta.

—Si a este campesino le gusta tanto este cuadro, lamento llevármelo —comenté.

—No te pongas sentimental. Te pertenece por derecho, Lisette. Este amante del arte podría ser el ladrón.

Maxime lo sacó a la luz. Mostraba tanto de la Provenza... Campos cultivados salpicados de granjas color ocre; un trazo que indicaba los arcos difuminados lejanos de un puente romano; una angosta carretera sin asfaltar; a la izquierda, unos pinos muy altos, con los troncos desnudos, con hojas solo en las copas, y la montaña Sainte-Victoire a lo lejos; como un monolito de un pálido color lavanda, triangular e imponente.

Cambié de idea acerca del cuadro que más le gustaba a André. Aquel era tan bonito, tan fiel a la región, que sin lugar a dudas debía de ser su preferido.

—¡Mira, André, tu cuadro favorito! —grité al cielo.

A nuestras espaldas oímos unos pasos. Asustada, me volví para mirar al campesino.

—*Bonjour* —dijo Maxime.

El desconocido nos saludó con un leve movimiento de cabeza.

—*Adieu.*

Aquella respuesta desconcertó a Maxime, que desconocía la costumbre de la zona.

—*S'il vous plaît, monsieur,* ¿es usted el dueño de esta finca? —pregunté.

—Sí.

—¿Es suyo este pequeño *borie*?

—Sí, para mis herramientas.

Nos presentamos; me enteré de que se llamaba Claude y de que había pintado la puerta para que tuviera el mismo color que la carne de sus melones Cantaloup. Me gustaba su creatividad.

—Le pedimos perdón por haber entrado sin permiso —me disculpé—. Llevamos tiempo buscando un cuadro que pensábamos que estaba escondido en la zona.

Su frente y sus mejillas curtidas se cubrieron de profundas arrugas.

—Entonces entiendo que han llegado al lugar correcto —contestó, mirando el cuadro con tristeza.

—Lo hemos encontrado en su cobertizo —dijo Maxime.

—Yo también lo encontré ahí un día.

—¿Tiene idea de cómo llegó hasta aquí?

—Que me ahorquen si lo sé. Una noche entré y aquí estaba. De eso hace ya varios años.

—¿Sabe quién pudo esconderlo?

—¡Uf! ¿Cómo saberlo? Alguien que necesitaba esconderlo, supongo. ¿Lo escondieron ustedes?

—No, pero el cuadro es mío.

Sus ojos longevos reflejaron la enorme tristeza ante la idea de tener que desprenderse de él.

—Puede llevárselo, *madame*, pero le aseguro que lo echaré mucho de menos. Me provoca una gran alegría verlo por las mañanas, cuando abro la puerta y la luz que se cuela en el interior lo ilumina. Tiene una poderosa belleza, a mi modo de ver.

—Sí, estoy de acuerdo. Gracias por protegerlo.

Sacó un azadón del cobertizo.

—*Adieu* —se despidió, y se alejó.

Sorprendidos, desconcertados, y con una nota de tristeza, regresamos a casa bajo la sombría y pálida luz del atardecer.

367

—Me encanta —dije aquella noche, al ver el cuadro enmarcado y colgado en la pared.

Habíamos tenido que colocar el de Chagall un poco más arriba para que el paisaje quedara exactamente en el lugar donde Pascal lo había colgado, cerca de la mesa del comedor.

—Te gustan todos.

—Pero este más. Recuerdo el día en que pude ver ese paisaje a través de la ventana de la caseta del lavabo.

—Es cierto; es la misma vista que tú tienes. Te pertenece. Estás vinculada al cuadro durante las cuatro estaciones del año. Del mismo modo, Cézanne era el dueño de esta vista. —La voz de Maxime se tornó más suave—. Debió engatusar al paisaje para que le revelara sus secretos, sus cerros y los pliegues del terreno. Es su acto de amor, convertido en expresión.

—Con las historias que Pascal me contó, llegué a pensar que Cézanne era una especie de místico.

—Quizá podrías describirlo así. Él no solo veía la naturaleza; contemplaba la idea de la naturaleza. Para él, la montaña Sainte-Victoire representaba la Tierra en su estado más puro.

Al ver solo la punta de esta montaña, como un iceberg, tal como la vemos en este cuadro, imaginaba sus raíces geológicas. Para él suponía retroceder a un tiempo previo a la cultura humana, un tiempo anterior a siglos de civilización superficial.

No podía entender todo lo que Maxime me decía, pero comprendía perfectamente los hombros derrumbados de Claude y el ángulo de su cabeza caída cuando se había alejado de nosotros con su azadón.

—¿Todo lo que acabas de decir está en este cuadro?

—En todos los cuadros de Cézanne con esa montaña, en mayor o menor medida. Esta debe de ser una de sus primeras pinturas del valle y de la montaña, pero, cuanto más ahondó en el tema, más abstracto se tornó su trabajo; menos precisión y más formas geométricas realizadas con pinceladas más amplias.

—¿Así que este, por el hecho de ser uno de sus primeros cuadros, no es tan importante?

—De ningún modo. Solo es uno de sus primeros cuadros. Pero, en sus últimas obras, las formas geométricas de sus paisajes abrieron el camino para que Picasso y otros usaran formas planas y cantos afilados para expresar una figura.

—¡Como nuestros dibujos en la pared del patio!

—Si quieres interpretarlo así… —Maxime sonrió.

—Entonces, estos cuadros son realmente una estela de la historia del arte, como dijo Marc Chagall.

—Cuando encuentres el de Picasso, si de verdad se trata de un Picasso, entonces sí.

—Pero Chagall no encaja en esta evolución.

—Sí que encaja. Al final. La realidad visible expresada a través de la manipulación de la luz y del color del impresionismo (Pissarro) convertida en las formas geométricas sólidas del posimpresionismo (Cézanne), hasta la modernidad de la distorsión y el cubismo (Picasso) y, por último, el posmodernismo de la expresión de la realidad personal invisible de los sueños. Eso es Chagall. Tienes una importante colección histórica, una colección que nunca debería ser separada.

Pensé en Pascal. ¿Él había entendido aquel engranaje?

—Además del cuadro de Picasso, todavía faltan dos. *Los tejados rojos*, de Pissarro, y el primero que adquirió Pascal, el de la joven con la cabra en el sendero de color ocre de Louveciennes. ¡Yo viví ese cuadro, Max! Su recuerdo me ayudó a reunir fuerzas para soportar los duros años de la ocupación alemana.

—Aparecerán.

—Eso dices, pero ya no sé dónde más buscar.

—Pero seguirás buscándolos.

—Por supuesto. Quizá no signifique mucho para los demás, pero para mí, el cuadro de Louveciennes somos *Genoveva* y yo.

—Ah, ¿te lo tomas como algo personal, por los recuerdos? Créeme, cuando lo encuentres, cuanto más lo estudies, más íntima, más personal, más singular será la experiencia; penetrará hasta el fondo de tu alma. Vigila. No puedes forzar el proceso, pero, si eres paciente, te pasará, y un día despertarás delante de esa pintura con ojos nuevos y con unas sensaciones que te sorprenderán. Es una experiencia que trasciende el plano personal. Entonces sabrás que es un cuadro especial.

—¡Oh, Maxime! ¡Me muero de ganas de volver a verlo!

—¿Eso significa que no irás a París hasta que lo encuentres?

Vacilé durante un largo momento. Maxime se mordió el labio inferior.

369

—No lo sé. Es posible que no me instale en París de forma permanente ni siquiera después de dar con él. —Mis palabras lo sorprendieron. Continué con más tacto—. Es complicado. ¿Recuerdas la canción de Josephine Baker, *J'ai deux amours? Mon pays et Paris?* La Provenza es parte de mí. Mi sitio ya no solo está en París. He ampliado mis horizontes, Max. Ahora puedo cantar: «Tengo dos amores, mi pueblo y París». No estoy lista para elegir. Quizá nunca lo esté.

Una sombra le enturbió la mirada y la oscureció hasta adoptar un turbador matiz no identificable, acuoso, dolorido.

En la última noche de Maxime en Rosellón, subimos al Castrum, en lo alto del flanco norte del pueblo: la casa de Bernard era el punto más elevado en el flanco sur. Nuestra conversación se fue acallando, anticipando el espectáculo que íbamos a presenciar. En el campo de cerezas de Émile Vernet, justo en la ladera bajo nuestros pies, no se movía ni una hoja, pero por encima de nuestras cabezas, la suave ondulación de un pañuelo de seda de París, de color rosa y melocotón, era la evidencia de sutiles corrientes de aire.

Prolongándose tanto como pudo, la triste alegría del ocaso se extendió sobre el día con un delicado rubor mientras nuestra querida Tierra giraba y la poderosa esfera se deslizaba debajo de nuestra vista, detrás de Gordes para sorprender las Azores. Nos cogimos de la mano, conscientes de que no nos quedaba más remedio que aceptar que el tiempo siguiera su curso; permanecimos inmóviles hasta que la parte más occidental del cielo explotó en un intenso fuego naranja que lentamente se fue trocando en malva, hasta que al final se oscureció con una gran belleza, con la suavidad de un manto. Si algo podía tener poder curativo, era esa clase de crepúsculo después de un día glorioso. Sin soltarnos de la mano, saboreamos el espectáculo hasta que el cielo se tornó insondablemente azabache. Con las cabezas alzadas, contemplamos el universo, deslumbrándonos con su inmensidad. Una estrella fugaz nos sacó de nuestro ensimismamiento.

370

—¿La has visto? —grité.

—Sí.

—¿La has sentido?

—Sí.

Que una chispa del universo saltara de alegría en aquel instante exacto superaba todas nuestras expectativas más optimistas, pero el mero hecho de haberla presenciado juntos en un momento de unidad era más que suficiente. Iniciamos el camino de vuelta a casa.

Mientras subíamos las escaleras, Maxime, que iba detrás de mí, cerró las manos alrededor de mis caderas.

—Como *monsieur* y *madame* Troglodita.

—Como los amantes de Rodin —apunté yo.

—Como Maxime y Lisette.

Él me siguió hasta mi habitación. No había duda de lo que iba a suceder a continuación.

Saciamos nuestras tímidas curiosidades, celebrando cada nueva revelación con besos y caricias sedosas, solazándonos en la vista de nuestros cuerpos, que revelaban sus secretos en cada curva y en cada pliegue. Siempre preguntando con una mirada y una pausa, gozamos con nuestros descubrimientos, lanzando suaves gemidos llenos de agradecimiento, respondiendo a ellos con tiernos anticipos. Nos dejamos llevar por el estímulo de la necesidad. Desde la primera caricia hasta el sueño plácido, todo fue armonía, atención, amor.

Nos despertamos de golpe al oír un ruido en el piso inferior. Durante un momento, permanecimos helados en la cama, con todos los músculos tensos. Volvimos a oírlo, como si un intruso hubiera topado con una silla. Maxime reaccionó con celeridad: se puso los pantalones y corrió hacia las escaleras. Yo encendí una lámpara de aceite y bajé las escaleras tan deprisa como pude. Vi a Maxime, que golpeaba a Bernard en la cara, en las costillas y en el vientre. Los puñetazos volaban, los brazos parecían aspas de molino, las piernas se enredaban con violencia.

—¡Parad, los dos! —chillé alarmada—. ¡Maxime, Bernard, parad!

Bernard le propinó un último puñetazo defensivo a Maxime en la mandíbula, me vio de refilón y dejó de ofrecer resistencia, mientras Maxime seguía golpeándolo con furia. Bernard se quedó paralizado en el suelo, mirándome con ojos vidriosos, incluso cuando Maxime lo agarró por el cuello.

—¡Para, Maxime! —Lo zarandeé por los hombros hasta que soltó a su presa.

—¡Vete de aquí, Bernard, por favor!

Bernard jadeó.

—Lo siento, lo siento mucho, Lisette. No lo sabía. Me he equivocado.

Se aferró las costillas con ambas manos y enfiló hacia la puerta, bamboleándose.

Maxime se sentó en el último peldaño de la escalera, resollando, con la cabeza entre las manos. Me arrodillé delante de él. Su sollozo amortiguado me partió el corazón.

—¿Lo entiendes ahora? Esto es lo que pasa cuando has visto crueldad durante cinco años. Se convierte en un acto... reflejo.

—Pero has hecho lo correcto. Me has protegido. Él habría

subido a mi habitación. ¿Y si no hubieras estado aquí? Te lo agradezco de todo corazón, Max. Sé que ahora no volverá.

—Me he dejado llevar. Debería haberme parado cuando él ha dejado de ofrecer resistencia. No era necesario estrangularlo. Es el instinto que nos inculcaron: o luchas o mueres.

Apoyé la mano en la cicatriz que tenía justo debajo de sus nudillos. ¿Qué podía decir para acabar con ese instinto?

—Te inculcaron eso, pero puedes librarte de ello.

Maxime me miró a los ojos, con un gesto tan doloroso como un puñetazo. Se puso de pie aferrándose a la barandilla, enfiló hacia la habitación de Pascal, arrastrando los pies, y cerró la puerta en mis narices.

Se marchó a la mañana siguiente, en un silencio que interpreté como su rechazo a la violencia que lo había arrebatado y que no había podido controlar. Me dijo adiós con la mano cuando salí de casa para acompañarlo hasta el autobús de Maurice, con la mandíbula hinchada y amoratada, como un manojo de lavanda recién cortada.

Eché mucho en falta una palabra de afecto.

Capítulo treinta y siete

La negociación de Théo

1948

*A*quel día, después de que Maxime se marchara, no hice nada más que caminar en círculos por el patio, devastada por su aflicción. No soportaba pensar qué le diría a Héloïse. Pensar en Bernard me provocaba la misma angustia.

Cuando Maurice regresó de Aviñón al día siguiente, llamó a mi puerta, entró y abrió los brazos para abrazarme. Agradecida, me dejé envolver por su protección; permanecí así hasta que fui capaz de preguntarle cómo se había comportado Maxime durante el trayecto.

—Estaba alicaído. Con la mirada fija en sus nudillos magullados. No me contó lo que pasó hasta que prácticamente estábamos ya en Aviñón.

—¿Ha preguntado por Bernard?

—Sí. Le he dicho que Bernard te tira los tejos. Me ha preguntado si a ti te gusta él, y le he dicho que no lo sé, pero que no lo creo. También le he dicho que le adoras, a Maxime, quiero decir, y que siempre te emocionas cuando viene a verte al pueblo.

—¿Te ha dicho si cree que Bernard entró en mi casa por los cuadros o por mí?

—No, no me lo ha dicho.

—Si Maxime no hubiera estado allí, Bernard habría subido a mi cuarto.

—¿Para aprovecharse de ti?

—Para intentar seducirme. Creo que esa era su intención. Pero ¿cómo se le ocurre pensar que lo desearía después de irrumpir en mi casa de ese modo? ¿Y por qué quiere los cuadros ahora? No le veo sentido.

—Es que no lo tiene. Bernard no ha sido el mismo desde que su mujer falleció.

—Pero eso no justifica lo que ha hecho. —Me mordí el pulgar. No tenía sentido alguno—. ¿Qué debo hacer?

Pensé que solo estaba pensando la pregunta, pero la formulé en voz alta.

—Deberías escribirle una carta a Maxime. Lo está pasando mal —respondió Maurice.

—Sí, lo sé. Todos lo estamos pasando mal.

—Tú eres la única que puede ayudarle.

Aquella noche, escribí:

5 de abril de 1948

Mi querido Maxime:

Por favor, no sientas remordimientos por lo que hiciste. Solo nos estabas protegiendo a mí y a los cuadros. Sé que crees que te excediste. La exaltación del momento fue lo que te empujó a seguir peleando después de que él hubiera parado de ofrecer resistencia. Intenta perdonarte a ti mismo. Me gusta imaginar el perdón como una paloma posada en tu hombro, que purifica el aire con su aleteo. Recuerda que te estoy agradecida por haberme salvado de una situación desagradable e indeseada. Bernard se ha convertido en una presencia errática: un día es amable y caballeroso, y al siguiente es grosero e inapropiado. Maurice dice que no ha sido la misma persona desde que su esposa falleció. Eso no excusa su comportamiento, aunque quizá sirva de explicación. No dejes que lo que ha pasado empañe la alegría que experimentamos antes de ese incidente. Solo espero que mi afecto te ayude a no ser tan autocrítico. Por favor, ven a verme cuando estés listo. Te quiero, Max.

Tuya,

LISETTE

Esperé una semana para obtener respuesta y entonces fui a la oficina de correos, donde Théo, el hijo de Sandrine, me saludó con alegría.

—¡*Hey, madame* Roux! Hoy soy un vaquero norteamericano. Los vaqueros norteamericanos saludan con un «hey».

—*Adieu*, Théo. Los vaqueros en la Camarga saludan con un «*adieu*».

—*Maman* me ha dejado que atienda a los clientes —gorjeó—. Hoy no ha llegado ninguna carta para usted, *madame* Roux, así que, si quiere, podemos jugar un rato.

Su risita traviesa era irresistible. Se agachó para pasar por debajo del mostrador; sus prominentes rodillas sobresalieron de sus pantalones cortos.

—¡*Bilboquet*! ¡Quiero jugar con el *bilboquet*!

—¿Lo tienes aquí?

Con el pecho henchido de satisfacción, hurgó en su bolsillo trasero y sacó con un gesto ágil la copita de madera pegada a un mango.

—*D'accord!*

—No, *madame*. Los vaqueros americanos dicen «*okay*».

Salimos a la plaza Pasquier.

—Tú primero —sugerí—. Gana el primero que acierte tres veces seguidas, ¿de acuerdo?

Théo dio impulso a la pelota atada al cordel y la apresó con la copa. Al caer dentro del pequeño recipiente, se oyó un golpecito seco.

—*Un.* —Volvió a acertar—. *Deux.*

La tercera vez, falló.

—Has fallado aposta, para que yo también juegue.

Él no lo negó. Tomé el mango e hice oscilar la pelota antes de encajarla sin problemas dentro de la copa.

—*Un* —contó él; su vocecita dividió la palabra en dos sílabas cantadas—. *Deux* —gritó.

Yo también fallé la tercera vez.

—Ha de practicar, *madame*. Practicar. Vuelva mañana y le enseñaré.

Entró en la oficina de correos al galope, dando golpecitos a un lado, como un fervoroso vaquero montado a caballo.

Al día siguiente, el pequeño llamó a mi puerta, llorando.

—He perdido mi *bilboquet*.

—¡Oh, no, Théo!

Entre sollozos me explicó que estaba jugando en la plaza Pasquier, que la pelota se había desprendido del cordel y había salido rodando hasta caer por el precipicio.

—¿Y has subido hasta aquí para contármelo?

Le invité a entrar. Ambos nos sentamos en el sofá de madera. Pasé el brazo alrededor de sus estrechos hombros.

—Es difícil superar la pena que se siente cuando pierdes algo. Yo he perdido varias cosas que significan mucho para mí; incluso he perdido a una persona, quizás a dos.

—No sabía que estuviera triste.

—Ah, sí, a veces. Pero no podemos hundirnos en la tristeza, porque quizá no encontremos la forma de salir de ella.

—¿Hundir como en el mar?

—Hundir como en el barro.

—¡Qué asco!

—En París hay una monja, la hermana Marie Pierre. Ella me crio. ¡Oh, cómo la quiero! Antes de irme de la ciudad para vivir aquí, le dije que la echaría mucho de menos, igual que a París. Ella me respondió que mientras nos lamentamos por una pérdida, no somos capaces de abrirnos a nuevas oportunidades.

—¿Como un nuevo *bilboquet*?

—Sí, o como otro juego distinto.

—¿A qué podemos jugar?

—Podríamos jugar a la hermana Marie Pierre.

Él ladeó la cabeza, intrigado y escéptico al mismo tiempo.

—Ella me encargaba recados, y después siempre me preguntaba qué había visto. Yo se lo tenía que contar con la máxima precisión, explicárselo con imágenes. «¿Qué has visto en el río?», me preguntaba, y yo contestaba que había visto un remolcador que arrastraba una barcaza. «¿Qué llevaba la barcaza?», y yo le decía que carbón. «Descríbeme el carbón», y le respondía que el carbón era eso, carbón. «Ya, pero ¿a qué se parece?». Siempre me pedía una comparación. Yo contestaba que era como pedacitos del cielo por la noche, cuando no hay luna. Solo entonces ella se mostraba satisfecha.

»Pero, en su siguiente encargo, me pillaba desprevenida y me preguntaba qué había oído por la calle. Cuando yo no conseguía expresar con palabras la diferencia entre el sonido de la bocina de un camión y el pitido de un tipo de barco en particular, ella cambiaba de tema y me pedía que le describiera el olor del bulevar Saint-Germain.

—¿Por qué esa calle? —se interesó Théo.

—Porque hay panaderías y cafés, y una perfumería donde también venden jabón. Tenía que decir si el aroma que salía de la panadería era de canela, vainilla o almendra, y si la fragancia proveniente de la perfumería era de lavanda, rosas o claveles. Practica ese juego en la panadería de tus abuelos, ¿de acuerdo, vaquero? ¿Tu *maman* te deja ir solo por el pueblo?

—Sí, a menos que llueva o haga frío.

—Bien. Eres un chico muy listo, así que puedes hacerlo. Quiero que mañana camines de una punta del pueblo a la otra muy despacio, tantas veces como quieras, y que luego me describas todo lo que has visto, has olido y has oído. A ver si eres capaz de recordar los colores y definirme el aspecto de todo lo que has visto.

Lo abracé cariñosamente para darle ánimos. Fue una sensación maravillosa.

Mi mente se llenó de recuerdos de aquella querida monja. Pensé en una Navidad en particular, antes de que me enterara de que mis padres habían muerto, cuando, en un arrebato, grité: «¡Odio a mis padres por haberme abandonado aquí!». Ella objetó: «No es odio lo que sientes, sino una gran pérdida. Sé precisa cuando utilices ciertas palabras. El sentimiento de odio proviene de una parte distinta del corazón que el de la pérdida. Piénsalo durante una semana. El día de Año Nuevo, quiero que me expliques qué has ganado a partir de esa pérdida».

Me pareció muy difícil. Protesté porque ella era injusta. Durante una semana, nos miramos con hosquedad. El primer día del año, conseguí decir, en un tono lleno de rencor, que, si no se hubieran ido a trabajar de misioneros y no hubieran muerto en un lugar lejano, estarían tan implicados en sus obras caritativas en París que no me habrían dedicado el tiempo ni yo habría gozado de la educación que había recibido en San Vicente de Paúl. En ese sentido, ella me enseñó a sustituir el odio y la pérdida por la gratitud y el perdón.

377

Y ahora tenía que aprender aún más acerca de los sentimientos de pérdida y perdón. ¿Es que nunca se acabaría el aprendizaje?

Noté que Théo me tiraba de la manga.

—Me parece que no me escucha, porque se lo he preguntado varias veces, *madame*. ¿Qué es lo que ha perdido?

—Tres cuadros.

—¿Cómo los ha perdido?

—Es una larga historia. —Le estrujé el hombro con afecto.

—¿Quiere que le haga un dibujo? —se ofreció—. ¿Qué le gustaría que dibujara?

—Una joven y una cabra caminando por un sendero.

—Le haré el dibujo si usted escribe un cuento sobre la joven y la cabra.

—Quizás algún día, cuando sepa cómo acaba la historia.

Al cabo de dos días, Théo llamó a mi puerta, emocionado.

—¿Has encontrado la pelota del *bilboquet*?

—No, *madame*. He encontrado algo mejor.

—¿Un nuevo juego?

—¡Un cuadro!

—¿Un cuadro? ¿Dónde?

—En el vertedero. Bajé en busca de la pelota y encontré un cuadro. Quizá le guste.

—¿Lo cogiste?

—No, *madame*. No es mío.

Yo ya me estaba calzando los zapatos de André.

—Llévame hasta allí.

Él bajó todo el camino saltando y corriendo, satisfecho por servirme de guía. El vertedero quedaba bastante lejos, en la carretera que llevaba a Rosellón, en un claro oculto detrás de un área forestal.

—¿Cómo sabías el camino hasta aquí?

—Una vez fui con mi papá.

Entre carcasas de animales, botellas de vino rotas, latas de sardina y otros desperdicios, allí estaba, parcialmente cubierto por trapos grasientos: el estudio de las cabezas.

—¡Théo! ¡Es mío! ¡Uno de los cuadros perdidos!

Él soltó un gritito de alegría y trepó por el montoncito de basura para recuperarlo.

—¿Por qué no tienen cuerpo?

—Supongo que el artista solo quería practicar el dibujo de cabezas.

—Son feas.

—Quizá por eso alguien decidió tirar el cuadro al vertedero.

Lo agarré en volandas y le di varias vueltas mientras le decía «gracias» una y otra vez, a voz en grito.

—¡Si alguna vez tengo un hijo, quiero que sea un héroe como tú!

Capítulo treinta y ocho

Para bien o para mal

1948

*T*ranscurrieron dos semanas sin que llegara ninguna carta. Cada vez que iba a la oficina de correos, Théo anunciaba con su vocecita aguda:

—No hay carta para usted, *madame*. ¿Ha escrito ya el cuento?

—No, Théo, todavía no. Aún no sé cómo acabará la historia.

Procuraba no coincidir con Louise y Maurice. Empecé a ir a la oficina de correos con menos frecuencia por temor a que Sandrine se diera cuenta de mi decepción y se lo contara a Odette. No quería que me tuvieran lástima.

Aquella primavera fue larga y húmeda. Las cigarras se encaramaban sobre las piedras, esperando el calor del verano que anunciaba a los machos que había llegado el momento de hacer vibrar el abdomen para entonar su llamada. ¡Menuda ironía! Una llamada de apareamiento. Esperando. También me parecía una ironía que yo tuviera tantas ganas de oír su áspera cacofonía.

En una ocasión, mientras me sentía abrumada por el peso de la última noche con Maxime, me tumbé en la cama donde él había dormido y abracé la almohada con fuerza. ¡Qué cruel era al no contestar a mi carta! A esas alturas, ya debía de saber que yo le amaba. Se lo había demostrado de todas las formas posibles, además de decírselo sin rodeos en mi última carta. ¿Cómo era posible que una relación tan entrañable y completa terminara de ese modo? Y, si tenía que acabar, ¿de quién era la culpa? ¿De Bernard? ¿Mía? ¿Qué debería haberles dicho a cada uno de ellos que no había dicho?

Y

Las lluvias de abril no dieron tregua durante muchos días, hasta principios de mayo. Cuando no llovía, había neblina, y cuando no había neblina, la humedad era insoportable. Solo comía lo que tenía en casa y lo que había almacenado en el sótano. La pensión de viudedad probablemente me esperaba en la oficina de correos, y necesitaba el dinero para comprar comida. El jueves, día de mercado en Rosellón, apenas chispeaba. Me puse el abrigo, me envolví la cabeza con una bufanda y enfilé cuesta abajo con la cesta de la compra.

—¡Dos cartas, *madame*! —gritó Théo, exultante.

Me las tendió por encima del mostrador de la oficina de correos. El cheque del Gobierno en su mano derecha y un sobre sin remitente en su mano izquierda.

En casa me fijé en la marca de agua del matasellos. Rosellón. No París. Tenía que ser de Bernard. La fecha estaba borrada. ¿La había llevado él mismo hasta la oficina de correos bajo la lluvia? Rasgué el sobre y empecé a leer la nota que empezaba con un «Mi amada Lisette». Supuse que, en su confusión mental, era posible que tuviera esa clase de sentimientos por mí.

381

Supongo que ya sabrás cuánto me arrepiento de haber entrado en tu casa de ese modo. Fue el acto incontrolado de un hombre apasionado, un pueblerino torpe y desesperado, que no está a la altura de las sutilezas que tú, una dama ¡de París!, mereces. Tenía la absurda esperanza de que en tu propia casa llegaras a sentirte más cómoda y libre que en la mía. Temía que se agotara mi tiempo para ganarme tu afecto. No era consciente de la hora. Por favor, créeme si te digo que entré en tu casa sin saber qué iba a hacer. Lo único que sabía era que quería ser tierno; no pretendía forzarte a nada. A pesar de la faceta que te he mostrado de mí, puedo ser tierno. Al descubrir que estabas con otro hombre, me sentí totalmente avergonzado de mi torpe actuar. Me habría ido sin más, pero él se abalanzó sobre mí.

Desde ese día no he recuperado la paz conmigo mismo, ya que no sé de qué forma he de pedirte perdón y conseguir que creas que soy totalmente sincero. Al final he hallado la forma de hacerlo; así pues, si vas al cementerio una tarde, bajaré por el barranco para que podamos dar un paseo. Te esperaré todos los días a las dos, con la esperanza de que seas capaz de perdonarme.

Con toda mi humildad, tu devoto

BERNARD

Leí la carta dos, tres veces. A pesar de su comportamiento anterior, que oscilaba entre la agresividad y el arrepentimiento, su disculpa me pareció sincera. La hermana Marie Pierre siempre me había aconsejado conceder el beneficio de la duda. Quizá fuera una ilusa, como a menudo me decía André. Quizás aceptaba con demasiada facilidad las excusas de Bernard sobre sus buenas intenciones, pero su tono arrepentido era diferente al que había usado conmigo antes de su declaración de tregua en su comedor. Salvo por su horrible intrusión de aquella noche, no había hecho nada después de la tregua para enfadarme o provocarme.

Pero ¿perdonarle? Si su intrusión había destruido mi relación con Maxime, no sabía si algún día sería capaz de hacerlo. Con todo, un sorprendente sentimiento de compasión me decía que sería mezquino negarle una recompensa a su esfuerzo por reconciliarse. Si no lo hacía, la idea de vivir en el mismo pueblo me pondría nerviosa, sabiendo que, en cualquier momento, podría toparme con él. Era mejor enfrentarme a él por las buenas que tenerlo que hacer por accidente. Tenía que verlo, aunque tan solo fuera para determinar mis sentimientos y descubrir hasta qué punto estaba dispuesta a perdonarle.

Al día siguiente, la lluvia siguió ensañándose con el pueblo, fustigando los tejados, perforando la tierra, deslizándose como láminas por los cristales. Sería una insensatez salir con aquel mal tiempo. Al día siguiente, continuaba lloviendo. Al tercer día, el cielo se despejó y el sol se aventuró a asomar la nariz. Yo también me aventuré a salir. Las paredes de yeso habían absorbido la lluvia, y la casa de Louise, de un ocre amarillo pálido cuando el tiempo era seco, había adoptado un rico tono ocre dorado. Todos los edificios y despeñaderos circundantes exhibían tonos más intensos, incluso anaranjados, rojo rubí y borgoña. Me embargó un profundo sentimiento de amor hacia el pueblo.

Llegué al cementerio a la hora estipulada sin ningún contratiempo, aunque con cierta aprensión. Él estaba allí, de pie en la punta del barranco rojo anaranjado.

—¡Lisette! ¡Espera un momento, no te vayas!

Retrocedió, atravesó el campo y volvió a aparecer con un par de botas de agua y un paraguas. A trompicones, bajó por aquel barranco erosionado.

—Ya casi había perdido la esperanza. He estado esperándote todos los días a las dos —dijo sin aliento.

—¿Incluso los días en que ha llovido?

—Todos los días.

El nudo que me atenazaba el pecho se aflojó un poco.

Preguntó si hacía demasiado frío para pasear. Cuando accedí, me ofreció las botas de agua. Eran demasiado pequeñas para él; debían de haber sido de su esposa. En el interior de cada una de ellas, encontré un calcetín grueso. Me sostuvo por los hombros mientras yo me las ponía, para ayudarme a mantener el equilibrio.

No dijo nada acerca de aquella noche, demasiado avergonzado, probablemente. Mejor. Aún no quería verme obligada a escrutar mi corazón para condenarle o perdonarle.

Sugirió ir a ver el Usine Mathieu, la fábrica de ocre donde transformaban el mineral en pigmentos. Me pareció una idea extraña, pero, puesto que nunca había estado en aquel sitio, acepté.

Desde el cementerio, caminamos unos minutos en dirección al pueblo, luego nos desviamos y descendimos por una angosta calle muy empinada. Las casas estaban cada vez más dispersas rodeadas de árboles frutales; un manto de pétalos húmedos cubría el suelo. Una última casita con el techo rojo tenía un huerto, pero las tormentas habían arrasado las lechugas, las remolachas y los tallos de las cebollas, igual que en mi pequeño huerto. Mientras caminábamos, Bernard iba nombrando los árboles: robles, espinos, encinas y pistachos en el flanco derecho por debajo de la carretera; en la colina, sobre nosotros, a la izquierda, arces, sauquillos y pinos.

Nos metimos por un callejón que conducía a una gran finca.

—Los dueños están de viaje y me han pedido que vigile la propiedad, así que podemos visitar el jardín —comentó.

Recorrimos el sendero bordeado de árboles hacia un estanque octogonal. Cada uno de sus ocho lados estaba adornado con un parterre de flores, todas aplastadas y mojadas.

—Esperaba poder enseñarte este jardín antes de que la lluvia echara a perder las plantas.

Unas terrazas y una balaustrada conducían al edificio principal, la mansión más grande que había visto en Rosellón. Cuando, admirada, comenté que era una verdadera preciosidad, Bernard soltó una carcajada.

—Podría enseñarte una docena como esta; mansiones ocultas de las carreteras por setos y bosques. Aquí hay grandes terratenientes. Cuando los dueños de esta finca regresen, me invitarán a una gran velada, y puedo ir acompañado. Contigo.

Me miró de soslayo para sopesar el efecto de sus palabras.

—Como alguacil, tengo la responsabilidad de proteger granjas, huertos, viñedos, bodegas, molinos para prensar aceitunas, minas, canteras y fábricas, así que puedo enseñarte el Usine Mathieu, la fábrica donde trabajó Pascal. *Monsieur* Mathieu no fue el primero en obtener pigmento a partir del mineral. El proceso ya se llevaba a cabo a finales del siglo XVIII, antes de que él montara estos hornos.

Era evidente que Bernard estaba intentando impresionarme con sus conocimientos, con su posición... y con Rosellón.

Llegamos a una carretera de gravilla que conducía a la fábrica de ocre, compuesta por dos edificios y una serie de grandes cobertizos de cemento, cada uno con un enorme horno. Los trabajadores saludaron a Bernard y reanudaron la tarea de alimentar los hornos con madera.

—Por el polvo en el suelo y en las ropas de los empleados puedes ver qué color produce cada horno. Más abajo están las tinas originales. Hace muchos años que no se usan, desde que la actividad se trasladó a otra parte de la finca. Vamos, te las enseñaré.

Mientras atravesábamos un robledo, me explicó que el mineral del ocre, extraído en las minas o en las canteras, tenía que separarse de la arcilla. Dijo que un noventa por ciento era arcilla, y un diez por ciento pigmentos. El mineral pulverizado de cada color se lavaba primero con agua a presión, que bajaba por unas cañerías de gran diámetro. A los chicos que se encargaban de aquella fase se les llamaba «lavanderos».

—Pascal trabajó de lavandero cuando era niño —apunté.

—Igual que yo, una generación más tarde. Casi todos los

chicos de catorce años de Rosellón fueron lavanderos, a menos que se tratara del hijo de un granjero o de un campesino que necesitaba su ayuda en las labores del campo o de la granja. En esta zona había unas veinte fábricas y unos mil trabajadores de ocre y mineros.

Cada cañería que veíamos desembocaba en su propio estrecho canal de cemento; por cada canal, un poco más abajo, había diferentes niveles de enormes tinas rectangulares de cemento. Algunas de ellas estaban agrietadas y llenas de malas hierbas.

—Son viejos decantadores. Todas las noches, por las cañerías descendía un flujo de ocre, arcilla y agua hasta los canales y las tinas. La arcilla pesa, por lo que se hundía rápidamente, mientras que el ocre en suspensión flotaba por los canales hasta las tinas. A lo largo de la noche, cuando el agua estaba inmóvil, el ocre se asentaba en el fondo. Por la mañana, eliminábamos el agua de la superficie con la ayuda de pequeñas esclusas. De ese modo, las tinas se llenaban con sucesivas capas de ocre. Cuando el ocre obtenía un grosor de cincuenta centímetros, ya no podía mezclarse con más agua; el ocre permanecía en las tinas durante seis meses para que se secara. Después se cortaba en barras y se enviaba a los hornos, donde los trabajadores refinaban los colores calentando el ocre a varias temperaturas durante diferentes periodos de tiempo.

Bernard parecía satisfecho de poder explicarme aquel proceso. Desvió la vista de un canal a otro.

—Creo que yo trabajaba en este. —Retrocedió unos pasos, por la cuesta—. No, creo que era este. —Se encaramó a un canal y me ayudó a subir—. Sé cómo averiguarlo.

Caminó por encima de la cañería y miró hacia atrás para asegurarse de que lo seguía. Todas las cañerías tenían unos tapones de madera del diámetro de un plato, más o menos. Desenroscó el tapón correspondiente y lo alzó.

—Mete la mano —sugirió.

—¡Ni hablar! Ahí dentro podría haber arañas.

Él echó un vistazo.

—No hay arañas. Mete la mano.

Tenía un presentimiento, así que hundí el brazo y noté la familiar y rugosa textura de un lienzo enrollado, con la pintura hacia dentro. Agarré la punta. No me costó nada sacarlo y se desenrolló solo.

—¡*La joven con la cabra*, de Pissarro! ¡Mi cuadro favorito! Esto no es una coincidencia. ¡Tú lo sabías!

Bernard alzó los hombros, con una expresión ininteligible en el rostro. ¿Era tristeza? ¿Vergüenza? No acertaba a distinguir de qué sentimiento se trataba.

—¡Tú, fuiste tú quien ocultó todos los cuadros! ¿No es cierto? Dímelo.

—Sí —admitió en un murmullo apenas audible.

—¿Cómo los conseguiste? —lo interrogué—. ¿Cómo obtuviste la información?

—No los robé, te lo aseguro. Has de creerme. —Aspiró con fuerza—. André me contó dónde estaban.

—¿Qué? No te creo. Él jamás...

—Pensó que sería una temeridad no confiar el secreto a una segunda persona en Rosellón.

—Pero ¿por qué tú? ¿Y por qué te los llevaste?

—Me dijo que lo hiciera. André solo tenía unas pocas horas para separarlos de los marcos, desmontarlos de los bastidores y esconderlos. No quería que se quedaran bajo la pila de leña. Pretendía esconderlos en lugares seguros, cada uno en un sitio diferente. De ese modo, si alguien encontraba uno, no los encontraría todos. Solo hice lo que él me pidió.

Necesité unos minutos para asimilar la información. En cierto modo, el hecho de que André hubiera confiado en el alguacil —a su modo de ver, la persona adecuada— suponía un alivio. Había confiado en Bernard, el brazo de la ley, para mantener la colección a salvo.

—¿Por qué no me los entregaste cuando terminó la guerra y se marcharon los alemanes? ¿Por qué?

—Lo sé, lo sé, por favor, intenta comprender. No soportaba la idea de perderte cuando recuperaras los cuadros.

Noté que las mejillas se me encendían de rabia.

—Siento mucho haberte hecho pasar por este interminable calvario. Durante un tiempo, ni siquiera sabía qué haría con ellos, pero admito que quería que la búsqueda durara muchos años. Me estaba enamorando de ti. Ya está. Ya lo he dicho.

—¿Así que provocarme una terrible ansiedad era tu forma

de expresar amor? ¿Entrar en mi casa por la noche, con sigilo, era tu forma de decirme que me querías?

—Me equivoqué. Me equivoqué. Pero entonces ocurrió algo extraño. Empecé a desear que los encontraras, por tu bien, aunque con ello se acelerase tu partida de Rosellón. No podía decirte directamente que los había escondido o que los tenía; con eso solo habría conseguido que me odiaras. Pero cada vez que descubría que habías encontrado otro, me sentía feliz por ti, aunque triste por mí. ¿Entiendes mi conflicto interno? Cuando, aquella noche entré en tu casa, estaba desesperado. Pensé que podría confesártelo todo, descargar un gran peso de mi conciencia y luego marcharme. No entré para forzarte a nada.

Perpleja, retrocedí un paso al tiempo que sacudía la cabeza.

—¿Te diste cuenta de que puse los cuadros en lugares simbólicos de la región? —preguntó con suavidad—. La mina, el desfiladero de ocre, un pequeño *borie* en medio de un campo de melones, el molino cerca de tu casa para que lo encontraras. Pero no en una casa triste y desamparada, ni en un *cabanon* abandonado, ni en un maloliente *pigeonnier*. En ningún lugar feo ni deprimente.

—¿Qué me dices del vertedero? ¡Tiraste un Picasso al vertedero!

—No, nunca haría tal cosa, Lisette. Lo dejé en el Moulin de Ferre.

—¿Por qué esos lugares elegidos con tanto cuidado?

—En mi torpeza, pensé que tu búsqueda podría llevarte a apreciar lo que tenemos aquí. Tal vez así querrías quedarte. No sé qué habría hecho si no te hubieras puesto a buscarlos. Tendría que habértelos devuelto todos juntos, supongo, pero seguí postergando la decisión. Estaba seguro de que, si lo hacía, te marcharías de Rosellón y no te volvería a ver nunca más.

—Pero ¿ahora? ¿Qué pasa ahora? ¿Por qué me has conducido hasta este cuadro?

—Porque, a medida que comprendía el amor que sentías por los cuadros, no soportaba la idea de que no tuvieras el que más amabas, muy por encima de los demás. Empecé a sentir otra clase de amor, más generoso. No sé cómo describirlo. —Las comisuras de su boca se torcieron hacia abajo—. Sé que he echado a perder cualquier oportunidad de estar contigo.

En aquel momento, algo más profundo atravesó mi mente. Pensé en las medias de seda, las salchichas y el pollo.

—Al principio tenías otro objetivo, ¿no es cierto? ¿Durante la ocupación alemana, antes de que entabláramos amistad? Los oficiales del régimen de Vichy habrían querido esos cuadros; tú podrías usarlos para comprar favores. —Se me tensó la mandíbula. Tenía la acusación en la punta de la lengua—. ¿No te importaba que los nazis estuvieran ocupando Francia? ¿No significaba nada para ti? ¿Sabes que podría denunciarte no solo por ser un ladrón, sino también por colaborar con el enemigo?

Sus ojos dejaron ver el riesgo que estaba asumiendo con aquella confesión. Me suplicaban lo que Bernard no se atrevía a expresar con palabras: «Confío en que no me traicionarás».

—No revelé ninguna información de valor a los alemanes. Fui capaz de retrasar a los exploradores con pistas falsas, arriesgando mi propia vida. Tenía motivos para asociarme con Vichy. Si los alemanes sabían que el alguacil de Rosellón defendía la ocupación, quizá podría salvar el pueblo de un destino tan atroz como el de Gordes y el de Saint-Saturnin-lès-Aps.

Por primera vez, la posibilidad de un ataque en Rosellón se me antojó como real. Dos ciudadanos importantes habían formado parte de la *Résistance*: Maurice, con su autobús, y Aimé, que ahora era el alcalde.

—¿Te refieres a que si se descubría que Maurice o Aimé habían provocado la explosión de un convoy alemán…?

—Los alemanes habrían tomado represalias. Maurice no era muy reservado —señaló Bernard.

—No, supongo que no. Su naturaleza es demasiado exuberante para actuar con sigilo.

—Los exploradores alemanes no perdían de vista a esas dos mujeres británicas, ni tampoco a ese tipo irlandés. Un error por parte de uno de los cinco, y Rosellón habría sido destruido.

Me costaba digerir que Bernard hubiera arriesgado su reputación para salvar Rosellón. ¿Acaso aquello equivalía a luchar en la *Résistance*, o incluso en el campo de batalla? Era una pregunta demasiado compleja para resolverla en ese momento. Pensé en Héloïse, cuando me dijo que había diferentes grados de colaboración. Yo no la había juzgado. Con mis ojos, dije lo que Bernard necesitaba saber: «No te comprendo del todo, y probablemente jamás llegue a conseguirlo, pero te entiendo lo bastante como para no revelar nada de esta conversación».

—Otra cosa, sé que todavía no has encontrado el último cuadro.

—¿Cómo lo sabes?

—Nunca lo encontrarás. Tuve que desprenderme de uno. Elegí el más grande. Pensé que así quedarían satisfechos. Pero quiero que sepas que, si no los hubiera sacado de la pila de leña, tal como André me pidió que hiciera, y si tú los hubieras encontrado y te los hubieras llevado, estoy seguro de que ellos te habrían hecho el daño que consideraran necesario para obtenerlos.

A mi mente acudió la imagen de la porra de caucho.

—Así pues, si no los hubieras sacado de allí, los alemanes los habrían encontrado. Pero ¿cómo sabía ese oficial que yo tenía los cuadros?

—Alguien se lo dijo. Alguien que podría beneficiarse de ofrecer tal información. Alguien entró en tu casa para buscar esos cuadros, no lo olvides. No fui yo. Supongo que podría haber sido el alcalde Pinatel, para congraciarse con el nuevo régimen, para mantener su posición o para ascender. Me arrepiento de mis errores, de lo que consideré que tenía que hacer, pero pensaba que era la única forma de que los alemanes te dejaran en paz. Recé para que le dijeras a ese teniente que los cuadros estaban debajo de la pila de leña antes de que te hiciera daño, para que luego, cuando él viera tu conmoción y tu desconsuelo, te dejara en paz.

Necesitaba tiempo para asimilar todo aquello. Bernard me había hecho pasar por una angustia injustificable, quizás incluso hasta el punto de perder a Maxime. Con todo, de no ser por él, seguro que los alemanes habrían encontrado los cuadros. Bernard había colaborado hasta cierto punto, intentando proteger a su pueblo y a sus vecinos; sin embargo, había buscado aplacar a los alemanes, no luchar contra ellos. Sus motivos eran honorables y deleznables a la vez. Llegué a la conclusión de que Bernard solo era un ser humano, con todas sus limitaciones.

Clavé la vista en el cuadro.

—Me alegro de que no te desprendieras de este. Yo he vivido este cuadro, Bernard. Es mi vida plasmada en una pintura.

Las lágrimas empezaron a rodar por mis mejillas, por la confianza inocente de la chica, porque había perdido la esperanza de volver a verla, por la cabra blanca del cuadro, por el fin de la vida de *Genoveva*.

Le conté a Bernard su final. Él me atrajo hacia su pecho y yo no opuse resistencia. Él era de campo, así que podía entender, de un modo que Max jamás podría, la pena que conllevaba sacrificar una cabra que se había convertido en una amiga. Maxime no entendería aquello de matar un animal. Bernard era menos complicado.

—No es solo la belleza del cuadro lo que adoro. Es más…, es la verdad que entraña. ¿Ves cómo la joven va ascendiendo por el sendero que se curva? Ella no puede ver adónde la lleva ese camino, pero tiene que andar por él, le guste o no.

Con ternura, Bernard puso la mano sobre mi cabeza.

—Como todos nosotros, para bien o para mal.

Capítulo treinta y nueve

La carta y la canción

1948

9 de mayo de 1948

$\mathcal{M}$i querido Maxime:

La primera adquisición ya está en casa, por fin. Y el estudio de las cabezas también. Estoy que no quepo en mí de contenta. ¡Por favor, ven! Te mostraré el último misterio de Rosellón solo a ti. Prométeme que no se lo dirás a nadie. Tenemos que colgarlo con la máxima delicadeza.

No te reproches nada sobre aquel incidente, Max. Cuando yo era pequeña, la hermana Marie Pierre me hizo memorizar lo siguiente: «Hay una temporada para cada cosa. Hay un tiempo para matar y un tiempo para curar, un tiempo para llorar y un tiempo para reír, un tiempo para el luto y un tiempo para bailar».

Haz tuyo el mensaje y ven a la verbena de San Juan, la noche del 24 de junio. Bailaremos alrededor de la fogata en el Castrum, y desde allí arriba contemplaremos las fogatas que iluminan todo el valle; incluso los pastores en sus *bories* encienden pequeños fuegos. El ambiente festivo en la Provenza nos ayudará a cerrar heridas.

Organizaré una velada para celebrar la recuperación de los cuadros de Pascal, y tú eres la persona idónea para apreciar su significado y su valor. La fiesta no sería completa sin ti, por lo que te pido que dejes de lado tus sentimientos oscuros de una vez por todas, para siempre, mi querido Max. No encajan en tu forma de ser.

En un arrebato de ingenio, escribí:

No espero que recuerdes cómo llegar hasta aquí, después de casi cinco largos años —¡uy, perdón, quería decir semanas!—. Al no haber recibido ninguna carta tuya, tengo la sensación de que han transcurrido muchos años desde la última vez que nos vimos. Así pues, no olvides que mi casa es la última de la calle Porte Heureuse. Grábate esa dirección en el corazón. Por si lo has olvidado, la fachada es de color ocre rosado.

No respiraré hasta que te vea. Trae azúcar, granulado y en polvo.

LISETTE IRÈNE

Bajé la cuesta con un objetivo claro y entré en la oficina de correos.

—¿Qué tal, *madame* Roux? —Théo cogió mi carta y echó un vistazo al sobre—. Ya sé leer un poco. He estado practicando, así que algún día podré leer su cuento.

¡Qué pequeño tan entusiasta y encantador!

—Todavía no lo he escrito, pero, cuando lo haga, te incluiré en el final de la historia.

Théo estudió mi sobre.

—*Oh là là!* —exclamó, imitando a su abuela Odette—. Esta va a París. Debe de ser muy importante.

—Tienes razón, es muy importante.

Conteniendo la respiración, observé cómo insertaba la carta en la ranura de la caja de madera en la que ponía: «POSTE».

—¿Hoy está triste, *madame*?

—No, Théo. Tú me haces feliz.

—*S'il vous plaît*, ¿dará un paseo conmigo? ¿Lo hará? ¿Lo hará?

—Uno muy corto. Solo hasta el cementerio.

Miré a Sandrine de soslayo para confirmar si daba su consentimiento.

—Me parece perfecto —accedió ella—. A Théo le gusta fingir que lee los nombres en las tumbas, igual que hace con las cartas aquí.

—¡No finjo! Ya puedo leer…, bueno, un poco.

—Y cada día aprenderás un poco más —recalqué.

Envolví su manita con la mía, suave como una cáscara de huevo, una mano que no había conocido los viñedos ni las minas, ni el frío mortal del acero gris de las armas. Era un privilegio sostener aquella mano mientras subíamos la cuesta hacia el cementerio. Le dejé que abriera la verja de hierro; las bisagras oxidadas chirriaron quejumbrosamente. Me llevó hasta su monumento favorito, el que estaba adornado con un ángel esbelto.

—Anne-Marie —pronunció él, luego unió los labios para formar una «B».

Se me encogió el corazón.

—Blanc.

Nunca me había fijado en esa tumba.

—¿Qué más pone? —se interesó el chiquillo.

En un susurro apenas audible, leí: «Sigo hechizado por tu adorable espíritu».

Qué duro debía de ser para Bernard contemplar aquel ángel. Me pregunté cómo había sobrevivido a la soledad durante doce años. Teníamos eso en común, eso y un corazón herido.

Théo me siguió hasta la tumba de Pascal y me ayudó a arrancar las hojas de las adelfas. Observó el grabado con curiosidad.

—Pascal Édouard Roux. 1852 a 1939. ¿Son muchos años de vida?

—Sí, una vida muy larga.

—¿Era su abuelo?

—No, era el abuelo de mi marido. Me gustaría que hubiera sido mi abuelo, pero eso no importa. Lo que siento por él es lo que importa.

Miré a Théo con ojos nostálgicos.

Él examinó las tumbas a ambos lados de la de Pascal, como si buscara la de alguien, y luego se paseó por las filas más cercanas. Su vocecita infantil iba deletreando sílabas. Al cabo de unos minutos, oí el chirrido de la puerta de hierro cuando Théo la atravesó para marcharse.

—¡Hey, Pascal! —saludé con ánimo—. Un niño encantador me ha enseñado que los vaqueros norteamericanos saludan con un «hey».

»¿Puedes oírme? He recuperado todos los cuadros, excepto *Los tejados rojos*, de Pontoise. ¡Incluso el cuadro de Louveciennes! Sé que el de Pontoise era muy importante para ti. En aquella época, vivías en París, y el huerto que aparece en la pintura debió de recordarte el huerto de tu madre en Rosellón. Cuando caíste en la cuenta de que el camino de color amarillo y la tenue luz dorada que se extiende sobre las casitas estaban pintados con el ocre que habías extraído de la mina, seguro que te embargó una gran emoción, así como la impresión de que tu vida tenía un propósito. Aquel momento fue el principio de nuestra historia. Todo lo que ha sucedido desde entonces parte de aquel instante.

»Encontré unas notas tuyas y las he pasado a limpio, junto con anécdotas que me contaste de tu vida. Un marchante de arte en París considera que son importantes para el patrimonio de Francia. Seguro que estarías encantado.

Añadir algo más habría sido un sinsentido. Pascal no estaba allí. Pero había alguien más.

Desde los olivos del barranco, me llegó una voz de barítono que cantaba, lenta y cadenciosamente:

> *J'attendrai.*
> *Le jour et la nuit, j'attendrai toujours*
> *ton retour.*

El lamento descendía por la pendiente con delicadeza; su repetición resultaba dolorosa.

> Esperaré.
> Noche y día, esperaré todos los días
> tu regreso.
> Porque el pájaro que vuela lejos regresa
> en busca del que ha quedado atrás
> en el nido.

Él sostenía una rama de olivo en alto, como para mantener el equilibrio mientras me observaba desde su posición más elevada. El anhelo del deseo y la pena seguía descendiendo despacio por el barranco. Habíamos escuchado aquella canción cada noche en la radio, en el café, durante la guerra. Rina Ketty la cantaba por entonces, y el corazón de cada mujer francesa latía con esperanza con su promesa lenta y acompasada.

Ahora, al oír que Bernard me la cantaba a mí con tanto sentimiento, con tanta tristeza, me sentí desbordada de emoción hasta unos límites indescriptibles. En ese efímero momento pensé que, en otras circunstancias —y sin Maxime, por supuesto—, Bernard habría tenido una oportunidad. Sin embargo, lo único que hice fue permanecer allí de pie, sin moverme, con la mano en el corazón, hasta que él terminó la canción, dio media vuelta y desapareció en el huerto.

Capítulo cuarenta

La verdad

1948

—¡*B*uenos días! —oí que alguien gritaba con entusiasmo desde la calle—. ¿Es esta la casa de *madame* Lisette Irène Roux? Es de color salmón, lo que los pintores al óleo denominarían naranja de cadmio, y no ocre rosado, pero está en la calle Porte Heureuse. Ella se alegrará en la calle de la puerta feliz, porque estoy aquí, delante de esa puerta, con un encargo especial.

La voz —de Maxime, sin lugar a dudas— seguía parloteando hasta que conseguí llegar hasta la puerta y la abrí.

—¡Max! ¡Has venido!

Él iba cargado con cinco abultadas bolsas, su maleta y un ramo de rosas blancas envueltas en una hoja de periódico mojada que sostenía bajo la axila.

—¿Se puede saber qué…?

Él dejó los paquetes en el suelo, se sacudió las manos y me ofreció el ramo al tiempo que doblaba un poco una rodilla y dejaba la otra pierna colgando hacia atrás.

—No podía permitir que ese hombrecito del cuadro de Chagall me superara. ¿Lo hago bien? ¿La pierna derecha colgando por detrás?

—¡Oh, Max! ¡Tú eres perfecto! ¡Y las rosas también son perfectas! —exclamé mientras las ponía en un jarrón.

—Arrojaría un pez al cielo como una luna creciente, igual que Chagall, si supiera que allí arriba había una mano invisible dispuesta a cogerlo.

—¿De dónde has sacado estas rosas tan bonitas?

—De un tenderete de flores en la estación de Aviñón. Le pedí a la vendedora que me diera lirios como representación de la flor de lis, en tu honor.

Me eché a reír.

—André también pensaba que mi nombre deriva de la flor de lis.

—El problema es que es demasiado tarde para los lirios. Tuve que conformarme con rosas, y luego tuve que suplicarle a la vendedora que me diera un pequeño cubo con agua. La miré con ojitos de pena y le dije que esas rosas tenían que viajar hasta muy lejos para honrar a una dama que recordaba a los pétalos de una rosa. Era una anciana, así que comprendió mis sentimientos.

—Pero ¿dónde está el cubo?

—En el autobús de Maurice. No podía traerlo. Abre los paquetes.

Sentí una gran emoción, como una niña en una ocasión especial. Cada bolsa era de un establecimiento diferente. De la bolsa de las galerías Lafayette, saqué un cojín de color salmón con preciosos brocados, y otro, un poco diferente, de color rosa. En la bolsa de Printemps había dos cojines de cachemira en diferentes tonos de ocre: dorado, bronce y canela. En la de BHV, dos cojines con bordados ocre amarillo y unas flores de color naranja pálido; en la de La Samaritaine saqué dos con arabescos de color borgoña y oro, y en la de Le Bon Marché, dos cojines con rayas muy anchas, con todos los cálidos tonos del ocre de Rosellón.

—Estoy impresionada. Jamás…

Sonrió como un niño travieso, dejando ver sus dientes perfectos.

—Si piensas organizar una velada en tu casa, no esperarás que tus amigos se sienten en esos retorcidos bancos y sillas de madera, que incluso llenarían de moratones las curtidas nalgas de Maurice.

Deslicé los dedos por encima de cada cojín para apreciar su tacto sedoso y jugué con los flecos, las borlas y los pliegues.

—¡Qué telas tan exquisitas! Te habrán costado un ojo de la cara.

—Localicé uno de los cuadros robados de *monsieur* Lafor-

397

gue y realicé las gestiones oportunas para recuperarlo, así que él me pagó un poco más.

—Eso es magnífico. Sabía que lo conseguirías. Y encontrarás más.

No podía dejar de admirar los cojines.

—Cada uno es bonito a su manera, con sus particularidades.

—No tendría gracia si todos fueran iguales. *Maman* disfrutó ayudándome a elegirlos; son de parte de los dos.

Coloqué tres en el banco y tres en el sofá, con el cojín de rayas en el medio, y uno en cada una de las cuatro sillas. Los cojines, los cuadros y las rosas, todo junto, le daban a la estancia un ambiente singular.

—¡Me siento como si estuviera en París!

Me eché a los brazos de Maxime y le di las gracias. Él estampó diez besitos de bienvenida en mis mejillas y en mi nariz, luego bajó hasta la garganta con el efecto del efímero aleteo de una mariposa, hasta que se quedó sin aliento y yo me eché a reír.

—Son para que te sientes, Lisette, así que siéntate.

—¿En cuál?

—Pruébalos todos.

Probé un cojín tras otro. Confesé mi enojo hacia la madre de Pascal por no haber equipado la casa con cojines.

—Recuerdo que, la primera vez que llegamos al pueblo en el autobús de Maurice, una granjera ofreció plumas de pato a Maurice para que Louise confeccionara un cojín. En ese momento no reconocí la importancia del ofrecimiento. Ahora, después de vivir en Rosellón durante los años de la ocupación, comprendo la generosidad y bondad de aquel gesto, que refleja el espíritu de *la Provence profonde*, tal como diría Maurice.

Me acomodé en el sofá, sobre el cojín de rayas. Maxime se sentó a mi lado.

—Veamos, ¿qué diferencias ves en la sala? —pregunté.

Había colgado el estudio de las cabezas a la izquierda de las escaleras, y había vuelto a cambiar de sitio el cuadro de Chagall, para que el de la joven con la cabra pudiera gozar de su puesto merecido como una de las dos pinturas centrales en la pared norte. A su lado, donde un día habían estado *Los tejados rojos*, de Pissarro, había colgado mi Chagall, de donde ya no lo movería. Por fin había encontrado su sitio definitivo.

—¡Ah! ¡Dos cuadros más! ¡Espectacular! Háblame de ellos.

—Primero del estudio de las cabezas. Quizá sabrás que el padre de André, que se llamaba Jules, lo compró a un precio irrisorio al conserje de su pensión en Montmartre antes de la Gran Guerra. Recuerdo que André me dijo que, de niño, le gustaba dibujar.

Aquello me hizo pensar que quizá fuera el cuadro favorito de André, un recuerdo de su padre y un recordatorio de su infancia. Me encantaba imaginar a André de niño, dibujando bocetos de aquellas caras.

—¿Qué te contó sobre el cuadro?

—Solo que el conserje le había dicho que lo había pintado un español que no podía pagar el alquiler y que se lo dejó a modo de pago.

—Es un Picasso, Lisette, tal como pensábamos. Trabajó en unos cuantos bocetos antes de dedicarse de lleno a la obra final: *Las señoritas de la calle de Avinyó,* un cuadro en el que muestra a varias prostitutas de un burdel de la calle Avinyó de Barcelona. Fíjate en las largas narices angulares de las mujeres, aplanadas por un lado, las caras estrechas y las mejillas cóncavas, los ojos negros de gran tamaño y exageradamente delineados. Todas esas distorsiones aparecen en el cuadro final.

—¿Por qué les dio esa apariencia?

—Para ganar expresión, supongo. Es probable que pensara que los ángulos acentuados sugerían las duras experiencias en el prostíbulo. Los cantos acentuados muestran como esa clase de vida endurece el espíritu humano.

—Para mí, esas caras son duras y feas.

—¿Acaso crees que la vida de una ramera no es dura y fea?

—De acuerdo, Max, tú ganas. —Le guiñé el ojo—. Te concedo la angustia en ese ojo fuera de lugar, mal emparejado.

—Entonces Picasso consiguió su objetivo. Aquí estaba experimentando con dos estilos: el cubismo, que aplana las formas, marca las facciones y muestra diferentes ángulos de vista a la vez.

—¿Y el otro?

399

—El primitivismo. Las caras largas y cóncavas evocan máscaras africanas. De vez en cuando aparece un dibujo preliminar como este en alguna galería, y se vende a un precio muy elevado, porque muestra a un Picasso en fase de experimentación, descubriendo los principios de nuevas técnicas. *Maman* se sintió ofendida cuando vio que tiraban uno de esos estudios a una pila y lo quemaban delante del Jeu de Paume.

—¿Te sentirías ofendido si te dijera que un niño del pueblo lo encontró en el vertedero?

—Me tomas el pelo.

—Te aseguro que no.

—Entonces, quizá se lo regalaron a un oficial alemán, que lo descartó por considerarlo arte degenerado.

—Es más probable que fueran los gitanos, que lo encontraron en el molino mientras buscaban objetos para vender por el camino y, tras pensarlo bien, decidieron tirarlo porque les pareció invendible. Nunca lo sabremos.

—¿Y qué hay de *La joven con la cabra*, de Pissarro?

—Es una historia más complicada.

Solo por un momento, consideré la posibilidad de ocultar la verdad. Su efecto en Maxime sería impredecible, y le había prometido a Bernard —sin palabras, pero con los gestos y la mirada— que no revelaría nada de aquel encuentro. Pero Maxime no me había mentido acerca de la muerte de André, cuando podría haberlo hecho. Así pues, yo tampoco podía mentirle.

—No lo encontré. Me condujeron hasta él. Por favor, prométeme que no se lo contarás a nadie. —Lo miré con ojos solemnes—. Es importante.

Cuando él me dio su palabra, saqué la carta de Bernard del cajón de la mesa y se la entregué para que la leyera.

—¿«Tu devoto, Bernard»? ¿Devoto?

Me mordí el labio.

—Está enamorado de mí.

—¿Y tú?

—No, pero he de admitir que, a su manera brusca y peculiar, se ha portado muy bien conmigo.

Mi respuesta pareció complacerlo, por lo menos durante un momento.

—Pero deja que acabe de contarte la historia. Por lo visto,

movido por la vergüenza de cómo había entrado en mi casa aquella noche, me pidió que le permitiera disculparse con un acto. Acepté su propuesta, dimos un paseo y me mostró la fábrica donde se procesa el ocre. Un sitio interesante; me alegro de haber ido porque ahora entiendo el proceso. Ver el lugar donde trabajó Pascal y las fases por las que pasa el mineral hasta convertirse en pigmento me ha brindado la posibilidad de apreciar la esencia de Rosellón.

»Atravesamos un robledo y bajé con Bernard por una pendiente, hasta donde antes depuraban el ocre, separándolo de la arcilla. Lo hacían por medio de unas cañerías y canales que desembocaban en unas cuencas donde luego se secaba el mineral. Me llevó hasta una cañería en particular, con un diámetro similar al de un plato, y me dijo que metiera la mano. Allí estaba el cuadro.

—¿Lo había encontrado o había sido él quien lo había escondido?

—Lo había escondido. Fue él quien sacó los cuadros de la pila de leña y los ocultó en diferentes sitios. André le pidió que lo hiciera.

—¿De verdad?

—Sí, Max. André no fue tan iluso como para no confesarle a nadie más dónde los había escondido, tal como creíamos al principio.

—Puede que aún tenga razón. La intención del alguacil era, seguramente, ofrecérselos a un oficial alemán para obtener un favor. Pero cuando los alemanes se marcharon, no podía revelar que los tenía. En un pueblo tan pequeño, la gente deduciría que había colaborado con el enemigo, y eso podría poner en peligro su posición…, como mínimo. ¿Quién sabe? ¿Incluso su vida podría estar en peligro si se conociera la verdad?

—¿Tú crees? ¿Incluso ahora?

—Sí, incluso ahora. —Endureció el tono—. La gente no olvida.

—Así que Bernard se arriesgó cuando me entregó el último cuadro.

Maxime se inclinó hacia delante, con los brazos apoyados en los muslos. Permaneció en silencio durante unos segundos interminables.

401

—Es evidente que ese hombre te ama. Más que a su propia vida.

—Dice que lleva muchos años desesperado.

—¿Y yo no?

—Max.

Caminó por la sala, arriba y abajo.

—¿Qué puedo sacrificar para competir con él? —Ondeó el brazo—. Cojines. Él ha sacrificado su reputación, su vida en este pueblo... y más allá de él.

—Por favor, no compares. Es a ti a quien he invitado a la verbena de San Juan, no a él.

—De todos modos, él estará allí. ¿Y cómo he de comportarme? ¿Fingir que no lo sé?

—Así es, tendrás que fingir.

—¿Has olvidado que fueron colaboradores como él los que metieron a hombres como yo en campos de prisioneros?

—Max, déjalo, por favor. Él fingió ser un colaborador para salvar Rosellón...

Enfiló hacia la puerta a grandes zancadas antes de que yo pudiera terminar de explicarle los hechos. Dejé que se marchara. Tenía todas las razones del mundo para sentirse airado.

Contemplé de nuevo cada cojín, los acaricié como si sus colores pudieran curar el distanciamiento entre nosotros; luego admiré cada uno de los cuadros. Por más bonitos que fueran, por más que exhibieran los movimientos de la historia del arte francés del último siglo, por más cosas que Maxime hubiera dicho, ¿valían el sufrimiento que habían causado? ¿Valían la separación del mejor amigo que tenía? ¿Valían un desengaño?

¿Debería haber mentido y haberle dicho que había encontrado el último cuadro yo sola? ¿Era cruel haber confesado la verdad? ¿Haberle mostrado la carta de Bernard? En realidad, ¿la verdad era más valiosa que el amor?

Dos hombres, ambos heridos, ambos sufriendo... Los había traicionado a los dos. A Bernard por contárselo a Maxime, y a Maxime por aceptar la prueba de que Bernard había sido un colaborador de los alemanes. Les había faltado al respeto a los dos. Bajo la dura luz de la verdad, me sentí tan indigna como un gusano.

Salí al patio vacío. Sin nadie que me consolara, me senté en la base del almendro y apoyé la espalda en el tronco. Cuando *Genoveva* era joven, se me acercaba y me buscaba la mano con el hocico. Incluso *Kooritzah Deux*, que había acabado en la cazuela de Louise, me habría servido de consuelo, distrayéndome con algún numerito.

Debería haberme marchado de Rosellón cuando supe que André había muerto. Debería haber dejado también atrás los cuadros, olvidarme de que los había visto. Dejar que Bernard los escondiera en su casa hasta su muerte. Después, la gente de Rosellón los habría encontrado, y habrían pasado a ser patrimonio del pueblo. Esa habría sido la historia que Théo les contaría a sus hijos, y el cuento pasaría a formar parte de la triste historia de Rosellón. Los aldeanos se habrían preguntado por Bernard y por mí, y por André, que murió en la guerra, y por un dandi parisino que entraba y salía de escena. Se preguntarían todo aquello mientras admiraban los cuadros en el ayuntamiento, como un recordatorio de la belleza de la tierra del departamento de Vaucluse que se había echado a perder.

403

Oí unos golpecitos en la puerta. Era Maurice, que mecía un pequeño cubo que contenía un capullo de rosa rojo, del rosal de Louise, al tiempo que canturreaba una canción infantil sobre el amor y una rosa:

> *Il y a longtemps que je t'aime.*
> *jamais je ne t'oublierai.*

En otra ocasión, me habría unido a la tonadilla. «Hace tanto tiempo que te amo. Jamás te olvidaré.» Era una canción agridulce sobre una chica que está triste porque ha perdido a su novio. Me costó encajar la ironía.

—¿Te gustan las rosas y los cojines? *Oh là là!* ¡Aquí están! No dejes que mi adorable esposa los vea. Se quejará de que nunca le compro nada en Aviñón.

En ese momento se volvió hacia mí y me miró a la cara.

—¿Qué pasa?

—¡Oh, Maurice! ¡Lo he echado todo a perder! Le dije a Maxime que Bernard me había llevado hasta el último cuadro, lo que para él es una prueba de que Bernard era un colaborador de los alemanes.

Maurice me abrazó con ternura.

—*Non, non, non, ma petite*. No hay nada que no tenga solución.

—Ni siquiera debería habértelo dicho a ti —sollocé.

—Chis. No hacía falta que me lo dijeras.

Retrocedí un paso.

—¿Lo sabías?

—Lo sospechaba. Incluso durante la ocupación. Todos sospechábamos de Bernard. Si no, se habría unido a Aimé y a mí. La noche que liberaron Cherburgo, él te invitó a champán y se sentó a tu mesa en el café. Sabía que el viento empezaba a soplar en otra dirección. Dejarse ver con una viuda de guerra era como proclamar que no era un colaborador.

—¿Era una estrategia? ¿Me estaba utilizando?

—Aquella noche, sí. Yo no dije nada porque pensé que era mejor dejar que se calmaran las aguas. Pero ahora te lo digo. Bernard no es mala persona. Fue él quien se interpuso sin más armas que las palabras entre esos *maquisards* dispuestos a disparar y los soldados alemanes desarmados que se retiraban después del armisticio.

—Nunca me lo habría imaginado. ¿Y dices que no iba armado? ¿Iba sin pistola?

—Bueno, tiene una, y también un rifle de caza. Por lo visto, decidió dejarlos en casa. Con ese gesto, contribuyó a propiciar la paz que había nacido apenas unas horas antes.

—Eso cambia la perspectiva respecto a Bernard, ¿no?

—Ha llegado la hora de enterrar el pasado y permitir que las heridas cicatricen.

—No estoy segura de que sea tan fácil.

—Cicatrizarán, ya lo verás. Dale a Rosellón diez años, un sistema de tuberías, una nueva capa de estuco a las casas, y los alemanes vendrán aquí a pasar las vacaciones. Y nosotros nos alegraremos porque esos turistas llenarán nuestros bolsillos con dinero contante y sonante.

—Pero ¿qué pasa con Maxime y conmigo? Está desesperado.

—Maxime es un tipo inteligente. Encontrará la forma de

superarlo. Él sabe que eres una joya y te quiere. La verbena de esta noche ayudará a que os reconciliéis. Prepara una buena cena, y seguro que se le pasará. Los hombres estamos hechos de esa guisa. —Se dio unas palmaditas en la panza—. Complace su estómago, y te ganarás su corazón. El éxito está asegurado.

—¿Y qué pasa con el alguacil esta noche?

—Estará ocupado con sus rondas, asegurándose de que las fogatas en los campos estén vigiladas y que ningún fuego se nos vaya de las manos.

Justo cuando Maurice enfilaba hacia la puerta, entró Maxime. Maurice le dio una vigorosa palmada en la espalda y se marchó. Antes de cerrar la puerta, asomó la nariz.

—A Lisette le encantan los cojines.

—¿Qué hacía aquí?

Señalé el cubo.

Permanecimos inmóviles, en medio de una maraña de emociones, sin decir ni una palabra, deseando que fuera el otro quien hablara primero. Cuanto más rato estuviéramos callados, más nos costaría romper el hielo.

—Lo último que querría sería causarte dolor —alegué.

—No es culpa tuya. —Se sentó junto a la mesa y con las manos enmarcó el jarrón con las rosas—. No es culpa de nadie. Quizás el alguacil solo era un oportunista, no un verdadero traidor.

Al oír aquellas palabras, sentí un gran alivio.

—Bernard pensó que si apoyaba la ocupación alemana, podría salvar Rosellón —expliqué—. La actividad de la *Résistance* en dos pueblos cercanos había provocado unas represalias brutales. Maurice y otros *résistants* estaban actuando desde aquí. Pensó que si los alemanes sabían que el alguacil de Rosellón era un colaborador, evitaría que el pueblo sufriera un castigo similar.

Dejé de hablar. Sabía que, si seguía, parecería que estaba de parte de Bernard.

Al cabo de unos instantes, Maxime me respondió:

—Mi madre me dijo más de una vez que había diferentes grados de colaboración. Ni se me ocurriría condenarla por trabajar en la Ópera de París o en la sastrería.

—A mí tampoco.

405

Para zanjar el tema, le pregunté si tenía hambre.

—Había empezado a preparar un *ratatouille*. El martes pasado, en el mercado, las alcachofas tenían una pinta excelente.

Él asintió y se mostró dispuesto a cambiar de tema.

—Te he comprado un *pain fougasse* —comenté al tiempo que alzaba un pan plano con orificios que parecía una espiga de trigo—. Es un pan con olivas tradicional de la Provenza.

Lo puse sobre la mesa, contenta de poder entretenerme con la cena.

Cuando me senté al otro lado de la mesa, frente a él, solo con el vapor que salía del arroz rojo de la Camarga entre nosotros, Maxime dijo:

—No solo he vuelto porque tenía ganas de comer. Quiero que lo sepas. —Una leve sonrisa se perfiló en sus labios unos instantes—. Bueno, eso tampoco es verdad. Tenía ganas de tu compañía.

—Perdóname por haberte ofendido.

—Al contármelo has hecho lo que debías. Imagina cómo te sentirías si tuvieras que cargar toda tu vida con tal secreto. Te comería viva. Cuanto más tiempo pasara sin que me lo dijeras, más te costaría sacarlo a colación. Lo sé perfectamente.

—¿Y la carta?

—Si no me la hubieras enseñado, habría cuestionado los motivos del alguacil para llevarte hasta el cuadro. De ese modo, sé que no es una mala persona.

—Esta noche no coincidirás con él. Maurice me ha dicho que estará de guardia, vigilando las fogatas en los campos.

Después de cenar, subimos al Castrum. Por el camino, le rocé los dedos. Él apresó mi mano al instante, dándome la seguridad que necesitaba. La gente del pueblo empezaba a concentrarse junto a la fogata. Pronto, un violinista, un trompetista y un flautista empezaron a tocar; los congregados formaron un corro y danzaron con júbilo alrededor del fuego chisporroteante. De repente, el Castrum —antaño utilizado como fortificación por los soldados romanos— se convirtió en una sala de baile.

Théo corrió hacia mí, y yo le cogí la mano. Alguien rompió

el corro; como una familia, toda la fila —incluidos nosotros tres— lo siguió en una línea sinuosa por el perímetro del Castrum, cuesta abajo hasta la iglesia y el campanario, para después dar media vuelta y subir de nuevo al Castrum, donde la fila se partió en grupos.

Maxime no me soltaba la mano, y Théo me tenía apresada la otra mientras caminábamos junto a la barandilla, en la punta de la explanada. El niño intentó contar las fogatas y luego se marchó dando saltitos hacia su padre. Algunas fogatas estaban justo debajo del barranco. Otras estaban esparcidas por el valle. En algún lugar allí abajo, Bernard se desplazaba de una a otra para asegurarse de que todo estaba bajo control, leal como siempre al municipio de Rosellón. Lo imaginé alzando la vista hacia nuestra gran fogata, quizás incluso intentando identificar las siluetas que pasaban por delante de las llamas mientras bailábamos.

Al oeste, podíamos distinguir un punto de luz en el cielo: la fogata de Gordes; al noreste, una luz más pálida en lo alto de la montaña, en Saint-Saturnin-lès-Apt. Los dos pueblos necesitaban superar sus trágicas pérdidas. A mayor altitud, los pastores, delante de sus *bories*, tenían sus almenaras: ellos también formaban parte de la Provenza. Esperaba que, aquella noche, su soledad les trajera sentimientos de paz.

—Parece una especie de comunión —comenté—. Toda esa gente congregada para conmemorar a Juan Bautista anunciando la llegada de Jesús con su mensaje de gracia y perdón a toda la humanidad.

Maxime me rodeó con su brazo.

—Lo que vemos es el mundo en miniatura. Una vasta oscuridad y puntos de luz donde la gente se congrega. Algunas luces brillan con intensidad e ininterrumpidamente. Otras solo centellean. Algunas parecen extinguirse por completo, pero la gente aún está allí, y pronto reavivará las llamas. Así es la historia.

—Y la vida.

Transcurridos unos momentos, Maxime añadió:

—Lo importante es permanecer cerca de la luz. Allí es donde está el amor.

407

Capítulo cuarenta y uno

Mi lista

1948

$\mathcal{A}$ la mañana siguiente, antes de que Maxime bajara al comedor, saqué mi lista y la repasé. Me parecía un día importante para hacer inventario de mis votos y promesas. Si, por un milagro, André reviviera, esperaba no sentirme avergonzada al contarle cómo había vivido.

1. Amar a Pascal como si fuera mi padre.
Lo hago.
2. Ir a París, encontrar *Los jugadores de cartas*, de Cézanne.
Hecho.
3. Hacer algo bueno por un pintor.
Hecho.
4. Averiguar los ingredientes para que un cuadro sea genial.
Aprendiendo despacio.
Todavía me queda por aprender.

Además de considerar los factores para que una obra sea genial, me pregunté si también debería considerar los factores para que una vida sea genial.

5. Confeccionarme un vestido azul, del color
del Mediterráneo en una soleada mañana de verano.
Hecho, gracias al regalo de Héloïse.
6. Aprender a vivir sola.
Siempre aprendiendo. Pero quizás ha llegado
el momento de aprender a vivir en compañía.

7. Encontrar la tumba de André y el lugar donde murió.
Promesa tachada.

Marcas sobre una franja de tierra pálida, en comparación con las marcas grabadas en las almas de cada uno de nosotros.

8. Perdonar a André
No es necesario. Hizo lo correcto al ir a la guerra.
¿Y perdonar a Bernard?
Estoy en ello.

Sabría que lo habría perdonado por completo cuando me invadiera un sentimiento de paz. Pero ¿y perdonar a Dios por no evitar la muerte de André? ¿Quién era yo para perdonar a Dios? ¿Qué sabía yo de lo que Dios ponía en el destino de cada cual? Mientras admirábamos el cuadro de Marc del mendigo en el cielo, Bella había comentado que el mensajero que trae buenas nuevas se mantiene suspendido en el aire por una fuerza espiritual, a pesar de la gravedad o de cualquier otro motivo que tire de él hacia el suelo. Al contemplar el pensamiento de Bella, podía vislumbrar la idea de que, a pesar del dolor, a pesar de la crueldad, a pesar de la pérdida, llegaría un día en que la noción de tener que perdonar a Dios se disolvería.

409

9. Aprender a vivir en un cuadro.
Hecho. Superado. He de aprender a vivir la vida.
10. Procurar no ser envidiosa.
¿De quién? De nadie. Ni tan solo de Bella y Marc.
11. Encontrar los cuadros en vida.
Hecho, suficiente como para sentirme complacida.
12. Aprender a ser autosuficiente.
Siempre aprendiendo.

La autosuficiencia no solo consiste en vivir sola y en salir adelante. También consiste en encontrar en uno mismo las cualidades que hacen de cada cual un ser único y en sentirse satisfecho con ellas.

13. Hacer algo bueno por Maxime.
Lo hago. Y lo haré.

Amar es una bendición. Bendice al que ama con tanta gene-rosidad como al que recibe dicho amor.

14. Ganarme el camino a París.
Hecho.

Estaba satisfecha con mis respuestas, lo que, suponía, signi-ficaba que estaba satisfecha con mi vida. André también lo esta-ría. Pero todavía me quedaba mucha vida por delante, así que siempre habría espacio para añadir más puntos a mi lista. In-mediatamente, añadí una línea:

15. Bañarme en el Mediterráneo.

¿O acaso eso no era un aliciente? Me senté junto a la mesa, pensando qué más podía añadir, mientras me solazaba con la luz de Rosellón que se filtraba por las ventanas del sur. Bajo aquella luz, añadí a mi lista:

16. Hacer algo bueno por Rosellón.
17. Amar más. Volver a amar. Amar sin restricciones.
Amar sin reservas.

Maxime bajó las escaleras con una bolsa de azúcar de tres kilos y la dejó sobre la encimera con un golpe seco.

—¿Para qué necesitas tanto azúcar?

—Para preparar figuritas de mazapán, para mis invitados a la velada de esta noche. Celebramos la vuelta de los cuadros.

Se dio la vuelta para mirarlos.

—¡Falta uno! —gritó alarmado.

—Lo sé. *Los tejados rojos*, de Pissarro. —Sentí un pinchazo en el pecho al pensar que no volvería a verlo—. Bernard tuvo que sacrificarlo; se lo entregó a los alemanes. Pero estoy con-tenta de haber recuperado el resto.

El tono despreocupado de mi respuesta le satisfizo.

—¿Tienes ganas de ayudarme? —Me puse de pie y busqué

debajo de la pila hasta que saqué un cubo con almendras que había recolectado en noviembre—. ¿Qué tal si las descascaramos en el patio?

Era una bonita mañana de verano. Un par de palomas encaramadas en la barandilla zureaban armoniosamente; la pasiflora estaba en todo su esplendor, con su compleja floración; las ramas del almendro estaban cargadas de una nueva cosecha de vainas aterciopeladas, de color verde pálido. Para mí, representaban la continuidad. Con la ayuda de la piedra plana perfecta y del mazo de André, conseguimos quitarles las cáscaras rápidamente en la mesa de trabajo debajo del alero del tejado. Yo partía las almendras con la piedra. Maxime las pelaba. Bajé al sótano a buscar otro cubo.

—Pon las cáscaras aquí. Las usaré para alimentar el fuego en el hornillo.

Le dije que quería regalar una muestra de cada figurita de mazapán a Héloïse, a la hermana Marie Pierre y a *monsieur* Laforgue.

—Y supongo que querrás que se las lleve yo.

—No. —Sonreí y lo miré con ojos burlones—. Lo haré yo. Maxime abrió los ojos muchísimo.

—¿De verdad?

—Sí, de verdad.

Contesté con naturalidad, como si hubiera dicho algo sin importancia, y me puse a repasar en voz alta la lista de invitados a la velada.

—Maurice y Louise, por supuesto. Odette, la panadera, y su marido, René Gulini. Compramos un *brioche* en su panadería. ¿Te acuerdas de ella?

—Mentiría si dijera que sí.

—¡Maxime! Son personas importantes para mí. No se trata de gente del pueblo sin más. René ha dicho que preparará dos hogazas *francesco*, su versión de los panes de fruta redondos italianos, uno con manzanas y otro con peras. Le he pedido que use estas frutas por el bodegón, en lugar de los albaricoques y fresas que normalmente usa. Espolvoreará las dos hogazas con almendras picadas. Mis almendras. También vendrá su hijo, Michel, y su esposa, Sandrine, que trabaja en la oficina de correos, con Théo, su hijo, el pequeño que no me soltaba la mano anoche, en el Castrum. Fue él quien encontró el Picasso en el vertedero.

—Entonces, debemos honrarle de alguna forma especial.

—Lo haré. Ya sé cómo. Émile Vernet, el viticultor; su esposa, Mélanie, y su hija, Mimi. Esta noche beberemos su vino rosado. Ya me ha dado el poso de un tonel de vino para usarlo como crémor tártaro en el mazapán. *Monsieur* y *madame* Bonnelly. ¿Recuerdas el viñedo en el que nos detuvimos? Ella nos dio peras. Aimé Bonhome, su esposa y su hijo. Es el alcalde, y fue un líder de la *Résistance*. *Monsieur* Voisin, que tuvo que aceptar que las mujeres entráramos en su café a la hora del *apéritif*. Jérôme Cachin, el verdulero. Henri Mitan, el herrero, que se esforzó tanto por explicarme el funcionamiento de la conversión al gasógeno, y su paciente esposa. El padre Marc. Y Claude, el granjero que amaba el paisaje de Cézanne y lo mantuvo a salvo en su pequeño *borie*. He clavado una invitación en la puerta de su *borie*. Me llevó horas encontrarlo de nuevo.

—¿Y el alguacil?

—Eso te lo dejo a ti.

Maxime ladeó la cabeza y resopló ruidosamente.

Me acerqué al horno y llevé a cabo todos los pasos para calentar y enfriar los ingredientes, sin olvidar el extracto de almendras. Cuando la mezcla estuvo lista para dividirla en bolas del tamaño de un grano de uva, una para cada color, rebusqué en el *panetière*.

—¡Mira! ¡Colorante para comida! Cuatro colores.

—No me dirás que has encontrado colorante en la pequeña y abarrotada tienda de ultramarinos del pueblo, ¿no?

—No. Los compré en París, el día que salí a pasear sola.

Mezclé los colores de los frascos, gota a gota, hasta obtener siete tonos. Maxime y yo los añadimos al mazapán, lo amasamos de nuevo y empezamos a preparar las formas de las frutas. Maxime me observó e intentó elaborar las formas más sencillas: las naranjas. Enrolló demasiado en una dirección, y le salió algo parecido a un huevo. Siguió intentándolo varias veces, pero lo único que obtuvo fue un plátano.

—Será mejor que lo hagas tú —sugirió.

Qué mañana más agradable, preparando figuritas de mazapán juntos. No podíamos parar de reír. Continué hasta que tuve

412

suficientes frutas para cada invitado; quería que cada uno se llevara a casa un lote completo, con una fruta de cada. Y aún sobraron un montón.

—Mi madre dirá que son exquisitas.

—Bien. Quiero que vea que tengo talento para algo.

Todavía quedaba un montoncito de masa de color naranja.

—Tengo una idea. Un experimento.

Tomé una pequeña cantidad, formé con ella una bola, la aplané y la alargué para que adoptara una forma oval, la recorté para que los lados y la parte inferior quedaran rectos; solo dejé la parte superior redondeada. Luego hundí el pulgar para dejar mi huella, como si fuera una cavidad no muy profunda; hice presión con la uña del dedo pulgar en la parte redondeada para dibujar un arco. Repetí los movimientos dos veces más, de arriba abajo, cada uno con una uña más pequeña.

—¿Lo ves, Max? Esta es la apariencia de las galerías en una mina de ocre.

Me concentré para obtener la cantidad adecuada de ocre naranja, mezclando la naranja con una pizca de azul; con los restos preparé una figurita similar para cada uno de los invitados. Cuando terminé, aplaudí entusiasmada.

—Esta representación de las galerías me servirá para conmemorar Rosellón. A Pascal le habría encantado. Y seguro que a Maurice también le encantará.

—Les gustará a todos, *chérie*, si pueden cogerlas sin que se les rompa en las manos. Les diré que amas su pueblo.

—Ahora es también mi pueblo, Max.

Tras unos momentos en que su rostro se tiñó de preocupación, cedió:

—De acuerdo. Tu pueblo.

Comimos los restos del *ratatouille* y del arroz. Luego, mientras yo limpiaba la cocina, Maxime salió a dar un paseo. Cuando terminé, me puse a sacar el polvo, a barrer y a ordenar el resto de la casa.

Entonces tuve una idea. Bajé corriendo a la tienda de ultramarinos de Cachin para comprar goma de mascar, pero él acababa de vender el último paquete a Théo, que estaba al otro lado de la plaza, mirando cómo jugaban a la petanca. Lo encontré mascando un buen trozo.

—¿Te queda más goma de mascar?

—*Oui, madame.* —Rebuscó en el bolsillo—. Me queda la mitad. Es de la marca Hollywood. Los vaqueros norteamericanos mascan este chicle mientras cabalgan.

—¿Te importaría dármelo? Lo necesito para preparar algo divertido. Ven, te lo enseñaré.

—¿Es un juego? ¿Jugaremos a algo divertido?

Él galopó cuesta arriba, dándose palmaditas en el costado como si se las diera a su caballo.

Al entrar en mi casa, el pequeño gritó:

—¡Cojines!

Théo corrió por toda la estancia, sin dejar de arrear a su caballo imaginario.

—¡Oooh! ¡Frutas pequeñitas! ¿Puedo coger una, *s'il vous plaît, madame*?

—Me parece un intercambio justo. Una fruta por la mitad de la tira de la goma de mascar.

Eligió una cereza y me entregó un cuarto de una tira de cicle enrollada, todavía dentro del envoltorio.

—¿Esto es todo lo que te queda?

Con una risita, señaló hacia sus mejillas, hinchadas como las de una ardilla.

—Quería ver si era capaz de mascar todo el paquete a la vez, como hacen los vaqueros norteamericanos.

Masqué el resto.

—El juego consiste en que quiero usar estas figuritas en forma de naranja y manzana y estos dos platitos para reproducir este cuadro —dije, señalando al bodegón.

Me saqué la mitad del chicle de la boca y lo pegué en la parte posterior de la naranja de mazapán, la pegué al platito y ejercí una ligera presión. No se desprendía. Théo estaba fascinado. Usé la otra mitad con otra naranja. Coloqué cinco manzanas de mazapán y una naranja en fila sobre la mesa. Théo se puso serio.

—Si ya puedes leer un poquito, seguro que también puedes contar. —Señalé la fila de figuritas de mazapán sobre la mesa—. ¿Cuántas hay, sin contar la pera?

—Seis —contestó, en un tono desanimado y alargando las vocales.

Despacio, con la carita enfurruñada, se sacó el chicle de la boca, lo partió en dos trozos y me puso uno en la mano.

—Oh, gracias, muchas gracias, Théo. Eres un verdadero *chevalier*, con caballo incluido.

Monté las manzanas en una pirámide y las pegué con un trozo de chicle.

—¿Por qué solo hay una pera? —se interesó el pequeño.

—Porque el artista pensó que no necesitaba más. ¿Ves que su parte superior se curva hacia un lado? Así consigue un efecto interesante y bonito. No hay otra pera en el mundo exactamente igual a esta. Lo mismo pasa con los niños.

Me dediqué a la última naranja, la que ocupaba una posición más precaria, hasta que quedó firme en su sitio. Coloqué una taza de té boca abajo sobre la alacena, la cubrí con una servilleta blanca de algodón, hecha un bulto, y apoyé el platito inclinado. No se aguantaba y se deslizó hasta mi otra mano, colocada más abajo por si caía.

Sin que tuviera que pedírselo, Théo mascó una última vez y, solo con un pequeño puchero, me dio el resto del chicle.

—Oh, *merci*, Théo.

Alargué la goma todo lo que pude, la metí entre la punta del platito inclinado y la superficie de la alacena. Luego ajusté la servilleta alrededor del plato.

—¡Es magia! Seré el único que sabré cómo lo has hecho. —Théo alzó los brazos como un campeón y enfiló hacia la puerta dando saltitos—. ¡Solo lo sé yo!

La alegría y la inocencia en carne y hueso, dando saltitos cuesta abajo. Solo se veía una agitación de brazos y piernas, moviéndose con optimismo.

—¡No hay ningún otro niño en el mundo como yo!

Capítulo cuarenta y dos

La velada

1948

Mis amigos empezaron a llegar para la velada después de la hora de la cena, como era la costumbre. Maurice llevaba la tradicional faja roja provenzal y una camisa blanca para la ocasión. Se puso tenso cuando Louise se fijó en los cojines.

—¡Oh, Lisette! ¡Cojines! —exclamó Louise—. ¡Son preciosos! ¡Nunca había visto unos cojines como estos! En Rosellón nunca se habían visto unos tan bonitos.

Louise estaba tan concentrada en los cojines que ni siquiera se fijó en mi vestido azul ni en los cuadros en las paredes. Dio una vuelta por la estancia y obligó a levantarse a todos los que ya estaban sentados.

—¿Cómo queréis que los admire si cubrís estos mullidos cojines con vuestras orondas posaderas?

Acarició las telas, eligió uno como su favorito, lo levantó del banco, se sentó sobre la madera, y abrazó el cojín en el regazo, mientras murmuraba:

—¿Los ha comprado en Aviñón, Maurice? No me habías dicho que había tiendas en Aviñón donde vendieran unos cojines tan bonitos. Y nosotros seguimos sentándonos sobre la madera como un par de palurdos.

Maurice estrujó las puntas de la faja y se encogió de hombros, intentando hundir la cabeza entre ellos.

—No, Louise, son de París —indicó Maxime—. Estoy seguro de que, si en Aviñón hubiera tiendas donde vendieran cojines como estos, Maurice te los compraría sin vacilar.

Ella lo miró con exagerada suspicacia.

—Hasta ahora te he tomado por un hombre sincero, así que supongo que no debo desconfiar de ti.

Entraron Odette y René, cada uno con un *francesco*.

—¡Oh! ¡El vestido de París! —exclamó Odette con admiración—. *Très chic*.

Mélanie entró justo detrás de ella y trazó un círculo a mi alrededor.

—Deberías utilizarlo como patrón para hacerte uno, Odette. —Deslizó los dedos por encima de las costuras para indicarle cómo tenía que hacerlo—. Te confeccionas uno para ti, para practicar, ¡y luego me haces uno a mí!

Cuando llegó Claude, el granjero que había pintado la puerta de su *borie* del color de los melones Cantaloup, le di una efusiva bienvenida. Émile sirvió el vino y propuso un brindis por la recuperación de los cuadros.

—*Santé!* —gritaron mis amigos con entusiasmo.

Admiraron cada uno de los cuadros. Era la primera vez que Bonnelly y la esposa de Henri los veían. *Madame* Bonnelly tenía los ojos anegados de lágrimas.

—Jamás había visto unos cuadros tan bonitos. —Me dio uno de esos abrazos capaces de fracturarte un hueso—. Por fin. Por fin. Me alegro tanto por ti…

—Sabía que te alegrarías.

Todos hablaban, excepto Claude, que permanecía de pie, sin palabras, delante de cada cuadro. El que más rato admiró fue el paisaje de Cézanne. Si hubiera tenido una copia, se la habría regalado.

Se oyeron unos golpecitos en la puerta; cuando Maxime abrió, entró Bernard. Intercambiaron miradas a modo de saludo, quizás incluso de respeto, pero no de sorpresa. Fui yo quien se quedó sorprendida.

—Disculpa mi osadía. Maxime me ha invitado, y no he podido resistirme.

—¡Oh, Bernard! ¡Eres más que bienvenido! Me alegro de que estés aquí. Max, gracias por invitarlo.

Permanecieron juntos, al lado de la puerta. Bernard ofrecía un aspecto muy apuesto con aquella chaqueta a medida, la faja roja provenzal, el pañuelo de seda rojo, el cabello engominado y peinado para atrás en una perfecta onda, y, por su-

417

puesto, las botas recién enceradas. Tuve que contenerme para no reír. En aquella ocasión, era el *roussillonnais* el que superaba al parisino.

Recuperé la compostura y dije:

—Iba a presentar los cuadros, pero primero quiero daros las gracias a todos por vuestro apoyo y las muestras de cariño durante todos los años que llevo viviendo aquí. Habéis estado a mi lado durante mi duelo y mi búsqueda de los cuadros de Pascal. Ahora ya los he encontrado, así que quería que vierais la colección.

»Fijaos en que cada uno de ellos está pintado en un tono de ocre. Por ejemplo, los campos de trigo de ocre en este paisaje cerca de Aix, pintado por Cézanne. —Con la vista fija en Claude, añadí—: Sé de buena tinta que Cézanne sentía un enorme apego por la Provenza. Y fijaos en el sendero ocre amarillo en este cuadro de la joven con la cabra.

En ese momento, le dediqué una mirada de agradecimiento a Bernard, que esperé que recordara toda la vida.

—Y en este, fijaos en este. Es una cantera de ocre cerca de Aix. Cézanne sabía que las canteras y las minas de nuestra región son las fuentes de todos esos adorables colores cálidos. ¿Os lo imagináis? ¡Artistas famosos han utilizado los pigmentos que vosotros excavasteis de jóvenes! Fijaos en este cuadro moderno, pintado por Picasso. La piel de estas mujeres es de un cremoso ocre dorado, y sus mejillas están matizadas con ocre rosado. ¡Os estoy hablando de Picasso! Eso nos debería llenar de orgullo.

—¿A nosotros? ¿Así que te cuentas entre nosotros? —se interesó Bernard.

—*Oui, bien sûr!* He pasado once años aquí. Llegué a regañadientes para cuidar a un anciano moribundo al que jamás había visto, pero al que llegué a querer mucho. Algunos de los acontecimientos más importantes de mi vida han sucedido aquí. Y aquí he encontrado a unos amigos estupendos.

Necesité unos momentos para proseguir.

—Justo antes de que muriera Pascal, nos dijo a André y a mí que dejáramos que los cuadros cuidaran de nosotros, pero también dijo que algunos de ellos pertenecen a Rosellón. Estoy de acuerdo con él. El edificio de este cuadro es una fábrica de pinturas cerca de Pontoise. Pascal me dijo que vendió nuestros pigmentos allí.

—A mí también me lo dijo. Por lo menos, una docena de veces —apuntó Maurice.

—Le impresionaba mucho que esa fábrica de pinturas fuera un puente entre nuestras minas y nuestra Usine Mathieu —dediqué otra mirada de complicidad a Bernard— y el gran arte de París. Y uno de los pintores más importantes, Paul Cézanne, hijo de la Provenza, que nació y murió en Aix, pintó esta cantera de ocre delante de (fijaos, he dicho «delante de») su montaña más querida, la montaña Sainte-Victoire. Eligió ese punto de vista intencionadamente. Conocía la importancia del ocre.

Los murmullos se extendieron por la estancia. Mis amigos estaban asimilando la importancia de lo que les contaba.

—El bodegón con loza siempre me recordará la fertilidad y los artículos artesanales de la Provenza, y las naranjas en el plato inclinado me recordarán a Théo, el vaquero mágico.

Él sonrió feliz, y yo casi me derretí de amor por él.

—Y este, una joven que abraza una cabra y una gallina…

—*Genoveva* y *Kooritzah* —soltó Louise.

—Sí, Marc Chagall lo pintó expresamente para mí. Chagall es un judío ruso que pasó una época en Gordes, escondiéndose de los alemanes. Amaba la Provenza y le costó mucho abandonar nuestra preciosa campiña.

Tuve que hacer una pausa porque se me había formado un nudo en la garganta, como si me hubiera atragantado con una bola de mazapán.

—Pero estos dos cuadros, la cantera y la fábrica de pinturas, forman parte del legado de Rosellón. Así pues, se los entrego, con todos vosotros como testigos, al municipio de Rosellón, para que se exhiban de forma permanente en el ayuntamiento. ¿De qué habría valido todo este esfuerzo por encontrarlos si no es para que Rosellón se sienta orgulloso de ellos? Aimé Bonhomme, le encomiendo, *s'il vous plaît*, como alcalde de Rosellón, la guardia y custodia de estos cuadros.

—Será un placer. Y de parte de todo el pueblo, quiero expresarle nuestra gratitud por su generosidad.

La estancia se llenó de aplausos.

419

—Sé que Rosellón quizá se convierta algún día en un escenario pictórico. Tal vez incluso llegue a albergar una galería de arte, para completar el itinerario que realiza el ocre.

Entusiasmado, el hijo de Aimé le susurró algo a su padre, al oído. Todos tenían los ojos muy abiertos. Después de tantas penas y aislamiento, llegaban nuevas posibilidades.

—Nadie se da cuenta —se quejó Théo mientras tironeaba de mi falda—. ¡Mirad, todos! ¡Buscad algo mágico!

Bernard, que era el más alto de todos, escrutó la sala por encima de las cabezas.

—El bodegón en miniatura, sobre la alacena.

—*Oui, oui!* —gorjeó Théo, dando brincos de alegría—. Es mágico. ¡Mirad!

Correteó por la estancia tirando de mangas y faldas para asegurarse de que todo el mundo lo viera. Todos quedaron maravillados.

Maxime ladeó la cabeza hacia Bernard y le susurró algo divertido, quizás acerca de mis esfuerzos con el mazapán. El alguacil soltó una carcajada.

—Toda esta sala es mágica —apuntó Maxime.

Maurice fingió llorar de emoción. Cuando vio que nadie le hacía caso, incrementó el volumen con unos sollozos espasmódicos. Todos nos echamos a reír.

—Y ahora que ya has recuperado los cuadros, ¿nos dejarás? —gimoteó Maurice—. Volverás de vez en cuando a visitarnos, ¿no?

—*Òc, òc* —contesté, y mis amigos me vitorearon.

—¡Vaya! ¡Habla el occitano de la Provenza! —exclamó *monsieur* Voisin, el dueño del café.

Me sentí redimida ante sus ojos.

—¿Cómo queréis que me vaya para siempre? Tendré que volver para recolectar mis almendras, para participar en la vendimia, para… —Señalé con el dedo índice a Aimé y a su hijo—, para celebrar la instalación de tuberías en las casas del pueblo.

Desvié la vista hacia Bernard.

—Todo es posible. Ahora lo sé. Y volveré a Rosellón la próxima verbena de San Juan.

—No se olvide, no se olvide —dijo Théo—. Las pequeñas frutas.

—¡Uy, sí! Théo, mi héroe, que encontró el cuadro de Picasso él solito, sin ayuda de nadie, repartirá estas frutas de mazapán. ¡Un brindis por Théo, el vaquero mágico!

Lo seguí, con un plato con las galerías mineras de mazapán. Les encantaron, aunque se rompían en las manos. No importaba. Lo cierto es que en el plato tenían un aspecto impresionante. La gente se comió las migas.

Todos me abrazaron y me dieron las gracias, algunos profundamente emocionados, otros disfrutando de los cuadros, y otros entretenidos con el *francesco* de René. Se quedaron un rato más; luego, lentamente, empezaron a desfilar. Claude no parecía tener ganas de irse, así que lo invité a volver siempre que quisiera, para ver otra vez los cuadros. Tras sobrevivir al fuerte apretón de *madame* Bonnelly, alcé a Théo en volandas y di vueltas con él.

—No me olvidarás, ¿verdad? —le pregunté.

—No, *madame*. Me acordaré de usted cada vez que masque chicle de la marca Hollywood.

—Y yo, *jamais je ne t'oublierai* —canté al ritmo de una canción infantil.

Con mucha discreción, Bernard, que se había puesto al lado de Théo:

—Tampoco te olvidarás de mí, ¿verdad?

—Nunca. Te llevo en el corazón.

—Eres una mujer especial, muy especial —dijo, y enfiló hacia la puerta, con la cabeza gacha.

Maxime y yo nos quedamos solos.

—Gracias por invitarlo. Tenía que estar aquí, esta noche.

Me senté en el sofá y me sacudí las migas de la falda. Maxime se sentó a mi lado.

—Es la última vez que vemos todos los cuadros juntos —dijo.

Su comentario nos hizo pensar. Recordé las palabras de Max sobre los ingredientes básicos para que un cuadro sea genial: nos enriquecen con una verdad, para iluminarnos de tal modo que comprendamos nuestras vidas más claramente. Me sentí envuelta por una agradable calidez, mientras admiraba el sendero ocre amarillo que se perdía más allá de nuestra vista y que me había estado guiando a lo largo de todos mis años en Rosellón hacia mi propósito, hacia el propósito de André, hacia Max, y, de nuevo, de vuelta a París, aunque no me hubiera dado cuenta hasta ese momento. Me sentí llena de paz. Es lo que André hubiera querido, seguro.

Desvié la vista hacia la fruta de Cézanne y la loza provenzal.

—Tengo que tomar una decisión —admití—. A veces me parece muy egoísta por mi parte quedarme con dos cuadros de Cézanne, mantener el bodegón encerrado en una casa, lejos de la gente que necesita su frescura y sus colores. Incluso va en contra de mi conciencia. Este cuadro pertenece a Francia. Marc estaría de acuerdo.

»Llegará el día en que me habré aprendido cada trazo de este cuadro como las líneas de mi mano, en que habré saciado mi alma con estas frutas, en que habré asimilado la lección de la pera solitaria, que me ayudará a valorar mi propia esencia. Un día valoraré la soledad y la compañía con el mismo ánimo. Entonces, quizá, seré capaz de separarme de él, si se me permite admirarlo siempre y cuando lo desee. ¿Crees que el Jeu de Paume estaría interesado en comprarlo?

Maxime soltó un bufido. Sus ojos reflejaban ilusión, aunque su boca permanecía tensa en una fina línea.

—De ese modo, podría pagar el alquiler de un piso en París, para que pudiéramos vivir juntos.

—¿Juntos? —Sus ojos se iluminaron, como en los viejos tiempos.

—Sí, los dos.

—Me sorprendes, *chérie*.

—Y otra cosa: el cuadro de Picasso es tuyo, Max. Puedes quedártelo o venderlo, para abrir tu propia galería de arte. Lo que prefieras.

—¡Uy, no! No puedo aceptarlo. Es demasiado valioso.

Su leve sonrisa me indicó que por la cabeza le rondaba algún pensamiento. Me estrechó entre sus brazos y susurró:

—No lo aceptaré a menos que tú también te incluyas en el lote.

—Ya tengo hechas las maletas.

Nota de la autora

La lista de Lisette es una obra de ficción. El legendario Rosellón existe y es cierto que merece ser considerado «uno de los pueblos más bellos de Francia». Vale la pena visitarlo. El Sentier des Ocres, la Usine Mathieu, las minas Bruoux y la panadería Gulini todavía existen. La pista de petanca está junto a los baños públicos, frente a la plaza del ayuntamiento, donde todavía hay un café y el edificio consistorial. Pero el espíritu está totalmente renovado. El visitante no apreciará ninguna muestra del sufrimiento durante la guerra, solo el placer de la vida tranquila en el cálido sur.

Salvo por los pintores, los personajes principales son fruto de mi imaginación. Los he ido perfilando y ensartando en la historia como un puñado de cuentas en un collar. Hay frases, incluso un par de párrafos, que se pueden atribuir directamente a Camille Pissarro, a Paul Cézanne y a Marc Chagall. Me pareció que usar esos pasajes era una forma de rendirles homenaje. Para obtener más información acerca de dichos pintores, el lector puede consultar la página web: www.susanvreeland.com.

Es normal preguntarse sobre la autenticidad de los cuadros. Ante la sugerencia de Jane von Mehren, mi antigua editora, que me animó a zafarme de las limitaciones de los hechos biográficos dando forma a esta novela desde sus primeras etapas y siguiendo mi precedente de un ficticio cuadro de Vermeer en *La joven de azul jacinto*, he inventado dos de los ocho cuadros: *La joven con la cabra*, de Pissarro y el bodegón de Cézanne. Este último lo he compuesto con elementos que el pintor había usado en otros bodegones, unos elementos que me hacían falta por su relevancia en la cultura material provenzal. En el caso de *La joven con la cabra*, de Pissarro, debo aclarar que pasé unos frustrantes meses intentando dar con un cuadro que creía recordar haber visto en un libro de historia del arte en el que aparecía una joven, un huerto, una cabra y un sendero, los componentes que inspiraron su papel en la novela, pero no conseguí dar con él. Por consiguiente, admito que ha sido un producto de mi imaginación que no he podido contener. Siento mucho si el lector se siente decepcionado con esta nota. El cuadro que Marc Chagall le regaló a Lisette se llama *Bella con gallo en la ventana*, también conocido como *La ventana* (1938, colección privada). El lector podrá buscar el resto de los cuadros por los nombres que aparecen en el libro.

Por lo visto, hay muchos bocetos de caras que Picasso dibujó a modo de preparación para *Las señoritas de la calle de Avinyó*. De ahí mi decisión de no ser muy precisa en el número y la posición de las cabezas.

En la histórica carta de Marc Chagall dirigida «A los artistas de París», he insertado la causa real de la muerte de Bella Chagall. El anuncio de su muerte aparecía ya en la carta, reimpresa en su totalidad en *Marc Chagall on Art and Culture*, editado por Benjamin Harshav (Stanford University Press, 2003); yo solo he utilizado una parte de dicha carta. He tomado la descripción de la entrada de Bella en el estudio de Chagall el día del cumpleaños de Marc directamente de *First Encounter*, de Bella Chagall (Schocken Books, 1983).

No soy ni pintora ni historiadora del arte. Lo que sí soy es una enamorada del arte, lo que los franceses llaman *une amatrice d'art*. Le doy las gracias al personal de las bibliotecas y de los museos que me han proporcionado la información y las imágenes con las que se ha nutrido mi imaginación.

Agradecimientos

Quiero expresar mi más sincero agradecimiento a mucha gente. En un intento de trazar su influencia desde la concepción hasta el final de la novela, deseo mencionar a las siguientes personas.

Mi antigua editora, Jane von Mehren, por animarme a buscar una nueva dirección, liberándome para inventar, ayudándome a dar forma a esta historia, y por haber sido tan buena guía y amiga a lo largo de toda mi trayectoria como escritora.

A Marcia Mueller, fotógrafa y amiga, cuyo entusiasmo por Rosellón me llevó a descubrirlo por mí misma. Le doy las gracias por sus bonitas fotografías del pueblo y sus alrededores, que aparecen en la página web: www.susanvreeland.com, y que me permitieron recordarlo y describirlo.

A Colin Campbell, profesor emérito de literatura en el Principia College, por mostrarme el principio femenino que encarna Lisette y por presentarme los dos afanes literarios humanos que aparecen en esta historia: la sed de herir y la sed de bendecir.

A Hélène Albertini y a Alain Daumen, residentes desde hace mucho tiempo en Rosellón, que fueron pacientes con mi imperfecto francés y generosos al proporcionarme información sobre el municipio desde 1937 hasta 1948.

Cuando necesitaba un detalle de determinado aspecto que desconocía, aparecía un amigo con los datos precisos. Por ello les doy las gracias a Ellie Grey, por la información acerca del arte de elaborar queso, el huerto y la cabra de Lisette; a Marian Grayeske por la información sobre gallinas; a Barbara Scott por los datos sobre las frutas y sus temporadas; y a Tom Hall, sargento retirado del Ejército de los Estados Unidos, por los pormenores sobre las escenas de las batallas. Gracias a Jan Thomas por su hospitalidad en la Provenza y su generosidad al compartir libros, recuerdos y anécdotas de la región.

Gracias a Suzanne Ruffin, Hélène Brown y Sophie Juster por su apoyo a la hora de introducirme en otra cultura y otro periodo de tiempo, y también por ayudarme con la lengua francesa; a Rémy Rotenier e Isabelle Telliez por comprobar detalles históricos de la vida en tiempos de guerra; a Jim Farr por sus conocimientos de los sucesos de la Segunda Guerra Mundial que aparecen en esta novela, y a Clotilde Roth-Meyer por su clara explicación desde París sobre los pigmentos y colores usados por los pintores.

Mi reconocimiento también a Marna Hostetler y a Karen Brown, mis ángeles bibliotecarios desde hace tanto tiempo en la biblioteca Thomas Cooper, en la Universidad de Carolina del Sur, por su magnífica investigación en molduras para marcos de cuadros, y a Barbara Brink, directora de desarrollo de la biblioteca de la Universidad de California, San Diego, por permitirme consultar la carta dirigida «A los artistas de París» de Marc Chagall, que dio voz a la resurrección del arte francés.

Gracias a Annabelle Mathias del Museo de Orsay por mostrarme *Le Catalogue des Peintures et Sculptures Exposées au Musée de l'Impressionisme, Jeu de Paume des Tuileries* (Musées Nationaux, 1948); gracias también a Gary Ferdman, conservador de la exposición Chagall en High Falls, por localizar *La ventana*, el cuadro de Chagall en el que aparecen una mujer, una cabra y un gallo mirando por una ventana.

Quiero agradecer las contribuciones de dos libros en particular: *Village in the Vaucluse*, de Laurence Wylie (3.ª ed., Harvard University Press, 1974), y *From Rocks to Riches: Roussillon-Time, Change and Ochre in a Village in Provence*, by Graham F. Pringle y Hildgund Schaefer (Middlebury, Vt.: Rural Society Press, 2010). Algunos de los nombres de los personajes los saqué de estos dos volúmenes.

A mis queridos lectores: John Baker, Barbara Braun —que me ha hecho las veces de agente—, Angela Sage Larson, Marcia Mueller. Y, en especial, a los escritores John Ritter y Julie Brickman, que han aportado sus muy acertadas lecturas críticas del manuscrito en múltiples revisiones y que han hecho que el proceso sea divertido. Mil gracias a todos por vuestro esfuerzo.

Estoy orgullosamente agradecida a Celina Spiegel, mi nueva editora en Random House, por su meticuloso trabajo de edición. Un sinfín de las cosas buenas de esta novela se las debo a sus consejos; estoy encantada de que esté al frente de mi equipo en Random House.

Mi más eterno agradecimiento a Barbara Braun, mi agente, por su orientación en aspectos literarios, promocionales y empresariales, por su afecto y por creer constantemente en mí desde 1998, tanto en los momentos buenos como en los no tan buenos.

A mi esposo, Kip Gray, cuyo apoyo incondicional, tierna comprensión y ayuda técnica a todas horas son esenciales para mí. A él le ofrezco mi más profunda gratitud y devoción.

Varias obras publicadas que merecen especial mención:

Nina Maria Athanassoglou-Kallmyer. *Cézanne and Provence: The Painter and His Culture* (Chicago: University of Chicago Press, 2003).

Paul Cézanne. *Sobre Cézanne. Conversaciones y testimonios,* editado por Michael Doran (Editorial Gustavo Gili, 2000).

Norman Davies. *Europa en guerra 1939–1945* (Editorial Planeta, 2008).

Julian Jackson. *The Fall of France: The Nazi Invasion, 1940* (Oxford: Oxford University Press, 2003).

Denis Peschanski, et al., eds., *Collaboration and Resistance: Images of Life in Vichy, France, 1940-44* (Harry Abrams, 1988).

Irving Stone, *Abismos de gloria: una biografía novelada Camille Pissarro* (Plaza y Janés, 1989).

Para una bibliografía completa de las obras consultadas, así como para consultar imágenes:

www.susanvreeland.com